指导单位
成都市作家协会
中共大邑县委宣传部

编委会
成都市微型小说学会
大邑县文联
大邑县作协

编委会主任
蔡　斌

编委会副主任
任文超　幸章跃
姚国良　屈　勇

编委会成员
杨刚祥　雷位卫
赖丽明　贺　见
魏奇镜

出　品
四川宇剑涛文化传播有限公司

最后的川西坝子 新场

蔡斌 ◎ 主编

云南人民出版社

图书在版编目（CIP）数据

最后的川西坝子——新场/蔡斌主编. -- 昆明：云南人民出版社，2025.3. -- ISBN 978-7-222-23541-0
Ⅰ.I217.1
中国国家版本馆 CIP 数据核字第 2025FX0581 号

责任编辑：赵　红　阳　帆
装帧设计：邵晓锋
责任印制：代隆参

最后的川西坝子——新场

ZUIHOU DE CHUANXI BAZI——XINCHANG

蔡　斌　主编

出版	云南人民出版社
发行	云南人民出版社
社址	昆明市环城西路 609 号
邮编	650034
网址	www.ynpph.com.cn
E-mail	ynrms@sina.com
开本	710mm×1000mm　1/16
印张	17.25
字数	290 千
版次	2025 年 3 月第 1 版第 1 次印刷
印刷	四川机投印务有限公司
书号	ISBN 978-7-222-23541-0
定价	68.00 元

如需购买图书，反馈意见，请与我社联系。
图书发行电话：0871-4107659

云南人民出版社微信公众号

文学在兹　新场恒新

杨晓阳

宇剑兄嘱我为《最后的川西坝子——新场》文学作品集作序，已有一段时日了，催稿甚急，却仍迟迟未能交卷，固然有琐事繁多，难以静心命笔之故，但更多的还是心有纠结，恐担待不起，力不能及，有负大家的好意和期许。

其实我可以轻易找到很多冠冕堂皇的托词，但终究不忍婉拒，是因为大邑和新场于我，是时常萦绕心间的有缘之地。

12年前，感恩组织的安排，我在大邑县政府挂职一年，和这方自然形胜、人文荟萃之地结下不解之缘。一年很短暂，我却从此不再自视为大邑的"过客"，而它也不再仅仅是我眼中的"他者"。记得当时单位主要领导亲自送我到大邑报到，车上像是喃喃自语，又像是向我嘱咐：要好好研究下这个地方。我明晓领导的慨叹，大邑山川壮丽、历史悠久、底蕴深厚、文脉绵长、魅力独具，历来是被人公认、让人赞叹、引人注目和深研的对象。那一年，阅大好河山，经风雨历练，受不少教益，结诸多善缘，成为生命中特别珍贵和难忘的时光。可是我辜负了领导的期望，并没有什么像样的研究成果，但聊以自慰的是幸好坚持写下了20余万饱含深情的文字，姑且认为这也是一种"研究"。这当中，新场便是令人过目不忘、思之念之的绝美存在之一。

新场不新，人们提及新场，通常必加古镇二字。新场之美，就美在古韵悠悠，古街古巷古迹，清源青山青瓦，茂林修竹鲜花，小桥流水人家，古意诗情中，根与魂穿透时空，绵绵不绝。新场正新，不断焕发出新的魅力和光彩。新场之美，同样美在文韵悠悠，得益于历史上各种文化的深度交融。小镇虽小，却气象开阔，生生不息，新时代的宏阔背景中，依托得天独厚的资源本底和浓郁的川西人文风情，在文旅融合发展中展现出新的迷人风姿。即便和我挂职大邑那时比，新场也添了不少新气象。前人颂新场：清气接雾山，霞蔚云蒸，人文焕发；源头来出水，地杰人灵，明哲挺生。今人当奋发，更应从旧时光里开出一番新天地、新场景。

而宇剑兄倾心尽力，热忱组织编撰《最后的川西坝子——新场》文学作品集，便是这样的动人义举，也正是催动我最终认真提笔写下这些文字的决定性力量。因为我从中真切感到他们对文化、对文学的由衷尊崇、礼敬和热爱，对此地斯民的深厚情意。众多的书写者，虽然方式不同，角度各异，却以同样的真挚态度去凝视、去融进、去描摹、去体悟新场。很难说新场和作者到底谁是主体、客体，谁是书写者、被书写者，这就是一个相互塑造、观照和成全的过程。要论此事此作对此地的意义，我以为，以文学创作为新场注入绵延的生机与活力，这才是让新场恒新的妙手真谛，因为文学所汇聚、激发、张扬、传递的力量，光明、温情而恒久，照耀和滋养着人心与土地，让我们的世界和未来更加美好。

从成都市文联来讲，近年来一个重要的工作取向就是强文学。去年成都大运会期间，习近平总书记向世界发出盛情邀请，"欢迎大家到成都街头走走看看，体验并分享中国式现代化的万千气象"。我理解，总书记所讲的"万千气象"，一定内蕴着呈现文化的万千气象和文学的云蒸霞蔚。从古至今，成都都是世人称道的文学高地。我们有一个宏伟而又温厚的理想，就是在习近平文化思想的指引下，各方共同努力，成都有更蓬勃、更宽阔、更动人的文学气象，有朝一日成为有世界影响的文学之城。"合抱之木，生于毫末；九层之台，起于累土；千里之行，始于足下。"征程壮丽，聚星星之火，集众人之力，方能成燎原之势，抵达光辉彼岸。我为无数普通书写者的真诚书写而感动，感谢你们在时代发展年轮中留下的温情文字，它们生机盎然，是长留天地人心的诗篇。

我忍不住还要感慨，宇剑兄是真爱新场啊，在雪山之水昼夜流淌的二堰河边建了一方小院，不仅安顿身心，更以贡献文学事业发展为己任，小天地因此有了大格局。那地方有个很文艺的名字，"临江雅舍"。一说"临江"，自然想到《临江仙》。临江一词本意表达方位，进而描绘美景，但自古以来，从文人雅士到黎民百姓，似乎只要一临江，便顿生思古思今思人之幽情，心底波澜、万千感慨奔涌而来，所以有了那么多千古传颂的绝世美文。而一说"雅舍"，稍微熟悉文学的，便容易想到梁实秋先生的《雅舍谈吃》，顿时口舌生津，垂涎欲滴，吃是生命刚需，也是生活艺术，妙趣无穷。这临江雅舍，既然临江，还称雅舍，既赏美景，又品美食，那之后呢，便该生发出无尽的美文了吧。

2024 年 11 月 16 日

目录 CONTENTS

概述 ·· 001
资料　最后的川西坝子新场 ·· 003
引子　穿越时光的画卷 ·· 027

小说

01	新场妹子	赖丽明	030
02	避　暑	陈　波	031
03	川西坝子	曹　秀	033
04	工头大帽儿	曾　策	036
05	字库塔下的守望	龚良红	036
06	意料之外	石维明	041
07	月半女人	孟廷轩	047
08	回归在新场		
	——一百万人民币击碎的亲情复活	奇　镜	050
09	新场有棵黄葛树	曾明伟	060
10	租个女友回新场	曾明伟	064
11	纽　带	赵　平	068

散文

01 儿时，新场的新"年"   刘 邑   078
02 别了，新场   老 竹   081
03 二堰河东有雅舍   阿 番   084
04 梦牵魂绕的小镇   孤独居士   092
05 古镇故事多
    ——采风熊腊肉店   李 为   095
06 古镇 月夜 遐想   小 雅   098
07 孕育的二堰河   博 宇   102
08 幽静古新场   剑 哥   106
09 那年新场、雾山游   宇 剑   108
10 雨中新场   马一夫   112
11 惊了秋梦 醉了流年   马一夫   116
12 和你一起去新场   博 宇   118
13 往昔感受雪山温泉，今日走进幽静新场   蔡 斌   120
14 古镇韵事 诗意流年   杨玉杰   130
15 朦胧幽静醉古镇
    ——新场见闻   秦 唤   132
16 明月清风话新场   李达冶   135
17 去了还想再去的新场镇   闻 笔   138
18 二堰河边看雨   柳 燕   142
19 那水、那桥   罗 进   144
20 大邑新场，别样年味   老马寅成   147
21 新场的生命之光   杨庆珍   150
22 新场是一种流传   曹礼芹   154
23 水乡新场   宋 娇   156

随笔

01	爱是昨夜的星辰	秦 唤	162
02	古镇新场和父亲的四合院	沫 汐	164
03	冬日新场	闻 笔	167
04	怀念清源	燕 子	170
05	古镇的"美人靠"	雷位卫	173
06	新场民宿	沫 汐	175
07	在新场，遇见木心	朱晓剑	177
08	李家大院的前世今生	博 宇	178
09	寻香品茗闻茶香　佳肴美酒在临江 ——走进临江雅舍	娟 子	180
10	在璧山寺喝一盏茶	王玉梅	182
11	故俗依稀，画梦重回 ——读戴树良新场镇老川西民俗画随感	曾 策	185
12	大邑新场需要大力宣传	徐海涛	186
13	清源·小巷·叫卖声	刘 源	189
14	在新场，探寻"万顺号"茶楼	罗 进	191
15	文物里的故乡	肖泉清	195
16	携手江村　处处销魂 ——行走千年茶马古道新场	何定镛	199
17	新场茶香	鲁昌和	203
18	新场味道：风凛腊味香	杨庆珍	204
19	幽幽古道情 ——集股客栈篇	远 山	207
20	从新场到乌镇	阿 曼	211
21	悠然地守望	苗云辉	213
22	在新场翠儿，遇见诗和远方	张文凤	214
23	新场的声音	韩高洁	217

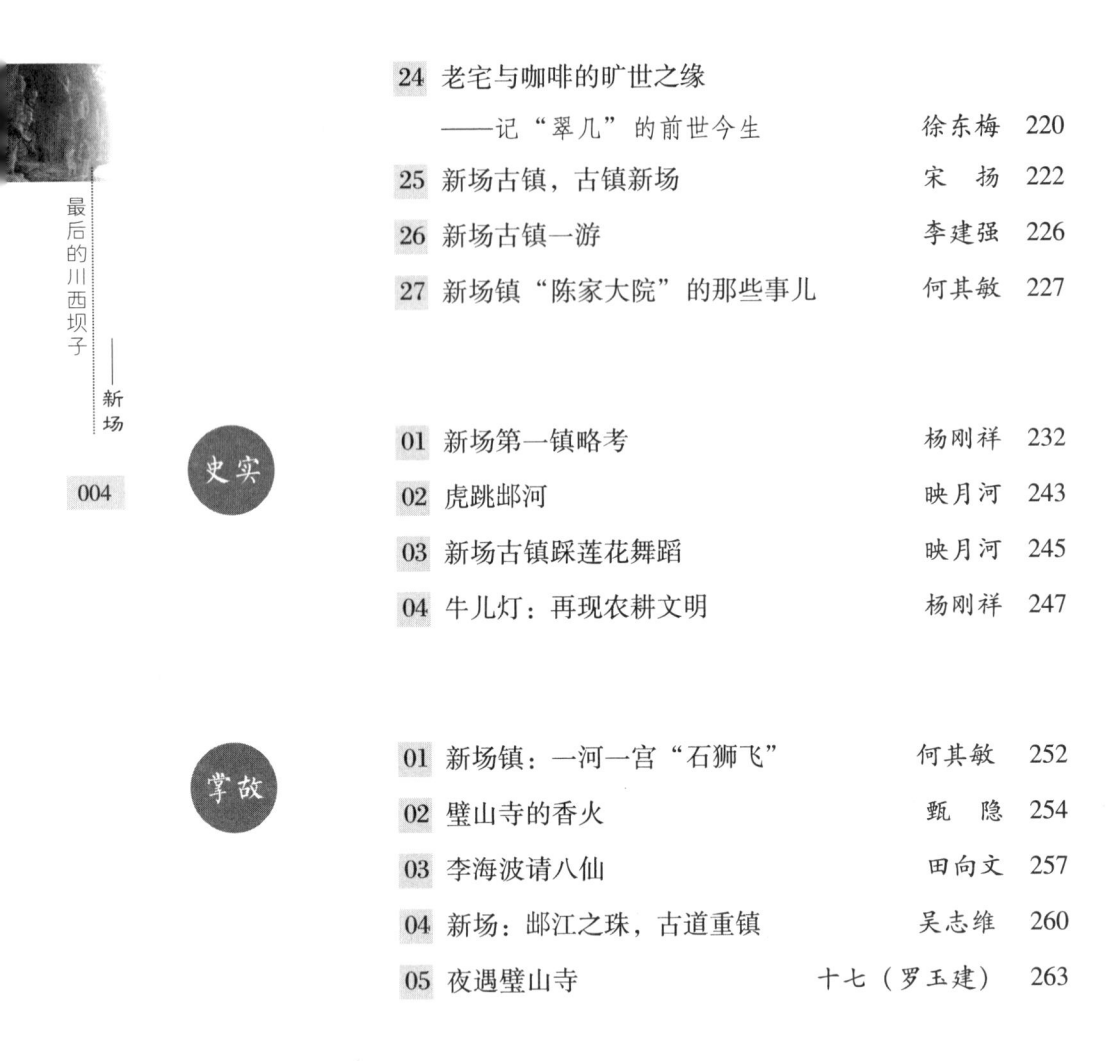

24	老宅与咖啡的旷世之缘		
	——记"翠几"的前世今生	徐东梅	220
25	新场古镇,古镇新场	宋 扬	222
26	新场古镇一游	李建强	226
27	新场镇"陈家大院"的那些事儿	何其敏	227

史实

01	新场第一镇略考	杨刚祥	232
02	虎跳邮河	映月河	243
03	新场古镇踩莲花舞蹈	映月河	245
04	牛儿灯:再现农耕文明	杨刚祥	247

掌故

01	新场镇:一河一宫"石狮飞"	何其敏	252
02	璧山寺的香火	甄 隐	254
03	李海波请八仙	田向文	257
04	新场:邮江之珠,古道重镇	吴志维	260
05	夜遇璧山寺	十七(罗玉建)	263

结束语 266

概　述

新场古镇地处大邑西南，距县城12公里的邮江河畔，依山傍水，生态环境优美，自古为水陆码头和交通要道，是茶马古道上的历史文化名镇之一。它始建于东汉时期，旧称清源，宋明时为思安乡地，清乾隆起为西义乡地的新场镇，历史悠久，经济繁荣，地理位置优越，文化底蕴厚重，基础设施完善，交通便捷。

新场古镇兴起于明朝嘉靖年间，始称扇子场（又称半边街）。公元1661—1721年后，饱经战乱的四川经济得到恢复和发展，囿于一隅的扇子街远不适应市场日益繁荣的需要，遂在沿邮江而下的三里许，水打庙附近的开阔地带，以原有清源市零货摊、歇客店为基础，兴置市场、街道店铺，加上外省客商和迁移的同乡户，集资修建湖广馆、广东馆、陕西馆、江西馆等会馆。此外，还有璧山寺、财神庙、张爷庙、玉皇庙、马王庙等寺庙建筑。国外的传教士，也相继来此修建天主堂和福音堂。

其独特的规划建筑，构成一条正街和河坝场等7条街巷组成的完整集镇，远近商贾陆续云集，沿街商店、摊贩林立，茶业商号多达10余家，木材、煤炭、茶叶、大米和杂粮等五大市场的吞吐量极为壮观。新场古有"五大市场"之称，老百姓俗称"母猪场"。数百年来客商云集、商贸兴旺，既是大邑县的重要集镇，也是邛大两县山区农副产品的重要集散地，素有"一新（场），二唐（场），三灌口（场）"之说。

古人论新场："人声三里市，春夜一街灯。"今人评新场："人气旺，商气旺。"新场镇文化底蕴厚重，文人陈凤鸣写有一副对联描述当时的清源市：清气接雾山，霞蔚云蒸，人文焕发；源头来邮江，地杰人灵，明哲挺生。今人誉新场：穿镇清波古镇新场第一；江分数堰水乡四川无双。这是对新场古镇水乡特色的高度概括。这里有保存完好的清朝川西民居建筑，街道布局二纵二横井字型，上正街、下正街、太平街等建筑面积达数万平方米，青砖青瓦、木楼木柱，皆一色"木构青瓦"店铺，建筑为镇楼形式，下商铺、上居贮、后天井居室，古建筑的雕梁画栋，雕花窗饰十分古朴美观。集股客栈居于正街中间，鳞次栉比的封火墙群保存完好，大户人家的精美仿生雕塑栩栩如生，向人们叙述着当年云集省内外众多商贾时的情景。

在漫长的历史中，新场镇有保存完好的古老宗教建筑如川王宫、佛子岩、璧山庙等；民俗文化如玩友、圣谕、行会戏、平台会和阴差会、闹元宵、请神、各类灯会等。辖区内有保存完整的文物古迹如虎跳出河第一溪、石老猫等。这些古老历史的传统景点和秀丽天然风光，赋予了其独具特色的古镇原味风貌。

近年来，在中共大邑县委、县政府领导下，新场镇依托"最后的川西坝子"文化特质和优良文旅资源，着力打造宜居宜游川西风情书香街区，积极推动天府风情水乡文化、茶马古道文化高度契合，大力推进文旅、农旅、康旅深度融合，全域构建雪山下的公园城市古镇旅游新格局，取得了可喜的成就。

为更好展示茶马古道上最后的川西坝子——西岭雪山下新场古镇的风土人情，让世人从文脉笔端中感受新场古镇在日月星辰吐故纳新中的千重魅力，得益于中共大邑县委县政府的关怀和支持，成都市微型小说学会在成都市作协、中共大邑县委宣传部、大邑县文联、新场镇党委、新场镇政府的帮助指导下，以散文、游记和微型小说的形式编辑了《最后的川西坝子——新场》文学作品集，作品主题与文旅融合、文化传承、文旅建设相关，内容涵盖新场镇历史掌故、传奇故事、风土人情、名餐名饮和传统食品、精品民宿（客栈），特别是近年来古镇新兴产业建设发展中的励志故事和人文典型等。

所收作品立意新颖、构思巧妙、笔墨灵活、画语清新、描写生动，熔思想性、艺术性、文学性、可读性于一炉，恰到好处地展示了新场古镇的独特魅力。

资料

最后的川西坝子新场

大邑县所辖新场镇，始建于东汉时期，兴起于明朝嘉靖年间，是大邑西部最早的建制镇，属山丘坝兼有的地区，辖区面积34.9平方公里，为茶马古道的历史文化名镇之一。2006年6月，新场镇被成都市人民政府命名为市级历史文化名镇；2008年12月23日，被中华人民共和国住房和城乡建设部、国家文物局授予"中国历史文化名镇"。

区位资源优势

大邑是四川省、成都市旅游资源大县，资源类型齐全，有中国道教发源地鹤鸣山、中国南方雪山温泉国际旅游度假区（西岭雪山和花水湾温泉）、世界博物馆小镇安仁镇、佛教南传第一站雾中山。新场镇是大邑县旅游资源的重要之地，是大邑县旅游开发"三山一泉两古镇"的重要板块。古镇拥有二纵二横井字型布局，建筑面积达数十万平方米古街道7条，是川西规模最大、保存最为完好的"船"型水乡古镇。房屋大都为清朝、民国时期的建筑。古镇大院落、楼阁较多，青砖青瓦、木楼木柱、雕梁画栋、栩栩如生，封火墙群古韵古色。有400多年历史的明末建筑——川王宫（集儒、释、道三教合一），有摩崖石刻——佛子岩，有"虎跳出河"第一溪，有家庙——璧山寺，有西方传教士修建的天主教堂和福音堂（基督教）；古街（巷）、古院落、古民居、古雕刻、古堰渠、古码头、古索桥、古寺庙、古树木等古色古香、古朴典雅。今人誉新场："穿镇清波古镇新场第一；江分数堰水乡四川无双。"到目前为止，四川省仅有的6座明代民居都在新场。

新场镇处在安仁—新场—川王宫—药师岩—花水湾—西岭雪山这条旅游线上。香火旺盛的佛教旅游景点——高堂寺离新场仅5公里。

交通优势

新场镇距省会城市成都市58公里，距大邑县城10公里，距双流国际机场47公里，成温邛高速经新场境内穿过，王泗高速公路出入口至新场古镇核心区仅4.5公里，成都快速通道光华大道延伸段也途经新场，邛名高速在新场境内接成温邛高速。

发展优势

新场镇地理位置和自然条件优越，位于成都平原西部边缘，地势平坦，西高东低，海拔500米，属于亚热带湿润季风气候，全年气候温和，雨量充沛，四季分明，土壤肥沃，物产丰富。年平均气温16摄氏度，年日照时间1418小时，全年无霜期达269天，常年主导风向为东北风，集镇就建在邮江河畔，北有西岭雪山之水经头堰河穿镇而过，水源充足。有与丽江古城、束河古镇毗美的建筑水景观胚胎。

新场镇东与王泗镇接壤，南与邛崃市桑园乡相连，西与邮江镇和邛崃茶园相邻，北邻斜源镇和悦来镇。有成温邛高速路、大双高等级旅游路、大新路从境内穿越，镇内村村铺装水泥路，交通便捷。全镇电源供应充裕，有18座装机容量共达6.39万kW的水电站，年发电量1.50亿度，除镇内供电0.3亿度外，仍有1.2亿度转供给大电网。电网覆盖率达95%。镇境内有3座110kV站，主变容量8.5万kVA，有3座35kV站，35kV输电线路达174公里，10kV配电线路达576公里。

通信发达，现有邮电局、所共17个，拥有6000线市话数字程控交换设备。新场镇至城关已开通光纤电缆，开放数字长途电话120条，全新场镇乡电话交换机容量达7120门，长途有权用户1300多户，有市话用户2300多户，市话普及率达11%，拥有农话中继电路38条，线路长度364.8公里，邮路总里程587公里。

产业发展空间布局以成都市和大邑县为依托，新场镇为中心，以新场—桐林为经济轴线，以工业经济区为基础带动全镇经济的全面发展，形成镇域"五点、一线、两区"的经济发展空间格局。

资源、储备资源丰富，沿山一线旅游资源有山地1000多亩，邮江河沿岸200亩国有土地可进行旅游配套娱乐项目和房地产开发。

新场至今被外界企业家、知名人士普遍看好，它是贯穿大邑县旅游景区沿线的途经地，是农产品集散地。

一、悠久的历史

新场古镇位于"天府之国"成都平原西部边缘，背靠邛崃山脉，面向川西平原，山、丘、坝兼有，生态环境优美，历史悠久，古风犹存，是茶马古道上的历史文化名镇之一。

新场镇始建于东汉，在明朝嘉靖年间兴起，始称扇子场或半边街。清朝时，扇子场移至清源市形成集镇。在清朝里甲制管理中，清源市为西乡三甲。民国初年，改甲置区，时称大邑县西山区清源市。民国十五年，改区正为团总，时称大邑县西山区清源团总办事处。民国二十四年，废区团总为联保制，时称大邑县第二联保清源市（镇）办事处。民国二十九年，改联保置清源乡。民国三十二年，改清源乡为大邑县第三乡新新乡。1951年成立大邑县第四区新新乡人民政府，1958年建立大邑县第四区清源人民公社，1959年更名为新场人民公社。1985年镇乡合并，时称新场镇人民政府，沿用至今。

据宋朝《元丰九域志》载，大邑县当时有十乡、一镇、一寨。这一寨，即思安寨。新场镇在唐宋时称之为思安乡，思安寨应该在唐代前就存在。在当时所谓寨，有驻防、兵家必争之地的意思。在蜀汉政权时，大邑县是赵云驻防之地，在新场及周边至今还有些古村落叫某某营。所谓营者，就是当时军队驻扎、操练的地方，后来人们就以当时各营主将的姓称之为袁营、谢营、何营、王营、甘营、韩营和李营等。

据《新场乡志》载：新场头堰始称"扇子场"，即今新场乡的前身。位于观音岩下方，头堰河的北岸（今头堰村）。明嘉靖年间（公元1522—1566年），在此依山面水、山水相连的狭长地带，逐渐兴起房屋、街道。当时农、副和手工产品丰富，使该地成为物资集散地。因其地形似扇子，故名"扇子场"，又因街上铺房系单边排列，亦称"半边街"。

随着农、副和手工业日益发展，市场逐渐繁荣。由于市场受到地形的限制，清康熙年间（公元1662—1722）后，囿于一隅的扇子街，远不适应市场日益繁荣的需要，遂在沿邮江而下的三里许，水打庙附近的开阔地带，以原有清源市零货摊、歇客店为基础兴置市场，街道店铺逐步建成，再加上外省客商和迁移的同乡户集资修建湖广馆、广东馆、陕西馆、江西馆等会馆，基督教传教士也相继来此修建天主堂和福音堂。同一时期，寺庙建筑有璧山寺、财神庙、张爷庙、玉皇庙、马王庙。一时间，远近商贾陆续云集，沿街商店、摊贩林立，茶业商号已达数十家，即此便构成一条正街和河坝场等7街6巷的完整集镇，人们称这一新建的市场叫"新场"，称扇子场为老场。

新场镇自古是水陆码头，是茶马古道上的历史文化名镇之一。数百年来，新场镇就是客商云集、商贸兴旺的场镇，是大邑县的一个重要集镇，是邛大两县山区农副产品的重要集散地，素有"一新（场），二唐（场），三灌口（场）"之美誉，木材、煤炭、茶叶、大米和杂粮等五大市场的吞吐量极为壮观，新场地区便有了"五大市场"之称。清朝光绪年间，云南学政张锡荣拜谒邮江镇伍嵩生（字肇龄，翰林院编修，侍讲学士，乃光绪皇帝蒙师），夜宿清源市头堰客栈，被清源市的自然风光及繁华景象深深打动，连夜写诗赞美清源市："花外斜阳晚，云峰暗几层。人声三里市，春夜一街灯。竹屋容高枕，桃源梦武陵。床头三尺剑，气欲作龙腾。"

新场古镇是辛亥革命元老四川省原省长兼川军总司令、国民革命军23军军长刘成勋的出生地和居住地；有保护完好的清代古街7条（上正街、下正街、太平正街、太平街、太平横街、香市街和河坝街）、古巷2条（水巷子和猫市巷）、100多年的名木桢楠4棵、铁索桥2座、石窟1个、开放庙寺庙2座（其中一座在古镇上、一座在王出路上）、天主教堂一座、会馆1个（广东会馆）和清朝川西民居建筑群。有较为完整的茶楼、居民院落15处（如李氏古宅—供销社、福临社、黄鹤楼、积股、老文具店、孔家秀楼、裕顺号客栈、如意俱乐部等），均为木质结构，大都为清朝、民国时期建筑，大院落、楼阁颇多，街道布局二纵二横，呈井字型，临街建筑极具明清川西民居风情，皆为一色"木构青瓦"店铺，建筑多为木镇楼形式，下商铺，上居贮，后有天井居室。古建筑雕梁画栋，雕花窗棂，十分古朴美观，大富人家的精美仿生雕塑栩栩如生，鳞次栉比的封火墙保存完好。

新场镇在漫长的社会生活中形成了古老的宗教文化，如川王宫、佛子岩、璧山庙等，民俗文化，如玩友、圣谕、行会戏、平台会和阴差会、闹元宵、请神、各类灯会等，保存完整的文物古迹有虎跳出河第一溪、佛子岩石窟、文物川王宫、石老猫。

新场镇文化底蕴厚重，文人陈凤鸣写有一副对联描述当时的清源市："清气接雾山，霞蔚云蒸，人文焕发；源头来出水，地杰人灵，明哲挺生。"

二、新场古镇古迹多，故事多

1. 李氏古宅——檐柱雕花、华丽古建

李氏古宅，坐落于新场古镇上正街十字口，建于1921年。两向正街铺面4间，侧面香市街铺面7间。砖木结构，建筑华丽，翘角粉墙，檐柱雕花，院内屋檐二十四孝图，铺面塑花鸟图案、码头风光等。

古宅原主人为曾松廷，因曾某连遭3次火灾后家业衰败，自感此地于他不利，遂卖出，由当地乡绅李怀芬购得。

李怀芬购得古宅后，于1921年兴建此宅。此宅的兴建极尽铺张，聘名泥工张文山师父掌脉，到处聘请名工巧匠，设计构图，如正街铺面吊脚楼是按当时成都锦华街样式设计的，选用上好材料（曾为两根柱头跑遍一座山），历时4年多，直至1925年方才竣工。据传，当时泥工中许多专事捏泥巴的学徒学了3年才出师，可想当时工匠对古建筑精雕细刻的要求之高。

2. 集股茶园——商贾之家、平安交易之地

集股茶园，建于1916年，是由雷裕丰、周善成、谢兴隆等16位商家集资修建。

此茶园位于清源上街，坐南面北，铺面3间，宽12米，进深40余米。木结构，上下两外侧有高出房的封火墙，前部分楼上楼下是外来茶商宿舍，后面是休闲场地，再后面是制茶地，有6口制茶斗锅，茶园是在铺面的中间。

集股茶园又称股东茶园，是远来客商交易场地。当时虽然带枪出入的人不少，但不曾有人到这里骚扰。

3. 李海坡开茶馆——拜八仙迎宾，引狮王镇馆

由于清朝光绪年间，云南学政张锡荣夜宿清源市所写的清源市赞美诗被人们争相传颂，让清源市的繁华景象轰动了全国，海内外游客、商家蜂拥而至，把清源市的繁荣推向了新的高潮。

地处清源市下正街的社会贤达——李海坡，为了迎接八方客人，想到开茶馆，即修铺面3间，约2000平方米。李吸纳社会经验和家人意见：在清源市这个"船镇"的船尾上，把八仙请来，一寓意八仙漂洋过海带来滚滚财

源；二寓意有八仙撑清源市这只船，这只船就翻不了，自己的茶房有八仙保护，其生意会永远兴隆。李海坡请"八仙"的故事，至今还在民间广为流传。他不惜代价，数次登门聘请了邛崃南河坝的雕塑名师——余占先到自家，历时3月之久在屋前4根木柱上雕刻了2组图案，一组是绣球引狮王镇守，另一组是八仙过海神通广大，两组图案既独立又相互映衬，技艺精湛，栩栩如生，被誉为雕刻精品，堪称清源市一绝。它们的艺术价值是无法估量的，历经岁月沧桑100多年来，至今保存完好。自清末李海坡茶房开办以来，一直宾朋满座，生意兴隆。该茶房一直延续到民国末年，李海坡的继承人病故才停业未办。

4."万顺号"茶铺——平纠纷、讲道理

清朝光绪年间，由于慈禧太后专横垂帘听政，对外丧权卖国，对内横征暴敛，不顾人民死活，国内动荡不安定，用当时民间流传的话来讲："睁眼可见冻死骨，到处都有鬼嚎声。"远在金陵（今南京市）的李登阳、李登代兄弟二人为了寻求一条活路，千里迢迢，奔走到了四川大邑县新场镇。虽然新场镇的地理环境独特，属统治者统治的薄弱地区，但它还有一派繁华的景况。李氏两兄弟一方面帮工找钱，另一方面经商搞些小买卖，奋发图强。通过几年的努力，自己的手上有了积蓄，想修房建造自己的家园。在那暗无天日的社会里，李氏两兄弟饱经风霜，深受压迫和剥削之苦，早就渴望天下有穷人说话、讲理、评理的地方。在这种思想的指导下，李氏两兄弟计划开茶房，广交天下友，于是在新场下正街修铺面3间，建房约2000平方米，茶房修好以后，取名叫"万顺号"，意为万事如意、生意顺利、社会和谐，希望广大群众能消灾免难，同时祝福广大群众一帆风顺，蒸蒸日上，万事如意。"万顺号"自建起后，广大群众都把它当作自己的家，看成是自己休闲娱乐的好地方。"万顺号"万事兴，万顺号的美名很快传遍了川西。到了民国中期，李氏兄弟相继病逝，由李含福（排行老三，人称李三爷）继承。李受老一辈的熏陶，为人正直，敢主持正义，处事公道，被社会公认，被广大群众誉为"打抱不平的好样子"，是新场的"黑脸包公"。李三爷团结群众，善待他人，广交朋友，有钱有势的人遇事到"万顺号"请李三爷评理；广大平民百姓更是排队而入，他们能自由控诉匪霸势力的罪行，有不平之事就展开争论，请李三爷等人伸张正义。如1946年秋，敦义乡的匪首白如意想报复新场镇匪首孔立川，白扬言"要血洗新场"。以李三爷为首的一大批社会贤达、知名人士，多次登门给白做工作，终于使新场避免了一场灾难。由于"万顺号"茶馆不屈服于匪霸势力的压力,能为民办实事、做好事,使其深得人心,更是驰名省内外。民间广为流传——"要讲理去找李三爷""万顺号是我们的幸福号"等等。

"万顺号"越办越兴旺,不只是有茶房,还相继开办了制茶厂,其产品远销省内外。还开办了旅店,成立了"济贫站"。流金岁月,沧桑巨变"万顺号"经历100多年,一直延续到新中国成立后,他有如此强大的生命力,值得我们后人深思。这个谜底你能解答吗?古镇的闪亮明珠多,"万顺号"就是其中的一颗。

5. 黄鹤楼茶铺的水烟——吃香

黄鹤楼,坐落在新场镇下正街。此楼建于民国二十二年(公元1933年),由主人黄春贵所建。为什么取名黄鹤楼?当初建时,主人看见文昌宫和卢大院子的大柏树上歇的上百只黄鹤和白鹤在其建造的房顶上飞舞真好看,好像在为其祝贺,同时又有4只黄鹤在其房顶上,当时有一位地理先生看见此景,就向主人说:"黄鹤来为你祝贺了。"故名为黄鹤楼。

黄鹤楼自建成以来即以开设茶铺为业,但该茶铺不同于其他像集股茶铺、万顺号茶铺等分等级层次的茶铺,而是闲人逸士的活动场所。它经常接待本县及外地的民间艺人,如成都有名的艺术家周忠新来说金钱板为大家演唱。该楼除喝茶外,白天还说书及曲艺演唱,晚上经常搞万友清唱,真是呈现一片锣鼓喧天、热闹非凡的景象。

该茶楼自始至终摆放着免费水烟供众茶客及闲耍人员享用,由于茶楼主人把烧水烟的纸捻改为用香点吸,故成了新场本地的一个歇后语:黄鹤楼的水烟——吃香。

6. 九洞桥——"江原第一桥",顺河而建、川西独有

江原第一桥,位于新场镇下正街场尾。桥头前两丈远置3道红石碑,成排竖立高一丈,居中的刻有5个大字——"江原第一桥",字体工整,左下位刻小字明洪武四年,两侧碑为序及捐助人姓名。

"江"指邛江,"原"意晋原,时,大邑设制为晋原县。江原第一桥,是当时县内首屈一指的大桥,该桥长十余丈,宽二丈余,高一丈余,共建有卷拱溢水洞9个,控制水量助添并行的三堰河用水的不足。洞高八尺、宽一丈,每洞有揽联,条框内白底黑字楷书。该桥全用大块窑砖砌成工字形,承受压力设计有方,桥上正中铺三尺宽八寸厚的石条供独轮车铁圈行道,为方便乡下人推车载大米入场销售,换回山区生产的杂粮,两侧为人行道,桥的

下方系骡马驮米涉水到场销售的通道。

因桥有9洞，时人简称九洞桥，又因该桥顺河而建，有少数人称顺河桥，桥下有两洞因地势高，长年无水患成了乞丐生火煮饭、睡觉的安乐窝。常有游人登山远眺，赞新场镇东有二堰河、西有邮江，是永不沉没的尖嘴船，浮在水面，场头场尾有塔两座就像篙杆插固，九洞桥是船的踏板供人上下。

走下九洞桥便是二堰河的岸边，古树参天，枝叶繁茂覆盖着满河的水，漏过的阳光照耀，映衬着碧水金波，荡漾灿烂，行人至此莫不留恋。横跨的龙板桥头，屏墙上留着比方桌大的三字斗书"清源市"白底墨迹，颜体楷书宏伟工整，远处就能触目欣赏赞绝。连接它的就是魁星楼，建筑横跨街面，下设木栅门，夜闭上锁保障安全。楼下设横匾，两旁有木质抱柱楹联，刻成竹合底，黑漆面填金字，技巧细腻，触目耀眼，联曰：

　　　　清气接雾山，霞蔚云蒸，人文焕发；
　　　　源头来邮江，地灵人杰，明哲挺生。

横额：日中为市

系蒲江人清光绪年间秀才陈凤鸣（字伦斋）撰联。由大邑城关秀才书法家陈子模书，字字珠玉精湛，人人赞赏不绝。

根据历史记载和老人们的回忆，2009年在新场古镇原九洞桥的旧址重建、恢复了九洞桥。

7. 三千罐的传说

三千罐寺在邮江河流域的出山口，新场镇之南，大新公路之右，已与扩建的新场镇连为一体，属文昌社区辖地。据市、县、镇及有关地方史记载，三千罐寺重建于宋代，并扩大其规模为十二殿，分别为五童、观音、孔圣、关云长、娘娘、城隍、玉皇、大佛、火神、雷神、灵官、庙宇门等以工代赈组成，占地6亩左右。寺庙古林擎天，茂林修竹，流水潺潺。

三千罐寺建庙年代已无考证，据传说与石老虎有关，石老虎是庙，当地人叫石老猫，现今仍然可见宋代风格的石老虎，此庙至少在宋代之前就毁了。当地人传"石人对老虎，银子万万五"。银子不能让它丢失，怎么办，得用3000个罐子去装，于是三千罐寺的名字应运而生。据陈文彬老先生介绍，他很小时就听他祖父讲，唐朝此庙叫安官司寺院，宋朝改名三千罐，元朝改名东林寺院。但当地人觉得三千罐很有典故意义，至今大人小孩都叫它三千罐。

三千罐寺方圆10多里，曾是战争频繁之地，所以在宋代这里曾设思安寨。思安寨遗址就在石老猫和三千罐寺这些地方，地盘很大。

现今的三千罐寺，已成为邮江河山口的一处景点，成为历史文化丰富的一处景点，成为老年活动中心热闹的一处景点。人们一到会期，都要从四面八方赶来聚在一起，谈三千罐的历史渊源，谈新场的历史渊源。

8. 石老猫遗址

据《大邑县志》乾隆版载"城西三十里，红牌楼石虎村，时人凿石虎以镇压地方，后发现虎遂毁之"。实则未毁，至今尚存。

石老猫遗址位于新场镇下端三河口侧的土墩上，面向北方的卧虎重千余斤，已日晒雨淋，逐渐风化。有传说"石人对石虎，石老猫银子万万五"。石人在邮江的对岸，邛属茶园乡岩边上以风化无遗，而石虎尚存。"万万五"是形容数量之多。"虎与五"在诗韵上属姑音的上声，是顺口溜押韵。

远年难考，据笔者所知，民国时期官府企图剥削农民，不加治水，河道泛滥成灾，稻田冲洗沿岸塌方，儿时每遇退潮，常去石虎猫河边寻宝，人人皆有所获。曾捡些方孔唐币、开元铜钱和铁箭头，境内居住的邓家捷足先登，用箩筐抬回，全部是优质的唐币开元铜钱，发家致富。塌方处有石条层层砌好的城墙，在石老猫附近宽阔的范围内，处处可见露面的和深埋的瓦砾陶器片，遍地皆是，完整的很少。

1952年春，石虎自然村村支部书记毛国全为春灌用水，带领村民在石老猫附近清理沟道，将短桥升高防止阻水，挖掉瓦砾时，发现表面变黑的碎银三两多，立即派人送交王泗镇农业农行，这证明石老猫地域是有银子。

1970年，孔祥龙接受任务，规划水利的三渠建设，驻阵施工。清晨扛着钢杆检查渠道粗胚，见一石板突出的河岸有碍砌坝，便以钢杆戳掉，突然发现石板下露出的一面已锈的铁锅下面又有重叠的4个六至七寸的无釉白盘和覆盖白色无釉的高约二尺、宽一尺的四耳罐。被公社干部杨友发抢走了两个盘子。三渠同时施工，在三河口的入口处距土三尺以下遍是砖头瓦砾，在河床中又发现用砖砌的六方井，在河床中深度难测便填灭。

1982年，大邑文化馆考古馆员胡亮来家邀约考察石虎村遗址时，先去孔祥龙家参观白瓷盘和四耳罐，对二者称赞不已（笔者回忆，曾在中华人民共和国成立前参观今人民公园博展会的大邑白瓷盘，也是直径六寸，中华人民

共和国成立后迁移大慈寺。1952年，大邑文化馆馆长廖祺听说白窑瓷在斜源境内，前去调查，结果无获而回，后又听说在邛崃境内，捕风捉影之事便中断。在80年代，大邑诗人组织参观大慈寺书法及珍藏，亦未发现大邑无釉白瓷盘）。曾建议由文化馆馆员画一幅画作交换，胡亮同意，随即去刘阴阳家参观他在石老猫附近挖掘的佩剑，长约二尺，铜把无锈，刀口锋利，完好无损。又到河岸塌方处，找有代表性的陶器片，唐、宋、元、明代无釉和类似清初有釉的蓝白图案片，带回馆考证，由于时期短暂，他退休后一切作罢。

疑点：

（1）红牌楼有据，城墙有证，可能是寨子，遍地瓦砾及陶片，可能发生过惨重的战火。

据史载邮江河西岸邮人凶悍好斗，可能袭击侵犯过该寨子。

（2）从唐宋元明的陶片中，又发现有釉的蓝色图案片，是否明代时期就有该物品。按《大邑县志》乾隆版，历史较近只提红牌楼但未有载，推测寨子还远在以前，总之，石老猫终究是个谜。

9. 虎跳河与虎刨泉的传说

从前，在大邑县飞凤山上的庙里，住着一个老和尚和一个小和尚。老和尚年老体弱，全靠小和尚到山下担水煮饭。一天，小和尚下山担水，在回庙的路上，忽然有一只猛虎扑向小和尚，吃了小和尚。

老和尚在庙里等小和尚，等了多时仍不见小和尚回来，觉得小和尚多半出事了，就出庙去找小和尚。没走多远，老和尚看见老虎正在吃小和尚，便气冲冲地朝老虎大声吼道："孽障，你吃了我的徒弟，休想活命。"提起禅杖向老虎丢去，正好打中老虎的后背，老虎大叫一声，就趴在地上了。老和尚跑过去骑在老虎背上抡起拳头就打。老虎痛得心慌，在地上拼命地抓刨，拼命挣扎，挣脱后，带着伤朝川王宫方向逃窜。老虎在地上刨出了一个坑，坑里冒出了一股清幽幽的泉水。老和尚并不罢休，他提起禅杖，抓起小和尚挑水用的扁担，在后紧紧追赶，追到一条河边，老虎大吼一声就跳了过去。老和尚年老体弱，不能跳过河，只好无奈地回庙里去了。

从此，附近的人们便将老虎刨出来的泉水叫"虎刨泉"，把老虎跳过的河叫"虎跳河"。

三、历史人物

新场古镇是原四川省第3军军长、川军总司令兼四川省省长、辛亥革命元老原国民革命军23军军长刘成勋的出生地和居住地。

四、四戏台六大市

昔年新场镇的经济繁荣，物资丰富，商业发达，水陆两运客流频繁，场镇建设分析如下。

1. 春台与猪市坝

春台，称万年台。位于新场镇下正街，即今镇政府的广场，台址临正街檐沟，木质花棱结构，建筑宏伟秀丽。每年狮子龙灯庆新年的正月初九，就是唱春台的日期，订好戏班演唱的开头日，年年都演九本（天），班主在最后一天要送一本精品拿手好戏，共是10本，称棍子戏。由早就选好的具富豪、热情、正派的袍哥大爷为会首承办。各地码头袍哥组织闻讯，前来送礼，放鞭炮给会首挂红祝贺。如新场开酒厂的张全兴，开屠的骆还廷办海参席接待，天天如此，收礼由自己付戏钱。早年邱茂匠，人呼邱老太爷，占了有钱有势敢说大话的人，袍哥一步登天也阔气起来。选他当会首正符合心意，找人请戏班，照样通知各地袍哥码头和亲戚，并将家里的花瓶茶碗摆满熊雨蛟铺面一间屋，设上墨笔红纸的收礼台整日等候，10天过去了，还是一张无字的红纸，原因何在？其儿子邱营长人呼邱莽子，年轻时在地方横霸，惹了大祸出外当兵，在同乡四川第三军军长刘禹久旗下当了营长，毒害了云南珠宝商，在叙府石沉入江，夺了大批财宝，命令一连士兵运回家成了富翁，所以各地袍哥码头和亲戚，都不来送礼祝贺，演出费全由自己负担。人人评论：整胎狗儿，整夜毛猪，整他的肮脏钱，活该。

面向戏台右侧设高板凳，供女性看戏，会场布置左侧为茶园，供客人看座，中间大坝系地方男性站立看的空间。由于大家都想近听，互相拥挤，喔叽一声被推出场，大家发笑，又重新回到场的后端观看。

这一天的早戏是亮台戏，演《大贺寿》，全班出台亮折子和角色，如玉皇大帝、八仙过海、四大天王、仙女散花（反串）、天兵天将等封神榜的主题，站满一台，表现实力雄厚。正戏（中午）主演三国打斗戏，下本演的是折子戏，花戏主演一二人其目的留得住观众。夜戏观众就多，如《西厢记》看生旦艺术，《别姬》看花脸，《拦讲》看清代的袍哥纠纷戏。一天共5场，每日规律大概如此。

特有趣的是，演正戏时地狭人多，好多人去到二堰河岸水打庙看热闹——抢童子。农民许愿得子，买一个木雕五六寸长，涂彩色的童娃，如得

女买女童,归还到三母娘娘的神龛上,年轻人看是男童便抓,互相争夺,得手者不放,将他按在地上,扣腋窝获胜,拿走往外跑,又被人争夺,手持者将童子抛入河中,年轻人不顾寒冷又跳入河中争夺,岸上观众哈哈大笑不止。

胜利者组织一伙人买鞭炮,红布将童子包着,一身水湿也忍耐了,急速送到元子女的青年人家,藏在被窝里,点香烛放鞭炮祝愿早得贵子,饮酒祝贺。

平时这个坝子是猪牛羊市场,牲畜多占满了场地,奶猪安排在水打庙前,自有编编匠(介绍人)来周旋,调解价格从中吃喜钱,假向卖猪人说:这几天价垮了,牵牵子,胚子猪,只能卖多少,如同意我就帮你打圆场。农民不懂行情就依编编匠说的算数,这一下有权和买方在长衫下或袖筒内遮着捏手指说这个这个,卖方也不知就里。成交后,编编匠收到钱扣了起来将余钱交给卖方,农民才知道受烫,真是:哑子吃黄连,编手在其中。

2. 财神庙与茶市

财神庙建于清咸丰前,位于正街场的中心地段,戏台临街,台下右侧为饭馆,左为面馆,从早到晚生意红火,房租由庙收入,中为宽大的走廊。台前是大坝,后面建高大的楼层,下塑财神爷,上为念经楼,与张爷庙同时合建,以中柱为界背相背。新场商业十大行,其中屠宰行未参加,以金花行(绸缎、布匹、百货)、水食行为重点,加上同善会合资修建。右侧存放棺材,乃同善会为施舍穷人、发放医药、年终赈米所在地,楼上念经终年白黑不停,左侧为通往张爷庙的大道。

坝中,有十几家土布摊,布贩从唐场、苏场买回手织原胚白布,长三丈宽一尺一叠,在4家染坊内加工成蓝布、黑布、红布,质粗赖磨,山区人很青睐,喜欢蓝色送交染坊染色。新场有5家染房加工,蓝靛产至邛属茶园乡周沟,大片种植制成松送运各地,红、黑膏子向邛、大县城关购买。第二种是元纱(筒裹),质细柔和价稍高,宽为一尺二寸,比之绸缎铺卖的阴丹兰便宜,而阴丹兰缝一件长衫要花一石二三斗米。所以财神庙的土布摊长久不衰,摊位费也是庙的收入来源。

每年二月演大戏五本(天),由商会组织各行业出资与同善会联办。重点演有关道德修养的折子戏居多,如《安安送米》《杀狗惊妻》《庄周试妻》《刁窗》等节目,打杀斗戏也少,因台下有餐馆和面馆。

三月新茶上市,江西、湖南、湖北、陕西和成都等地茶商早就已安排住地，如集股茶园、松柏店等，聘请烘茶师、制茶地、麻袋用具及运茶劳工，一一有序从面前茶、毛尖开始，边购边运走，继后头茶、二茶、三花大批上市忙个不停。择茶人除掉青壳杂质大都是居民，精制茶厂有5处，昼夜不停。新茶来源于新场的山区，外地有三坝、邛江、双河、大小龙溪；邛属水口、大同、石坡等地的茶贩背或马驮，茶园乡的茶农自运上市，三、六、九赶场。附近各乡镇好饮者都是提前一天到亲朋处住宿，第二天买早市的乡户茶，茶贩的茶叶不零售，迟来的购茶者只好约伙同购一桩，有几个专人称不做假，只买方付劳务费，外境茶商建有豪华的西江馆、湖广馆，设董事长长期经营，不断运走，都是汇款，钱庄字号有5家，数最富诚信的尹大有字号，随取随有。每场成交有三四十石（每石一百斤）。

3. 张爷庙与米市

张爷庙与财神庙相背，同时建造，大庙与财神庙中柱为界。主塑张飞，据传张飞在结义前是开屠的忠厚人，屠户和袍组织都崇拜他，故集资共建。庙侧通财神庙，两旁各11间为米斗行所在地，共22张斗，庙前建万年台，前面为山间，出外有屏墙，再前临丰边街面向邛江河。庙中有一大坝，凡欲食多种多样。戏台下餐馆和血旺摊，两侧有零酒摊，有花生、卤肉、油豆腐，大家争着付钱，一片喧哗，互相畅饮，拴骡马的地方有青草市的供应，李马掌专为骡马耍掌，忙个不停。

大坝中数王玉廷的红汤牛肉有名，终年不断，吃酒捏肉围满一圈，迟来的站着吃，糯米饭、叶耳巴、米醪糟、米凉糕等花样繁多占满大坝，铜圆换银圆的换钱摊有4家（贩买米是铜圆，要换成银圆，方便大家有利），是全场最活跃的地方，所以唱戏时都要出钱资助。

每年7月要演5本戏，由屠行袍哥码头承办，点戏目大都是三国戏，如《哭桃园》《吊古城》等引人伤心掉泪，形容别致。中午演戏，由于天热，饰张飞的只好赤身穿着盔甲唱，汗流入眼内，只好挤眼睛，不好去擦，否则就会擦花脸。午戏观众较少，夜戏观众多。照明最早是满堂红清油灯，后改为汽油灯，亮度大些，看起来清楚。

大坝的东西两面建瓦棚11间，每间有横木相隔供卖米人的座杠，每间有持斗一人（称行户）经管，共22张斗，由行头管理，承办出售，余米归己。每场可收入1至2斗米，斗米重40斤，每间都堆积10余石（每石400斤），每场共出售两百余石。主销山区如：三坝、邛江、双河，外域有石坡、大同、水口、火井、大川、达维和小金等地，重点是烟帮大批收购到山区换

鸦片。远地购买者大多抢早市和中市，白天便于赶路。下午一般是背碳人卖了碳来买三两升米（每升4斤），街铺的销售商也来看行情，周旋要求咶价，闲天加价出售给背碳人。

大米的来源是谷贩子从城区各富人的仓库和邛崃卧龙、蒲江大塘铺、黑竹关等缺水无水碾，只得卖黄谷的地方，以骡马运回包水碾加工成米，驮到新场出售，加上农户需钱售粮的，所以米市每场有200余石。所谓行情的涨势，看市上买米的人的多少，又看上市米的多少，如米少便互相串通挽着口袋不卖，而农户急需用钱，不照他们议价便受到挖苦批评。

4. 璧山庙与煤炭市

据传，清代陕西周至地区一人姓毕，字山谷，任七品县官，为人正直，治政清廉，判决地方一恶棍，其仗势朝中有人横行乡里。毕明知他与上司有关，不为权势，秉公执法，处以判决，后被上司陷害，摘去花翎，气愤之下带着换洗衣物和心爱的医书浪迹天涯，游至新场，一览山美、水美、人善，山、水、田、狗、牛、羊样样俱全，感慨留恋，便居住在碳市坝鸡毛店，上山采药摆一草药摊经营为生，收费低廉，果有效应，病重者写添几味药到药铺配齐，立即灵验，于是求医者逐渐增多。他对穷人不收费还送药，人人感恩，加深了情义，出了名，托陕西商将信告知妻子将家中地变卖，迁到此处落户。妻子因无子女只身一人问路前来，由于鸡毛店不便住家，想到东林禅院女尼常来求医，有见面情，托求暂住，女尼们满口欢迎，其妻贤德，对人礼恭与女尼相处情如姐妹，遂把东林禅院形同自己的家。

待新房修好后，又买了几亩田耕种，女尼们齐约送行，至此互有往来，一有空必回娘家看望叙叙别情。光阴易逝，逐年老衰，妻子先去感到孤独，便以研究佛学解闷，常与人谈论哲理，乡人知情，为解寂寞介绍一和尚照顾，关心其生活。乡人同情他的遭遇和敬佩他的为人，号召善男信女和他医治过的人捐资为他修庙纪念，庙内有许多列名的碑，为他塑像，用木雕塑金身着软袍，戴官帽无花翎，恢复他的本色，外面是大坝内修万年台，建一座高塔，以表示纪念这位好人，璧与毕同音，为了把他神化，改为璧山庙，称其为璧山爷。遂交与佛教管理。煤炭市司秤由该庙管理以增加收入，和尚先后死去。新中国成立后，晏和尚还俗做了叶耳巴生意。

每年六月初六，唱大戏5本，纪念璧山爷送娘娘回家，是东林禅院的盛会。由善男信女挂单资助。年轻人戴着蓝色的眼镜，穿着白绸汗衫，黑绸下装，脚蹬丝耳草鞋，抬着璧山爷和娘娘缓缓行走，两侧打扇高举各色彩旗，锣鼓喧天，随行的有阴差、鸡脚神、判官、吾尚，各式各样的小鬼以铁链拉着犯人前进，具有很好的教育意义。平台会定做的桌面用钢筋固定扮演的儿童，使其平衡，衣装由戏班供给，每一台戏，如《劈山救母》《白蛇传》《断机教子》《桃园结义》《梁山伯与祝英台》等，尤以身灯会最为惊险赤身，手扶龙棍衬入腋窝，两臂燃烛对穿皮肤，两乳房挂身灯穿进皮肤，扮演者分专业艺人，不知是否痛难猜。善男信女牵缰自发五步一跪，沿街铺面点香烛放鞭炮，作揖迎接，满街人山人海，比肩举踵，饱受眼福，热闹胜过正月。演戏大部分是封神榜剧目。

炭市在万年台的前面坝内，分作原煤、焦炭两种。背子炭近200斤，背篼炭就多了，赶场天有200余背，闲天有五六十背，价钱讲好就上称，由和尚司连背篼夹一齐称后扣除，抽买碳人一小块作为管理费，用的是6个头的大称，就是一斤折合6斤，和尚一天也有几十斤的收入。卖炭人要送到花店付钱，这是惯例。又有炭贩装车运成都等地，因炭质好，受工厂、餐馆欢迎，故畅销。

炭的来源是发华寺和邮江，而邮江的炭来自双河的大、小龙溪和天空庙的杨沟。分段贩运的炭贩子背运一次炭要经过4天，中途大歇过夜，垫的是四合头的草席，盖的是棕皮被，只好和衣而睡，还要付号钱，路上走不到半里就拐钉打杵，嘘一声缓解气，卖了炭后买一碗血旺就着随带的冷玉米馍算着一餐，回家后又继续操作，常年如此从不叫苦。

5. 杂粮市

杂粮市位于新场镇正下街，接迎4家，铺内铺外及街上堆满。有斗4张、斗重50斤，4个行户量斗，余粮归己作报酬，日终也有几斗收入。主销玉米、巴山、红豆、绿豆和黄豆，为全县杂粮之冠。

杂粮来源除本乡山区外，还有邛辖水口、大同、石坡、茶园和三坝等地。运输以背运、马驮等方式。商贩来自坝区各县和场镇，用作烤酒、卖馍的所需。买卖双方拟好价格，排班量斗，行户忙碌。经营时间很短便一扫而空，一场要销几十石，为何有如此多的杂粮？因农民种的是斗底玉米，每三尺平方种一窝双株玉米，空隙多种杂粮所致。故许多农户卖了杂粮买米运回家。

杂粮斗虽有4张，也有行霸操纵，如义宗派的袍哥大爷付春建管理杂粮行，行户陈银发出言不逊得罪了他，提走他的斗达8年之久，也得认错。请人说情送大礼（红包）才得斗给他继续营业。

商品是循环交换，互通有无。如水口运来玉米出售，经营烤酒烧房的张全兴，买玉米烤成酒销售水口，经常用马驮酒，路走熟了马能识途。有这样的奇事，将酒装上马鞍无人料理，在马的屁股一拍，就将酒运到山路崎岖五六十里的水口，走到店铺就停，店主发现运酒来了，将酒卸下喂了草料后，把空笼装上马鞍照样一拍屁股又回了家，因张系正派的袍哥大爷，讲义气，所以无人找他的麻烦。

6. 木材市

木材市早年称木厂市，有大、小之分。小木材市在新场镇太平街，赶场天人潮拥挤。大部分是小木商经营，品类繁多，有柏木、杉木、桢楠、香樟、麻柳、青杠、楂条，等等，全部零售。板材、楞枋、脊檩、椽子、大小柱和原材等，主供人们修房和制造各种家具和寿木，买得多包运。

附设妆嫁厂，聘请专业木工技术人员，雕花大小床、桌椅各式凳、箱木匮盆等漆好的各用具，供应出嫁女的妆奁包运。但各地的婚嫁风俗不同。如双流等地的男家结婚主办妆奁需要称柏标，即柏木，要到新场来购买，所以各县城市、农村需要都到新场采购，故新场折运车也多，木市商业繁荣。

大木材市位于头堰的扇子街，远地木商总称头堰新场，木材堆积如山。遍河滩码成方阵，原木分大小直径，整树分大小码成堆，不零售。大小木商20余家。木类以柏木、杉木、桢楠为主，来源于双河、安顺、邮江、三坝及本乡山区。

主销成都（旱运）新津，邛崃（本县苏场木材市）皆水运，外地木商来先找运轮行或水运牵线介绍去找木商，价格讲妥，由搬运工移至另地以墨打铁印验数，结算总额付支票一同到钱庄字号去取。

水运行的老板有两家，早开的有李红桥的李洪顺，拥有水手二三十人，撑筏子，都是能识水性、懂河道的行家，俗称筏青儿，遇熟人戏言"扒哥儿"。木商购货先到水老板家，后王营又发展一家水老板，王裕丰有水手10余人，钱找多了票发霉，在河坝滩上晒法币。王裕丰主放邛崃，南河坎起岸。李洪顺主放经三堰河入斜江到苏场起岸，或再放到新津起岸，也有到邛崃南河坎起岸。

一张筏子放三堰只能连接四五节，每节载大木9条，小木12条，大型原木6条，有撑头、中调、搏尾，另一人管理载筏筏钉的松动，否则筏垮了有的留在原地，有的被冲走会使损失加大，故需4人操作。放大河情况不是这样，每节可加宽多载木料，节数最多可载10多节，开如火车拖车厢，所以运量大。不管小河、大河都有自然规律和时间限制，涨洪水不放，枯水季节不放。春三月桃花水发开始发，七、八月涨洪水不放，九、十月可放，冬腊月为枯水季节停放，水手们常说忙半年耍半年。

7. 竹市

竹市兹竹有老兹竹供编织，嫩兹竹供捻竹绳、扯竹麻；大斑竹搭架做毛刷，做座椅，小斑竹用处多，整个山坝都有上市之多难计，地点在河滩上，坝区各地都来购运。

独具特色的笋壳市，附近各县乡断定莫有，就是山坝两区因气候适宜笋壳大涨，为了变钱上市出售，不管有多少全销完，附近各县乡有笋壳贩来买，大批的担运，用于做大小锅盖，加上布勒垫底少透水特点而畅销。

另外卖的物品多的是，劈一个弯弯木可做磨把，削一支发杈枝拴着小圈扛在肩头，表示出卖，游街被远地人发现就要买回去杈晾晒衣服。有人说：新场是母猪场，有三多，一是吃得多，意指各种货物都有；二是装得多，处处边边角落都是卖东西的；三是窝得多，各物都买光运走，莫有再拿回家的。逢赶场天，从四面八方来的人，形如围攻新场的队伍，有去有来，整天都有，最少有五六万人，人称"不夜场"。以上所述就是新场繁荣的面貌。

五、宗教文化和民间娱乐活动

（一）宗教文化

新场镇文化底蕴厚重，在漫长的社会生活中形成古老的宗教文化，如川王宫（明朝）、佛子岩、璧山庙、天主教堂等。

1. 川王宫

川王宫位于虎跳河畔，距新场镇5公里，是明代先民缅怀李冰治水功德所建，以后演变为儒、释、道三教合一的庙宇，距今已有400多年的历史。川王宫目前免费对外开放，有不少善男信女在此长期居住。

战国时期，李冰任蜀国郡守，开凿离堆，修堤筑堰，使川西平原成为"天府之国"，从此蜀人水旱从人，不知饥馑。在四川还有不少纪念李冰的纪念性建筑，如岷江源川主寺，可见李冰在蜀人中的地位和影响力。

川王宫主殿供奉川王李冰雕像，配殿供奉文殊、普贤、吕纯阳、张三丰塑像。所有房屋全为木结构建筑，共80余间，总建筑面积1500平方米，其中主殿高约30米，4层木楼可依次而上。站在高层，可俯视对岸的虎跳河水电站，整座庙宇殿、楼、阁、榭、廊、厢房等建筑虽然陈旧，但雕梁画栋的

精湛工艺、飞翠流丹的明代建筑风格依然非常鲜明，喜欢木建筑的朋友值得一看。

2. 璧山寺——致富不忘李青天，回乡建庙颂清官

"璧山寺"始建于明崇祯末年（公元1644年），由大邑县敦义乡"毕山"下的乡民毕朋成，大邑县新场镇虎跳河村的黄有民、黄世贵、张祥照等贩运茶叶、布匹等土特产品到璧山县经商致富后，回到茶马古道上的家乡——清源市，为纪念璧山县治县有方的清官——李万春，感谢"李青天"让他们这些外乡人能在璧山县平安经商、勤劳致富，而在上正街建的庙宇；同时，让后人敬仰励精图治、鼓励农耕、鼓励经商、造福百姓的"李青天"，便把李万春夫妇供奉在家乡，永远保佑清源市家乡人经商致富。

开初的庙宇名称为"毕山寺"，是毕朋成主建的。

毕山寺建成后，来朝拜者无数，毕山寺就这样名扬在外了。每年六月六日的庙会把对"李青天"的怀念推向了高潮。李万春夫妇生前信仰佛教，所以毕山寺就成了佛教圣地。到了清朝康熙年间，康熙皇帝派马队一行20余骑，专程到新场镇毕山寺谕旨。把"毕山寺"改为"璧山寺"以示更好地纪念李万春这位历史上的伟大人物。康熙王朝在更改庙名的同时，还奖赏黄金1000两，用于改善璧山寺庙和新场历史名镇的建设。在璧山寺法云大师的主持和倡导下先后在新场古镇街上修建了三千罐、绛鹿寺、文昌宫、财神庙、张翼庙、关云庙、马王庙。在修建中颇具特色的是，从新场镇所处的地理环境来看，新场好像漂泊在水中的一只船，就在璧山寺所处正街的两端各修建了一个字库。这两个字库就是这条大船的两根篙杆，让船开得稳妥，让璧山爷夫妇能长眠安息。

注：李万春系四川资阳人，出生在明朝末年，家庭收入以农业为主，其生活清贫。李万春勤奋攻读诗书，自幼就有"善学、善做""神童"之美誉。其经乡试、县试、府试后，在进京殿试时，考上"榜眼"（仅次状元）。之后，李万春进入京都做官的呼声很高。因奸臣嫉贤妒能，结党营私，安插亲信，加之崇祯皇帝昏庸无道，李万春被派至今重庆地区璧山县（今重庆市璧山区）任县令。该县匪霸横行，又是个穷山恶水之地，百姓生活饥寒交迫。李万春上任之后，励精图治，鼓励农耕，鼓励经商，治山治水，发展了交通，发展了生产，被四川总督称之为"百县之楷模"，璧山县成了发财的好地方。大邑县敦义乡"毕山"下的乡民，毕朋成会同大邑县新场镇虎跳河村的黄有民、黄世贵、张祥照等人，从家乡贩运茶叶、布匹等土特产品去璧山县经商，几年后成了富翁。当时明朝统治者横征暴敛，加之全国很多地区出现干旱，颗粒无收，在全国很多地方都有农民暴动。尤为突出的是与璧山县相隔较近的陕西省李自成的农民

起义。李万春忧国忧民，不顾个人安危，他上奏朝廷，要求安抚百姓，惩治腐败。被怒斥为与奸党勾结，为反叛开脱，被摘掉了乌纱帽。李万春愤怒之下，为一身清白于农历六月初六投嘉陵江而亡，享年72岁。消息传开后，整个璧山县及周边地区的民众高呼"李青天万岁"，自发停业、罢工3天，以示对朝廷的抗议，对"李青天"的怀念。紧接着，这一带的民众蜂拥而入，参加了李闯王起义的农民军，给了统治者毁灭性的打击。

李万春为国捐躯后，毕朋成等人回到了家乡，修建"毕山寺"庙宇供奉李万春夫妇。

3. 佛子崖

佛子崖位于大邑新场镇之北5里，江河西岸岸壁上，为大邑县文物保护单位。其崖为连山岩整体结构，石质细腻，适宜雕刻，所以造就了佛子崖的形成。佛子崖历史上共有13个窟，佛像计40余尊，石窟长50余米，由石刻、石穴两部分组成，虎跳河电站大坝筑于佛子崖之下。可谓是碧波粼粼，绿水盘曲，古迹依岩，山重水复。成为邑中雄奇险峻的不可多得的游览胜地了。

清《乾隆县志》第34页"形胜·山川"条说："夫子崖，在县西35里，山岩多镌佛像。"大邑县志续编1996年版487页这样介绍佛子崖："夫子岩（一名佛子崖）摩崖造像是大邑县文物保护单位，在县城西16公里许的新场川王宫后，此岩有明代的摩崖造像，计11窟。因年深日久，多数造像已肢体不全。"以上记载说明：佛子崖为地方志所载，是保护的对象。它的历史文化内涵丰富，可明确断代为乾隆年以前的造像。根据其造型、线条、内容推断，其历史可继续往古代上溯。佛子崖和夫子岩叫法不一，其原因值得考证。佛子崖历史太简略，造像原因是个谜。

佛子崖石窟的雕刻中，观音像窟是主窟，此石窟共3尊观音像，而造型各不相同，各有其艺术风格，但总体均面目慈祥，和眉善目。释迦牟尼窟也同样为3尊，盘腿而坐，高约3米，形态各有区别。此2窟佛像的造型虽经风雨侵蚀，但仍可见其线条流畅、优美的风格，值得艺术家、考古学家研究考证。例如为什么要分别造同一内容各三尊佛像？这有何寓意呢？"3"在这里重复使用，又是什么意思呢？另有唐僧取经窟、比丘和尚窟、治水观音窟等，都生动地再现了《西游记》中取经的故事和比丘和尚夸张的笑态，以及观世音菩萨的慈眉善目。从这些内容看来，佛子崖的塑像宗旨与川东大足区石刻是一致的，都尽量平民化、生活化、风俗化。据当地老乡讲，1932年涨洪水，江河水暴涨，沿河许多田地被淹没，房屋被冲毁，山坡垮塌，佛子崖也在危急之中，但那河水涨到观音的脚背就再也涨不上去了。水退潮后，人们就说治水观音神通广大，治服了暴涨的江河水。虽然这是神话，但也反映了人们在缺吃少穿的那个时代里，借助神灵保佑的心理。历史上的佛子崖，因为独特的山水地貌，许多庙房都依山而建，曲里拐弯，逶迤参差，远远看去，十分壮观、险峻、神奇。其正殿是一塔形阁楼，共3楼4层，沿峭壁悬岩重叠而上，高达二三十米，真是临空欲飞，紫气缭绕，危崖耸直，风卷波涛。

今日佛子崖更与昔日不同。位于石窟脚下的虎跳河电站大坝，高40余米、宽30多米，关水10余里长，下水可划船。佛子崖已成为当今人们追逐的旅游热点，正如邓国忠先生《咏佛子崖》一诗写的那样：

佛崖何处逢，虎跳八景中。
源远出西岭，大道达天宫。
平湖碧玉镜，危崖翠屏风。
刻像并排列，古意雕琢工。
惟因年代久，剥蚀显朦胧。
逶迤游客至，祈福觅仙踪。

二、风味小吃

新场镇有不少传统名小吃，如百年老店麻辣香嫩的周血旺、家常汪豆花、香酥可口的麻油鸭、叶耳粑、黄糕等。

1. 成都市大邑县麻油鸭

创名于清末刘树云之手，1973年，其后人继承祖业，他博采众家之长，潜心研究，配料和工艺都在原有的基础上加以革新，变成一道色、香、味俱全的美味佳品。鸭子肉质细嫩，味美可口，深受广大群众的喜爱。1990年6月，在成都市第二届个体名小吃评比展销会上荣获优质奖。1992年四川省人民政府授予大邑麻油鸭"首届巴蜀食品节地方风味小吃"称号。

2. 川西名小吃——血旺

在清朝雍正年间，地处清源市的周启成开始设铺卖猪血旺，是新场地区唯一卖血旺的店铺。开初水煮盐下，味道极差，但价格便宜，也是广大"卖苦力"的好朋友。周启成血旺店的生意不好，有倒闭的风险，大家议论纷纷，建言献策。周启成就停下生意，到外地学经验，拜访名师、好友，不惜代价，请来了封都县的血旺大师——马赢全，到新场传艺指点。周血旺一时名声大作，顾客络绎不绝。

"血旺"成了大邑新场地区的名小吃，但顾客们总觉得不完全可口，还缺点什么。由于周启成没有文化，缺乏科学知识，导致在理论上和实践上如何改造和提高"周血旺"都无法进行下去。民国初年，由周茂清继承老一辈的事业，其人勤学、深钻，善于总结，勇于实践，又拜请多位名家指点，经过多年的探索、总结，终于形成了自己独有的选旺、制旺等传统制作血旺的工艺，使"周血旺"由一家店扩展到多家店。

周茂清有"血旺大师"之美誉，可惜新中国成立不久他就病故了。周大师病故后，他的子女们在老一辈制作血旺的基础上又有新的成就。2002年，周血旺向国家主管部门申请专利，经专家评审，国家批准，"周血旺"已获专利。周血旺的特点是"制作工艺精细，鲜嫩味美，质优纯正，麻辣舒适，色香味融为一体，堪称菜谱中的精品"。专家给了"周血旺"很高的评价，国内外媒体也做了系列报道使它名声在外，它还受到了国内外朋友的广泛赞扬。"周血旺"成了川西名小吃"一花独秀"的美誉传遍了神州大地。

三、出行指南

新场古镇地处大邑西南，距县城11.5公里，距成都58公里，距成温邛高速公路大邑王泗出口3.5公里。与闻名遐迩的国家级风景区西岭雪山紧紧相连。成温邛高速公路、川西旅游复线王邮路、晋新路从境内穿过。

（一）出行

1. 自驾车

（1）从成都出发，经成温邛高速公路到王泗新场出口下，顺新场方向前行3公里即到新场古镇。

（2）从成都出发，经成温邛高速公路到大邑南出口下，沿大双公路到往高堂寺、新场方向路口左拐，前行约10公里，即到新场古镇。

（3）从成都出发，经成温邛高速公路到大邑南出口下，沿大双公路，游览完鹤鸣山，到西岭雪山体味冰雪运动，带着汗水下山到花水湾温泉舒舒服服地泡温泉，美美地睡上一觉。第二天清晨从花水湾出发，从邮江口子右拐，一路感受青山绿水，在不知不觉中就进入新场古镇，感受川王宫数百年

来形成的儒释道三教合一的独特魅力，品味新场独有的血旺子和麻油鸭，下午沿成温邛高速返回成都。

2. 交通

（1）成都火车南站、火车西站都有高铁直达大邑县城，每半小时一趟。到大邑县高铁站下车后，打车到新场仅需15分钟。

（2）从金沙车站出发，赶金沙到大邑直达车，票价16元，到大邑客运中心转乘10路公交车到新场古镇票价3元。

（3）从石羊公交站出发，赶到大邑直达车，票价12元，至大邑客运中心转乘10路公交车到新场古镇票价3元。

（4）成都各区县都有开往大邑客运中心的直达车，票价从6元到22元不等，到大邑客运中心转乘10路公交车到新场古镇票价3元。

（二）购物

新场特色竹编、大邑本地红白茶、新场山茶。

（三）娱乐

野营、河岸露天烧烤、垂钓、浅河摸鱼、自行车骑游。

四、风俗民情

（一）民间娱乐活动

1. 玩友

玩友即川剧坐唱，又叫"摆围鼓"。玩友的清唱剧目短小精悍，群众喜闻乐见。它一般都在茶馆清唱，俗称"板凳戏"，只能听声，无动作表演，也在逢年过节或庙会及绅士人家的子弟完婚"花夜"时，被邀请去"摆围鼓，闹花夜"。

中华人民共和国成立前，新场街上十字口邵德三开设茶馆，卖夜堂时，常组织"玩友"活动，吸引不少人到此参加活动，借此招揽更多茶客，增加营利收入。

2. 圣谕

中华人民共和国成立前，新场在春节、春分或庙会期间，在村落院坝、街道庙堂或茶馆，设台宣讲"圣谕"（即讲书前须讲康熙皇帝治理国家的6条谕言，叫作"圣谕"）。用一张方桌和几条板凳，搭成讲台，台上放着一面是"圣谕"，一面是"格言"字样的黑色金字小木牌。一人站在板凳上，以说书形式向群众宣讲忠、孝、节、义和因果报应之类的封建迷信故事，特别是妇女最好听。

3. 行会戏

新场每年逢七月初六日是璧山娘娘走娘家，由三仙观接回璧山庙的盛大庙会。会期中新场街上"十大行"商业派会请戏班（即川剧班子）在璧山庙演戏（又称坝坝会）。剧目内容丰富多彩，非常热闹。

4. 平台会和阴差会

新场每年七月初六这一天是盛大的璧山庙会期，要举办"平台会"。即由许多青少年化妆，穿上古装，扮成一个个形象生动的剧中人物，站在有抬竿的方桌上，由4人抬着沿街游行。阴差会是由人装扮成奇形怪状的花脸，穿着红绿衣服列队游行以示娱乐。

5. 闹元宵

每年正月十五日为"元宵节"，"闹元宵"就是在这一晚上燃放花炮、焰火。新场常见的焰火花炮有焰火斗和焰火伞、盘子花、天地炮等，把这类焰火点燃后，有的拖着一长串火花升入夜空，有的窜入地面爆炸。特别使人逗乐的是，一个纸做的小猴，手执一个火炮，把引线点燃后，在一个蜂包式东西里，噼里啪啦向四面八方发出五光十色的小花炮来，顿时天空底下五彩缤纷，这是人们最喜爱的"猴子夺蜂包"。夜晚，花炮烧狮子，狮灯为了躲避花炮便激烈地舞动起来，花炮燃烧越猛，狮灯舞动得越激烈。这天晚上，人们就这样欢天喜地地度过了美好的元宵节。

6. 请神

每逢春节，乡村中人们喜气洋洋，开展一年一度"请神"的娱乐活动，"耙耙神"就是其中的一种。做法是：一人手持竹耙，头手伏在面前的条凳上，凳的一边放一铁锤，边敲边念："耙耙神、耙耙神，正月请你正月灵，二月请你韩湘子，三月请你吕洞宾，请得出是真神，请不出是假神。"另由一人将事先收集来的挂坟钱慢慢烧起来，大约过一二十分钟，只见那个扮"耙耙神"的人下肢颤抖起来，于是请神者大喊："耙耙神出啦，耙耙神出啦。""耙耙神"手执竹耙一个劲地向人扑打……于是人们追逐嬉闹，逗趣取乐。此外还有请"七姑娘""桌子神""张道神"，等等，请的方式大同小异，目的是游戏取乐，哪有什么"真神"呢？

（二）各类灯会

新场从正月初五起到正月十五止，无论场镇和乡村，都有各种形式的花灯，如狮灯、竿灯、高脚灯及幺妹灯等群众性的耍灯活动。其中，比较富有民间性而普遍、有趣的要算"狮灯"了。它的表演丰富多彩，群众喜闻乐见，一直流传至今。

1. 狮灯

狮头是纸制彩绘，狮身（长约一丈）用彩布（或绸布）做成，其表演操作，一人执狮头，一人执狮尾，另有两个表演人员，一人头戴"笑头和尚"面罩，反穿背心手执文帚，一个戴"猴头"面罩相互配合，引领狮子起舞。表演内容有"翻五台山""天鹅抱蛋""海底捞月""开四门，关四门""偷扇""耍高架"及"杀狮子过年"等精彩节目，表演中还插有翻滚扑腾等民间舞蹈动作；此外狮灯表演后，紧接进行摆有许许多多的寓意深奥、极为有趣雅致的"玩意"（即狮灯谜语）活动。这些都受广大群众的欢迎。

2. 牛灯

由一人戴着牛头面具，另一人脸涂粉白，配合舞蹈动作，边唱边舞。扮演者时而取下面具向主人祝贺年禧。

3. 高脚灯

表演者用两根六七尺长的木条拄棍，下端约两尺处装设有脚凳。表演时手拉木棍，脚踏凳上进行走动，人们常以它的惊奇而取乐。

4. 幺妹灯

此灯要由一个身材苗条、面貌俏俊的男子扮演。身着旧式服装，系上绣花围腰，头戴缎子勒条（或顶花帕），脸蛋涂红，边唱边舞，扭动腰身表演，加上那种浓厚的地方色彩的唱词配合，就更加逗人取乐。

资料提供：新场镇人民政府

引 子

穿越时光的画卷

在大邑和邛崃紧邻的青山绿水之间，隐藏着一座年代久远的古镇，它原汁原味的古朴、宁静、厚重，犹如黄尘古道上蒙上了岁月痕迹的明珠，被尘埃遮住了幽雅独特的魅力。走进这座古镇，挖掘其悠久的文化，把这里美到极致的佳景和动人传说展现，吸引人们共同探寻那穿越时光的诗意画卷。

进入新场古镇，行走在不太平坦的青石板街道，街道两旁历经岁月沧桑仍顽强伫立的古香古色、雕梁画栋的清代风格木质建筑，以及小巷里随处可见的低矮老房斑驳的门窗、陈旧的招牌，似在无声地讲述沧海桑田的变迁。

新场，属大邑旅游的重要资源，是旅游开发"三山一泉两古镇"的重要板块。拥有建筑面积达数十万平方米的二纵二横井字型古街道7条，是川西规模最大、保存最为完好的"船"型水乡古镇。

清澈的溪流静静流淌，为这座依水而建的古老小镇增添了独有的魅力。一座座横跨溪流的石桥，历经岁月的洗礼，依然坚固如初。站在桥上，看水中倒映着的古宅和蓝天白云，犹如一幅饱含诗意的水墨画。

古镇的老旧房屋大都为清朝、民国时期的建筑。大院落，楼阁较多。青砖青瓦、木楼木柱、雕梁画栋、栩栩如生，封火墙群古韵古色。古宅大院布局严谨，错落有致。高高的马头墙、精致的雕花、宽敞的天井，无不展现古人的建筑智慧。其中，尤以几座保存完好的大型宅院最为壮观，它们见证了这里曾经的繁荣与辉煌。

这里文化底蕴深厚，有着丰富的民俗文化和传统手工艺。走在老街上，到处都能看到民间艺人展示竹编、木雕、剪纸、扎风筝、打草鞋、吹糖画等。这些年代久远的传统工艺，是古镇厚重历史文化的传承。

美食，也是古镇的一大特色，各种地道的小吃让人垂涎欲滴。麻油鸭、肥肠血旺、石磨豆花、豆浆馍、窝子油糕、叶儿粑、冻糕、萝卜干、木瓜

丝、麻辣豆豉、腐乳等，这些美食以独特的口味和传统制作工艺，吸引着众多游客前来品尝。

没有城市的繁华喧嚣，只有精致的宁静古朴与似有若无的微风。蓝天白云下自然成长的绿植和艳丽花朵，低空飞掠的小鸟，摆放在老街两旁那些香气扑鼻的精美小食，会让人无意识地放慢脚步。

诗人说：蓝天白云下，行走在泛着岁月之光的青石板街上，大快朵颐享受美食，感受古镇的古朴幽静，虽没饮酒，却也有了朦胧醉意。

在二堰河畔宽大的藤椅上躺坐，泡一杯新鲜的明前竹叶青，看那绿如嫩竹的茶叶在水中沉浮。清可见底的河水静静流淌，院子里一对牡丹鹦鹉在欢快地啼鸣，堤坝下方野生的植物、叫不出名的花朵娇艳夺目。想起了一位作家曾写道：清风明月醉大邑，幽雅宁静新场镇。这里，确实幽雅宁静！

新场，这个茶马古道最后的川西坝子，因其有水有景，美得令人来了就不想离开。它既是勤劳的先人留下的珍贵礼物，更是一幅精美到极致的画卷。

前海后海不是海，锦江邺江也非江。新场镇的二堰河，原本也不是河，西岭的冰雪消融，从山巅奔流直下，流经邺江到清源，绕过老街、古巷、古院落，从碧山寺的花丛中穿行而过。因为它浇灌着十里八乡的农田，由是，多年来，人们视其为孕育的河。

新场不是新建的场，它有悠久的历史。这里不仅有血旺豆花，还有年代久远的古民居、古码头、古索桥、古寺庙、古树木、古雕花、古建筑、青砖青瓦木楼和古老的传说。雪山吹来的风，从廊桥轻轻拂过，与流水轻奏朝花夕拾的歌。

夜，忽闪着百家灯火，细雨在天地间若有若无地述说，朦胧的山和宁静的古镇，漫步的游人，雨中那移动着的灯和伞，是美到极致的融合，构成了一首抒情的诗。天南地北的游人在此居住后，就想停下行走的脚步。这就是新场，自然、古朴、幽静而不寂寞。

小说

XIAOSHUO

01

新场妹子

> 赖丽明

他和她热恋。

在新场那川西民居留下滚烫回忆。

他和她分手，依旧在新场那条汩汩流淌的河边。

昨天的司马相如，今天的陈世美。她神情发瘆，没哭天喊地，理智得没半句怨言。只是转身一刹那，他真真切切目睹了她宛如珍珠般的泪水流向远方。

他另攀高枝，完成了涅槃重生。从此他平步青云，利令智昏。殊不知，善有善报恶有恶报，他在人生最后一公里翻了船，瞬间从天庭坠入地狱。

她为延续腹中的生命，宁可终身不嫁。

老天也会捉弄人。在简阳号称四川的秦城监狱，他俩意外相见。

一个在墙外，一个在墙内。

他俩谁发现了谁不重要，奇怪的是彼此的目光都像磁铁，都如闪电。

无疑他俩尽管诧异，但没回避。

新场那宅川西民居的滚烫回忆，他俩都刻骨铭心，挥之不去。假若当初没有鬼迷心窍，新场那宅川西民居肯定将传出佳话。不仅祖传的豆花，恐怕令人眼热的郎才女貌，都会使人纷至沓来。

毋庸讳言，鬼迷心窍后涅槃重生的他，内心那片净土依然存有新场那川西民居的滚烫回忆。夜深人静，兴许愧疚，常常使他难以言状地黯然神伤，甚至动过返璞归真的念头。

他曾回过新场，踟蹰不前在那条汩汩流淌的河边。他听闻了她的许多传说，对她单亲母亲，不，对她的私生子，有过无限遐想。最终在她灰色人生上犹豫不决，五味杂陈地走了。

女人的行为往往令人费解。她家何时定居最后的川西坝子不得而知，但不争的是新场豆花第二十八代传人是她。豆花西施在新场非她莫属，但绝非是她给祖辈开的先河，而未婚生子是她触犯了祖上大逆不道的天条。

饶是如此，她还是难以恨他入骨。对于孩子，她内心充满愧疚。面对孩子在外受到欺负满屋哭喊爸爸时,她除了陪着孩子流泪,也没绞尽脑汁去搪塞。初中那年,她这样郑重其事对孩子说道,关于你父亲,儿时你满屋哭喊。大了,你宁可久久地凝视浩瀚的长空,也不去揭母亲的伤疤。殊不知,你的这种沉默使母亲心里更加难受,我甚至希望你永远像儿时那样满屋哭喊爸爸的样子。孩儿,母亲始终相信,将来你们父子终会相认。

后来他回到新场,没去那个川西民居,而是徜徉在那条汩汩流淌的河边。

这是一次出乎人们意外的相约。

他坦诚地说,你把灰色人生走出五彩。

她说,莫说醉翁之意不在酒的话,你是想弄清孩子的生父。

尽管留下了岁月的沧桑,他还是一眼捕捉到滚烫回忆中的她。

她说,孩子望眼欲穿。

他愣住了。

倏地,他转身伏在树枝上,泣不成声了。

她说,即使我们没有那次邂逅,你们父子早晚都会相认。

他抬起头,一字一顿地说道,新场妹子,我不配为人夫为人父。

02

避 暑

✦ 陈 波

2013年夏天,退休不久的冯先生和冯太太搭乘旅行社的大巴第一次来到位于大邑的新场古镇,第一次认识了在古镇开民宿的张老板。张老板年轻时去广东打工,赚了些钱,后来喜欢上了新场古镇,于是租了个大院子做起了民宿生意,为人非常和气,给冯先生和冯太太介绍起新场古镇的情况。

新场古镇始建于东汉时期,兴起于明朝嘉靖年间,西与邛崃接壤,南连王泗镇,北通郦江镇、花水湾和西岭雪山,是茶马古道上历史文化名镇之一,有着丰富多彩的民俗文化和农耕文化。称新场为"最后的川西坝子",是因为新场古镇是四川现存规模最大、保存最为完好古镇。因为有几条江绕镇而过,夏天的新场古镇比成都市内温度要低几度,特别适合避暑。

冯先生和冯太太选择在张老板的民宿避暑一个月,每个人每天70元,

包 3 顿饭。

闲聊得知，冯先生是退伍军人，退伍后在事业单位做领导到退休，冯太太退休前是教师，有一个女儿也是教师，两人生活非常惬意。

两个人微笑着在新场的 7 条古街道、6 条巷子到处逛着玩，房屋大都为清朝、民国时期的建筑，大院落、楼阁较多，青砖青瓦、木楼木柱，雕梁画栋，栩栩如生。还有刘成勋故居、璧山寺鹳楼、广东会馆、天主教堂、福音堂等。饿了就品尝品尝血旺肥肠、麻油鸭、李黄糕、新场宽面。

没事和同住的人聊聊中央加强反腐力度，运-20 首飞，远程教育蓬勃发展，成都华阳房价比较低适合再去买几套房子……

冯太太唯一放心不下的是女儿 30 多岁了还没有结婚……

2016 年建军节后，冯先生和冯太太被一位稳重的男士开车送到张老板这儿避暑一个半月。每个人每天 90 元，包吃住。一样地笑得合不拢嘴地逛着古街古巷，吃着喜欢的肥肠血旺和鸭子。

闲聊得知，送他们过来的是他们的女婿，三甲医院呼吸科的主治医生，年轻有为。

没事和同住的人聊聊，习近平总书记在中国共产党成立 95 周年提出的不忘初心，继续前进，天宫二号空间实验室、神舟十一号飞船成功发射，二孩政策全面放开早教、幼教成投资布局热点，很多城市房价涨幅明显……

2019 年酷暑，冯先生和冯太太带着两岁的孙女被女儿、女婿送到张老板这儿避暑两个月。每个人每天 120 元，包吃住。天天带着孙女在古镇随意逛着，买些零食吃着。

闲聊得知，女婿担任副主任医师了，女儿辞去了教师的职务，转去做教培，收入比以前高了不少，孙女也非常乖。

没事和同住的人聊聊，马上中华人民共和国成立 70 周年了，大阅兵可能出现的武器装备，第二届"一带一路"国际合作高峰论坛召开，嫦娥五号发射，成都限购，是否应该去天府视高买套房子……

2023 年清明节后，冯先生一个人来到民宿，原来熟悉的张老板不见了，坐着的是一个三十五六岁的年轻人，一问才知道，3 年疫情，张老板无力支撑开销，没再经营民宿了。年轻人是房东的儿子，以前在一线城市互联网大厂工作，收入很高。现在回到故乡，接手了民宿，应张老板请求，为了给老顾客一个念想，民宿的招牌和装饰都没有改变。

冯先生这次住了 7 天，每天 100 元，包吃住。背有些佝偻着，转着熟悉的每一个地方，人很安静，常常发着呆。

闲聊才知道，疫情几年，老伴去世了。女婿作为医生战斗在一线不幸感染了新冠，也走了，教培产业正在被大力整顿……几天后，冯先生准备去朋友的公司做点事情，增加点收入，这次来古镇，就是来看看熟悉的地方，留个念想。

不少人猜测，这是冯先生最后一次来新场了。

2024年6月的一个周末，冯先生又来了，这次是坐动车来的，住了2天，新老板忙着接待客人和做直播。这次，冯先生明显背笔直，一看就知道曾经是军人。

新老板和冯先生喝茶聊天了解到，冯先生的女儿又重新开公司了，一切发展得不错。冯先生在朋友的公司也帮了不少忙，被聘为顾问了，家里又重新恢复了欢笑。新老板说，古镇马上要全面改造了，改造后会以崭新的面貌迎接八方来客。

这次同住的人聊的是，我国经济复苏，成都的世园会成功举办，在南海，我们把猴子给揍了，中阿军事研讨班开班了……

年华似水，匆匆一瞥，不变的唯有古镇看着世人的悲欢离合……

03

川西坝子

◆ 曹 秀

他缓缓来到这号称最后的川西坝子的新场古镇，心中泛起阵阵涟漪，难以平静。这里曾是他记忆中的新场，早年的繁荣景象仿佛在眼前浮现——人声鼎沸，三里市集喧闹非凡；春夜的街道，灯火通明，宛如不夜城。

几十年的时光悄然流逝，这里依然保留着古镇的痕迹。他在这里徘徊了好几个来回，踏着古老的石板路，感受着岁月的沉淀，终于找回了当年的氛围。那熟悉的街道、古老的建筑、热闹的市集，无不唤起他心底深处的回忆与情感。

他的心中带着满满的感慨和期待。回到新场并决定投资，不仅是为了追寻曾经的记忆，更是为了让这片有着深厚历史底蕴的地方重新焕发生机。他要让新场的辉煌再现，让更多的人能够领略到这片土地的独特魅力。

几十年前，他还是一个小伙子，生活十分拮据，迫不得已在这里打工谋生。有一天，老板给大家发工钱，或许是老板粗心，又或许是天意，他意外地多拿了一个月工钱，却没有吭声。这引来了老板的严重不满，他被无情辞退了。

那时的他，内心充满了委屈和绝望。他暗暗发誓，一定要努力赚钱，等有了钱就回到这里投资，让那个曾经轻视他的老板刮目相看。岁月如梭，几十年过去，他终于实现了自己的梦想，成为一个成功的商人，拥有了丰厚的财富。

如今，他满怀感慨地回到这个地方，准备兑现自己当年的誓言。可是，曾经的老板已经不在了，他的心中不禁涌起一丝遗憾和感伤。就在他准备开始启动项目的时候，老板的女儿出现了。

她拦住了他，眼神中透露出坚定和执着。她告诉他，这个地方对她来说有着特殊的意义，这里是她的秘密基地，她一直在这里潜心研究古代的科技。这里的宁静和独特的氛围给了她无尽的灵感，她希望这个地方能够保持原样，不被外界的喧嚣所打扰。

他静静地听着她的诉说，心中原本的执念渐渐动摇。他开始理解她对这个地方的深厚情感，也感受到了她对古代科技的热爱和执着。他意识到，自己的投资计划可能会破坏她的研究和这个地方原有的宁静。

望着她真诚的眼神，他的内心被触动了。

他决定放下过去的恩怨，尊重她的意愿。他感激她让他看到了这个地方更深层次的价值，同时也为自己曾经的想法感到惭愧。

那一刻，他做出了一个艰难但又无比轻松的决定——放弃投资。他希望这个地方能够继续成为她的秘密基地，让她能够继续追求自己的梦想。

他和她相视一笑，仿佛多年的恩怨在这一刻烟消云散。他转身离开，心中带着对她的祝福和对这个地方的深深眷恋。尽管他没有实现当年的誓言，但却收获了一份宽容和理解的宝贵礼物。

他静静地凝视着老板女儿的背影，眼中流露出一丝不易察觉的感动。她的坚持如同一股温暖的春风，轻轻拂过他的心田，让他那颗原本坚定的心开始微微动摇。在内心深处，他知道无法忽视她的执着和热情，于是他决定尊重她的选择。

在转身离开的那一刻，他悄悄地留下了一张纸条，那张纸条仿佛是他对这个地方的告别，也是他对老板女儿未来的殷切期望。纸条上的字迹工整而有力，每一个字都承载着他深深的祝福和对未来的憧憬。

老板女儿无意间发现了那张纸条，她的目光在纸条上停留了许久，心中涌动着一股难以言喻的感动。她感到自己的努力得到了认可，同时也明白了他的良苦用心。这张纸条如同一把火炬，点燃了她内心的激情，让她更加坚定地投身于古代科技的研究中。

不久之后，老板的女儿找到了他。她的眼神中闪烁着坚定和期待，她说："我的父亲有一个愿望，他一直在等待一个叫'川西坝子'的人来投资。"他微微一笑，轻声说道："我就是'川西坝子'……"那一刻，时间仿佛凝固了，他们的目光交会在一起，眼中充满了对未来的美好憧憬。

这个意外的巧合如同命运的安排，让他们都感到无比兴奋。"川西坝子"决定投资这个地方，为老板女儿的梦想提供更广阔的发展空间。他们相信，在共同的努力下，这个地方将迎来新的机遇和活力。

这个川西坝子，承载着他太多的回忆。那是他曾经生活过的地方，每一寸土地都印刻着他的足迹，每一处风景都深藏着他的情感。他投资这里，不仅仅是为了商业利益，更是为了追寻那份深埋心底的记忆，还原自己记忆中的模样。

老板的女儿，起初对他的投资计划持有疑虑，但当她理解了父亲对这个地方的深厚感情后便不再阻拦，而是选择坚定地支持他。她能感受到父亲对这片土地的眷恋，那是一种无法言表的情感纽带。她提议将这个地方打造成一个旅游景点，因为她知道，这样做既能为家族带来经济收益，又能让父亲的心愿得以实现，让他在这个熟悉的地方找到快乐和满足。

他聆听着老板女儿的建议，心中涌起一股感动。这个主意如同明灯照亮了他的前行之路，他仿佛看到了川西坝子的未来，一个充满生机与活力的旅游胜地。于是，他们开始了一系列的规划和建设，每一个决策都倾注了他们的心血和情感。

在建设的过程中，他们遇到了许多困难和挑战，但他们始终坚持着自己的信念，用心去打造每一个景点，每一处都力求还原古老的川西风情，让游客们能够身临其境地感受那份淳朴和宁静。

终于，经过不懈的努力，这个川西坝子焕发出了崭新的魅力。游客们纷纷慕名而来，他们被这里独特的风情所吸引，陶醉在古老的川西文化中。

看着热闹的游客，他的眼中闪烁着幸福的泪花。他知道，这个地方已经不再仅仅是他的回忆，而是成了更多人的心灵寄托。

这个旅游胜地不仅仅是一片风景，更是一段情感的传承。它见证了父女之间的理解与支持，也见证了人们对故乡的深深眷恋。在这里，游客们找到了心灵的慰藉，而他也找到了那份久违的归属感。这个川西坝子，成为了一个永恒的传奇，将永远流传下去。

04
工头大帽儿

✤ 曾　策

　　从前，新场镇一古建筑修复由小工头大毛娃承揽，某日午后，其借着酒劲带一众人参观工程进度，属下管理员让各位戴好安全帽，大家都在认真执行，唯其不爽，嘴里嘟噜："天天都戴，太烦，我就不信少了这个紧箍咒，砖头会长眼睛。"

　　当即取下安全帽，颇出风头地抛于地上，众人面面相觑，而此时恰巧有根木柱子从顶层滑下，笔直砸向他……众人惊呼，其本能后退，木柱砸落脚前，惊魂才定，嘴又臭起来："还好……没戴帽儿，要不反应哪有这么快！"

　　话音刚落，祸不单行，一块被木柱带松的砖头再次掉下，并于其头皮上擦落，顿时他血流满面，虽然只是皮肉之伤，却令其酒醒丧胆、惊魂失魄！

　　此后多年，直到现在，不要说巡视工地，连出门购物、赶场上街……他都习惯戴顶安全帽，此改变从街头笑谈变成行为口碑，令其生意越做越大，遂成镇上名副其实且远近闻名的"工头大帽儿"。

05
字库塔下的守望

✤ 龚良红

　　从本家长辈的龙门阵里听说，在大邑县新场古镇，曾经存在过一座瓦灰色的字库塔，它静静地矗立于悠然从容的慢时光里，宛如一位严肃、沉默的守护者，见证着古镇的变迁，更守望着一段刻骨铭心的爱情。

　　古镇的清晨，阳光透过薄雾，柔柔地洒在青石板路上。咯吱咯吱的脚步声由远而近，清脆而悦耳。谁家有女初长成？她如一朵悄然绽放的幽兰，端庄而优雅，乌发如瀑，随意披在肩头，更添几分柔美。眼眸明亮，似藏着璀璨星辰，顾盼之间，灵动之韵悄然流淌。她身姿挺拔，举止间尽显端庄大气，然而那微微上扬的嘴角和偶尔闪过的俏皮神色，又透露出少女的灵动活泼。

她自小在古镇长大，对这里的一草一木、一砖一瓦都有着深厚的感情，尤其是对那座古老的字库塔。

在古镇人民的心中，字库塔是神圣不可侵犯的。从祖辈们口里流传下来的传说，让他们对字库塔充满了敬畏。据说，随意丢弃有字的纸张会遭受不幸；相反，将字纸恭敬地投入字库塔中焚烧，则会得到神灵的庇佑。古镇的孩子们从小就被教导要尊重文字、珍惜纸张。每逢重要的节日，古镇的人们还会来到字库塔下，举行庄重的祭祀仪式，表达对知识和文化的敬仰。

她也不例外。她累了或者心情不好，都会来到字库塔下，静静地凝视着塔身，仿佛能从那斑驳的青砖上读出岁月的故事。她喜欢在塔下思考，感受着古镇特有的宁静与祥和。

无巧不成书。这天，秦轩，一个来自外地的年轻画家，为了寻找创作灵感，来到了新场古镇。

一个阳光明媚的日子，秦轩背着画架在街上漫步，不经意间走到了字库塔下。他瞬间被这座古朴而神秘的塔所吸引，不由自主地停下了脚步，开始支起画架，描绘起字库塔的神韵。女孩恰好看到了这一幕，她被秦轩专注的神情打动，静静地站在一旁看着他作画。秦轩无意中转头，两人眼神交会的那一刻，仿佛时间都停止了。四目相对，他的眼眸深邃如夜，似藏着点点星辰；她的目光温柔如水，似荡漾着脉脉温情。周围的喧嚣都渐渐远去，世界只剩下彼此的凝视。他从她的眼中看到了好奇与羞涩，她在他的眼里读出了赞美和欣喜。如同电流划过心头，一种难以言喻的感觉在两人心底蔓延开来。

几天后，她在古镇的一家小书店里挑选书籍，正专注之际，一个身影闯入了她的视线。她抬头一看，竟然是他！

秦轩也很惊讶在这里能遇见女孩，两人相视一笑，聊起最近读过的书。这次相遇，他们大方告知了对方自己的名字：他叫秦轩，她叫苏娴雅。

又过了两天，古镇举行一场传统戏曲表演。观众席上，苏娴雅和秦轩再次不期而遇。他们坐在人群中，一起欣赏着精彩的表演，感受着古镇深厚的文化底蕴。表演结束后，他们并肩漫步在古镇的悠长小巷里，分享着彼此对戏曲的理解和感受。

时光流转，一个宁静的午后，苏娴雅又来到了字库塔下。她身着一袭淡蓝色的长裙，裙摆随着微风轻轻飘动。阳光透过树叶的缝隙倾泻在她身上，仿佛给她披上了一层金色的纱衣。她静静地坐在塔边的石凳上，双手托着腮，眼神有些迷离，思绪飘远。

她又不由自主地想起了秦轩，不知道他此刻在哪里，是否也会想起自己。自从上次分别后，她的心中总是隐隐滋长出丝丝缕缕的牵挂。她看着字库塔，仿佛能从那古老的塔身上感受到一种神秘的力量，牵引着她和秦轩的缘分。

突然，她感觉一道目光在注视着她，她心中一凛，下意识地朝那人看过去。只见不远处，秦轩正站在那里，穿着一件白色的衬衫，袖子卷起，露出象征着健康的小麦色的手臂。阳光洒在他的身上，给他增添了几分温暖的气息。他的头发有些凌乱，却更显随性自然。

此时他的心中充满了惊喜和感慨。当他看到苏娴雅的那一刻，仿佛整个世界都亮了起来。他一直希望能再次见到苏娴雅，没想到命运竟然如此奇妙，让他们在字库塔下再次相遇。他觉得这座塔就像是他们爱情的见证者，每一次相遇都让他更加坚定自己对苏娴雅的感情。

他缓缓地走向苏娴雅，脚步轻盈而坚定，每一步都像是踩在苏娴雅的心弦上，让她的心跳不由自主地加快。秦轩脸上带着温柔的笑容，如同春风拂面，苏娴雅的心中不由得涌起一股暖流。

"嗨，苏娴雅，真没想到会在这里再次遇见你。"秦轩的声音低沉而富有磁性。

苏娴雅脸颊微微泛红，微笑着回应道："是啊，我也觉得很意外呢！这座字库塔冥冥之中好像总是在牵引着我们相遇。"

秦轩走到苏娴雅身边，在她旁边的石凳上坐下："你经常来这里吗？"

苏娴雅轻轻点头："嗯，我很喜欢这座字库塔，它有一种特殊的魅力，让人感到宁静和安心。"

秦轩望着字库塔，感慨地说："我也有同感。每次看到这座塔，我都能感受到古镇的悠久历史和文化底蕴。它好像时光的守护者，见证了无数的悲欢离合。"

苏娴雅眼中闪烁着光芒："是啊，这座塔承载着古镇的记忆和人们的敬畏之情。它让我们懂得了尊重文字，珍惜文化。"

他们在字库塔下聊起了各自的梦想和对未来的憧憬。秦轩说起他想要用画笔记录下古镇的每一处精彩画面、每一个美丽瞬间，让更多的人了解这里的独特魅力。他的眼神中跳跃着光芒，充满了对艺术的热爱和执着。

苏娴雅真诚地表达了她对古镇的深深眷恋，希望能一直守护着这片土地和这座字库塔。她的眼神中透露出坚定和温柔。

秦轩禁不住为之动容。微风轻轻拂过，飘来阵阵花香。字库塔下，他们的身影紧紧相依，时间仿佛在这一刻静止。这次相遇，让他们的心灵更加贴近，爱情的种子在他们心间悄然发芽。在一个星光灿烂的浪漫夜晚，秦轩鼓起勇气向苏娴雅表白。

苏娴雅低垂着眼帘，双颊顿时染上一抹绯红，如同春日里盛开的桃花般娇艳欲滴。微微抿起的嘴唇泄露了她内心的紧张与羞涩，那模样，仿佛一只受惊的小鹿，让秦轩忍不住心生怜惜。她的手指轻轻绞着衣角，眼神闪烁不定，不敢直视面前那个让她心怀缱绻的人，只是偶尔偷偷抬眸，又迅速垂下，那欲语还休的神情如同清晨的第一缕阳光，娇俏而美好。

在字库塔下，他们虔诚地立下誓言：死生契阔，与子成说，执子之手，与子偕老。

然而，命运却总是喜欢捉弄人。不久后，秦轩接到一封来自家乡的加急信件：家中突生变故，立刻赶回。他陷入了痛苦的抉择中，他舍不得离开苏娴雅，但又不能不顾及家人。最终，他决定先回家处理事情，等一切安顿好后就马上回来找苏娴雅。

分别的那天，天空下起蒙蒙细雨，秦轩和苏娴雅在字库塔下深情执手相望，无语凝噎。他郑重承诺一定会尽快回来，她强忍着深深的不舍，默默目送他离去。

日子一天天过去，苏娴雅依然经常来到字库塔下，望着远方，期待着秦轩的身影出现。可是，几个月过去了，秦轩依然没有回来，也没有任何消息。她的心开始渐渐忐忑不安起来：他是另有新欢了吗？还是他遇到了什么难以解决的麻烦事，导致无法脱身？

就在苏娴雅陷入煎熬的漩涡无法自拔的时候，一个从外地回来的商人带来了一个令人震惊的消息。据说，秦轩在回家的途中遭遇了意外，身受重伤，至今昏迷不醒。这个消息，如同晴天霹雳，她的情感世界刹那间崩塌！

苏娴雅舍不得就此放弃，她决定亲自去找秦轩。她收拾好行囊，辞别家人,第二天便踏上了寻找秦轩的旅程。按照先前秦轩告诉她的地址,她顺利找到秦轩家所在的县城,这里人来人往,喧嚣而陌生。她四处打听秦轩的下落,却屡屡碰壁。有的人根本不知道秦轩是谁,有的人则只是敷衍地摇摇头。她不气馁,一家医院一家医院地去询问,哪怕有一点点线索,她都必须亲自跑去找,她疲惫的身影在各个医院的病房走廊中穿梭。

世事难料,苏娴雅遇到了一个中年男子,称自己知道秦轩的下落,但是说必须给他一笔钱才能带她去。涉世不深的她深信不疑,谁知竟被男子骗到车水马龙的十字路口,男子加快脚步,东钻西藏,不一会儿便没了人影。可恶的骗子骗走了她身上为数不多的钱财,她人生地不熟,身无分文,只能在街头四处漂泊,挨饿受冻,欲哭无泪。即便如此,她心中的信念仍旧从未动摇,她相信自己一定能找到秦轩。

后来,一个好心的大姐收留了苏娴雅,让她在自家的面馆里做服务员,既能吃饱肚子,更能有点收入。一个月后,苏娴雅领到了工资,她又踏上了前往另一个城市的路。途中,她遭遇了暴雨,被淋成了落汤鸡。泥泞的道路让她举步维艰,好几次都差点摔倒。她坚强地咬着牙,一步一步艰难前行。

在又一个陌生的地方,苏娴雅继续着她的寻找。她白天四处打听,晚上就找个简陋的地方休息。有时候是破旧的小旅馆,有时候甚至是公园的长椅。她的身体越来越疲惫,心中想找到秦轩的愿望却像熊熊燃烧的火焰,越来越强烈。

经过漫长的寻找,苏娴雅终于找到了秦轩所在的医院。当看到躺在病床上昏迷不醒的秦轩时,她的泪水忍不住决堤。她日夜守在他的身边,衣不解带地悉心照顾他,为他祈祷。也许是苏娴雅这份深沉的爱足以感天动地,一天清晨,秦轩终于在她的千呼万唤声中悠悠苏醒了过来。

当看到苏娴雅那憔悴而又苍白的脸庞时,秦轩百感交集,心疼、感动潮水般蔓延。他紧紧地握住苏娴雅的手,热泪盈眶。他暗暗发誓:今生今世,爱你永不变。

经过这次磨难的考验,他俩的爱情变得更加坚不可摧。他们辗转回到新场古镇,回到那座见证他们爱情的字库塔下,从此幸福地生活在一起,再也没有分开过。而字库塔如慈祥的长辈,继续默默地守护着他们的爱情,见证着他们相知相惜的点点滴滴。

古镇的父老乡亲口口相传他们的爱情佳话,更加坚信字库塔的神圣力量,对它的敬畏之情也愈发真挚。

06

意料之外

+ 石维明

（一）

门铃响了。神秘兮兮走进我家的是我的小舅子，这，有点意料之外。

我的小舅子在大邑县新场附近一家民营企业做采购经理，我在一家国企搞科研，我们一向各忙各的，来往少。他多次约过我们去新场他的新居看看，但一直没有成行。

"哥老倌，虽然我们企业小，势单力薄，但也想参与'一带一路'建设！现在我们的新产品急需在高新西区 A 复合材料有限公司采购一批紧俏的复合材料……"小舅子如此这般一番台词让我知道，他显然什么时候听我老婆说起过，我有个同学在高新西区"A 复合材料有限公司"这家合资企业任审计部长。

"哥老倌，抽空和姐来新场耍几天嘛！"小舅子又热情相邀，"成都小暑、大暑时，从西岭雪山阴阳界冰雪消融的流水，经过虎跳河、邮江，不歇气奔流到新场我家门前，温度比成都起码低5度……"

说实话，我不太愿意去当说客，缺乏这方面潜质，自己知道自己几斤几两。但是在老婆的枕头风"威逼利诱"和亲自口授下，只好强打起精神给同学雷声打电话。

"老同学，雷部长，你可要关心民营企业的发展哦……晚上到'乡巴佬'酒家切磋一下，你一定要给面子哈，我知道你日理万机废寝忘食，但人是铁饭是钢……"

雷声当然懂得起音乐："老同学，你娃说哪儿去啰，口若悬河哦！不要弄得太复杂哦。"

"当然，你又不是外人，同学一场嘛。"我说。

雷声挺着奶油肚子准时来到"座上客"，我早已在包间恭候："坐，请坐，请上座！"递上香烟，侧立的穿旗袍的服务员熟练地为他倾身点火。另一名服务员踩着碎步将冷菜、热菜端上来。

"哎呀，老同学，喊你简单点，随便点，咋过又弄一桌子，吃不完就是浪费社会资源，就是对人民犯罪……"雷声指着菜品道。

我示意服务员给雷声添酒。琼浆玉液缓缓地流入酒杯，又顺势流入雷声的黄"喉"、"肺"片、毛"肚"。雷声的话渐渐地多起来："我就喜欢喝这酱香型的酒，来来，干干！……前几天有几个广尔石影射攻击我，说我是大肚子过独木桥——铤而走险，啧啧，我像是走'险'的同志吗？"

酒过三巡，我向雷声说明我小舅子的苦衷。雷声不动声色地摸出手机打了一个电话，然后又给我交代了一番。

正喝着，雷声突然想起啥子事，惊风火掣地喊："加里森！加里森！"

"老同学还有一位酒友？在哪儿？是外国朋友？"我东张西望，"请他来喝两杯噻！"

"不是人，"雷声瞟了我一眼，"是我的宠物。"

"宠物——加里森？"我一拍脑壳，猛然想起，之前我在点菜时，的确溜进来一条丑眉丑眼的狗，被我奋不顾身一脚踢开。

雷声离开桌子去到门口呼唤，我诚惶诚恐地跟在后头。

"加里森——加里森——"雷声虽然口齿不清，不过加里森很会分辨主人的声音，拐着腿从角落里钻出来。我松了口气，如果加里森小祖宗不入席，老同学龙颜大怒，我将前功尽弃。

重新入座。雷声丢了一个鸡腿在地下，加里森立马大嚼起来。

雷声自己也拿起一个鸡腿，一边啃，一边满脸通红地说："加里森真是一个乖儿，比有些人还听话……"

"是啊。"我附和，把话题引到雷声喜欢的宠物身上，"狗是最有灵性的，只要给它喂点好吃的，叫它做啥子他就做啥子！绝不含糊……"

"嗯，嗯？"雷声的嘴巴停止了咀嚼，"你刚才说啥子！"

"我说，我说……"我猛然一惊，被雷声一逼，惊慌失措道："雷部长，我可不是影射你哈……"

（二）

次日，我按照雷声的交代，走进A复合材料有限公司物资部长艾克诗的办公室。我把小舅子准备的一条"宽窄"香烟、两瓶新场酱香老窖、两只抽了真空的新场麻油鸭拎到艾克诗办公桌后面，随即又把一支烟递到艾克诗嘴边，用防风火机点燃。

"嗯……老雷昨晚给我电话过。"艾克诗的眯缝眼罩在烟雾中。

"不过，这种复合材料现在而今眼目下，俏得很，缺得很哦。"

"我老同学雷部长说，艾部长您会尽量酌情帮忙的。"我虔诚地说道，屁股只坐了半张椅子。

"库房里没有货，我也变不出复合材料来。你以为我会耍魔术啊！"艾克诗扫了我一眼，轻飘飘地说，"过两个月来听消息吧……"

晚上，我给老婆发了几句牢骚。哎，如今办事难啊，送"重"了，可能送不出去，送"轻"了，别人可能看不起！

按照老婆的指点，随即，我又去找了老同学雷声。

雷声到底见多识广，听我说罢，轻轻地"哦"了一声，然后不慌不忙地说："这样吧，我再做点工作。你后天下午只管再去找艾部长，肯定不会白跑一趟。"

一夜无话。第二天下午，我满腹心事地走进艾克诗的办公室。

我是准备感受他的冷脸冷板凳的，但是，完全出乎我的意料，艾克诗一见我，就像屁股上安了弹簧一样从椅子上弹起，一脸灿烂的笑容，握手，让座，关门，倒茶。"我等你半天了，听说你小舅子急需复合材料，我绞尽脑汁想了好些办法，先匀给你一些！现在就去开提货单，叫你小舅子马上拿支票来。建设'一带一路'，合作共赢，支持小微民企，必须要有实际行动……"

真是意外！

我一脑子的疑惑，不知道雷同学使用了啥子魔法。

晚上，雷声在电话里哈哈哈地描述了一通，我才明白了原委。

原来昨天中午，A复合材料有限公司食堂发生了一个小插曲：艾部长"意外"碰见了雷部长，两人"不经意间"同时坐到角落的一张条桌上。雷部长拍拍艾部长的肩膀："老艾，前几天我同学缠着我要复合材料，我推了半天推不脱，只好当面给你打了个电话。结果你给顶了回来，顶得好！实际上给我解了围。哎，你这样忠于职守、克己奉公、不徇私情的中层干部，敬业奉献，值得我学习！"雷部长感慨万端，继续说下去，"只是，居然还有匿名信，有鼻子有眼地反映你的账目。就我个人而言我是绝不相信的，我敢肯定即使组织调查也查不出什么瑕疵，昨天这事足以说明你的工作作风……"

艾克诗额头上滚下几颗汗珠子，一直滚到他的眯缝眼里……

（三）

事情曲折，拐来拐去，但是终于办成了。

小舅子很高兴，打来电话，"周末一定来我家，来新场古镇放松放松！我完成了公司的任务，也轻松一下。我给姐和哥老倌当导游！你好多年没有来了。这可是最后的川西坝子哦……"

这个周末儿子正好参加夏令营，我和老婆就去了新场。老婆有礼有节，买了一堆礼物，出发前她在电话中对兄弟调侃说："我们只有用鼻子按门铃了，因为手上没空……"

小舅子陪我们在新场转悠。"看见新场入口影壁上旅美书法家尚德琳撰写的'正本清源'4个字了吧？意味深长啊！"小舅子道，"不夸张地说，新场是四川规模最大、保存最好的水乡古镇，是茶马古道和南方丝绸之路上的历史文化名镇。'最后的川西坝子'实至名归啊！"

九洞桥出现在了眼前。"成都有九眼桥，我们新场有九洞桥。"小舅子介绍说，原桥建于明洪武四年（公元1371年），镇上老人讲，民国时期还可见桥头两丈远的地方有一个青石碑，刻有"江原第一桥"5个柳体楷书字，"江"指邛江，"原"指晋原，古县名，后划入崇州。现重建的九洞桥，桥长10余丈，宽2丈余，高1丈余，保留有9个卷拱溢水洞。

七八个小学生在洋槐、泡桐树下，一字摆开画架，正在写生。带队老师在旁边指点。我凑上去看了看，九洞桥却也栩栩如生。

我们沿邛江河坝街散步，登上永安廊桥，遥望了一番西岭雪山。小舅子说，清嘉庆年间，开始有永安廊桥的记载，历史上洪水肆虐，廊桥也历经多次重建。如今这廊桥，已成为新场的标志性景点。

我们向西跨过邛江，到清源半岛转了一圈。再次跨过邛江，顺着香市街东行。一路上，小舅子都在给我吹新场的前世今生。

新场于东汉时期初现雏形，唐朝时为戍卫中原边疆的"思安寨"，兴旺于明嘉靖年间，称"扇子场"（又叫"半边街"）。后因战乱凋敝。清朝康熙年间，力图恢复经济、发展商贸，发现偏于一隅的扇子场远不适应市场日益繁荣的需要，遂在沿邛江而下约三里的水打庙开阔地带，新置商业市场和街巷，唤作"新场"，又称"清源"。新场自民国至今一直设镇（乡）。

"钟灵毓秀啊！"小舅子继续滔滔不绝。大邑县志记载，清光绪年间，云南学政张锡荣经新场（清源），拜谒大邑人氏、清末进士伍嵩生（翰林院侍讲，光绪皇帝载湉的国学导师），夜宿头堰客栈，被新场的自然风光及繁荣景象打动，写诗赞美："花外斜阳晚，云峰暗几层。人声三里市，春夜一街灯。竹屋容高枕，桃源梦武陵。床头三尺剑，气欲作龙腾。"清代光绪年间秀才、蒲江人氏陈凤鸣，1929年在新场创办大成学校，用了一副对联描述新场（清源）："清气接雾山，霞蔚云蒸，人文焕发；源头来邛水，地杰人灵，明哲挺生。"横批为："日中为市"。

新场位于成都平原西部与邛崃山脉的交会处，水陆交通发达，数百年来商贾云集，是邛崃、大邑两县农副产品的重要集散地。东经大邑县城1个小时车程到成都，西沿临邛古蜀道可通康、藏，南由水路直抵新津、嘉洲（乐山）、戎州（宜宾），北出邛江可达花水湾和西岭雪山。古镇外形如帆船，有上正街、下正街、太平正街、太平街、太平横街、香市街、河坝街等7条街，及水巷子、张翼庙巷、谢家巷、猫市巷、桶市巷、上字库巷等6条巷子。街巷院落大都为明清、民国时期建筑，青砖黛瓦，雕梁画柱，封火墙群历历在目。也有西洋风格别墅，花瓣形的透气孔、西式窗格、罗马柱引人注目。基督教传教士在新场建有天主堂和福音堂。历史上还有外省客商集资修建的湖广会馆、广东会馆、江西会馆、陕西会馆。

我笑说："兄弟，你比较会打软广告嘛！"

小舅子也笑："那莫得办法，我又不是刻意的！现在新场是国家AAAA级旅游景区、中国历史文化名镇，今非昔比啦！你和姐干脆来新场买一套小户型，周末来休闲，夏季来避暑！"

小舅子带我来到上正街，二堰河从璧山寺前的茂密的灌木和藤蔓植物旁蜿蜒穿过。这座祭祀外籍名士的"家庙"——璧山寺，系新场商人毕朋成所建，供奉明末重庆府璧山县（今重庆市璧山区）县令李万春塑像，原名璧山庙。史载，李万春为官清廉，为民请命。新场商人毕朋成等经商于璧山县，受其惠而致富。后李万春因惩治腐败身受谗言被罢官，怒投来凤溪（今璧南河）而逝。毕朋成等人感慨、感恩，乃在家乡建庙奉祀、祭拜。历代后人皆有修缮，2008年改名璧山寺。这种性质的寺庙在国内非常罕见。

"前面就是新场最繁华的下正街了，刘成勋故居您一定要看看。"小舅子指着一座清代建筑说。但见门前伫立一牌，上有照片和中、英、日、韩文。刘成勋（1883—1945年），四川陆军武备学堂毕业，历任川军师长、军长、总司令、四川省省长、国民革命军第23军军长，上将军衔。系孙中山组织的同盟会会员，在辛亥革命、平定康藏部分地区叛乱、反袁斗争中做出贡献。1927年6月，刘成勋辞去军政事务，回故居赋闲，1944年12月病逝。其故居坐北朝南，系三进三天井四合院，门脸不大，比较低调，门匾上有"长乐永康"4个字。尽管街面骄阳似火，进得院子，却立刻感到清凉袭人。欣赏完西蜀特色的木雕和泥雕，步出花园后门，就是清澈见底的二堰河和二堰河东街。

小舅子抬起手腕看了下时间，问我："新场美食多，新场宽面、奶汤面、肥肠血旺、土鹅肠火锅、麻油鸭、周血旺、汪豆花、李黄糕、黄水馍馍……您看，现在去吃周血旺、周鸭子呢，还是去临江雅舍尝一下主人打理的秘制鱼？"

我不好意思回答。老婆在旁边说，一家人，方便、简洁就好！

小舅子说，那就去二堰河边的"临江雅舍"吧，环境幽雅，先品茶，再尝鱼。

其实临江雅舍就在刘成勋故居东侧隔了6间店铺的距离。它的后门开在二堰河畔。我们在岸边竹椅上落座，服务生沏上碧潭飘雪。茶芽在茶杯里沉浮，耳边是二堰河湍急的涛声，视线里二堰河两岸茂密的竹林、桂花树、红豆树、枣树一片绿意，鲫鱼、鲤鱼在河里灵动地游走，不远处有戴着斗笠的老者在垂钓。

新场紧密地依偎着邮江，邮江的支流二堰河轻逸地穿场而过，在九洞桥又分了两个岔。不要小看了邮江和二堰河，邮江发源于大邑县西岭雪山白杉岗北端的九龙池，至邛崃市临邛镇西石灰包流入南河，南河继续奔腾向南，在新津区五津镇汇入岷江，于宜宾市东北翠屏区合江门汇入长江，最终注入东海。

临江雅舍的主人似乎和我小舅子熟悉，中途过来寒暄了片刻。"懂茶者认为：茶，不过两种姿态，沉、浮；饮茶，人不过两个动作，拿起、放下。"他无意中说的这席话给我留下了较深的印象。

晚餐，临江雅舍主人亲自下厨烹饪秘制私房菜：碧潭飘雪鱼头汤、麻辣青笋鳝片、平菇青鲢……的确不同凡响！

小舅子在餐桌上说，在新场镇地界，从二堰河上溯10多里，虎跳河畔还有一个儒、佛、道三教合一的川王宫，建于明万历四十八年（公元1620年），纪念李冰，也纪念蜀汉结义兄弟刘、关、张，清末毁于大火，1926年重建，依山布局，气势宏伟，是全国重点文物保护单位……明天我继续当导游！

（四）

一周后，上班时听到同事议论，说高新西区出面找 A 复合材料有限公司的几名中层干部"喝茶",其中有物资部长、审计部长。

接连几天,我忐忑不安。

终于,似乎在煎熬中,又像在期盼中,两名公务员不动声色地走进了我单位的会议室。

他们问什么,我回答什么。我一五一十讲完,呼出一口长气。我把双手伸出去,伸到他们面前。

年长的公务员略微诧异地说,"您这是做什么啊?"

我说:"你们带了手铐吧……"

这位公务员微微一笑,"您先安心工作。如有什么需要了解的,我们再来。"

下班回家,我什么都没说。在接下去的几天里,或许我心事重重的模样掩饰得不够理想,老婆用狐疑的眼神扫描了我好几回。

半个月后的一个清晨,我在网站上看到消息,标题是《雷霆出击!为'一带一路'保驾护航》,内容为:"日前,某合资企业物资部长艾某涉嫌严重违法违纪,正接受纪委监委纪律审查和监察调查,该企业审计部长雷某履职不力,受到党内严重警告处分、行政记大过处分……"

晚餐时,我在餐桌上把这事一股脑儿地告诉了老婆。最后"恳求"老婆,以后这类事情不要再"麻烦"我了,这是我的"短板",不是我的"长项"。

老婆先是紧张兮兮,继而又如释重负,笑扯扯地说:"是啊,差点把你、把我兄弟都扯进去。不过还好,意料之外,情理之中啊!"

07

月半女人

> 孟廷轩

月半即将来临,川西坝子家家户户几乎都要摆上香蜡纸钱、公鸡大膀,祭祀已故亲人和各路神仙。当然也有野神野鬼出来游荡,抢野钱野食。公交车师傅黄津久经常开山路,路窄坡陡、弯道多,妻子陶婉常常喊他小心开车。

早晨,黄师傅开车返回古镇,路过佛字岩,在路边杂草丛中传来狗叫

声，又传来女人的惨叫声，一个黄色卷发妇女一瘸一拐跑向路边，招手示意停车。黄师傅一看，这女人估计被狗咬了。她经常坐车到佛字岩，今天就是坐他这趟车上来的。黄师傅下车顺手牵她上车，迅速送到古镇卫生院。

陶婉医生负责给女人治疗，注射狂犬疫苗、输液一切按部就班。那女人见到陶医生躲躲闪闪，显得很不自在。她个子不高，双下巴，肚皮上至少有三圈赘肉。估计腰围比紧身裤裤子长度还大，大腿抵得上陶医生的腰杆，大手足以当陶医生的脚杆。引起陶婉医生注意的是，女人左手手腕吊着一个草绿色手镯，和自己丢失的手镯大小、颜色、样式一模一样。黄发女人一直不言不语，也没有人和她联系。

陶医生回想起前不久的一件怪事。璧山庙庙会期间，整个古镇人山人海，热热闹闹，小区家中梁上君子光顾，小偷只拿走几件自己的首饰和衣服。寝室墙上，陶医生的婚纱相片被废报纸遮挡，黄师傅的毛皮鞋撒落在地。还留下一张纸条：东西我拿走了。落款只有4个字：月半女人。

当天中午，有人看见一个披肩黑发女人，提着黑袋子，手拿钥匙，不紧不慢开门进屋。出门时袋子里装着啥就不清楚了。难道她就是月半女人？陶医生再看女人头发颜色和发型，不敢断然肯定。

黄发女人不开口，只是发呆，盯着电视机傻哭傻笑。院长和陶医生非常着急。陶医生想起纸条，突然明白了什么。她找来纸和笔，摆在黄发女人面前。那女人先是犹豫，然后写下：虎跳村八组，衣服。显然是让陶医生帮忙到她家带换洗衣服。

陶医生找到了女人的家，她单身一人。几间房屋低矮、破烂，周围住户几乎全部搬迁。没有围墙，显得很孤单。房间没有上锁，但是有几样东西很特别：废弃的时装石膏模特、几套假发、几盒避孕药，还有几张喜剧、健身光碟。在简易的衣箱中，陶医生发现了自己丢失的连衣裙，这是黄津久给她的定情物，洁白、漂亮、非常合身。陶医生相信，自己的判断没错。

黄发女人能写能笑，说明思维没有问题。不开口，总有一定的原因。陶医生在病房安上影碟机，播放喜剧小品，黄发女人看得津津有味，手舞足蹈，播放模特健身，她就一脸灿烂，又起腰想走猫步，当她看到陶医生回过神来，才稍微冷静。陶医生看火候已到，拿出披肩黑假发，递给她，说："月半女人，换了吧。"女人戴上黑假发，拉着陶医生的手，小声问："你是陶婉医生吧？我想见黄师傅。"说完，取下手镯交给陶医生。

晚上，黄师傅收车来到病房。"九斤黄来咯。"黑发女人一高兴，喊出黄师傅的外号。原来，黄师傅开车，爱神吹，爱说笑。"我名叫黄津久，外号'九斤黄'，是良种公鸡。"后来吹嘘女人胖的如何、瘦的如何，有人问他老婆咋样，他说漂亮、苗条、马马虎虎，最后还说了自己住哪个小区。说者无心，听者有意。月半女人想看看"九斤黄"老婆长啥样。庙会那天早晨，黄师傅下车去古镇吃面，歇了火忘了拔钥匙（和很多司机一样，黄师傅把车钥匙和家中钥匙连在了一起）。车上只有月半女人一个人，她抓住机会抽了钥匙，进了黄师傅家。看到陶医生照片，把陶医生当作了偶像，要成为像陶医生那样苗条、漂亮的女人。于是赶紧搜寻陶医生衣服、首饰，还有黄师傅的毛皮鞋。留下一张不明不白的纸条，然后神不知鬼不觉地又把钥匙插在车上。

陶医生有空就陪女人说话。原来，女人听别人说，吃避孕药减肥，就不断买避孕药，变换假发发型，穿紧身衣裤引起别人注意。还听说佛字岩菩萨灵验，便求佛保佑减肥。哪晓得那天运气不好，踩到一条饿得精瘦的流浪狗。陶医生问："你为啥要遮挡我的婚纱照？"女人说："我想，我想黄师傅天天看到你，根本就不会看我们这些女人了，所以就……对不起嘛。"听到这儿，黄师傅和陶医生已是哭笑不得。黄师傅问："那你咋个叫'月半'女人呢？'月半'！你不是逮鬼来吓我们么？""我哪里是'月半'女人，是'胖'女人。人家是字没写好，把'月'和'半'写分开了。"

七月十三，月半，胖女人出院。晚上，月亮时隐时现，没有人问胖女人为什么单身，身边为什么没有亲人。

后来，胖女人做了佛字岩沿线的清洁工，当然也常坐"九斤黄"的车。一次，黄师傅忍不住问："美女，有次神吹，说男人私房钱爱藏在哪里，你是不是发现我藏在毛皮鞋里的500元奖金？"胖女人激动无比："终于有人喊我美女了。500元，好说，等我领到工资，一定还给你。"

08

回归在新场

——一百万人民币击碎的亲情复活

◆ 奇 镜

一、漫天飞舞瑞雪天，亲人回归热泪涟

多年不曾下雪的蓉城上空，连续两天飘下了大朵美丽的雪花，飘逸的雪，在天空中舞弄出千万身姿，为新年的蓉城和郊县，披上了素雅的银装。

位于成都远郊大邑县的新场古镇，临近邮江河岸无名民宿的大厅，一位年近50岁的高个男人，伫立于落地窗前，隔着玻璃欣赏着风中漫不经心飘下的雪花。刻写着岁月痕迹、棱角分明的刚毅的脸上，有着凝重、复杂的表情。

他叫陈经男，多年前从大巴山下的达州来到蓉城，经数年努力拼搏，终于有了一定成就，既拥有自己的公司和酒楼，拥有了包括奔驰车在内的4部豪车，拥有在市中心的花园豪宅，是多种媒体浓墨重彩报道过的成功人士。

两年多以前，由于一次未经郑重思考的合作及其后的善举，陈经男解散了自己的公司，关闭了经营红火的酒楼，遣散了所有员工，卖掉了爱车和住房，由一个身价数千万的富翁，沦落成一文不名的穷人，在狂风中搭乘朋友的汽车，拉着简单的行李和近千册书，搬到了市区。

其后，为了生存，也为了寻找失踪的儿子，他的足迹遍布大江南北，最终，在极度的失落中，定居在空气清新、风景优美的新场镇，再也没有搬回主城区。

有人推门。是快递上门来了吧？自搬到新场，开了这家10多个房间的民宿，老陈关停了以前的手机，几乎和外界隔绝，以前生意场上的朋友，都失去了他的消息，人们都不知道，当年那个意气风发的男人，缘何突然消失得无影无踪。在这个环境优美的古镇，人们只知道他姓陈，每天早上和晚上，能够看到他在二堰河边散步。这个不和任何人说话的男人，几乎和外界没有任何联系。

他转身来到门前，打开大门，正要按照以往的习惯伸手接信封，一个提

着黑色密码箱，帅气、眉宇间夹杂着淡淡忧郁，身穿蓝色滑雪衫、黑色下装的年轻人和一个身穿大红羽绒服，怀抱着洋娃娃似的小孩子的漂亮姑娘，夹带着一股寒风，同时抢进门来。

怎么回事？老陈还没反应过来，年轻人已打开密码箱，露出里面一沓沓崭新的人民币，"咚"的一声跪在地板上，将头在地板上磕着，声泪俱下地哭诉道："爸爸！我错了，我对不起你！儿子回来孝敬你了！你的一百万和两年利息都在这……"

抱着孩子的红羽绒衣姑娘把孩子放在地上，也跪在了地上，潮湿了双眼，脆生生地叫道："爸爸！"

站在地板上，将小手指放在嘴里吮着的小孩子，睁着一双大大的眼睛，看看跪在地上的两个人，又抬起头看看直端端站着的陈经男，嘴里喃喃叫着："爸爸？"

是儿子，真的是失去踪迹两年多的儿子，是那个从小到大让他伤透了心、令他失却了很多次再婚机会的儿子，是那个在他最困难时，卷走了唯一的100万元，给了他致命一击的儿子！

表情复杂的老陈，心里犹如打翻了五味瓶，正欲张嘴说什么，又是一道红光闪过，一位风韵尚存的中年妇女款款进屋，轻轻说道："经男，你让孩子们找得好苦！"

二、一念之差误入歧途，巨款散尽卖车房

时光回复到两年多以前，其时，拥有多家公司，在市中心开有5层楼酒店的陈经男，经人介绍，认识了一个人所有人都公认的慈善家女富商，并在一帮老头子的鼓动下，和这个公认的慈善女富商合作了一家新公司，由女富商任董事长，老陈出任总经理。

他们在一起仅合作了3个月，结果是，慈善富商消失了，陈经男的房子、车子以及上千万元现金全没有了。

自诩为天下最善良的女富商，虽年近50却极显年轻，一脸富态。营业执照、税务登记、法人代码证等有效证件，可以证明她是多家铜矿的老板。事实上，她也确实是几家铜矿的老板。陈经男派自己的儿子到国土资源厅调阅过凉山州的那几家铜矿，资料上清楚无误地显示，她正是那些铜矿的主人。

只不过，她所有的那些铜矿，因为流动资金不足，于一年前停产了，和陈经男合作的目的，就是为了运作到一笔流动资金，重新启动铜矿正常

生产。

女富商出入都前呼后拥，身边总有三五个男女跟随。跟随她身后的男女，看上去纯属地道的农民，或者是乡镇小商贩之类的人，长的都是大骨架、粗身板，皮肤长期饱受紫外线的侵袭，而且穿得很是花哨，让人看了怪怪的。

女老板几次在员工大会上诉说自己以前很苦，从小讨口要饭，曾在一个寒冷的冬日，冻晕在一家人的灶台前，幸好遇到一个好心人给了她件烂棉衣，才得以拣回一条性命……后来她有幸成了监狱干警，每年都会开着警车，穿着警服，提着丰盛的礼物，回到老家看那位当年赐给她棉衣的老者，并一直将其送终。

女老板很耿直，每到发工资时，总会很大方地掏出些百元大钞，笑逐颜开地发给几个年老工资少的员工，尽管每月工资15000元，可到手后，她都会发出一半以上，只给自己留一半。除了发工资时，分发现金，女老板经常会自己掏钱，让办公室所有人中午到餐馆尽兴吃喝，而她自己却心甘情愿留在办公室吃盒饭。女老板更善体人意，谁家要是有了什么意外，她一定会二百元、三百元地掏钱相赠，而且绝对不会要人归还，谁的朋友到公司来，如正遇上吃饭时间，她绝对会掏出几百元钱，让这人带朋友到餐馆消费。

女老板对朋友更好，不管什么朋友，只要有事找着了，她都会拍着胸口让对方相信，定会两肋插刀帮忙到底。

女老板很重视有文化的人，公司的好车，一般都让她认为有知识的副总、主任坐，自己高高兴兴天天坐越野车。出差到外地，保准给她视为人才的副总、办公室主任开单间，而她自己却和司机住标间。

女老板喜欢新人，只要有人介绍来了新人，不管是办公室一般文员，或是前来担重要职务者，她都会对其很好，会尽可能地满足其要求。

新来的人，特别是英俊的小伙子或漂亮小姑娘，一般会得到女老板的器重。办公室人员不小心损坏了办公用品，女老板会自己掏钱，叫损坏了东西的人悄悄去买回来，其目的，是避免陈经男知道后会按制度处理。

尽管女老板在每周一的例会上，都强调每个人必须执行公司规章制度，但从她自己开始，基本上没有准时到过办公室，更认真没有执行公司的一切规章。所以，每到员工们犯了错误，在将要受到处分时，只要找到她几句好话一说，她保证会笑容可掬地找到陈经男，为犯了错误的员工说情。尽管她每次的说情都让陈经男给否了，但员工们都知道，女老板是一个关心员工的好人，都知道了，制定和执行规章的是陈经男而非女老板！

女老板和所人都相处很好，真的很好。好得每一个人，都可以上班时间走进她的办公室，天南地北地胡吹几个小时，一直吹到下班，一直吹到从她的口袋里掏出钱，让那些胡吹的人在餐厅海吃山喝。当然，也有时候，还没有吹上几句话，陈经男走进来看到了，就会把那些胡吹的人轰出去。

因为陈经男对员工管得严，大家都怕他，背后都骂他不通情理，而女老板则受到了全体员工一致好评，人前人后，员工们说起女老板，都会夸她是一个好人，说她真的好耿直。

公司遇到了困难，不时有人来要债，每次女老板都会想方设法躲藏起来，都由陈经男想办法解决问题。

每次要债的人走了后，女老板都会召开全体会议，义正词严地拍着胸口，信誓旦旦地做出承诺，让人们相信她，一定会在尽快时间内，解决好资金问题，给每人一个大大的红包。

年底，女老板在全体员工会上，激动地告诉大家，最多一个星期，资金就会到位了，元旦节，普通员工每人奖金 1 万元，中层干部每人 3 万元，副总级别每人 6 万元，而且，因为大家跟着她苦了这么久，应该好好休息一下了，全体放假 10 天……

全场一片欢呼声，只差没有人喊女老板万岁了。

第二天，女老板没有来，和她关系最铁的副总在上班时，悄悄对人说，女老板住在一家五星级的大酒店，正和北京来的大老板签合同，钱款基本到位了……除了陈经男，所有的人，都听到了那悄悄话。

第二天、第三天、第四天、第五天，到周末了，女老板都没有出现，员工们开始悄然议论，有人开始去找陈经男，问女老板为什么没有出现。神情严峻的陈经男，除了让大家坚守岗位，什么也没说。

周一，女老板没有来，到周五，仍然没有来。和他关系最铁的副总也悄然失踪了。

副总失踪后，员工们惊奇地发现，一直跟着女老板的女司机、男司机，还有她一向看重的办公室主任等，都没有了踪影。

要债的人走了一拨又来一拨，员工们的心里犹如十五个吊桶打水，随时担心会发生什么恶性事件。

还好，每次来要钱的人，都高高兴兴地离去了。而且每一拨要债的人走之前，都会很是感激地握着陈经男的手，说上些客气话。

该发工资了，消瘦了 10 多斤的陈经男，吩咐财务把工资单造好交到了他手中。那天中午，陈经男把全体员工带到一家餐厅，酒足饭饱之后，叫着每一个人的名字，亲手为大家发了工资，然后，他对着所有人弯下了腰，哽咽着说："各位，对不起了，今天这顿饭后，大家就回家休息吧，本人无力再维系这个摊子了，一旦董事长回来，我相信，他定会召集大家重新开始。"

陈经男拖着沉重的步子离开了，所有人呆呆望着他的背影，一句话也说不出来。

"是那个该死的女老板害的呀！陈经男才会这样惨！"一向不多说话的出纳，眼睛里涌出了泪水。

人们开始问怎么回事。好一阵，出纳平静了下来，面无表情地告诉大家，女老板和他的一帮人失踪后，要债的人逼上门来了，陈经男卖了自己的房子和汽车，把大部分的债务偿还了，最后的一点钱，留给大家发了工资和用于今天的午餐。而他自己，可能现在已经一文不名了。

人们一下炸开了，七嘴八舌、群情激愤地吵闹起来，其中更有人捶胸顿足大骂女老板是骗子！

虽然陈经男宣布放假了，但第二天，所有人都来到了公司。

就在人们相互说着、打听着、哭着吵着时，一位长得清秀成熟的中年男人红着眼进来了，看了看激动的人们，低下了头，径直往陈经男办公室走去。

那男人不是女老板的男朋友吗？难道他不知道女老板的下落？有人大声说："我们找他要人去！叫他把女老板交出来。"

"对！让那个女人还我们的血汗钱！"

一时间，有人在叫骂，有人在大声哭泣，有人在唉声叹气。公司办公室里如开锅了一般乱七八糟。

陈经男和女老板的男朋友出来了，招呼大家坐下，让人们慢慢地、一个一个地说明怎么回事。

人们的述说，使所有人全蒙了，也全傻了，全醒了。

原来，好人的女老板，直率的女老板，短短 3 个月时间，悄悄向公司每一个人都借了钱，最多的借了 10 万元给他，最少的，也借了 5000 元。

开面包车的老张，上班 3 个月，因为处于试用期，每月领到工资 5000 元，感恩女老板发工资时总会悄然塞给他几百元现金，借给了女老板 2 万元，而那 2 万元钱，是他为孩子上学准备的。

文员小潘，上班两个月，每个月领到4000元的工资，却因为女老板对她平时格外关心，将自己和前夫离婚所得的8万元全部借给了她。

家里有着残疾人妻子，有着病重的乡下老母和读书女儿的小莫，感恩董事长的关照，感谢每月8000元的中层职务，四处奔走，好不容易筹到了2万元借给了她。

最惨的是财务刘大姐，把女儿读大学的钱和自己全部的积蓄8万元，全部借给了女老板。

"你们那点钱算啥！我不但借给了她20多万元现金，连房子也让她给抵押出去了！"坐在陈经男身边的中年男人，突然歇斯底里地吼叫了起来，又跌坐在椅子上，如受伤的狼一般大哭道："天啦！我以后怎么办！我可怎么活呀！"

原本开着自己的茶楼，离婚后独自带着女儿，生活得有滋有味的中年男人，一个偶然的机会认识了耿直的女老板时，没有想到，他的人生，会因那个所有人都称道的慈善企业家发生巨大的逆转，出现痛不欲生的变故。

风韵犹存的女老板，面对一个帅气并略有节余的离婚男，采用的方式很简单——每天都带着10多个人到他的茶楼喝茶。而她带去的人，都夸她是一个好人，是一个慈善的大老板。于是，他相信了她是好人、大老板。

后来，她开始追求他。他付之一笑，说自己离婚多年，从没想过再婚。而且，他有一个拖油瓶女儿需要供养。

她不在乎他的拒绝，继续追求，每日继续带了一大帮人到他那里吃茶。

他终于动心了，是因为她夸下海口，保证给他买一套带花园的洋房，把他女儿送到国外读书。

他听信了她的信誓旦旦，认定了她是自己今后人生的伴侣。于是把她带回了家里，面见年老的妈妈和家里其他亲人。

家人一致认同了女老板，因为她大方耿直，也因为她总是带着一大帮人，颇有女老板的架势，更因为，她那些无比美丽的承诺。

很快，她以企业遇到了临时困难为由，开始向他借钱，借去了他全部的积蓄后，又借走了他家里人的钱，最后，借走了那家茶楼店员们的钱。

当他实在没有钱了，连每日的营业款，也让她给借走了。茶楼的正常经营都难以为继时，她让他拿出了和女儿居住的房屋产权证……

现在，茶楼因欠房租和水电费，让人给收回去了，抵押借款的期限已到，房子即将让人给收走，处于崩溃边缘的他，真不知道，自己今后人生的路该如何继续。

也到了此时，写过很多小说、发表过很多针砭时弊杂文的陈经男，心里方才明白，自己让人给耍了，一向自以为高智商的他，掉进了那个女人精心设置的圈套里。

三、正是人生最难时，儿携巨款失踪影

人生就是愿赌服输，仅仅自己的钱没有了，还不算最严重的，更为严重的是，因为有9个朋友通过他的介绍，借了近百万元现金给女老板，女老板消失后，朋友们自然找到了他，他成了替罪羊。

面对朋友们表情复杂的面孔和责怪的、企盼的、渴求的眼神，他的选择，只能是卖了自己的车子和房子，为那消失了的好人，收回一大把借条。

正是年关，没有领到工资的员工，连回家的路费也没有，更不用说置办年货。陈经男几经思索，毅然决定关闭公司，变卖所有办公家具，同时变卖自己的酒楼和汽车。

我不下地狱，谁下地狱？他不忍心，让跟了自己几个月的员工，在寒冷的年前，流落都市，更不忍那些借了钱给女老板、期盼着能赚到高利息的朋友，因那些借款闹出家庭矛盾，甚至让温馨的家庭破裂。

4部车卖了，带花园的房子卖了，酒楼转让了。所有的东西，都以极低的价格出手，几天时间，陈经男迅速筹集到了100多万元现金，换回了女老板出具的107万元的借条，并给每一个员工补发了工资，为每个人发了200元过年费。

最后的5000元，给了儿子作为回老家的路费。当所有人都走了后，跌坐在旧椅子上的他，身上仅还有1000余元。

那个春节，老陈租住在朋友闲余的房中，就着朋友送的一点香肠和腊肉，以及原单位的几个部下送的3瓶酒，在孤独和凄楚中度过。

春节过后，儿子从老家再次来到蓉城，成天无所事事地待在家里。陈经男想起有家公司欠自己的100万元现金，已经到了该偿还的时候，便让儿子前往那家公司收债。

他想好了，一旦收到这笔钱，就和儿子一道，重新搞一家酒楼或茶庄，他相信自己有能力很快重新站起来，重新拥有自己的事业。

儿子前往收债，需要经过公证的委托，他不假思量索地公证了委托书，由儿子全权代理收债事宜。

公证委托办理好了，他放心地交给了儿子，自己则成天忙于四处考察，做着东山再起的前期准备。

一个月很快过去了，四处奔波的陈经男，接到了欠债那家公司的电话，称已于一周前把100万元现金全部归还……

钱收到了，可儿子呢？这时他才想起，好多天没有看到过儿子的身影。赶紧打他的手机，可电脑小姐提示说，该用户已经关机。

不祥的阴影笼罩着陈经男，他不停地给儿子打电话，不断地发短信，可所有的努力，都石沉大海。儿子和他所收到的一百万元现金，同时杳无音讯。

儿子失踪了，所有认识他的人，都不知道他的下落，陈经男寄予无限希望的东山再起计划，被彻底击破了。

迫于生存的需要，也为了寻找到儿子的下落，陈经男放下自尊，到陕西的一家民营企业担任过老总，到南宁的一家杂志社任过编辑，也曾到北京的一家内刊主持过工作，甚至，连雪域高原西藏，也留下过他寻找儿子和为生存奔波的脚印。

在极其艰难之中，他奔波了一年多，白天上班，晚上写作，为了能重新拥有属于自己的房子，他过着比一般农民工还苦的生活，甚至，相当一段时间，每天只吃两盒方便面。

一年以后，他回到了成都，用挣得的稿费和工资，重新在新场镇买了房子、开了民宿后，他不再和任何人联系，也不再参加朋友间的聚会。

除了既是老板也是服务员，认真打理民宿，热情周到服务每一个客人，只要有空，他就把自己关在房间里，除了看书便是写作。

经历了人生沉浮之后，他已失去了以往的锐气，已然没有了再拼搏商海的勇气，一番认真思索后，他决定转型人生，把自己由纯粹的商人，转变成舞文弄墨的儒商。

他写了大量的诗，写了大量的杂文，更写了不少报告文学。那些诗和杂文及报告文学，通过一位女士的帮助，在一些刊物得以发表。不多的稿费，使他在城市的远郊得以生存的同时，有了一份精神支撑。

儿子虽然行为不义，可他毕竟是自己的亲骨肉，自从10多年前离婚后，儿子就一直跟在他的身边。这么多年，跟随他走南闯北，历经人生风雨，吃了不少的苦，也受了不少的委屈，区区100万元，割不断他对儿子的思念之情。

他在网上发布消息，托所有的朋友、亲戚帮着打听儿子的下落，拜托每一个有可能见到儿子的人，只要有了儿子的消息，一定第一时间通知他。

他没有提及那100万元，只说是因为自己脾气不好，儿子在受到责骂之后，一怒之下离家出走了。

两年多来，除了每年春节的作家茶话会，除了和那个帮助他发表作品的女士有过聚会，几乎与世隔绝的陈经男，时时都在心里呼唤着儿子，期盼着儿子归来。却没想到，新年的一场大雪，在为蓉城带来美景的同时，为他带来了亲情回归的惊喜，他见到了失踪两年的儿子。

不满父亲散尽资产，闯荡柳州拼搏人生

两年多时间，儿子到哪里去了？现在又是如何找到远离市中心的新场古镇？那位身穿红衣服的中年女士，又是谁呢？

原来，老陈的儿子博瀚虽内向，却有自己的主张。当初老陈和女老板合作，他就多次劝过老陈，让他不要相信那女老板的话，劝他好好守住自己的公司，把酒楼和公司其他业务搞好就行了，不必去涉足那天远地远的铜矿。可当时的陈经男，却如走火入魔一般，根本听不进任何人的劝说，非要和女老板合作。

短短几个月时间，女老板在骗得巨款后消失了，眼睁睁地看着父亲卖了辛苦挣来的家业，换回来一张张的借条，博瀚心里如刀绞似的难受。他不明白，一向精明过人的父亲，怎么会弱智到了不可理喻的地步，竟然会卖了自己的房子和汽车，帮消失了的女老板偿债。

借条是女老板出的，父亲只是在中间起了介绍人的作用，而用那些借款的人，当初要不是因为轻信女老板许诺的高利息，会轻易借款吗？凭什么他们的错误，要由父亲来买单？

博瀚想不通，好多天晚上在床上辗转难眠，他不理解父亲的行为，决定和他分道扬镳，到外地去干自己的事业。

正好父亲让他收债，于是他利用了这个机会，收到100万元的当天就买了机票直飞南宁，再经南宁到了柳州。

在柳州，他利用手中的资金，和一个四川的朋友合作开了家餐厅，生意还算做得不错，并终于在几个月前，挣回了全部投资。

到柳州不久，他和当地一位工商局的姑娘产生了爱情，两人很快组成了温馨的家庭，并有了可爱的儿子。

事业的成功，爱情的甜蜜，一家三口的幸福生活，却无法使他忘记恩大于天的父亲，多少个不眠的夜，他眼前会浮现出父亲那刚毅的容颜，耳边会响起父亲胸音十足的声音。

他为自己在父亲最困难时的离弃而痛心疾首，为曾经的背叛而痛哭流涕。终于他向妻子坦白了自己的身世，得到了她的谅解和同情，于是，两人带着100万元现金，抱着刚一岁的儿子，登上了回蓉的飞机。

可是，回到蓉城后，所有的人都不知道父亲搬到了什么地方，博瀚和妻子抱着孩子，在寒风呼啸的蓉城，走遍了父亲以前所有的好朋友家，问遍了他以前所有爱去的地方，却仍然没有得到他的任何消息。

就连几百公里外的老家，他们也去过，就连一些久不走动的亲戚，也打听过，所有的人，同样不知道，陈经男到了什么地方。

直到昨天晚上，妻子在住宿的宾馆上网，以"寻找父亲"的昵称进入了一家聊天室，无意中和一个叫"秋水伊然"的大姐搭上了话，才有了今天的一幕发生。

"秋水伊然"正是那位一直帮着陈经男的女士，其真实身份为某刊编辑部主任。和老陈相识于春节茶话会，其后，为他的作品折服，经过其在国内各地刊物工作的朋友，为他的作品发表提供了极大的帮助。

出于感激，陈经男请过她一次，酒后失言，谈到了过去的辉煌和失败的原因，也轻描淡写谈到了失踪的儿子。可没有想到，她却以一个女人的细心，记下了所有一切，并最终帮助他的儿子寻找到了新场古镇。

儿子、儿媳妇和孙子在客栈里陪着老陈住了3天，因为柳州那边的生意而必须返程了。这3天，老陈带着乖巧的孙子逛遍了新场的每一个角落，轻言细语给他讲述九洞桥、碧山寺和李家大院、黄鹤楼客栈、万顺茶楼的故事。

或许是血缘的缘故，孙子很喜欢和之前没有见过面的爷爷，成天缠着他不离身，晚上也非要和他躺在一张床上，听着他讲的故事入睡。

3天里，只要有机会，儿子和儿媳就会苦口婆心地劝老陈关了民宿，和他们一起到柳州，合力把事业做大。

可无论他们怎么说，老陈就只一句话："不去，就在这里终老。"

儿子不满地问道："一家人团聚在一起，用你的智慧和经验，助我们发展壮大为啥不行？"

老陈回答："你们凡事多动脑筋，放心大胆去做自己的事，我年纪渐老，

不适合再拼搏商场,而且我也不会离开新场。"

儿子大惑不解:"这新场镇离成都要一个多小时的车程,而且偏僻落后,一条像样的街都没有。白天行人稀少,晚上黑灯瞎火,你待在这里有什么意义?"

儿媳插嘴道:"爸爸,您现在虽然身体还好,但也年纪一天天大了,身边又没有人照顾,人吃五谷难免生病,这里的医疗条件也不适合长期居住呀。"

老陈淡然笑道:"新场虽离城区较远,但到大邑县城只需 10 多分钟车程。而且这里山清水秀、空气新鲜,左邻右舍的朋友们都朴实忠厚,极好相处。和随时随地充满尔虞我诈、美与丑、善与恶,阳光和阴谋无时无刻都在较量,人与人之间缺少友情和信任,到处都是陷阱且竞争已达白热化的大都市职场相比,这里生活非常轻松、平淡和惬意。"

儿子还想劝说,老陈做了个阻止的手势:"不用再说了,我这身体还行,吃得睡得。俗话说要想身体好,全靠酒来保。我每天半斤老酒再来壶普洱茶,至少还活 30 年。到老得动不了时,自己到养老院去,不给你们添麻烦。"

儿子一家要走了,孙子抱着爷爷的脖子大哭:"我要爷爷一起走,我要和爷爷在一起。"

老陈双眼湿润,把一张建行龙卡放在孙子手中,扭头对儿子说:"你们拿回的钱都存在这卡里了,另外给孙子加了 20 万元见面礼,密码就是你的生日……"

儿子夫妻俩齐齐跪下哽咽道:"爸爸,和我们一起走吧!"

09

新场有棵黄葛树

曾明伟

新场古镇是川西旅游名镇,是四川现存古建筑规模最大、保存最为完好的西蜀水乡古镇,有"最后的川西坝子"美称。

这里除了古建筑多,古树也多,给新场古镇带来别样的风景。

一天,一个穿花白连衣裙的姑娘从成都市区来到新场古镇旅游,她走到镇口,又看见了那棵古树,那棵古老的黄葛树。她也不知道她这是第几次来到新场古镇,她每次来,都喜欢静静地坐在树下,欣赏这棵古树,看它枝繁叶茂,看它迎风招展。

那棵树,像一片小森林,或者一个巨大的华盖,伫立在路的边沿,为大路上来往的人们带来庇荫。有一群孩子在树下玩耍,他们踩在树根上,攀树枝,捉迷藏,越玩越高兴。远处有一个年轻画家在挥笔作画,画的是那棵古树。

姑娘看见画家,双目一碰,似有一种触电的感觉。她眼光望向别处,最后她坐在古树下睡着了。

睡梦中,她梦见和那棵古树说话。

她半梦半醒对古树说:"要是城里有这么一棵大树就好了。"

黄葛树抖了抖身躯,张开嘴说:"不,除了这里,我哪里也不去。"

姑娘一惊,四周察看,并不见一个人影。当她抬头看见古树干的身上有双大眼睛一眨一眨时,她终于明白了。她问:"树,你会说话?"

黄葛树说:"当然,我是一棵具有生命的树,不像那些榆木疙瘩,不懂生活的意义。"

"为什么呢?"

"你看,它们只知道贡献柴火,不知道还有另类的风景和庇荫可以带给大家。所以我活到现在,它们都早早死掉了。"

"可是它们也奉献了自己、温暖了别人呀。当然你有思想,你有与它们不一样的生命,你就有存在的价值。"

"不,我有害怕,也有担心。比如人们不需要我时,我会大祸临头。"

正说间,大路上来了一辆挖掘机,轰隆隆直向大树开来。

来的是拆迁队。

一个工头模样的人站在挖掘机上,挥手对姑娘直嚷:"走开,走开!这里要扩建公路,大树要推掉。"

大风吹过,落叶纷飞,黄葛树淌下伤心的泪。

姑娘不忍,恼了,横在路中间,对工头大声喊道:"要推掉大树,先从我身上过!"

工头好说歹说……无法劝服。

这时那个年轻画家走过来,在工头身边耳语一阵,工头居然很听话,带上挖掘机撤了。

大树保住了。孩子们在大树下继续玩耍。画家回到原地仍画他的画，像什么事也没发生一样。

姑娘盯着田野中的画家，满脸疑惑："他是何方神圣？竟然有这么大的本事，把拆迁队赶跑了。"

黄葛树笑了，说："他只是一个画家，一个画家，在这里很久了。"

姑娘回过头来，仰望于树："树，孩子们成天缠着你，你不烦吗？"

黄葛树呵呵一笑说："有孩子们做伴，我可以愈活愈年轻，享受自然界的天伦之乐，我还有什么可以抱怨的。你看，连画家笔下的我，也是枝繁叶茂、风景独有，难道我还有什么不满足？"

姑娘再次向那位年轻的画家看去，在太阳光照下，他凝神于大树以得"意"，进而运"意"入笔墨，忘情挥笔作画。他的画姿很优美，表情很投入。他抬头看见的除了大树，仿佛再无他物。

他看见姑娘了吗？没有呀。难道他忘了姑娘的存在？

黄葛树说："记住，最美的不一定是最好的，最好的不一定是最美的。姑娘，如果没有你的衬托，也就没有我老榕树的风景可言。所以万千事物，相伴相行。同样，姑娘，他画的是我，心中却珍藏有你啊。他刚才救的是我，实际上救的是你。"

"这是真的吗？"

姑娘眼中迸出兴奋的光，忍不住又向田野多看了一眼，却发现画家不见了。

姑娘从梦中醒来，原来是南柯一梦。当她望向画家的方向，画家真的不在了。

咦，他去了哪里？

姑娘站起来左右看看，并没看见画家的影子。当她抬头看向黄葛树时，黄葛树像什么事也没发生一样，站在原地，一动未动。

大树不说话了，姑娘遗憾地离开了大树。

一年后，姑娘再次来到黄葛树，树下围了很多人。

人们围着树议论什么。

成都市区来了一位商人，看中这棵树，要出大价钱买下这棵树。

村里的人分成两派，赞成的和反对的都有。

为了一点钱，他们要出卖这棵树。

姑娘急了，站出来说："这棵树，你们不能卖！"

村民问:"为什么?"

姑娘想了半天,找不到一个合适理由:"因为……它会说话,它是一棵神树。"

村民嘻嘻笑了说:"这树是我们的,我们想卖就卖,哪来的什么神树。"

村民不理她,与商人讨价还价去了。

姑娘无奈,一脸失望。

这时,那位年轻的画家又出现在镇口,他含笑走到姑娘身边,看了姑娘一眼,他再走到村民中间,对他们说:"这棵树我买了。"

来了新客户,村民又围上来问他:"出多少钱?"

商人见有人抢生意,不高兴地说:"年轻人,你哪个道上的?不要跟我抢,我红白两道通吃。"

画家哈哈一笑,并不看他说:"我连生命都可以放弃,难道还怕你?反正比他高,他出多少我都比他高。"

村民们欣喜若狂:"卖给你了!"

"但我有一个条件,树我买下,但不会搬走。你们要保护好这棵树,每年春天我都会来看这棵树。"

村民说:"好说,好说。"

商人大骂,气急败坏地走了。

年轻画家走到姑娘面前,笑着说:"从此以后,再不会有人伤害这棵树。你说得对,它是一棵神树。"

画家说完,扭头转身,踏着积存不高的落叶,轻盈地走了,他消失在路口。

姑娘脸上泛起红晕,不好意思地低下头。

微风吹拂,黄葛树在沉睡中醒来,对姑娘说:"姑娘,谢谢你!再次救了我。"

姑娘很吃惊:"树,我并没有为你做什么呀?"

"你有。因为你的存在,画家才肯买下我这棵树。"

姑娘醒悟过来,拼命去追那个画家,想问他是这样吗,为什么?但她没有追上。

从此,那位年轻的画家再没出现过。

又过了一年,黄葛树死了,死在一个雷雨交加之夜。它被天上的大雷劈断身躯,倒在泥土里。

有一天，城里举办画展，姑娘去看画展，突然她又看见了那棵黄葛树。画布上的黄葛树仍然是枝繁叶茂，生命力极强。被秋天抹上黄色标记的叶子飘落下来，轻轻的，如漫天黄蝶飞舞，那画中便有姑娘的身影。正如神树所言，黄葛树是姑娘的风景，姑娘便是画家的风景。

那是画家的最后遗作。

来年春天，姑娘再次来到黄葛树倒下的地方，死树发出新芽。她想，要不了多久，这里又会长出一棵参天的大树。

10

租个女友回新场

> 曾明伟

成都市区到大邑县新场镇说远不远，说近也不近。虽然只有60多公里，但自从张小强到市区上班以来，他有3年没有回家了。到了年底，春节将至，张小强正为回家发愁。

张小强在成都市锦江区某软件公司上班，他大学毕业后，就到了这家公司，一干就干了五六年，是单位的骨干人才。

他今年32岁，在公司担任程序设计员，平时忙于工作，至今没有女朋友。老爸天天催他回新场老家，说老妈病又犯了，要他今年务必把女朋友带回家，跟妈妈见一面。不带女朋友回家，就不认他这个儿子，叫他今后永远不要回家。

在成都这座繁华的都市中，市区与大邑新场之间的距离，仿佛成了张小强心中一道难以逾越的鸿沟。尽管仅仅60多公里的路程，但对于他来说，却像是隔了一个世界。每当夜深人静，他总会想起新场的父母，想起熟悉的乡音和家的味道。然而，父母的逼婚之令却成了他心头难以言说的痛。

他整日忙碌于代码与逻辑之间，几乎没有时间外出参与社交活动，更别提寻觅生命中的另一半了。

张小强坐在办公室里，心中五味杂陈。他知道，今年不能再像往年那样逃避了，今年无论如何也得带女朋友回去跟爸妈团聚。可女朋友从哪里来呢？老妈要见"儿媳妇"，总不能让老妈失望吧。

他看到公司前台搞接待服务的女孩小欢，心中有了主意，他想请她帮一个忙。

小欢在外面见多识广,认识人多,她一定能想到办法。

小欢抬头看了一眼张小强,明白了他的想法,她满脸含笑说:"现在不要朋友的年轻人可多了,你也不用担心。可以租一个女朋友回去,骗你老爸老妈,满足他们的心愿。"

张小强虽然对这个"骗"字不乐意,但也是无奈之举。他问小欢怎么租,要多少钱?

小欢想了想,说:"这要看你的预算了。一般来说,漂亮的女孩一天可能要2000元到5000元不等,长相普通的也要1000元到2000元。不过,看在我们关系不错的份上,我给你打个对折。我嘛,长相普通,就收你500元一天好了。"

张小强一听这个价格,不禁咋舌。他摇摇头说:"不行不行,小欢,你马上就要回家过年了,还要相亲。我怎么能耽误你的终身大事呢?再说,你爸妈还给你准备了新年礼物,我不能耽搁你的时间。"

小欢却不在意地摆摆手说:"强哥,你就别客气了。我这可是看在兄弟情分上才帮你的。再说,快过年了,城里人都走得差不多了,除了我,谁还能陪你回去见家长?你就放心吧,我会演好这个角色的。不过说好了啊,我只能陪你3天,然后我就要回家陪我的爸爸妈妈,他们也催得紧啊。"

张小强想想,过两天就是大年三十了。实在没有办法,他只好答应让小欢暂时做他女朋友。3天以后,他会把小欢送回她父母身边去。

小欢满脸高兴说:"好嘞。你答应的,要送我哦。"

张小强点点头。

一天后,张小强带着小欢回到位于大邑新场的老家。

张小强老家在古镇上,是木质建筑。门前是石板小街,房后是小桥流水。木质房屋有百年历史,颇有川西民居韵味。

新场古镇建于东汉,虽远离都市,距离西岭雪山却很近,整个古镇原生态,古风貌,有保护完好的西蜀水乡建筑,更有"最后的川西坝子"的美称。

"这里的风景太美了!"

小欢对这里的一切都充满了好奇和兴奋,她由衷地发出了感叹。她在石板路上行走,对古镇的一砖一瓦、一草一木都充满了兴趣。

张小强的父母看到儿子带着一个漂亮的女孩回来,高兴得合不拢嘴。他

们忙前忙后地张罗着饭菜和糖果,生怕怠慢了未来的儿媳妇。

3年未见,张小强发现父母真的老了。他们脸上都布满了皱纹,头发也白了不少。他心中涌起一股愧疚之情,觉得自己这些年没有尽到做儿子的责任。

父母虽然年纪大了,但依然乐观、开朗地生活着。他们对小欢的热情和关心让张小强感到有些失落和自责。

这都怪自己,3年没回家看父母,对父母倒有些生疏,是自己没尽到孝心。他暗下决心,以后一定要多回家看看父母,多陪伴他们度过每一个快乐的时光。

吃过年夜饭,张小强的母亲拉着小欢的手,说了很多掏心窝子的话,也说了很多张小强小时候的趣事,逗得小欢咯咯笑个不停。张小强叫母亲别再说了,母亲没有管他,自顾自拉着家常。张小强不时提醒小欢注意自己的身份,别跟母亲走得太近。小欢当没听到一样,仍然咯咯笑个不停。

快到午夜子时,张小强母亲突然从身上掏出一张银行卡对小欢说:"孩子,你第一次来我们家,按我们这里的习惯,应该给你一份见面礼。我这也没有什么好东西,这卡里有5000块钱,你就当是妈妈给你的一个心意吧。"

小欢略显吃惊,她接过银行卡,笑着说:"好哇,好哇。谢谢妈妈的见面礼!"

张小强见状大惊,连忙劝阻母亲,并示意小欢归还银行卡。但小欢仿佛没听见一般,白了他一眼,懒得理他。

张小强急得不行,他知道爸妈挣钱不易,那5000元是父母多年积攒下来的血汗钱,不能这样让小欢平白无故得了去。不行,他得想个办法,把这5000元要回来。他要给小欢说清楚,这五千礼钱并不在租金内,要她退出来。

3天时间很快就到了,张小强告别父母,要送小欢回成都市区。

到了新场古镇公交站台,张小强送小欢离开。

他算好3天的租金,用微信把租金转给小欢,同时让小欢把5000元的礼钱还回来。

小欢眨了眨眼睛,狡黠地说:"强哥,你难道不陪我回去见一下我的父母吗?我帮你完成任务,你也得帮我完成任务。我不想去相亲,你得帮我一下,谁叫我们是哥们儿。放心,这5000元到了我家,我会还给你。"

张小强有些为难,但想想小欢说得在理,再加上都是一个公司的,低头不见抬头见，他勉为其难答应帮小欢这个忙。

他们坐车进入成都市区，然后又到东站坐上火车去了小欢老家绵阳。

小欢的父母见到张小强后喜出望外，同样是热情地招待他。

小欢的父亲更是拉着张小强的手聊起了家常，生怕亏待了这个未来的姑爷。

3天后，小欢的父亲突然掏出一张银行卡递给张小强说："小强，你初次登我家的门，我没什么好送的，这里面有1万元现金，算是我送给你的见面礼。你可要对小欢好啊。我们只有这一个闺女，只要你对她好，我们做长辈的也就放心了。"

张小强吓了一跳，接也不是，不接也不是，他看了小欢一眼。小欢在一边急了，叫他快接，还说不接就不还钱了。

张小强只好勉为其难接下。

春节假期很快结束了，张小强和小欢坐上了返回成都的动车。

张小强紧紧握着小欢的手，深情地看着她说："租朋友回家，原来都是你设计的。我上了你的当，租朋友变成了真朋友。"

小欢俏皮地眨了眨眼睛说："哪有啊，强哥，明明是你邀请我来的呀，我又没强迫你。"

张小强轻轻刮了刮小欢的鼻子，宠溺地说："你这个小调皮，我真是越来越怕你了。"

小欢说："你不用怕，只要爸爸妈妈放心，我们有什么可怕？"

张小强认为小欢说得有道理。

现在有了女朋友，他不用担心回不了大邑新场的家，父母再也不会催婚了。

小欢问抬头他："强哥，你想什么呢？"

张小强说："我想新场，那是个好地方。"

小欢说："我也想新场，我现在就想去了。"

小欢依偎在张小强的怀里笑了，她的笑声温暖了整个车厢。他们两个再不用为单身而苦恼了。

这真是无心插柳柳成荫，张小强认为是上了小欢的当。

11

纽 带

♦ 赵 平

余浩前几年就来过新场古镇，那是他大学本科二年级的端午节，宿舍里 4 个死党一起骑车来的：重庆的邱为，广东的钟青，安徽的志伟，还有成都同学雨桐。

几个小伙子在古镇街上漫无目的瞎逛了一圈，除了街口的肥肠血旺和麻油鸭，这个古镇没给他们留下什么印象。

这次学校放假从加拿大回国，父亲老余又提出带余浩去一趟新场古镇。余浩心里老大不情愿，他知道，父亲准是要带他去那个一直挂在嘴边的什么影像馆。

余浩下了车，满心不高兴地回手用力关上车门，那"砰"的一声是在发泄对父亲的不满。他把黑色双肩包斜摔到肩胛上，退到已经挤得满满当当的车场边，看着父亲倒车。

老余当然听到了儿子的摔门声，左边嘴角习惯地往上扬了扬。这么多年了，每当要和儿子斗法过招，老余脸上多半是这副神情。现在，他专注地盯住后视镜，缓缓扳动方向盘，手脚协调配合，三几下就把车稳稳退进车道，准确停在了停车线中央。仪表盘上的倒车影像似乎就是个摆设，老余根本没有瞄过一眼，这是他驾车多年的习惯了。

"好了，走吧。"老余对着车门按动遥控锁，听到轻轻的"咔嚓"声，他回转头来对儿子说。

天气不错，薄薄的云层正好遮住了耀眼的阳光，初春的风不再刺骨，吹到脸上是舒心的清爽。周边的树木嫩芽勃发，青绿的枝叶随风微微摇摆，像婴儿的小手在轻轻舞动。

余浩知道，父亲对遍布蜀地四方大大小小的古镇一直抱有浓厚兴趣，他听父亲讲过很多次，古镇是历史的积淀、时光的定格、文化的闪烁，行走在古镇上，像翻阅一本沉甸甸的人文档案，让人满是愉悦和充实。他不理解的是，父亲为何一定要执意带他来新场古镇，对这个古镇他实在提不起多少兴趣。

"好多人哪。"余浩嘴里嘟囔着，把包重新挂到了肩上。

"双休日嘛，天气又好，人多也正常。"老余拍拍余浩的后背，轻轻推了推他。

春天里总是这样，来古镇的游客络绎不绝，镇口广场上，那座砖石木结构、西式建筑风格的3层碉楼安静地伫立在那里，像巨人镇守着古镇的平安。碉楼旁雕刻着"中国历史文化名镇新场古镇"的石头前，拍照留影的游人一波连着一波。穿过云层的阳光投射到石头上，两行鲜红的字显得厚重显眼。拍照的人们摆出各种姿式，兴奋地大呼小叫，让平日里安静的广场变得有些嘈杂。

老余盯了一眼闷头不语的余浩，他知道儿子的心思，现在是多元化时代，年轻人大多对这类偏重人文色彩的古镇既缺乏了解，又不太愿意去了解，不像自己年轻时，那个火热的年代充满着学习文化的浓厚氛围。

老余摸出手机拍了几张这里的场景，回头对儿子说："我们也打卡合个影吧？"

余浩像没听见父亲说话，径自往前走。老余笑了笑，没计较儿子的态度。父子俩一前一后经过窄窄的九洞桥向镇子里走去。

始建于东汉时期的新场古镇向来被称作"最后的川西坝子"，现在还有多处保存完整的明清、民国时期川西民居建筑。以上、下正街为主的街道布局二纵二横，呈现出明显的"井"字形格局，建于清代雍正年间的下正街尤其典型：临街两边一色的青砖木构青瓦房，木铺板木阁楼，窄溜狭长的小路间夹在其中，一股浓烈的川西民居风情扑面而来。

下正街上，人流不断，市声嘈杂，弥漫着浓浓的烟火气息。街上店铺一家紧挨一家，有卖叮叮糖、雪花酥、姜糖的，有卖玉米馍馍、荞面馒头、叶儿粑的，有卖日用杂品、农药饲料的，还有一些婆婆、大娘在街边街沿摆摊卖菜的，更有不少客栈和饭馆在招徕顾客，汪家老饭店门前，"美味招来云外客　清香引出洞中仙"的对联很是扯人眼球。

经过一家铺板陈旧、门面狭小的钟表铺，一位光头老者左眼上扣着圆筒状放大镜，手持一支细小的镊子，聚精会神、大气不出地埋头在台灯下修手表，几乎看不出他手上有什么动作。

老余最喜欢记录这样原生态的生活，他停下脚步，用手机拍下了这个场景，心想，如果把相片拿给现在的年轻人看，怕没有几个人知道这位师傅是在做什么。

这么一会儿工夫，余浩已经不在身边了。老余站在小街中央，左右回首,从来来往往的人流中找寻儿子的身影。

余浩并没有走远,他看到前面挂着"李油糕"幌子的小店铺,循着浓烈扑鼻的香气走了过去。

一口大油锅前挤满了买油糕的游客,锅里热油翻滚,黄酥酥的方形油糕窝子油糕从锅里拈出来,刚放到锅前的金属网上沥油,马上被围在周边一圈、咋咋呼呼的人们抢购一空。油糕店夫妻二人却很是淡定,切糕、炸糕、收钱、装袋……手上的动作依旧有条不紊。生意一向就好,遇到节假日游客云集打拥堂,他们早就习惯了。

看着锅里翻滚着的油糕,还有炸油糕师傅围裙上的一行白字"小时候的味道",余浩止不住咽下了一口口水。打小他就喜欢吃油糕,那酥脆外壳下的软糯,米香夹着椒香的味道伴随了他很多年。在加拿大留学这两年,面对三明治、土豆条、蔬菜沙拉,他不时会想起家乡的油糕,想起那小时候的味道……

余浩从人丛中退了出来,站到街沿边显眼的位置,让父亲能够一眼看到他。

老余没有看见儿子,拿出手机准备给余浩去个电话。一阵香气飘过来,吸吸鼻子,是炸油糕的气味,老余心里有数了,儿子准是在前面的油糕铺。

老余一直记得,儿子上幼儿园时,门前就有一家油糕铺,每天骑车接儿子回家,余浩总闹着要吃油糕。老余那时认为,小孩子要少吃零食,很少给余浩买,经常让儿子挂着泪珠回家。

妻子批过老余很多次,小娃儿嘛,吃个油糕有啥,就当在幼儿园吃过晚饭再加个餐,人家又没提啥子过分要求,管那么严做啥。老余想,也是啊,自己小时候不也经常缠着母亲买这买那要零食吃,那时生活条件差,母亲很难满足他的要求,现在他有这个条件,但又总想着从小就要给儿子立好规矩。

那以后再到幼儿园接儿子,只要余浩提出买油糕,老余都会一口答应。有时老余兴趣来了,给儿子买一块,给自己也买上一块,儿子坐在车杠上吃,他一只手紧握车把,一只手捏着油糕往嘴里送,父子俩就这样高高兴兴一路回家去。

老余心里涌上一股暖流,他看到了店门口街沿上儿子瘦高的身影,疾步走过去,指着刚出锅的油糕对余浩说:"来一块不?这个东西加拿大可是没有哦!"

"要得嘛,那就窝子油糕。"余浩似乎漫不经心,一副很勉强的样子。

老余心中暗笑,你娃娃装嘛,我还不晓得你。

小街上游人越发多起来,父子俩吃着油糕挤过人群往前走。

"老余,"从上高中开始,余浩在家里总是这样称呼父亲,老余很信奉"多年父子成兄弟"这句老话,对儿子的没大没小也不是太在意,"硬是要去你说的那个影像馆啊?"

老余当然没有忘了今天带儿子来古镇的目的,他掏出纸巾擦擦手,又顺手递了一张给余浩,"去年秋天,我让你去找'CS孩子'多伦多聚会,你还记得不?"

"就跟念经一样,你都说过那么多次了,我咋不记得呢。"

"那好,我问你,你在川大华西读临床本科的时候,老师肯定讲过华西协和大学,包括现在的华西医院都是加拿大人创办的这段历史吧?"

余浩皱起眉头想了想,"刚入学上通识课那会儿,老师好像讲过,还有一门课也涉及这个内容,具体什么课想不起来了,反正课堂上肯定讲过的。"余浩转过头来看着老余,"校史陈列馆我们去过很多次,好像也看到过加拿大人办校的历史,但是我印象不深。"

"所以啊,今天就是带你来看看这个影像馆,里面对当年加拿大人创办华西协和大学,也就是你的母校四川大学和华西医院,陈列有很多历史资料。你在华西临床医学院读了5年,现在又在多伦多大学读医学硕士,应该去深入了解一下这些历史。"老余揽住余浩的肩膀,"去年让你去找'CS孩子'多伦多聚会,等下看了影像馆,你就知道怎么回事了。"

听父亲这一席话,余浩觉得老余压在他肩上的臂膀有些沉,去年秋天那个晚上的情景,又一幕幕从他眼前闪过。

两年前,余浩留学去多伦多大学读研究生,父亲对他的这个选择很满意。余浩知道,父亲这一代人对白求恩大夫非常崇敬,还在读本科时,父亲就经常引用毛泽东《纪念白求恩》中的话鼓励他。来到加拿大,父亲常在微信中说起,如果今后能去加拿大探望他,一定要到白求恩的故乡去看看。

去年秋天,父亲突然有几次向余浩提到"CS孩子"多伦多聚会。

"什么'CS孩子'?"余浩感到莫名其妙,他从来没听说过这个字眼。

老余说,不久前,他在大邑新场古镇偶然看到一个影像馆,里面很多资料记载了100多年前,一批加拿大志愿者来到西南边陲创建医院和学校的义举,尤其详细记录了华西协和大学的创办历程,记录了这些志愿者对中国医学和教育的贡献、对中国的友好和热爱。

老余特别提到，每年10月，在多伦多一家中餐馆都会有一个"CS孩子"聚会，参加聚会的是居住在加拿大各地金发碧眼的"四川老乡"，他们是当年来到四川的加拿大志愿者的后代。因为出生在四川，又曾经在华西坝"华西加拿大学校（Canadian School）"读书，他们取两个字母的英文缩写，称自己是"CS孩子"。每年的这一天，他们会重新回到童年时光，与远方的中国进行心灵对话；每年的这一天，他们会拿出各自家族珍藏的照片和藏品，相互分享与回味。

老余说，"CS孩子"的聚会传统已经坚持了70多年，每年聚会的主题就是他们的家族与中国的情缘。现在，国内有一些从事新闻、医学、外事工作的志愿者，同"CS孩子"们一起，自发组成了"加拿大老照片项目小组"，寻访搜集百年历史图片资料。老余说，知恩图报是我们中国人的传统美德，正在多伦多学习的余浩应该去找到他们，加入到这个活动中去，这是一件很有意义的事情。

余浩很不以为然，多伦多就像上海那么大，到哪里去找呢，况且，对这件事情他本来就没有多大兴趣。父亲说的次数多了，余浩不好违背父亲的意愿，勉强应承了下来，向身边一些老师同学打听。谁知，没人知道这件事情，就连在父亲心目中有崇高地位的白求恩大夫，居然也很少有人知道，余浩感觉到有些郁闷。

周末下午，余浩正在自习室学习，丹尼斯气喘吁吁跑来找他，说得到一个消息，在湖心岛公园和紧邻的加拿大航空中心体育馆附近，有家中餐馆当晚要举办一个关于中加友好的Party，可能就是余浩说的"CS孩子"聚会。

留着一脸胡子、牛高马大的丹尼斯是余浩的加拿大同学，家就在多伦多本地，两人经常一起晨跑锻炼。知道这个事情以后，丹尼斯到处利用自己的人脉帮助余浩打听，还陪着余浩去找过几个地方，可惜，都阴差阳错白跑了。

余浩读中学起就喜欢NBA联赛，对丹尼斯说的那一带很熟悉，加拿大航空中心体育馆是多伦多猛龙队的主场，他去那里看过好多场球赛。看看时间快下午4点钟了，余浩把书本和笔记本电脑塞进挎包，急匆匆出门了。

多伦多的秋天气候多变，午后的阳光普照早变成了阴云密布，阵阵冷风"嗖嗖"刮了过来，路边高大的枫树枝叶不停摇摆晃荡，浅黄色和金黄色枫叶落了一地，满大街飘飞翻卷。余浩缩了缩脖子，想起一句唐诗"满城尽带黄金甲"。

这一次,余浩依旧跑了空,那一带几家中餐馆都有热闹的聚会,既有欧美人的聚会,也有华人华侨的聚会,就是没有老余说的"CS孩子"聚会。望着黑沉沉飘起了小雨的天空,余浩用力搓了搓冰凉的双手,心里有些埋怨起父亲来。

夜幕笼罩下的多伦多不再有白日里的喧嚣,街头晕黄的路灯泛起朦朦胧胧的光影,一幢幢高楼里的灯光逐渐变得有些暗淡,一座巨大的水泥注射针似的电视塔,孤零零伫立在灰暗的夜色中,与黑夜渐渐融为了一体。余浩仰起头来,任冷冷的雨丝轻柔地飘到脸上,他感到有一些迷茫,仿佛时光停下了脚步。

"到了,就是这里。"老余的话音把余浩拉回了现实。

眼前是一座白墙青瓦的川西民居建筑,正门两旁生长着两棵枝干挺拔、枝叶茂盛的黄楝树和银杏树,高高的门楣上方塑有一行阳刻大字"百年历史影像馆"。门前小广场上,还设置了几组表现川西坝子民风民俗生活场景的塑像:饮茶、贩猪、叫卖……

老余指着小广场对余浩说:"你看,这儿是古镇的东南门,离我们停车的碉楼和写着新场古镇的那块石头不远,那边那么闹热,这里却冷冷清清,大家对这个影像馆都不太关注,也可能是还不够了解啊。"

在门前静静站了一会儿,余浩看见正门左右墙上有两面酱色喷绘板,上面一行"历史 大爱 瞬间——大洋彼岸的中国情缘"的字样很是醒目,这一定就是父亲今天带他来的地方了。

父子俩穿过大厅,进到灯光明亮的展间。在写有"岁月有痕 情义无价"的前言展板前,老余对儿子说:"这里我来过几次了,很熟悉展览的内容,你头一次来,就按顺序慢慢看。还是那句话,你是华西的学生,现在又在加拿大留学,这段历史你应该深入地了解一下。我们就分头各看各的了。"

偌大的展厅里没有几个观众,余浩环顾四周看了看,四面墙上的展板里,有工整的文字,有黑白的图片,像一页页摊开的书本等着他去翻阅,似乎还有一种无形的力量吸引着他。

展板的内容是丰富的:"远涉重洋的志愿者""华西协和大学的诞生""独具神韵的华大建筑群""中国现代口腔医学先驱""传承中加友谊的多伦多聚会"……在这里,一段鲜为人知的史实如同一幅长卷缓缓展开。

100多年前,近千位风华正茂的加拿大医学和教育志愿者,放弃国内优越的生活，相继远渡重洋来到四川、成都，创建医院，兴办学校，传播文明，救死扶伤，做出了不可磨灭的历史贡献，也把生命年华、学识技能、家族记忆留在了这里，展板上是他们用相机记录下的老成都故事，再现着一个个历史的瞬间，保存了一段段时代的风云，留下了"CS孩子"最初的四川印象。

余浩在一面面展板前驻足停留，细细读着上面的内容，渐渐地，他觉得自己像又回到了母校的课堂，两鬓斑白的栾教授、学识渊博的张教授正对着教室里的莘莘学子侃侃而谈，讲授着医学的伟大、人生的意义……

在一面荷花簇拥着华西坝钟楼的大幅展板前，余浩静静站立了许久。这是一幅放大的黑白老相片，画面已经有些模糊了，画幅里散布着粗糙的颗粒和明显的划痕，使这幅老照片透出一丝悠远浓厚的沧桑。曾经的华西学子余浩，对这里再熟悉不过了：春天里，满塘嫩绿的荷叶随风起舞；炎炎夏日，盛开的硕大荷花点缀着校园。夕阳把钟楼镀上了美丽耀眼的金边，他在这里读书写作，在这里和同学讨论课题，有时，他一个人坐在池塘边望着钟楼发呆，一阵阵沁人心脾的荷香让他沉醉……不过，余浩看到这片荷塘已是近百年之后，老照片上的华西坝荷塘，那时还正当青春年少。

余浩想，虽然在华西坝学习过5年时间，然而，对自己母校厚重悠久的历史，终究还是缺乏一些了解，面前这些展板着实让他产生了很多感慨。

"怎么样，看得差不多了吧。"不知什么时候，老余来到了儿子身边。

余浩回头对父亲笑了笑，"还行吧，算没有白来这一趟，这里的很多人很多事，以前我都还不知道呢。"

"有什么感想呢？说说看。"老余向儿子发问。

"要说感想，嗯，当然谈不上很深。"余浩把目光投到一幅华西协和大学老校门的照片上，"怎么说呢，一个外国人愿意放弃自己优越的生活，来到一个遥远、贫穷、落后的国家，为这里的人们实实在在做些事情，做些贡献，这种奉献精神值得钦佩，也许会让更多的人愿意像他们那样做一些相似的事情，我觉得很有意义。"

老余没再说什么，他轻轻拍了拍余浩的肩膀，"好了，都下午3点多了，我们去找个地方吃午饭。"

"3点多了？"余浩有些惊讶，时间怎么过得这么快，这才发觉肚子里早就空荡荡的了，他问老余，"去吃啥呢？"

"你点吧，这里的原汁原味都是你在加拿大吃不到的。"

"那就吃肥肠血旺和麻油鸭。"余浩不假思索脱口而出。

"要得，就去吃肥肠血旺，吃麻油鸭，记得给你妈带点麻油鸭回去，她也喜欢吃这个。"老余心里暗自思忖，和我想得一模一样，真是我的儿子。

父子俩来到门前的小广场，余浩跟着父亲往前走了几步，旋即又停了下来，他心里感到了一种责任。这次回去一定要去找到那些"CS孩子"，加入"加拿大老照片项目小组"做志愿者，让更多的人都来了解这段沉睡的历史，他想。

回身看看这座"百年历史影像馆"，余浩发现，这个新场古镇真像一条纽带，把他和父亲拉得更近，也让家乡同大洋彼岸联系得更紧了。突然，余浩想起了什么，他冲着父亲的背影大喊了一声："老余，回来，我们合个影再走！"

散文

SANWEN

01

儿时，新场的新"年"

> 刘 邑

儿时，懵懂记事时，正是自然灾害刚过的时期。其时，家乡所在的新场，那些老旧街道，还是现在的格局。我们家居住在香巷子临近河边的一个小院，那是一条用石板铺就的狭窄小街。街道的开端是挂有供销社牌子的李氏古宅。之前，里面有酱油和各种副食品的摊位，不过，那个年代门市的柜架、货柜里几乎没什么商品，很少看到有时会有海带、带鱼和盐腌肉等。

出清源牌坊，有一条黄尘飞扬、连接县城的公路。听说，自然灾害之前，这条公路两侧从一大早起一直到下午，简直就是一个农贸市场，摆有新鲜蔬菜、橘子、广柑、茨菇、甘蔗、地瓜等各种农产品。

从字库街转拐到下正街，到处都是手工制作的糕点如泡粑、黄糕、叶儿粑、苞谷粑、红苕干、沙胡豆等。最吸引儿童眼球的，除了农家糕点就是那些五颜六色的廉价气球和竹制、塑料玩具。不过，虽是价廉，但也没有几个孩子能掏出钱来购买。

到我能独自上街玩时，街上几乎看不到什么吃的，除了一些看上去蔫巴巴的红苕、地瓜，大多是竹制品和手工制作的布鞋、鞋垫等。气球和如风车一类廉价玩具虽然也还有，可在腹中饥饿的孩童眼中，那些如叫卖的小贩一般耷拉着头的玩具，已然没有了一丝吸引力。在市场转悠的，不论大人还是孩子，眼神里透露着的都是对食物的渴望。哪怕是蔫巴的红苕、地瓜、南瓜，都会吸引着人们围上前去，很快被一抢而空……直到差不多一年后，下正街一带才渐渐恢复原来的繁华。

而从记事起，每年的春节都是很令人期盼的。快过年前，妈妈会在姐姐和哥哥配合下，提前准备很大一缸汤圆粉子，蒸好一大钵醪糟和腊肉、香肠之类的食品。把简陋的家里打扫得极为干净整洁。门上会贴上喜庆的对联，还会买几挂鞭炮等大年三十守夜时放。

到年夜饭时，先给逝去的老辈点香，为其摆上碗筷，请他们先用。然后我们才能上桌。吃饭时，父母长辈会给孩子们发俗称为卦卦钱的"散碎银子"，或二三角，或五角钱。如果某一位孩童能得到一元钱，那可算得上巨款了，会惹得所有孩子惊羡无比，暗自在心里怨没出生在好的家庭。

得到的"散碎银子"，能买地方话称为火炮儿的鞭炮，也可以买小零食。土气并很小的火炮几分钱可以买一大把，用草纸做的火捻子点燃，响声很大。大点的红色火炮只有10多岁的大孩子敢玩，点燃后，使劲往天上甩，在半空中很响地爆炸。儿时看着大孩子们甩火炮的姿势，感觉极其潇洒。

最刺激的是劈甘蔗。几个关系好的孩童，凑钱买几根甘蔗，抓阄分出排名，选定其中一根甘蔗，站在高高的凳子上，用一把磨得锋利的小刀把甘蔗定住，将刀画一个圈从上往下使劲劈下去。技术好、力气大的，可以把一整根甘蔗对半劈开。技术差、力气小的，却往往只能划很小一点皮，或根本就是劈空刀。赢者，得到所劈的甘蔗，输者，只能得自己劈得的一点点甚至一点都没有。

胜者捧着一大堆战利品，有滋有味地啃着，败者一脸沮丧地吞着口水……不过，很多时候，赢了的孩童会把战利品分一些给输了的对手。毕竟，都是一个镇子天天玩着的伙伴。

我参加过几次劈甘蔗的活动，可都输得很惨，也不好意思接受人家的施舍，每次都是耷拉着头从下正街到九洞桥再转到邮江河边，从廊桥那边慢慢走回家。

大年三十的年夜饭是一年中最为丰盛的。有腊肉、香肠、卤豆干、花生米和血旺、回锅肉、鸡、鸭、鱼一大桌。可大家吃得最多的，是妈妈用酥肉、豆芽、粉条合在一起煮的连锅汤。每人都会盛一碗吃得有滋有味。吃完年夜饭，得了挂挂钱，孩子们会小跑到清源坊外的临时集市或买东西，或看热闹，耍得再晚回家，也不会被责骂。

玩够了回到家，要围坐在火炉边守夜直到12点，大人小孩一起忙碌着燃放鞭炮和烟花。其时，整个城区沸腾了，此起彼落的鞭炮声，升腾于空中那绚丽多彩的烟花，使所有人都开心极了，小孩子们更是忘情地蹦着跳着。

大年初一，头天晚上洗了澡，起床后会有新衣服穿。吃完汤圆、穿着蓝色的新衣，揣着几角钱到大街上去玩，是一年最开心的时刻。

如果县城有好看的电影，姐姐和哥哥有时会带上我，下午就坐车到县城的电影院，买5分钱一张的电影票，再用6分钱买3包闻着香喷喷的盐炒南瓜子，或买一大袋爆米花，坐在冷硬的排椅上，一边看电影，一边吃零食。那时不会嗑瓜子，只能连壳一起嚼碎了，再一起吐了。电影散场后如果没有合适的车，我们会到粮食局的二姨家去借宿，第二天在县城玩够了再回新场。

初二、初三开始，就有乡下务农的亲戚到家里来了，他们提着一些农产品，偶尔也有腊肉之类，更多的都是土里的作物。农村来了亲戚，一般都会招待他们吃饭，把年夜饭的剩菜蒸热了，再煮一大锅酥肉粉条豆芽汤，到酒馆里打一斤白酒来款待。

更多的是妈妈单位的同事，提着包装花哨的礼物，在家里坐一阵，说一大堆感谢关照的客气话，被妈妈强行命令吃了一碗醪糟汤圆后，千恩万谢、一步三回头地走了。

每当拜年的客人们走时，妈妈会把早就准备好的回馈礼品双手奉上，如果有人不愿接受，她就会把对方提来的物品拎出来说："来而不往非礼也，你如果不接受我的回礼，我也不能接受……"

初五上午，妈妈会换上平时难得穿一次的蓝色纯毛哔叽裤子，配上得体的列宁服上装和皮鞋，率领着我和哥哥姐姐们，乘坐客车，浩浩荡荡地回到她出生的20多华里远的悦来乡下，给逝去的外公上坟，给身体还算健壮的外婆带去大包小包的年货。

在乡下担任生产大队长的三姨和在区中学教书的幺姨、从成都回来探亲的小舅及家人，每到初五这天上午11点左右，会浩浩荡荡地在公路上迎接我们。

妈妈因为土改时就参加了工作，也因为担任领导职务较早，在当地很有威望。虽然后来因为受父亲的牵连到了镇上，但仍然非常受尊敬。回到老家，不仅外婆和亲戚们会来迎接，就连公社甚至区上的领导，有时会也一起到公路上来迎接。

每次过年，新场镇小街小巷的年味很浓，虽不如现在到处都张灯结彩，但所有人都喜气洋洋。街面和公路上虽少有汽车，更没有喧嚣的音乐声，但走在老街上的人，脸上都洋溢着笑意。

过年的日子真快，好像仅只一瞬就到了大年十五送年时。从初一到十五这期间，不论走亲戚还是在自己家，每天的生活都很好。除了父母给的压岁钱，走亲戚往往都能得到一些拜年钱，那些三角五毛的"散碎银子"，凑在一起，似也有好几元，能够用好长一段时间。

儿时的年，年味极浓。盼着过年，不仅有新衣服穿，每天还有鸡鸭鱼肉。最重要的是，能得到一些卦卦钱……

后来，在外地工作时，每到过年时，不论是乘火车、客车或者搭顺风车，都会在大年三十前赶回到家乡，和家人一起吃团年饭。后来，有了自己的私家车，平时回新场的机会多了，有时出差大邑或邛崃时，也会拐到新场住一夜。但，春节还是必须得回来的。

每次，我驾驶的汽车刚停稳，父母已经在清源坊等候着迎接了。而我，每次回家都会大箱小包买很多送父母和兄弟姐妹、亲戚的礼品。一家人吃团年饭时，虽然桌上的菜肴一年比一年丰富，可我却不喜欢那些腌腊和卤味，最爱吃的，依然是妈妈亲手做的酥肉豆芽粉条汤和粑粑菜。

渐渐地发现，古镇的民宿越来越多，档次也越来越高。除了传统的血旺、豆花、麻油鸭和皮蛋盐蛋、黄粑、冻糟、叶儿粑、萝卜干、豆豉等，新开的火锅、中餐、烧烤、串串等也多了起来。好几次带朋友到新场吃过、住过，朋友都对这原汁原味的古镇大加赞赏，称其是来了还想再来的好地方！

02

别了，新场

✦ 老 竹

周末，我和夫人及女儿、孙子不急不忙地自驾一个半小时，照例是我当司机，夫人端坐于副驾看风景。女儿一路上昏昏沉沉闲着就睡，醒了在手机上或聊天或发出一个个有关工作上的指令，只有小孙子从上车就没有停止过各种奇怪的提问，或自得其乐地唱一些我们听不明白的歌儿。

下午6点前到了新场，进入清源坊牌坊的一个临时停车场停好车，走了不到2分钟，走进了河对面天主教堂隔壁的临江雅舍。

10年前曾经在新场住过几天，走遍了整个古镇及周边农村的大小姐舒展了双臂，迎着略有丝丝余热的晚风，大声叫道：一别10年的新场，我又来了。

临江雅舍定制菜的味道确实不错，炖得烂熟的小鸡、清炒竹笋、鱼头豆腐汤的味道都极好，麻辣鳝鱼更是别有一番滋味。喝了约4两酒，微醉状态下，到二楼的房间坐着喝茶。房间宽敞明亮，既有空调、电视，也可以洗热水澡，一切条件基本上都让人满意。

到晚上10点，大小姐非要叫我们到外面吃宵夜。于是到了镇上的一家夜宵店，点了烤肉串等乱七八糟的一大盘，要了几瓶梅子酒。悠悠哉哉吃喝到12点过，感到双眼都睁不开了，才回到房间休息。

第二天清晨，吃过简单的早餐后，我们沿着古镇的老街漫步而行，走到了河水穿流而过的璧山寺。

这里几乎和所有的寺庙一样轻烟袅袅、圣烛幽幽，善男信女们的虔诚让人感到不可思议。钟声响起，似响起一篇神话，瞬间顿悟：有的登攀，永不能上升高度；有的声音，永远没有回声；有的沉默，山水都会倾听。

圣心如雪，膜拜菩萨。是谁，撞响了那沉闷悠扬的钟声？是谁，打开了那一扇神秘莫测的厚重山门？

夜来，床上辗转难眠时，外面时而响起的夜鸟啼鸣，叫让我想起很多旧人、旧事。或许我的人生已走得太久、太远了。太多的多回忆像压缩饼干蘸了水一样，突然在这个偏僻的山林膨胀起来。越来越多，越变越大，最后充斥了我所有的心灵空间，心里有充实之后难以表述的满足。

在都市里生活得太久，数十年工作太累，的确该散散心了，到清泉边去洗洗心。生霉的毛笔一点点化开来，似又找到了最初的平静。当一段感情的波折过后，到这山清水秀的峨眉走走，确实可以使心情好转。

睡吧，将一切化成宁静的夜，去迎接明天那美丽的晨……

第二天上午，前往川王宫和佛子岩，坐在山亭上歇息拍照时，耳边汩汩鸣泉，清风袭来有梦似的幽寂。思绪随水涓涓而去，尘世万物瞬间延宕开来，有如千军万马般势不可当。我们随游人一路走走停停并未觉得疲惫，只是高山流水、亭台楼阁让人不时止步。

山里的景色多有相似，树木泉水庙宇僧人，而这其中又有太多韵味让人赏析不疲。眼前竟然浮现数十年前的情景：新场镇的九洞桥，年少的我站在桥头，和一位素不相识的女子相视无语，却突然间呼吸急促起来。我，或谁的目光，是开在她发梢上的两朵野花？

那偶遇的无言对视，虽在其后的一段日子悄然无息，但伴我多少个不眠的夜，有了刻骨铭心的孤独。

眼前飘飞起大片蝶儿栖于栏杆，清幽飘逸，让人疑是梁祝献舞。孙子说：咋没有白胡子的老爷爷来指路？这个庙子后的山里真有妖魔和仙女吗？我们开心一笑，依旧一路茫然前行，夹杂于其他许多人中。和所有人一样，我们也是俗人，虽常想有脱俗的心！

长年行走在城市与城市之间，渐渐忘了自己最初的梦。只当有这样一天回到梦中向往的地方时，才或许明白一直追求的并非现在所拥有的。

人是注定要生老病死的，山里的人会比我们更幸福地活下去吗？也许他们也有很多凄苦，可至少比我们更容易感觉到幸福。因为他们生活得简单，越简单的日子也越让人容易感到快乐吧！

晚上，在房间品着红酒时，天上突然雷鸣电闪继而大雨倾盆。在小孙子的惊叫和欢呼声中，我们开心笑着，在如注的雨水中泡温泉，确实别有一番滋味。

雨一直下着，门外只有黑色的茫然，成为一道无法看见的独特风景。心似乎也随风一样在几千海拔的山上再次洗涤。

想起曾经在寺庙里和所谓大师的一番谈论，那一脸严肃的僧人并未告诉我什么是爱，也未告诉我，怎样可以忘掉前缘后果。

不过，人生各种奇缘真的可以解脱吗？忘掉所有是否真的可以超越这个世俗的空间。其时，不断有人在那门边进出往返，我似乎看到生之门，而我们徘徊在门外，和门里的人一样一无所有。

原来一直以为我们很富有，其实踏出门的时候才知道我们的微薄。人是如此柔弱的动物，人是怎样也无法使自己快乐起来的。

那么将一切化为善美博爱，我们真的就相信了缘分因果么？随之来的真是我们前世的因，随之去的是否将是我们后世的果？我固有地认为：长满皱纹的典故是身前的说教。身后，躺下便只剩下一篇篇经信流传的故事，随风翻阅，任雨打湿。

洗浴，任由热水在身上冲淋时，我突然觉得心里的门开了。宽宽的门里空空，门外亦是空空，我独自困在其中，不得其所。或许，我只是一只躲在暗处的飞虫。我紧闭双眼想着往事，默写着心情。封尘已久的日子随晚风一阵紧似一阵，群山如青铜浮雕，目光如一束佛家之外的圣火，将心的宁静煮沸。

没有合适的言语，能渗透此刻的感悟。昨夜雨中的晚钟在深谷回荡，送走了疲惫不堪的白昼。品饮红酒之际，石光电闪中竟有了一丝伤感循着泪泉穿透心扉，莫名悲戚的心，在与谁对话？

新场之行接近尾声了，于新建的吊桥伫立，遥望西岭雪山时暗想：人居高处，就会有高处的烦恼。朝拜佛和菩萨的善男信女们一路虔诚，自认为能得到佛祖一次印证和认可，就会与神和天堂更近一步，其实，那仅仅是幻觉。人到一定年龄，看透、悟透了很多的事，先前所有的希望与幻想，都会不复存在了。

一大早，看被雨水洗却尘埃的整洁大地，呼吸着清新空气时，心境悠游，心绪温馨，历经世间痛苦的诗意，竟能将忧伤唱成美丽。

松软的落叶可以埋葬林中无数嘈杂，晨雾弥漫中突感来去匆匆，再无暇顾及周围的风景，背景渐渐在晨曦中消遁。别了新场，心与心相互祝福，为了潇洒地告别，我和孙儿并立，把手臂挥成一雕像般的姿势，于天地间伫立。

生命来去，无论成败得失，俱应感恩。许多年后，当树叶全部飘零，光秃秃的树枝一定会懂得珍惜：珍惜一瞬即逝的美丽，珍惜论法之夜的深沉，珍惜流水般远去的日子，珍惜所有躲不开的离别……别了，新场。

03

二堰河东有雅舍

◆ 阿番

新场古镇的二堰河东街，天主教堂隔壁，有一家很独特的民宿"临江雅舍"。其实，它不是简单意义上的民宿，是由四川宇剑涛文化传播有限公司和四川文化网、成都市微型小说学会共同发起成立的一家文化交流、创作与活动中心。

这里不仅环境幽雅，居住条件堪比酒店，前临古镇2楼3间大床房、后面河边2楼4个标间，5间大床房，皆为既可观河景、街景，也可和朋友品茗小酌的酒店式情景房。虽临河临街，但关上门窗绝对清静无噪音，能很好入眠休息。

四合院中庭的天井阳光观景小花园种植着各种绿植和鲜花，小池里游走着灵动的锦鲤，高大茂盛的鸡翅、桂花和枣树，使得小院平添了几分静美。坐在花园中间品茗、小酌畅谈，不论春夏秋冬，都令人感到极为舒爽。

更有趣的是，悬挂梁上的两只鸟笼里，分别有一只八哥、两只牡丹鹦鹉，院子里还有一条通体雪白名叫"多多"的小胖狗。

两只小巧鹦鹉少有停歇的清脆啼鸣，在笼子里跳来蹦去却还不会说话的八哥，几乎没有听到过它的叫声，但只要有客进入就会摇头摆尾前往迎接的小狗多多，为院子里平添了几分生气和情趣。

走廊上的墙上悬挂着书画和文学作品介绍，大厅及院子走廊的博古架上陈列着近百部世界名著和本土作家的小说和文集。

经常，有文人雅士在清新的空气和鸟儿的啼叫声中阅读，交流互动，互相赠送有亲笔签名的现场创作的文学、书法作品。

这里还有特色美食，其秘制碧潭飘雪鱼头汤、麻辣青笋鳝片、平菇青鲩等鱼系列，令人品食后大为叫绝。美女厨师烹饪的秘制私房菜鱼系列，那绝无仅有的独特味道，在大都市高档餐馆里也难以享用到。

临江雅舍前门是古镇老街最繁华的下正街，左为天主教堂，出门右转3间镇面为民国川将领刘成勋故居。对面有新场最有名、经营了20多年的熊腊肉。她家的腊肉、香肠、腊排骨等远近闻名，曾一天卖出近5万元的货。熊腊肉左右隔壁为专卖自制花生糖、芝麻糕等特色糕点的叶家糖店，自制腌萝卜干等休闲食品的古镇开心豆腐乳店，冻糕、叶儿粑、玉米粑的尚大妈名小吃店。

后门是水流清可见底的二堰河，河岸上摆放着机麻桌和舒适的藤椅，可品茗、搓麻、聊天、观景。进入后门能容30人座谈的大厅宽敞明亮、格调清雅并陈列有各种高中端白酒、红酒，适合小型会议和朋友聚会、团建。

花园走廊右边，有专门制作私房菜的明厨，可供36人用餐的两个包间。前后门侧边有4个私密性极好的机麻包间供客人娱乐。

名为雅舍，看似民宿，实则为文化交流中心的管理者魏奇镜，是成都市微型小说学会副会长单位负责人、成都某建筑有限公司、科技公司法人代表。魏总最大的特点就是爱笑，不但脸上随时挂着笑容，和人说话也是一说一笑，很少有阴脸的时候。

进店的客人，不论住宿、用餐或喝茶、搓麻、打扑克。也不论是画画、写字、读书、聊天或看电视的，他都会笑脸相迎，主动端茶递水。

用餐客人较多时，他会帮着在厨房忙活，给厨师打下手，洗菜切肉什么都干，也会帮着端盘子、上菜、添饭。有时，他还会为哪怕只叫一杯15元茶的客人送上水果或干果、点心。熟悉的人说：和小魏步行，一路上他会笑着不停和各种人打招呼，几乎没有歇过气。

3名工作人员分别为店长杨本香、厨师长高凤和后勤管理冯术兰。

经朋友介绍，在这里小住几天后，对魏总和3名工作人员有了极深的印象，并趁她们闲时，分别有过较为深入的交谈。

细心稳沉冯大姐

年龄稍大的冯术兰，是土生土长的新场双井村人，小学毕业后即在家帮助务农，20岁受父母之命，万般无奈地和来自鹤鸣乡的一位男子成婚，育有一子，现34岁，为大邑县一家私营企业合伙人、执行经理。她的儿媳是大邑安仁人，和娘家人在崇州从事种植业，其果园产出的梨和葡萄，因味美水分足，畅销都市，供不应求。

冯术兰的父母育有子女9人，除了一个哥哥，其他的都是女子，她排行老八。母亲91仍健在，而且耳聪目明，生活完全能自理。所有兄妹都在大邑务农或打工，只有一个妹妹在成都市区经营蔬菜生意。

童年，因为家庭经济条件不好且子女太多，原本极有读书天赋的冯术兰刚小学毕业就被迫辍学，在家帮助父母从事农业劳动。

日出而作、日息而归的超负荷体力劳动，野外劳作的日晒雨淋，并没有使她天生肤白貌美的精致形象受损，反而使其在大自然的哺育中，逐渐成长得健康美丽并充满活力，还不到18岁，已经出落成为远近闻名的漂亮姑娘，上门提亲的人络绎不绝。

可万分遗憾的是，还没等到冯术兰寻找到情投意合的人，父母竟强行要求她把一个来自鹤鸣乡的青年召为上门女婿。

对那位男人根本不了解的冯术兰坚决反对，吵过闹过，绝食过，甚至为了反对这桩包办婚姻，毅然决然跳河抗争，可最终，也难以改变父母固执的决定，含着眼泪和那位上门男子成了婚。

别人的新婚之夜，都充满喜悦和幸福，可她的第一夜，却是在泪水和悲泣中度过。幸好，结婚后老公对她很好，家里的什么事都由她拿主意。慢慢地，冯术兰从心里开始接受他，自儿子出生后，两人的感情更是朝着好的方向良性发展。

后来，老公开始到县城的企业上班，他虚心学习，向老师傅请教，很快成了厂里的技术骨干。

懂事的儿子高中毕业后，为了减轻家庭负担，不愿再读书，也到了县城的一家企业打工，并慢慢成为了企业的管理成员。再后来，成为不可或缺的合伙人。

由于只读了小学，没有多少文化知识的冯术兰不甘于向命运屈服，哪怕是每天在田地里劳动，她也没有自暴自弃，而是对生活充满了信心。小心又稳沉的一步步，坚实地朝前行走在生活的道路上。

随着经济大潮的到来，绝大多数农村人都涌向了大城市和县城，可冯术兰却坚守在家乡和90多岁的母亲同住在新场镇上，照顾母亲的同时，也在镇上的餐饮企业打工。她过得非常充实，偶尔，也会骑着摩托或搭公交车到县城去看看儿子和孙子。

逢年过节，姐妹们都会带着孩子孙子来到她的家中，一大家人欢聚一堂，其乐融融，好不开心。

到临江雅舍上班纯属偶然。那天，在镇上遇到和她同村同组的杨本香，问及其现在什么企业打工，她回答在一家专门办酒碗的大型餐饮农家乐上班，因为近年经济形势不好，企业面临亏损，有可能会关闭。

杨本香问她有没有意愿到新开的临江雅舍，说那是一家新开的小综合体，既有餐饮、住宿还有茶座，最主要的是有文化交流活动，平时来的大多是有素质的文化人，相对于纯餐饮企业，应该要轻松一些。

抱着试一试的心情，冯术兰来到了临江雅舍，这一试就留了下来，并坚定了信心要一直干到退休才离开。

虽然，随着岁月的增长和长年累月的劳作，她的脸上，已经有了岁月风霜的痕迹，皮肤也没有往日那样白皙，曾经苗条的身材也渐渐发福，但衣着整洁清爽的她风韵尚存，眉眼间，依然能看出原本的精致。

在临江雅舍，她恰到好处、细心地配合杨本香，随时提醒其注意细节，使每一个客房都整洁明亮、一尘不染；她对每一种茶叶的分类都熟记于心，从没有发生过差错。对于所有进门的客人，不论是各团体搞活动、交流的作家、画家、医务工作者或退休干部，都热情周到细致，得到大家的一致好评。

所有到临江雅舍住宿的客人，都夸房间每一部位都整洁卫生，犹如星级酒店一般，这其中，饱含着冯术兰和其他工作人员辛勤的汗水和付出。

女侠厨师高凤

长有一张圆脸，脸上随时挂着浅笑，身高1.68米的高凤刚38岁，却已经是3个女儿的母亲。她是土生土长的新场镇文笔村人，父母均为农民，有一位哥哥是修车厂的技术工人。

因家庭贫穷，加之交通不便，到学校要走10多里山路，高凤小学毕业后即在家务农。2007年第一次恋爱，认识了大学毕业后回到新场镇创业的本地青年傅哥，继而结婚生子，就此在镇上扎根。

身高体壮但不失秀丽的高凤很能吃苦，嫁到镇上后，除了协助丈夫打理生意，还学会了开车。小轿车、大汽车、摩托车都能得心应手地驾驶。除了有熟练的开车技术,她还在家中生意清闲时,参与乡村办酒碗的生意,并学得一手不错的厨艺。

和冯术兰一样,高凤平时话不多,也几乎很少主动和人搭话,没事就爱看看短视频、听听歌。一旦有客人从门前经过或走进雅舍,她会立即站起身来笑脸相迎,主动介绍住宿条件、餐食和茶饮标准以及各项设施、活动收费情况。

但凡有客人在店里用餐,就是高凤大显身手的时候。不论炒、炖、煎、蒸、生爆或凉拌,鸡、鱼、鸭、猪、牛肉和虾、蟹、王八,荤的素的,她都能做出味香味形俱佳的美味佳肴。

她到临江雅舍工作,也是杨本香的功劳。年前,宇剑涛文化传播有限公司大邑分公司正在筹备开业,刚装修好的门前贴有一张招聘启事。其时正在一家酒厂上班的杨本香路过时,认真阅读了内容,为其中的"试用期合格即购买社保"所吸引,当即打电话联系。

和临江雅舍筹备负责人见面短暂交流后,得知共需招聘3个营业员1名厨师,杨本香自告奋勇帮着联系了高凤和另一位服务员及一名年近五十、自称有丰富经验的女厨师,结伴一起报名了。

可谁也没有想到的是,还在试营业期间,仅上班4天,由于那位女性厨师和时任负责人有较大分歧,双方都认为难以合作。女厨师提出辞职,并在辞职时,鼓动杨本香、高凤和另一名服务员同时辞职走人。

那日,结清了4天的工资,几个人全部离开时,负责人诚恳地对杨本香和高凤说:"我们其实很看好你俩,现在工资虽给你们结了,但还是希望你们回去认真考虑,如果愿意转来,我们欢迎!"

当时,高凤和杨本香欲言又止,都把眼光看向那位满脸不以为意的厨师,叹了口气,什么也没有说就起身走了。

当晚,杨本香在微信上给负责人发了消息,表示愿意继续合作,负责人欣然同意。第二天,杨本香回到临江雅舍,几天后,不愿在家当轻闲老板娘的高凤,也回来上班了。

在临江雅舍,高凤主要负责厨房工作,虽不多言语,但只要在灶台前一站,那灵动熟悉的动作,完全就是一名经过正规培训并有等级证书的大厨。

在临江雅舍用餐的,大多是成都市区和外地来的客人,对于菜肴的要求较为苛刻也十分挑剔,可只要吃过高凤烹制的秘制鱼系列和干锅系列,加之杨本香配合烹制的名为"碧潭飘雪鱼头豆腐汤""清汤松茸子鸡""莲子清炖母鸡"等煲汤系列,无不大为称赞。纷纷表示:到了临江雅舍住得舒服、吃得开心。就连普通得不能再普通的竹笋肉片、青椒豆腐干和碎椒嫩胡豆等时令菜蔬，都色香味俱佳，令人胃口大开，欲罢不能。

虽儿时家境贫寒，但天生爱干净更爱打扮的高凤，特别喜欢时装。每天上下班的路上，虽不是都打扮得花枝招展，但也吸人眼球，绝对不像一个来自大山深处的村姑。

但，她的力气和胆子都特大，既可开着大货车运送货物，还能帮着上下货物，更可以上山砍树下河抓鱼捉蟹。偌大的铁锅，能一只手轻轻端起左右晃动。假如在抗战年代，或许，她就是一名手持双枪痛击日寇的女侠。

凡到临江雅舍用过餐的人，都不相信那些精美的佳肴，出自年轻漂亮的高凤之手，普遍认为只有主城区请来的大厨，才有可能具备如此高超的技艺。

心灵嘴甜手巧杨本香

身高仅1.5米出头的杨本香，算得上小巧白净类型。她和冯术兰同为新场双井村8组人，但辈分却差了一大截，按规矩要称冯术兰为姑婆。

因为当过兵的父亲从小溺爱，过分纵容，初中毕业后她就没再读书。虽书读得不多，可她极为聪明并懂事早，也因而结婚生子早，大女儿已大学毕业参加工作，初中毕业后即在家务农，后在新场镇的酒厂、保洁公司和康养中心工作过。因为一次偶然路过，又因为购买社保的优厚条件，她从试营业到现在，仅中途离开过一天，就一直在临江雅舍工作。

"海拔"不高，但声音极大，一张小嘴能说会道，虽不敢说能把树上的麻雀游说下来，但，那些来到店前驻足、参观的过客，经她那独具特色的大邑普通话从客房到菜品、茶品和环境细致到极点的介绍，原本犹豫的客人，会有很大一部分入住，或坐下喝茶，或订餐。

除了嘴甜，她最大的特点是勤快，其他人都休息时，她仍在做事，或提水浇花，或扫地擦桌抹窗，只要负责人一声呼唤，最快反应的几乎都是她，并且，她不太计较得失，休息时间只要其他人忙不过来，不论白天晚上，她都会骑着和身材极不相称的大摩托快速赶到。

虽然书读得不多，但杨本香特爱学习，读书看报，在手机上看新闻，能学的知识不论国内的或国外的，她都会很专注投入地领会，脑子里贮藏了比一般年轻人还多的知识和流行名词。

除了爱学习、勤快，收拾客房、打扫大厅和走廊、花园的卫生什么的她

都干。相当一段时间，她还兼职采买食材。有客人订餐时，安排菜谱，协助高凤按餐标把香味扑鼻的佳肴烹好并配合冯术兰端进包间摆上桌面。客人用餐时，还会笑容满面地问一句："这些菜不知是否合你们的口味？如有不满意的或什么要求，请尽管吩咐！"

有住宿的客人，大多是她安排登记、办理入住并告知注意、禁止事项及退房时间，极为细致周到，真可谓是一岗多能的好手。

因为"不孝有三，无后为大"的千年古训，35岁时，杨本香硬着头皮生了二胎，不负父母和老公之愿，得了一个儿子取名为李梓辰（稍不注意，会听成闯王李自成）。现在，聪明的儿子已经上小学一年级。

杨本香的父亲为退役军人，母亲一直在家务农。老公和冯术兰的老公一样，同为大邑鹤鸣乡人，长年在外打工。由于母亲身体欠佳，也因为在外务工的老公收入不高，她很是努力也极其节俭。之前，不管在什么企业，只要收入高的活都会抢着干。曾经，因为长时间擦玻璃，到晚上手臂都痛得抬不起来。可不管再苦再累，只要能挣到钱，看着儿子一天天健康成长，她的心里都充满希望，从没一句怨言。

因为勤奋，也因为工作负责，文化交流中心任命杨本香为临江雅舍的店长，协助魏总负责全面工作。现在，她既是临江雅舍的管理者，也是最勤奋的工作人员，店里的大小事情，都能尽可能完美地协助魏总妥当安排，来来往往的客人，对其周到的服务更是大加赞赏。

有不少来住过或用过餐、喝过茶的客人，主动和她加了微信，极为友好地表示：冲着她的热情周到服务，也一定会再次到临江雅舍。也有一些客人，和她成了随时交流的朋友，并主动在微信朋友圈和社交圈宣传临江雅舍幽静的环境、干净整洁的酒店似的住宿条件和味美优价的私房菜。

生于新场长于新场，立足新场踏实工作的杨本香，虽只是一个普通的服务人员，但她爱岗敬业，在这里找到了自己存在的价值，会义无反顾地一直朝前走。

她的想法很简单：到县城或成都主城区上班，或许收入会稍高一点，但离家太远不能照顾年迈的母亲和幼小的儿子。加之，在外面打工的开支会加大，不如就在新场，认真做好自己的本职工作，也算为古镇建设尽了一份绵薄之力。

我们有理由相信，杨本香的未来不是梦，未来的日子，她一定会收获更多的成就和幸福。

因为，魏总和3位女士让游人有"宾至如归"的好感，临江雅舍后门宽敞的堤坝上，从早到晚坐了满喝茶的游客，那清绿淡香的茶，伴陪着一个个悠闲的下午。

到日暮炊烟升腾时，客人们起身步入院内，一壶老酒伴特色私房菜，慢酌细品，回到2楼的观景房，赏窗外明月，享晚风轻拂，泡一杯清茶，轻轻啜饮，岂是醉和爽所能形容的！

除了优美的环境和美食，小胖狗多多也让人不忍离去，它通体雪白，两只圆溜溜的眼睛特别有神。它很懒，成天除了睡觉、晒太阳和喝水，几乎不出大门。它不守嘴，大家吃饭时会静静趴在一旁，如果不呼唤，绝对不会来讨食。洗了澡，把它放在沙发上，它会一动不动趴着，两眼也不眨一下。它更不会扰客，没有人听到过它的叫声。有人怀疑它是哑巴，可当在散步时，有恶狗想要侵犯时，它也会愤怒地咆哮！

曾经，有个中年女士好奇地问冯术兰："你们那雪白的狗狗，是哪里买的仿真狗，太逼真了！"杨本香抢着回答说："不是仿真狗而是真正的狗。"

女士大为惊奇，再次上前抚着它的头问："这狗怎么既不叫也不动？"冯术兰回答："因为刚给它洗了澡，担心下地会把身上弄脏，所以放在沙发上不让下来，它生气了！"

每天上午，它会准时到走廊上端坐或趴着晒太阳。端坐时，会仰着头，有如膜拜何方神圣一般态度虔诚。趴着时，两眼微闭或定定看着一个方向，一动不动。

可只要来了客人，它都会摇摆着身子热情相迎。如果来的是年轻美女，更会不仅尾巴摇晃，后半身都会大幅度摆动，巴巴地上去恭迎。

所有客人都喜欢这个叫多多的小狗，特别是一些美女简直是爱不释手，抱着它就不愿放下。甚至，还会亲它，和它合影大秀亲热。于是，有帅哥说：我好羡慕那雪白的狗哟。

离别时，我伫立于天主教堂和临江雅舍之间的小桥上，回望着其古朴雅致的门楣上高悬着的几个大字和门外临河的几排宽大藤椅、几盆高大茂密的绿植，在心里对自己说：冲着这优美的环境，绝佳的美味和魏总及3位女士的热情周到，我定会再来的！

04

梦牵魂绕的小镇

◆ 孤独居士

生命的记忆中,有一段刻骨铭心的日子,20多年前,国家鼓励公职人员兼职或从事第二职业,骨子里不安分的我,也按捺不住下了海。

刚开始还做得相当成功,很快落地了一些收益颇丰的项目,却因交友不慎,巨额投资被套。我万般无奈转卖了良性运作的公司、酒楼和其他实体,被迫卖掉了核心城区带花园的洋房,搬到了一个山清水秀的美丽小镇居住。

这个被称为茶马古道上的小镇,古时叫清源,也称作扇子场。旧时有"人声三里市,春夜一街灯"之美誉。

小镇依山傍水,风景秀丽,四季宜人,因为盛产桃、枇杷、葡萄、梨、桃、李和各种水果,空气中散发着浓浓的水果香味。镇的两旁是连绵起伏四季常青的大山,站在当地人通行和纳凉观景的廊桥上,可以直视西岭雪山。

内地很多地方,都因为缺少一条奔流的大河而遗憾,可这个镇上不仅不缺少流动的大河,而且有邮江、头堰和二堰3条河。其中,因为二堰河从镇子中间缓缓穿过,如翡翠般的清可见底,给小镇增添了无穷鲜活魅力。

春天,万物复苏的季节,漫山遍野的竹林里,间夹着点缀其间的桃花特有的粉红,在春日蓝天的映照下,显得格外娇艳妩媚。

闲暇时,我会邀三五个成都的好友,带上瓶装水和几瓶白酒以及卤鸡脚、花生、炒胡豆等美味零食,开车到古镇周边踏青、野炊。

几个人兴致勃勃地摘野菜、采蘑菇、挖竹笋、钓鱼。乏了,累了,躺在松软的草地上相互调侃,说些只有男性才能听的玩笑。

待收获差不多时,到坡下的邮江河边宽阔的河滩,拣几个大石头,垒一个简易的小灶,在上面架一口小锅,把各种山珍和鲜活的鱼儿洗净后,配上自制的底料在锅里煮得香味四溢。再把带来的食物摆在铺开的塑料布上,五花八门的零食,配上自然鲜美的山珍河鲜,喝一口浓香的老酒。那回味无穷、直透肺腑的滋味,怎一个爽字了得!

吃饱喝足了,朋友们各找一个平滑的石头铺上报纸或塑料布之类的当枕头,静静躺在大坝沙滩或草地上,享受着最自然的阳光浴,醉眼蒙眬地看如绸一般的蓝天、游走的白云,感觉真是惬意。

不知何故，我虽不属瘦型身材，但从小睡觉稍碰硬物就会全身疼痛。自然是不喜欢以石枕头，只能将车上的靠垫拿来当枕，才会安然入睡。

夏天，河里很多踩水或游泳避暑的游人。男女老少，穿泳衣、穿裤衩、光膀子、光腚的各色人等，应有尽有。

花花绿绿的裤衩和衣服，配上白生生水亮亮的肌肤，在阳光映照下波光粼粼的水面上，有如盛开的繁花。我想：那可能是世上最伟大的丹青妙手也无法写就的风景。

一些不会游泳也不愿踩水的则站在桥上看人，看风景。有恶作剧者则拾起小石头或别的东西，往水里扔去，溅起阵阵水花，引来一片惊呼、嗔骂。水声、歌声、无伤大雅的调侃声，融合在一起，此起彼伏，随着水波荡漾不绝。

水果成熟的丰收季节，山上山下各种果实都熟透了。葡萄、李子、白花桃、猕猴桃、无花果等太多的水果，在果园里可以交很少的钱随便摘吃。

梨子甜而水分极重，野猕猴桃味道酸酸甜甜，果肉鲜香爽滑，闻着都要流口水。吃猕猴桃还得会挑，要那种经过秋霜打过后，捏上去软软的，闻得到丝丝的香味的才好吃，如果没熟透的，咬一口，绝对连舌头都要涩掉。

虽现在超市里也有猕猴桃卖，但毕竟是人工种植的，完全没了那天然的鲜美。小镇周边山上山下盛产的各种水果，总能让人流连忘返……

冬天的风景虽然较之其他季节单调了许多，不过各种野生蘑菇和竹林里取之不竭的冬笋，那鲜美无比的味道却能让人终生难忘。

有一次，我们到挨近王泗的一个农家玩到了晚饭时间，主人准备了满桌子都市里很难吃到的美味。肉片炒冬笋、半干的萝卜干炒腊肉、野韭菜炒鸡蛋、干烧新鲜河鱼，还有芋头羹、咸鸭蛋，最让我记忆犹新的是那道土鸡炖磨菇，由主人下午刚采回来的新鲜冬菇和现杀的一只土鸡炖成。

清水烧开后，放入洗净的一只整鸡，一个半小时后再放入冬菇，用农村那种古老的鼎锅炉灶架在桌子上边吃边炖，那香气即使隔了几座山都能闻得到，吃进嘴里满口生津，绝对是语言和文字无法形容的美……

遗憾的是，我在个小镇仅居住了一年多就回到了主城区的单位上班，自离开以后就再也没去过了。那曾经经常相聚拼酒的旧友也早已失去联系，只留下一些美好回忆时时在梦里萦绕……

一晃，已经年过花甲。退休后我又到过那小镇，虽已过去多年，但镇上老街的古朴之风依旧没变，和一些商业味太重的复古旧镇比较，这里还是原汁原味的川西古镇。李国仲宅院、天主堂、广东会馆、文昌茶楼、刘成勋老宅、何营碉、新场碾坊、璧山寺、集股客栈、孔家绣楼、何氏民居等老建筑仍得以保留。

不同的是，书有"新场古镇"大石头旁边的广场上有复合材料制作的雕像，重现茶马古道驮运的情景。

进入古镇的字库街前面，竖起了一个色彩艳丽、书有清源坊的牌坊。从牌坊进入20米右边，紧邻临时停车场有一家"新场别院"的民宿，沿二堰河往下在九洞桥斜对面，有一家名为"锦府驿"的民宿，这些都是以前没有的。

在天主教堂隔壁，以前为老医院的四合院改建成了一个名为临江雅舍的文化交流中心。据服务员介绍：为更好地展示茶马古道上"最后的川西坝子"——西岭雪山下的新场古镇风土人情，让世人从文脉笔端中感受新场古镇在日月星辰、吐故纳新中的千重魅力，四川文化网联动四川宇剑涛文化传播有限公司投资数百万，在新场二堰河东街61号兴建了集文化交流、住宿、餐饮、品茗、娱乐于一体的临江雅舍文化交流中心。

除了文化交流活动，临江雅舍还有特色美食，其秘制碧潭飘雪鱼头汤、麻辣青笋鳝片、平菇青鲢等鱼系列，令人品食后大为叫绝，直呼过瘾！

临江雅舍前门是古镇老街最繁华的下正街，左为天主教堂，出门右转3间镇面为民国川将领刘成勋故居。对面有新场最有名、经营了20多年的熊腊肉，她家的腊肉、香肠、腊排骨等，远近闻名。熊腊肉左右隔壁为专卖自制花生糖、芝麻糕等特色糕点的叶家糖店，冻糕、叶儿粑、玉米粑的尚大妈名小吃店。

自制休闲食品的开心豆腐乳店主方大姐，每天静静守候在小店门前，操着地道的大邑话，微笑着和每一个购货的客人交流，敞开着的店门前，摆放着闻着都想吃的腌萝卜干、豆腐乳、木瓜丝、豆豉和咸蛋等。

方大姐店里休闲食品种类多，味道可口，很远就能闻到其香味。加之她红润的脸上时时挂着笑意，故而生意相当不错，购买咸蛋和豆腐乳、萝卜干的客人络绎不绝。

临江雅舍后门是水流清可见底的二堰河，河岸上摆放着机麻桌和舒适的藤椅，可品茗、搓麻、聊天、观景。进入后门，能容30人座谈的大厅宽敞明亮、格调清雅，并陈列有各种高中端白酒、红酒，这里适合小型会议和朋友聚会、团建。中庭天井阳光观景小花园里种植着各种绿植和鲜花，小池里游走着灵动的锦鲤。高大茂盛的鸡翅、桂花和枣树，两只啼叫不停的小巧小鸟和一条雪白的小狗，使得小院平添了几分静美。坐在花园中间品茗，别有一番滋味。

晚饭后，在二楼临河房间的窗前泡一壶陈年老普洱，看外面，夜色正好，赏明月星辰，享晚风轻拂，轻轻啜饮醇味香茶，感觉极好。

05

古镇故事多

——采风熊腊肉店

◆ 李 为

在川西腹地，群山环抱的新场古镇，如同一幅流淌在历史长河中的水墨画，静静诉说着千年的故事。此地，被云雾缭绕的西岭雪山守护着，风携着松涛声，水带着山的灵秀，构成了一幅绚丽的天然画卷。

新场古镇依水而居，宽阔的邮江河如母亲的臂膀搂着孩子一般，将它紧紧揽在怀里。旧时一条条铁索桥横江而过，将小镇两岸的居民紧紧联系在一起。如今，廊桥和公路桥替代了昨日的铁索，只剩一条废弃的索桥还在发挥余热，每当山风吹过时，总能发出呜呜声，仿佛在讲述往昔的故事。

一条狭窄的二堰河贯穿全镇清澈地流淌，新建的临江雅舍文化交流中心，如同一位智者，坐落在古镇的边缘。雅舍外，绿树成荫下的古石桥旁，潺潺流水轻拂着岸边的垂柳，舒缓的风轻轻掠过水面，带起一圈圈细腻的涟漪，如一位妙龄少女娴静地坐在水边。

雅舍对面已营业 20 多年的"新场古镇熊腊肉"却和雅舍形成了鲜明的对比，木质的招牌在微风中轻轻摇曳，老旧的木板和横梁，仿佛在低语历史的沧桑。

每当夕阳西下时，腊肉店的主人袁姐，总喜欢躺在那张已经有些年代的躺椅上，回忆已然逝去的过往。或许，她的故事，犹如她经营的腊肉一样，承载着深厚的文化底蕴与历史记忆，充满了时间的厚重感与生活的仪式感。

袁姐的童年充满了山野的清香和生活的艰辛。她所居住的村庄，四面环山却很贫瘠，季节变换时，山林才会慷慨奉献出些许野菜和蘑菇。每逢周末，她和弟弟妹妹一道，背着竹篓，趁着晨光初照，走进那片熟悉的山林。

在茂密的树丛中，小心翼翼地寻找那些大自然的馈赠，对每一次收获都视为珍贵的宝物。

村子与外界的联系是一座老旧的铁索桥，每当风大时，走在桥上都能感受到摇摇晃晃的心惊胆战。袁姐心里虽然很是害怕，但每一次都带头，小心稳步带领弟弟妹妹安全抵达对岸的古镇。在那里，她们将采集的食物换成钞票，这些钱对家里来说，意味着油盐和学费。在她的印象里，儿时的古镇就是一家生计的场所，那里车水马龙、人来人往，却没有一处可以停留的地方。

在农闲的季节，袁姐的母亲会用祖传的秘方熏制腊肉。她从小就在旁边观察，见证着母亲如何将新鲜的猪肉通过熏烤，转化为那又香又硬的腊肉。熏肉的烟雾弥漫在小屋里，仿佛带着一种神奇的力量，让整个空间都充满了生活的味道。

夜晚，母女二人坐在摇曳的灯光下闲聊时，她认真聆听着母亲关于熏肉的技艺。在母亲的教导下，她学会了如何选择合适的肉质，如何调配妥帖的腌料，如何掌握精准的火候。这些技艺，对她来说，不仅仅是制作美食的方法，更是一种家教的传承，是与过去对话的桥梁。

袁姐的生活虽苦，但这份来自山与火的教育，让她逐渐明白，即使环境艰苦，也能在平常生活之中找到坚守和美的理由。

时光荏苒，袁姐渐渐步入了成年。她在一个古镇赶集的日子里遇到了未来的丈夫，两人因彼此的诚实与勤劳而迅速走到了一起。甜美的爱情如山间清晨的露水一般，清新而滋润着他们的生活。2003年，婚后不久，他们决定开一间小饭馆，既卖些家常小菜，也出售一些自制的腊肉。

他们的小饭馆坐落在周记血旺老店的旁边，有着简单而温馨的布置，木制的桌椅散发出淡淡的松香。袁姐的腊肉因其独特的风味和香气，很快在当地小有名气，连成都市里也有人慕名而来，很多明星都到店里打过卡。然而，随着生意的兴隆，袁姐丈夫的心思却逐渐变了。他开始觉得小店的收入微薄，不足以支撑更大的梦想，他想去更远的城市里寻找新的商机，赚取更多的金钱。

这种想法与袁姐的稳重和务实逐渐形成了裂痕。面对丈夫的不满和冲动，袁姐的坚持和耐心与其显得愈发难以调和，两人之间的争执也越来越多。终于，在一个冬日的清晨，袁姐的丈夫决定离开这个小镇，去追求他所谓的"大梦想"，留下袁姐独自一人守着小店与回忆。

伤心欲绝的袁姐在经历了离婚的打击之后，又遭遇了母亲去世的劫难，在双重打击之下，袁姐经历了一段时间的迷茫。在迷茫之中，她又来到了儿时的铁索桥，在桥上她想过一跳了之，可顾念到年幼的孩子，母亲的天性令她不敢放弃，儿时的苦难和山里人的坚毅，又让她重新振作起来。

袁姐决心传承母亲熏肉的技艺，将这项技艺发扬下去。2013年开始，她不再运营饭馆，而是全身心地投入到腊肉的制作与销售中去。她利用自己对腊肉制作的独特理解和掌握的技巧，让腊肉店逐渐成为古镇的一个小名片。

随着古镇不断地发展，袁姐的腊肉店也如同初升的朝阳，逐渐迎来了光芒万丈的时刻。人们从四面八方汇聚至这片富有诗意的小镇，袁姐的店铺也成了众多游客必访的美食驿站。她用心挑选纯正的山猪肉，采用独特的工艺进行熏制，腊肉出炉后，香气扑鼻，色泽金黄，味道独特，令人回味无穷，销售到了内地各大城市，如北京、上海乃至遥远的新疆，销量也在不断增长。可是，好景不长，随着市场的火爆，竞争对手如同雨后春笋般涌现。市面上出现了大量品质普通、价格低廉的腊肉，让游客的选择变得多样化。袁姐的腊肉虽质量上乘，但高出许多的价格却让很多客人望而却步。更为严峻的是，由于疫情的影响，人们消费实力下降，销量也开始逐渐萎靡，不及巅峰时期的十分之一。

面对这一系列的打击，袁姐并没有选择退缩。她凭着一腔热血，决定将传统与现代结合起来。袁姐开设了网店，开始在网络平台上直播腊肉的制作过程——从选材到腌制，再到熏烤的每一个环节，都尽显其传统手艺的精湛。最初，网络的冷漠令袁姐倍感挫败，朋友圈寥寥无几的顾客并未如预期那般上涨。然而，袁姐没有放弃，她始终保持着对腊肉手艺的热情和对品质的执着。随着一次次的宣传，越来越多的年轻人被这种传统技艺所吸引，开始关注袁姐的网店。她的真诚与努力也渐渐打动了这些年轻人的心，信任和支持也随之而来。袁姐看着店里逐渐增多的订单，心里充满了感激和期望。她明白，无论未来路途多么坎坷，只要坚持自己的信念与品质，总会有属于自己的一片天空。

很快五一佳节即将到来，袁姐变得特别繁忙，作为小镇唯一一年四季都在制作和售卖腊肉的店家，她一如既往地将每一块腊肉处理得无可挑剔。尽管疲惫，但她脸上始终洋溢着满足和幸福的笑容，不断地用微笑向客人介绍腊肉的独特魅力。

夕阳西下时，袁姐躺倒在自家躺椅上，抬头望向天边的晚霞，深呼吸中伴随着木材燃烧和腊肉馈送的暖意。这一刻，袁姐的心海波澜不惊，只有深沉的平和与希望。她默默地在心中许下愿望：无论未来的岁月如何变迁，无论周遭世界怎样翻涌，她都将继续这一脉相承的手艺，不仅是为了守护这份来自母亲的遗志，更是为了将新场古镇的故事，连同这一份传统的味道坚守下去，让它绵延不息。

06

古镇　月夜　遐想

🍂 小　雅

应宇剑老师相邀，前往大邑新场的宇剑涛文化交流中心临江雅舍小住。晚餐时，宇剑老师介绍道：为更好地展示茶马古道上"最后的川西坝子"——西岭雪山下新场古镇的风土人情，让世人从文脉笔端中感受新场古镇在日月星辰吐故纳新中的千重魅力，四川文化网联动四川宇剑涛文化传播有限公司投资数百万元，在新场二堰河东街61号兴建了集文化交流、住宿、餐饮、品茗、娱乐于一体的临江雅舍文化交流中心。

这里不仅环境幽雅，居住条件堪比酒店，前临古镇后面河边的2楼，皆为酒店式情景房，既可观河景、街景，也可和朋友品茗小酌。更值得称道的是：虽临河临街，但关上门窗后，绝对清静无噪音，能很好地入眠休息。

中庭天井的阳光观景小花园里种植着各种绿植和鲜花，小池里游着灵动的锦鲤，高大茂盛的鸡翅、桂花和枣树，更使得小院平添了几分静美。坐在花园中间品茗、小酌畅谈，非常舒爽。

走廊上的墙上悬挂着宇剑老师的书画和文学作品介绍，博古架上陈列着他的10多部小说和文集。既可在清新的空气和鸟儿的啼叫声中阅读，也可以和城区来的作家、画家交流互动，还有可能获赠著名作家亲笔签名的文学作品。

昨夜，少有的失眠。失眠，或许因为晚餐时喝了些酒，小镇上方大姐家的咸蛋味美，忍不住多吃了点，加之汪记血旺有些咸，感到有些口渴，抑制不住地想要喝水。夜，渐渐地有些深了，白昼的喧嚣，早已被寂静滤去。

折腾到三点半，越来越清醒，根本没有办法再躺在床上，干脆，起身穿好衣服，于临窗沙发上静坐。夜，漆黑、无声、静谧，让遐思的空间漂移，继而停止，一点点厚实起来，滋生出一丝丝慵懒的思绪。杂乱无章的心事，漫无目地泅渡于一望无涯的时光海面上。陈年旧事的轻舟，在无风无浪的二堰河水面漂泊。

没有可安然停靠的港湾，只能用追忆的心情，将其编织成网，打捞逝去的年华，一筐一篓，沉淀成月夜略带忧伤的记忆。

一页页，翻看记忆的厚重章节。渐老的生命，早已失去了往日的波澜，回望曾经有过的宏伟蓝图、梦中马踏中原的策马扬鞭，不由感慨良多。

写不尽、书不完童年的苦难。少壮立志，为生存和崛起而拼，为命运改变而搏！当终于从穷乡僻壤跻身都市，竟一度迷失。

是谁的身影，在灯火阑珊处徘徊不前？是谁，遗忘了温情之夜轻声滑落的梦呓？是谁敞开了天窗，享受如水月光的沐浴？是谁共着一把黑伞，在细雨轻飘的合江亭边漫步？西岭雪山下那绽开的腊梅，诉说着曾经有过的执着、浪漫和痴情。

越来越多的回忆，并非仅仅不甘心做一个永不停步的旅行者。当我披上防寒衣，泡一杯滚烫的清茶，于沙发上闭目静思，便惊异地发现：黑夜中孤寂的伤感与记忆，是那样地吻合，心情不由黯然。

生活，让每个人莫名其妙地保持着行走的姿态，人生旅途，一路真假美丑的风景让人尽收眼底时，有时难免惊慌失措。岁月沧桑，真正柔软并温暖了心窝的，竟是尘封已久的记忆里那些已然逝去的美好断章。

看着窗外稀疏的星星在夜空里寂寞地闪着光，无边的遐思又不知绕到了什么地方。我开始拼命地寻找属于我的那颗星，不知他忽隐忽现隐匿在哪个无人知晓的角落。

寻找无果的我，突然有了深深的失落。但就在这瞬间，一个渺茫的身影在朦胧中开始清晰，令我感到既陌生又熟悉的同时，心中似有万般不舍的牵挂。是谁？我拼命摇晃着脑袋，努力想让自己从半梦幻中清醒，并将杯中的茶水喝下一大口。

终于，我看到了那越来越清晰的身影，竟是摆放在电视柜上的精致镜框里的照片。哦，原来，一直在脑海里的人就在身边。

那一刻，我得以知道所谓的思念，其实犹如下午到碧山寺时，看到寺中僧尼手中的木槌，在一下一下中反复地把我敲打。直到，在心里敲出一条深深的裂缝。

回想岁月的点滴流逝，细细咀嚼五味杂陈的过往，回想着几十年人生的朝朝暮暮。带着忧伤，带着酸楚，一个个疑问从脑海里蹦出：已然逝去的远方亲人，是否还会停留在记忆的深处？父母和哥哥、弟弟是否记得有一个我？

想起了很久以前看过的一句话：我把原本属于自己的眼睛丢了。此时此刻，好像所有的一切都快要凝固，憋闷的空气让人窒息。刹那间，心痛到无法呼吸。远去亲人的背影充斥在脑际，她们的话语在耳边游离。

窗子缝中强挤进来的风有了一丝凉意，令我全身开始战栗。难以掌控的情绪，如脱缰的野马，猛烈撞击着我脆弱的心。

或许，因为太多复杂的理由编织着现实中的无可奈何。于是，因为生活中那些太多的无奈，削弱着曾经意气风发渐然老去的我，不得不悲哀地直面现实，向自己低头。

自称可战天斗地的人类，在大自然面前有时非常渺小，面对鲜活生命被剥夺，只能扼腕叹息。10多年前"5·12"的下午和2019年新冠疫情暴发时，眼睁睁看着无数宝贵的生命悄悄地逝去，我们只能默默地祈祷，泪如雨下。

胸中再有宏图大略，可面对生活，很多时候也很无奈。理想和现实的差距让多少有志之士深感生不逢时、怀才不遇、望而却步。

一腔热血、真诚付出，可有时直面感情变异，也只能一声叹息、在劫难逃。一个小小的误会，让多少曾经海誓山盟的情侣擦肩而过，不再回头。为什么，就不能多一点理解和包容？

现实中不少痴男怨女，被生死离别折磨得痛彻肺腑。可生活中的一些人，却不知道珍惜难得的情缘。或许，他们只有在失去以后，才会知道后悔。

太多的记忆，让我们来不及挽留，已然变成逝去的过往，装订成厚重的历史。太多的遗憾，令人来不及弥补，就已变成深深的伤害。

突然间，好想到楼下室外的河坝，驻足在渐凉的夜风中，任其吹拂凌乱的思绪，任它将我黯然的眼帘打湿，化为晶莹如珠的泪滴。

经历了许多人生起落，才把思念定格在回眸的一瞬。尽管一地的时光碎片，已无法形成首尾连接完美的章节。但，我依然愿意沉浸于回忆中，细细阅读曾经沧桑的故事。

或许，每个人都渴望在生命过程中有一片属于自己的天空。无论怎样，天涯海角，都要去追寻天空中那失线的风筝。因为，那飘失远去的风筝，带着无限梦想和幸福。

但，寄予很多人愿景的风筝，那根连接的线却被命运之神有意无意地剪断了。没有人牵着线的风筝越飞越高，越飞越远，最终，消失在茫茫空中。

如果，都固执地为了追寻各自的风筝而不管不顾，那注定要分离。自进入浮华都市，我似乎早已习惯泅于死亡之海，在苦涩的啜泣中，细细淘尽尘世虚无的泥沙。

当缥缈的目光化作一盏灯藏在身后，清冷的微风化作一滴水浸润心田，真的能用岁月的纸，糊住曾经的美好吗？

除了漫无边际的回忆，只能让思念在文字的世界畅游。直面诸多的无可奈何，我只能用最初的梦幻方式，记录一次次擦肩而过的机遇。

月，慢慢隐藏于云层。星，变得忽隐忽现。或许，一切过于完美的感情，有如远古的神话，终究会破碎。冰封至极的对抗，也会像阳光下的冰山，慢慢消融。伤痕会消失，华丽会隐去，剩下的只有最初的真实。

不知不觉，2024年已过去一大半，中秋、国庆将悄然而至。过了双节，秋天微凉的风，会使绚丽多彩的花，更为艳丽。每个人将收获累累果实，生出新的希望。

中秋、国庆佳节来临时，漆黑的夜空，会释放出绚烂多彩的烟花。电视上，会有众多明星亮嗓高歌、舞弄风姿、热闹欢腾。神州大地，流光溢彩，各界人士欢聚一堂。在这个离都市一小时车程的古镇，也将会有载歌载舞的人，在立有茶马古道驮运物资雕像的广场狂欢。

有这样一句歌词：狂欢是一群人的孤单。细细想来也确是如此，人生的最高境界是能够享受平淡。既然，流年似水，何不学习拜伦：无论头上是怎样的天空，我准备承受任何风暴。对于游走的岁月，不妨用内心的挚爱去诠释千里之外传来的月夜笙歌吧。

中秋和国庆的欢腾过后，一切又要恢复到往日的平静。当所有人都进入甜美梦乡的时候，或许，我会再一次入住新场的临江雅舍，独自走到窗前，脉脉地凝视远方，想象着某年某月的某一天，天空拥抱着燃烧的彩霞，海浪轻吻着岸边的细沙，一桅洁白的帆影载着两个不屈的灵魂，去寻梦到海角天涯。沐浴着清风，观赏百花争艳。飘过酷热盛夏，在多彩的金色之秋，聆听落叶飘落的声音，迎接漫天飞舞的雪花。纵然海枯石烂，也不会停歇前行的步伐……

即将到来的秋季，虽然仍有可能踏进浑浊的漩涡，但更有令人大饱眼福

的绚丽多彩和硕果累累。我坚信：会和在这最后的川西南坝子静守岁月的人们一样，执着坚持自己不变的底线和原则，淡然心境、平和笑看世间风云，用微薄的力量为余生增添最后的绚丽。

想起了宇剑老师的一段话：前海后海不是海，锦江邮江也非江。新场镇的二堰河，原本也不是河，西岭的冰雪消融，从山巅奔流直下，流经邮江到清源。绕过老街、古巷、古院落，从碧山寺的花丛中穿行而过。因为它浇灌着十里八乡的农田，人们视其为孕育的河。

在这条孕育的河流之畔，享一种幽雅，守一份宁静，实属难得。有机会，一定呼朋唤友再来。

07

孕育的二堰河

◆ 博 宇

有人说从西岭雪山流下来的水形成的二堰河是神奇的，也有人说二堰河是温情的，更有人说这环绕新场镇的河是雄性奔放的。在男人眼中，缓缓流淌的二堰河是温柔美丽多情的姑娘，那蓝色幽静、清澈的河水，不就是姑娘含情脉脉的眸子，叫人如何不心旌摇荡？

在女性专注的眼光中，二堰河无疑是一位伟岸的男子，那奔腾的河面，不就是男子坚实的胸膛！叫人如何不柔情万种？

亘古以来，数不清的男女，在二堰河边孕育爱情，在二堰河边收获爱情的硕果。有位当年成就非凡的年轻科技领导干部，被下放劳动，于最困难之际，结识了二堰河畔酒厂里一位来自山里的姑娘。

他说看到姑娘的第一眼，就情不自禁地爱上了她。而那位原本出身于军人家庭的姑娘，也承认从第一眼起，就爱上了脸上和眼里写满忧郁的他。

那时，人与人之间的情感不敢外露，除了两双眼睛深情注视着对方，他们更多的时候只能在沉重的体力劳动结束之后，悄悄地在二堰河边散步，就连拉一下手，也做贼似的怕人看见。

有时他和姑娘好几天不能见面，心里特别想她，只能一个人在沿河边默默地走着，慢慢地走着，甚至一走几个小时。甚至，直到天完全黑了也不停止。

夜里睡不着，他会悄悄从床上爬起来，起身穿好衣服，独自来到二堰河边，呆呆地望着静静流动的河水，想着那位美丽的姑娘，清可见底的河水给了他多少遐思、多少慰藉，令他至今难忘。

后来，他终于回到了城里，很快被提拔到了重要的工作岗位。报到的那个周日下午，他便要了一辆车来到二堰河边的小酒厂，当着酒厂老板和所有工人，宣布了将迎娶那位姑娘的喜讯。

如今两鬓染霜，已然功成名就的他，每年都要携夫人，也就是当年的那位养猪姑娘，一起回到新场小住几日。有时，也会带着已然工作的女儿同行。

在新场，有当地人利用自建房改成的小旅社和客栈，有些年代已久，陈设简陋但收费很低，也有几家装修得整洁并参照正规旅社配置，相对较大气的客栈。他和夫人、女儿每次都会在临河的一家规模较大、极其整洁的客栈落脚，住上两三天。

清早起床，他和夫人会从清源坊开始，沿着二堰河走一圈。有时，也会在九洞桥上驻足，看着清澈的流水，回忆当年的月夜悄悄散步的过往。

漫步在青石板老街上或二堰河畔时，呼吸着清新的空气，仰望天空那醉人的蓝色。他们就会相互依偎着深情对视，仿佛回到了青年时代。

他们的爱情与二堰河一样美丽又缠绵，似二堰河的水，日夜不停地向前延伸。作家说：河水，它不论走到什么地方，总是时刻不离地想着——海洋。它不论遇到什么阻拦，总是奋不顾身地喊着：前进！它不论遇到什么疑难，总是始终不断地念着：东方。

因而，万紫千红的江南，不能惑其志向。黄河无限的荒漠，不会迷失其方向，屹立着的绝壁，不能阻挡其去向。故虽流程千里，而终入海洋。

令笔者的一个朋友刻骨铭心的恋情，也发生在二堰河边。当年，朋友本科毕业后在老家县政府工作仅十来年，便调任到一个重要单位任副职，两年后提拔为正职领导。其时，他意气风发，超强能力发挥到了极致，在单位工作有声有色，连年评优选先并被列为后备干部人选。

后来，因家庭情感生活失意，也因为妻子交友不慎染上赌博，不但输掉家中所有积蓄，而且数次被警方查获后仍不思悔改，在万般无奈下，他提出了离婚。可那个日不归家、夜不归宿的赌徒妻子，却坚决不愿离婚，跑到县委、县政府告状说他当了官就想抛弃糟糠之妻，是当代陈世美。

新调来的县委领导对他提出离婚的事颇为不满，几次在大会上批评他连自己的家都经营不好，动辄闹离婚，怎能胜任重要领导职务！组织、纪检部门也因此约谈他，让其郑重考虑、谨慎处理家庭纠纷，以免影响前程。

血气方刚的他却绝不妥协，坚持起诉到法院离了婚，把家产留给了前妻并辞了职务，转而成了一位游走大江南北的文人。

在美丽的二堰河边，他认识了一位县城的文姓女士。用朋友的话说，文女士的眼睛像二堰河的水，百看不厌。他们每天都在二堰河边约会，畅谈对人生的理解，畅谈对理想的追求，畅谈对未来的设计……唯独就是无法开口言爱。

终于有一天，朋友在离开大邑前和文女士相约在清源古镇相聚。那是个夏日黄昏，饮了半斤白酒的他，鼓足勇气，用小竹棍在九洞桥对面一片茂密树林的地上，写了"我爱你"3个字。

文女士看了那3个笔触很深、令其心跳不已的大字，立时绯红了脸庞。那羞红的脸宛如天边的彩霞，如秋水般清澈的眼睛，永远定格在他的心里。

文女士深情地看着他，转身专注地望着缓缓流动的河水，回过身蹲在地上写下了3个大字："留下来"。

共同的爱好和理想，对人生和事业的追求，对未来美好生活的向往，使他们有了重组一个幸福家庭的愿望。

其时，她在事业上非常成功，在当地也算得上一个小有名气的人物，而且是一个签约作家，在某刊物有固定的工作，在市里有自己新装修好的房子。而他，则只是一个流浪者，一个居无定所的流浪文人。两个地位和经济状况无比悬殊的人，要想走到一起，谈何容易。

更要命的是，他比她大了12岁。在他曾经英俊的脸上，写满了岁月的沧桑，而她，刚三十有四，正处于女人最美的时段。

现实是残酷的，面包和房子，毕竟比爱情重要。没有了稳定的物质基础，有什么资格谈情说爱？一个连生存能力都不具备的人，有能力爱吗？

她的家人、上司和下级、亲朋好友们都对他嗤之以鼻，斥责她大脑进水了，都这个年代了，本身已是较为成功的作家，每天邀其讲学、做报告的多得都难以应对，还会痴迷所谓的在文学创作上比翼齐飞？谁还会相信所谓纯真的爱情？

可是她看重他的才华，看重流畅于他笔下那些或优美或尖锐的文字。她坚信，只要有人能帮一把，他定然有可能成为一代大家，她想尽自己的全力帮他。

非常遗憾的是，他们没能突出世俗的重围，更没能走进结婚礼堂。她的家人采用了非常的手段，甚至不惜用暴力围殴他，强迫他不得再和文女士来往。她母亲更是放出话来，如果她胆敢和他结婚，就会在其大婚的日子，服毒自尽在婚礼现场。

一身伤痕并深感身心俱疲的他，在重压之下屈服了，主动提出分手。她理解他的屈服，但却全力而为帮助他，为了他小说和诗集的出版而八方奔走，为了他有一份稳定的职业竭尽全力。

她拿出自己的积蓄，为他租房，为他购买必要的生活用品，在古镇为他筑起了一个虽不宽敞但却极度温馨的小巢，终于使他停止了流浪的脚步，在美丽的二堰河边歇了下来。

当他的小说和诗集终于出版，当他在她全身心的帮助下，终于在美丽的二堰河畔重新有了属于自己的天空，重新获得了人们的敬重。当他终于在原本陌生的人们面前证实了自己，所有的人都以为她和他将组建幸福的家，他们将拥有无比美好的明天时，她却悄悄地离去了。

她调到了很远的一个城市，在那里的一家刊物担任了中层领导职务。临走，她没有告诉他，也没有留给他只言片语，犹如一缕清风，悄然飘逸而去。

他疯了似的到处寻觅她的踪影，向所有人打听她的下落，可是所有人都无法告知她的具体地址。于是他明白了：她是真正爱着他的，只不过她的爱绝对不是一般人所能理解的，是世界上最伟大的爱，没有一点世俗性质的挚爱。

他留在了美丽的二堰河边继续创作，不断有新作问世。再后来，因为无法忍受对她的极度思念，他再次辞去了工作，重新开始了自己的流浪文人生涯。他的心里有一个愿望，走遍祖国的大江南北，在神州大地的某一座城市，再次和她相遇。

慢慢的，他名气大了，在全国各地有了很多的朋友，足迹遍布大江南北，可是不管付出了多大的努力，却始终未能再见到她。

和各地的朋友品茶之际，他一次次动情地向人讲述位于川西坝子的清源古镇，那环绕整个镇子的美丽二堰河，讲述刻骨铭心的文女士……她那超越人们世俗眼光、超越现实的爱，令朋友们感动不已。

08

幽静古新场

◆ 剑哥

早年，曾在一部书中看到这样一段文字：在恰好的时间，遇上难忘的景和人，是最美的缘。到过新场数次后，清空心灵，忘却一切烦恼，在清溪细流旁的竹椅上喝着本地农人手作的高山青茶，感悟颇多……

作家说：钟情的人也好，喜爱的地方也罢，今生能得相遇，我都愿用无悔去温柔地埋葬那一段清音流年。若和伊相遇是一树繁花，浓香淡雅让人不能自拔，三生石上，用心刻下伊的名字。不怕等待，就怕等待没有日期。若能许我下一世还能相聚，哪怕今生独守红尘，用孤独心念的期盼，去换来下一世的生死与共，也心甘、无悔无怨……

在新场，就着当地的传统特色食品麻油鸭子、干炒胡豆和油豆腐，喝本地产的粮食酒，爽口泡菜下肥肠血旺，拌白米饭，那特有的麻辣鲜香，能吃出一身大汗。

紧挨环绕古镇的二堰河，有一幽静的庙宇碧山寺，为17岁即出家的住持济辉师傅在政府支持下，以一己之力化缘筹资建成。寺内建筑宏伟，规划有序且整洁清幽，既有金碧辉煌的大雄宝殿，还供奉有通体描金的千手观音、诸多菩萨坐像，配以节奏分明的木鱼声，令进入寺里的每一个人都肃然起敬。

住在寺内的几位师父都慈眉善眼、衣着整洁、举止得体。一些年轻的志愿者，在奉上香茶的同时，轻言细语地向客人们讲述碧山寺的来历和济辉师傅潜心向佛的故事。从志愿者们的讲述中，有幸得知了碧山寺的来历，得知了在济辉师傅不懈的努力下，碧山寺由一座破烂的小庙到今日壮观宏伟的蜕变。

谈到碧山寺今日的辉煌和名声远播，济辉大师谦逊地说：能够在新场建起这么大一座庙，绝不是我个人有多能干，既靠广大行善向佛之士的义举，也要党和政府的大力支持，才能有今天的规模。

阳光穿透云雾，九洞桥下的清溪，折射伟岸山峦、湛蓝苍穹的倒影。起风了，河畔竹林里传来优美的旋律。古镇老街，木板房，光滑石板路两旁，堆放着皮蛋、豆腐干、炒胡豆和当地农家产的蔬菜、水果。脸上写满笑意的老大娘，静坐于小木凳，捧着含有泥土芳香的特产，热情招呼过往的行人，介绍自家种的菜、自家鸡下的蛋。

蓝天下，在书有"新场古镇"巨石和马帮驭夫塑像的小广场上，身着艳丽服装的各年龄段人群，伴随着节奏感极强的乐曲舞动身姿。

二堰河缓缓地流，把沧桑岁月和华夏儿女不屈、拼搏的民族精神无声讲述。仰望纯净如洗的天空，回望群山环绕中的片片花海、满山青林和茶马古道上的脚夫，回想当年出川抗战的铁血壮士，追忆那史诗般的激情岁月——黄尘古道，悠悠岁月，旌旗迎风招展，长矛、大刀，马匹，奶汁般的手磨豆浆……时光是一首诗，如一条潺潺的长河，缓缓流淌，载着一叶扁舟，悠悠荡漾，穿越千万里的原野。用朦胧的梦之姿态，悠然自得诠释着尘世故事的情怀，与万物相拥入怀，与风月热恋铭心。

一座有山有水和茂密树林的古镇，蕴藏于天地万物间。清晨溪水中升腾的薄雾，似诗如画。有人说：水是山的诗，雨是云的诗，波是湖的诗，鱼是水的诗，梅是雪的诗，月是夜的诗。在新场，平静悠闲的光阴，是凡尘烟火日子里的诗……

这里不仅有老式木板结构的房子，石板路和拱桥、吊脚楼和沿街的特色农作物，有涟漪，有浪花，有清泪，有欢歌，有诗和远方，也有近年来颇具现代化的酒店式民宿、各种现代建筑和大都市引进的新兴产业……

红尘的每一次遇见都写满珍惜，或许是铭刻心里的擦肩，或许是一生一世的眷恋。命中的缘，没有早晚，遇见就是最美的时光，相安便是最好的心暖。走进古老的新场镇，也是人生难得的遇见。

当路过一个地方时，那似曾相识的感觉，让人忽然记起往日的馨香。只有这时才发现，过去的时光依然温暖着心间。世间相遇有万千形式，今世的遇见，仿若曾在千年之前，那一见倾心的暖，惊艳了季节，渲染了时光。

在这空气中透着丝丝甜香的新场古镇，漫步老街，看当地人摆摊的各种农作物和手工制品，晨闻鸡鸣狗叫，午时，步入环境幽静、整清的临江雅舍，来一份远近闻名的特色肥肠血旺、豆花和青椒炒老腊肉，吃一碗掺和有金黄碎玉米的干饭。下午，品着清茶，躺在河边柳树下的藤椅上，半闭双眼听风与流水的和弦伴奏，在麻将声和游人的闲聊、笑谈中蒙眬入睡。

傍晚，于雅舍二楼临窗的小几上，就着青椒皮蛋和特色家常鱼及小炒，伴一壶陈年老酒，细品慢酌。仰望星光闪烁的夜空，俯观流动的河水和低掠的燕子，真是羡煞神仙。

朦胧中，我似换上了当地的特色服装，亲身体验从黄豆到豆腐及其系列产品的制作，坐在木板凳上，在当地村民指导下，制作松花蛋和盐蛋等，亲笔写下自己的名字或即时创作一首小诗，留在土特产包装盒上，带回到都市赠送亲朋好友。

眼前似闪过一场情景剧：在当年的川军指挥部门外，热血军人振臂宣誓出川抗日……身着简陋军装，手持长短枪或大刀长矛的战士，在石桥上和家人告别，迈着整齐的步伐出发。

人生八雅，琴棋书画，诗酒花茶。善琴者通达从容，善棋者筹谋睿智，善书者至情至性，善画者至善至美。吟诗作赋的雅士韵至心声，善酒者胸怀激情、豪气千秋，伺花弄草人品性怡然，平和淡定。善茶者善于攻心，幽远淡然！琴、棋、书、画、诗、酒、花、茶，人生八大雅，是心灵对恬静美好的向往。岁月静好，需要诗意地生活，透过八雅看人生，定能获得释然。不读书，没有获取知识，就不可能懂得琴棋书画，也悟不透诗酒花茶的真谛。

在新场镇，感受不一样的川西水乡文化。在河水清流环绕的石板街上呼吸着清新的空气，听着古老的怀旧歌曲，追忆当年川军战士的不朽丰功伟绩，融入古镇的现代生活，写一首抒情的小诗，拍一组石拱桥下风景区的照片，给亲人、朋友和自己送上并留存一份惊喜……一个来了还想再来的幽雅古镇。

09

那年新场雾山游

✦ 宇 剑

西部旅游聚集地大邑距成都市45公里，境内有多处闻名神州的A级景区。其中，AAAA级景区大邑县新场镇位于成都平原西部与邛崃山脉的交会处。

兴起于明朝嘉靖年间的新场镇，由于地处山丘与平原交界处，地理位置有利，水陆便通，从清康熙年间起，陆续有外省客商云集，外省会馆、商贾云集，成为远近闻名的商贸繁荣集镇。

新场的一些会馆现在虽已不复存在，但古街上昔日大户商贾古色古香的建筑依然保存完好，境内文物古迹如佛子岩、川王宫、虎跳出河第一溪等仍然保存完好。

新场，一个历史悠久的老镇。山清水秀的川西古街，青石板路上，穿行着如织的游客。老作坊石磨转动的声音，如儿时妈妈轻哼的摇篮曲般悠长……

伴随鸟儿清脆的鸣唱，老树、清溪、美景，沿河满是少女与帅哥依偎同框，好一幅优雅的唯美画卷。

默默无声的古镇、老街、九洞桥下的清溪，讲述着古老的传说，轻吟岁月的沧桑。阳光、清雾、群山环抱的新场，在蓝天白云下展现的自然美景，老式木房里传出的豆浆和老酒的浓香，伴随微风在天地间飘逸，令人闻之陶醉、涎水长淌……

前几年初春的一个周日下午，我带队在新场镇活动，行走在老街上，饶有兴致地和那些摆卖农产品和土鸡蛋的老大娘交流时，接到了蔡竞大哥的电话，说他马上到大邑，让我陪同到雾中山走一趟。

20世纪90年代末，我从大竹县借调到《政务》杂志负责编辑工作时，蔡竞对我多有关照。后来虽来往不多，关系却一直不错。

与同行人交代一番后，我让司机驾车赶往大邑县城，在县政府大门前和蔡竞等人汇合后，由刘小兵做向导，朝着有厚重历史和故事的雾中山驶去。

正好在大邑考察项目的赵鹏飞、杨召群兴致勃勃随同前行。

刚出大邑县城，天上开始飘起牛毛细雨。赵鹏飞徐徐转着方向盘笑言道："进入大邑，空气比成都好多了，好像有一丝香甜味。"

雾中山在大邑县城北雾山乡境内，距成都80公里，东连青龙，南接大坪，西邻瓦窑（即白虎山），北界龙窝，是我国古代四川至印度古道（南丝绸之路）的一座佛教圣地，原名大光明山，又名天诚山。

《四川通志》记载："山恒孕雾，故名。"主峰海拔1638米，面积约10平方公里。其四周分别环列着九龙山、金刚山和红岩山，山势宛若一朵盛开的莲花，而雾中山就是莲心了。

雾山，是大邑古八景之一，主峰海拔1638米，其地北有九龙山、金刚山，西有红岩山等，方圆数十里，号称72峰，因常年被云雾覆盖，故名雾中山。雾中山亦名大光明山、天诚山，隶属大邑县境内西北的雾山乡，属于邛崃山脉东麓中的一段。

相传，佛陀在拘尸那涅槃前曾告诉他的弟子婆伽说："我逝去700年后，你可往西蜀雾中大光明山去，那里的山脉发源于昆仑，有72峰，是古佛弥陀

化道之所。你一定要严密保护，嗣后圣者来居。"

果然，东汉永平十六年（公元73年），天竺高僧伽叶摩腾、竺法兰在洛阳白马寺的精舍里译完《四十二章经》后，不顾长路漫漫、峰峦重重来到蜀中雾中山，栉风沐雨寻觅理想的栖居地。

同年，明帝即派大臣付英协助二僧共同开发雾中山，并创建大光明普照禅寺，亦名"开化寺"。"开化寺者，雾中之丛林，禅教之总持也"。自此，"则四方之寺，惟兹山始"。空明灵秀的雾中山，从此成为超尘脱俗、高僧云集的胜地。

东晋永和年间，100余岁的西域高僧佛图澄到雾中山住持弘法。在皓月高悬、大地布银的夜晚，白髯疏垂的佛图澄跏坐于蒲团之上，开始了他又一次清明的观照。之后，简栖、圆泽、普达舍耶、铁纳星吉、大朗、王子僧伽、僧护等高僧大德接踵而至，为雾中山绵延的法脉不断增添祥瑞之气。

其间，开化寺几经更名。直至明宣宗时，番僧舍耶释噶叭申表朝廷，才正式敕赐为"开化寺"。到了明代，雾中山佛教已发展至鼎盛时期。当时拥有"四十八庵，一百八十寺，僧众达数千人"。一时间，雾中山里篆烟缭绕，梵刹林立，声势可谓大矣。

为便于管理，明正德十四年（公元1519年），武宗朱厚照敕封高僧圆曦为都纲史官，管理寺庙的一切事务。

冒雨来到接王寺前，在大门前对着古朴的老树、石碑、牌坊猛拍一气后，我们进入寺中，管理人员请出正在休息的住持，讲解接王寺的历史。住持微笑着，热情地请我们品尝别具一格的雾中山禅茶。

我国有"自古名寺出名茶"的说法，雾山中也有大片的古茶树，其中一些大的茶树要两人才能合抱，所产茶叶清香远溢，被视为雾中茶的上佳之品，早在唐宋时期就声名远播。

历代雾中山僧人多以种茶为业，以茶易谷，禅茶并举。相传：禅茶有三德"坐禅时通夜不眠，满腹时帮助消化，茶且不发"，能够解渴生津、缓解压力、净化心灵、培养善念、增长善根，因此饮茶便成为禅门修道的最好辅助。雾山禅茶文化的精神是"正清和雅"，功能为"感恩、包容、分享、结缘"。

在雾中山，年代久远的茶树，更是一种历史的标志。相传明朝的一个皇帝被怪病缠得无药可解，后听说雾中山上用"八功德水"烹煮茶叶可治此疾，于是急派人专程取回去服用后，果然病情日渐好转。皇帝病愈后龙颜大悦，下旨将雾中茶列为御用贡茶。此后，寺里的僧众们便开始从事茶叶生产和加工，以茶叶换取粮食与白银，为寺院带来了不菲的经济收入。

据称，南宋淳熙年间的一个清秋，诗人陆游在蜀州（今四川崇州）品啜雾中山僧人所馈赠的茶之后，欣然写下一首《九日试雾中僧所赠茶》："少逢重九事豪华，南陌雕鞍拥钿车。今日蜀中生白发，瓦炉独试雾中茶。"

坐在小凳上听着住持轻言慢语讲述，细细品完一杯有着独特清香味的茶水。我们起身和住持道别后，于雨中到了开化寺。

这里大门紧闭，但石阶下平台上的燃香炉却有着十来柱刚点燃不久的粗壮高香，应该是有刚离去不久的香客供奉。石阶下方，有一堆石器残块，并矗立着几根石柱，两尊极为古朴、满是沧桑的石狮，似在无声地讲述着远逝的过往。

听闻不远处天国名山坊的石柱上，可看到杨升庵所书的楹联两副：天下无双地，雾中第一山。春水夏云，秋月冬风，宝地占四时之景。西瞿东胜，北庐南瞻，京天统万法之宗。据说是明嘉靖十七年，一代文豪杨升庵与邛州（今四川邛崃）太守张纪、大邑县令吴兴等同游雾中山……"浮云蔽白日，游子不顾返"。几人悠游于烟岚云水、茂林修竹歌咏唱和，乐而不知其返。归去后，杨升庵以清新隽永的笔调写了一篇共1008字的《开化寺碑记》。

钟灵毓秀的雾中山，曾吸引着一大批文人墨客留恋于此。张俞、魏了翁、陆游、文与可、杨升庵、计有功等纷至沓来，为雾中山留下了许多锦绣绮丽的篇章。

原本蔡竞执意要去看看杨升庵亲笔所书楹联，但因雨越来越大、越来越急，我们只好放弃寻找此石柱的念头，掉转车头朝山下而去。

汽车朝县城方向驶去时，雨密集到几乎看不清前面的路。司机小心地握着方向盘，睁大双眼盯着前方，自言自语道："这雨太大了，吓人。"我听着似有若无的轻音乐，望着窗外狂泻的暴雨和朦胧得无法看清的初春清新田野景色，不由想起了20多年前刚到成都工作的点滴……

一阵急促的喇叭声使我醒来，刘小兵爽朗地笑指着窗外道："吃饭的地方到了！看嘛，这里就是大邑名餐'夜不收'。"

吃饭时，大家都称赞因西岭雪山、花水湾、烟霞湖、鹤鸣、雾中山等多处旅游景点闻名神州的蜀之望县，不仅空气清新、自然景色优美，更有无穷的发展空间。我笑着推荐道："除了你们说的那些知名景点，我上午还到有着'最后的川西坝子'美誉的新场去逛了一趟，那个地方现在似乎名气不如

安仁。但不仅古有'人声三里市，春夜一街灯'的称道，更有'一新二唐三灌'的说法。有机会，各位不妨去走走看看。我相信，定然会被那里天空的纯蓝、空气的清新和幽静的美所吸引。"

蔡竞大哥瞪大了双眼："新场真有你说的那么好？"

我吞下一大口酒肯定回答道："如果你老兄改天去走一趟，就会发现新场的好，比起我所介绍的肯定只会更好！""更好有多好？你能简单介绍一下？"蔡竞大哥的兴趣极浓。

我思忖介绍道：新场历史悠久，经济繁荣，地理位置优越，文化底蕴厚重，基础设施完善，交通便捷。据称兴起于明朝嘉靖年间，刚开始叫扇子场（又称半边街），老百姓俗称"母猪场"。数百年来客商云集，商贸兴旺，既是大邑县的重要集镇，也是邛大两县山区农副产品的重要集散地，素有'一新（场），二唐（场），三灌口（场）'之说。"

杨召群插话道："那里有什么好吃的？"

我笑道："好吃的太多，除了肥肠血旺和麻油鸭，还有皮蛋、咸蛋、野鸡蛋……"

赵鹏飞笑着说："三蛋加一起就成了混合蛋。"

蔡竞大哥大手一挥："我们说定，原班人马，改天一起到新场！"

10

雨中新场

马一夫

这个夏季很热，从清晨到深夜，空调几乎没有停过。室外的阳光之毒辣，可谓前所未见，走出房间还没行走到一分钟，已然全身汗湿。以往暑假时，绿植茂密的小区里满是追逐嬉戏的孩子们，游泳池里，成天都会有人或泳，或泡在水里纳凉。可今年，紫外线强烈的小区几乎看不到人影，泳池里也仅有几个人静待在水中。

气温高达40度以上，这确实是一般人难以承受得了的酷热。加之限电，不可能无节制地使用空调。而电扇吹出的风，似乎没有一丝凉意。

都市实在待不下去了，国内那些有名的避暑胜地也早就人满为患。前往青城、峨眉、西岭雪山的交通几乎瘫痪，怎么办？到大邑的新场去吧，那里相对成都，应该要凉爽几许。

到了新场这座被称为"最后的川西坝子"的古镇，入住在二堰河畔一个叫临江雅舍的民宿。在种满花草的院子里散步时，感觉确实凉爽得多。

晚餐时，服务员推荐了雅舍主人自创私房鱼系列中的潭飘雪鱼头豆腐汤。因为这道菜的名字有些特别，我们就要了一份。

很快，青椒炒竹笋、干炒川东豆腐干、肥肠血旺、麻油鸭等香气四溢的美味端了上来，同行的几个人都惊叹不止，迫不及待地举筷大吃起来。

鱼头豆腐汤呈上来时，大家都瞪大了双眼：雪白的瓷盆上略带淡绿的汤中，漂浮着青绿的葱花和淡白色的碎花，烂熟的鱼头、切成薄片的豆腐，真正是色香味形俱全的佳肴。

一口汤喝进嘴里，所有人都忍不住夸赞道："好鲜的汤！好美的味！"

当晚，在似有若无的流水声中安然入眠。半夜，甚至因为有了丝丝凉意而盖上了薄被，一觉睡到近8点才起床。

没有听到惊天动地的炸雷，但清晨起床后在景观花园观赏那些灵动的游鱼时，看到天气极为阴沉，感觉今天会有大雨。

果然，9点刚过，狂泻的暴雨铺天盖地而来。争先恐后急奔下来的雨，很快在一些低洼的街面堆积，盖过脚面。路边的绿色植物和花草，在雨水的鞭笞下倒伏于泥土中，高大的树在雨中摇晃、呻吟，厚重的雨雾使路面朦胧。

临江雅舍的景观花园，雨水哗啦啦从四面屋檐奔流直下，视觉中那已不是雨水而是不可阻挡的瀑流。那瀑流，在花园四个角落都冲出一道深深的沟，只有花园里那些绿色植物和五颜六色的鲜花，在雨水中更显娇艳。

池中的鱼儿，大都躲到了荷叶下面，只有少数几条在水面游动。小狗多多对倾盆大雨视而不见，独自趴在中堂的一张大椅子下面闭眼养神。

门外，从宽大的遮阳伞上滴下的雨水，也已成了奔流直泻而下，二堰河的水位在快速上升，依附在河堤石缝的泥土而生长的茂密野蒿、枇杷和不知名的绿植，都被雨水淋得低下了头。

河两岸及古镇的街上看不到行人，几乎所有店铺都大门紧闭。这大雨倾盆洗尘埃的新场镇，河水清澈、景色极佳。遗憾的是，没有撑伞的路人，也没见有观雨的人和摄像者。

之前一直的愿望是：退休后，在空气清新、景色宜人的蜀之望县及所属古镇走走、看看，坐在小河流水旁摆放的竹椅上，饮着西岭矿泉泡的高山素

茶，听风轻轻诉说，观流水缓缓前行。纵然心有千万烦恼，也会立时消失。

曾有人说：喜欢雨，却为何所有人在下雨时都要撑伞遮雨？其实，这很正常，雨来了不撑伞或躲避，除非脑子进水了。叶公好龙，在屋子里雕满了各种身姿的龙，可当真正的龙来到时，却吓得惊慌逃窜。铁铸货币"钱"从其问世以来，名声极坏。所有的文字都咒骂金钱，好像人类的战争、奸淫、邪恶、犯罪都因钱和财而起。然，绝大多数人却拼了命想要拥有用不完的钱，渴望能随心所欲地挥霍金钱。

钱，是拿来用的，不是摆在账面的数字。政府的财政支出，本应用于民生工程。打造公园城市用了几百亿元，改善了人居环境，建设了独有的景观，使空气质量得以提升，为人们称道。后来，按照中央耕地保底红线的要求，退耕还林，把绿道景观道拆除改为田园城市。今后，让人们生活在诗情田园里，在自家屋里闻蛙啼蝉鸣、观油菜花、玉米花、狗尾巴花以及稻麦苗青青和各种新鲜菜蔬，或许，也不失为独特的风景。再就是：退林还耕后的田园种植粮食，不仅可以观赏，还有政策补贴，有粮食产出的收入。相对于只能观赏而没有收入的景观绿道，或许更有实际意义吧！

一首不知什么人写的诗里说：你说你喜欢风，但清风扑面而来的时候，你却关上了窗户。我害怕你对我的爱，也是如此。

早年，我曾在一篇随笔中写道：人们都说喜欢阳光，用尽了世间最热烈、美好的文字赞美阳光，为太阳光披上了各种令人肃然起敬的光环。可当深夏初秋阳光毒辣之际，所有人都害怕被阳光照射。或躲在阴凉之地，或藏匿于空调房中。冬日里无限期盼的阳光，其时，被认为比洪水猛兽更为可怕。

一些追求浪漫的人说：我非常喜欢雨，喜欢雨打芭蕉的韵律和节奏，更喜欢似有若无的细雨在空中飘逸时烟雨朦胧的独有情调。雨中和相爱的人牵手或并肩，在种植着银杏、杨柳和各种绿树的河边漫步，既是一种享受，也是一幅别致的水墨画，一首优美的诗。

可是，当雨从天空降下来时，爱雨的人和不爱雨、讨厌雨的人一样，出门时都撑开了伞，躲进了车里或房间，唯恐雨水湿了衣衫、脏了鞋子，更害怕和雨同行的风，使自己受凉感冒。但撑伞并非不喜欢雨，而是怕雨湿了衣衫。

暴雨，终于停止了。在走廊上看到那些从狂风暴雨中挺过来的花朵更显娇艳欲滴。大树下的草丛里、水泥地上，四处散落着被风和雨无情打跌下的花朵、花瓣。看着那些在枝头上绽放、吐露芬芳的艳丽花朵，再看看混合着泥土、断枝、落叶湿地上的残瓣，心里有隐隐的痛惜和不忍：一场风雨，竟毫不留情地使那些美丽的花，跌落尘埃，很快将和泥土相融或被扫进垃圾堆，发黑、腐烂……

仍在枝头盛开的花目睹暴风雨后地上的惨烈，难道不害怕、担心某一天，美丽的自己也会被无情的风雨扫落到肮脏的泥土里吗？

绽放于枝头的鲜花，它们每天会提心吊胆，形容憔悴？肯定不会。尽管被风吹雨打下了枝头，但跌落的花，能踏实安详躺在结实的泥土上，在被扫进垃圾堆或腐烂前，可以坦然欣赏蓝天白云和周边的景色。

跌落的残花，不会哭泣，它们会感受到大地之母的拥抱，感觉到身下的泥土轻轻起伏，会融入泥土变成肥料润泽大地。

哪怕再强大的暴风骤雨和毒日暴晒，融入大地的花也能领略生死轮回的自然神奇和玄妙。为能够在泥地里获得再生而欣慰，它们正在以另一种方式存在，用另一种状态继续实现生命的意义。

花店、集市里，到处是艳丽夺目的鲜花。那些娇艳欲滴的鲜花，都是大棚培育或刚从枝头分离的真正鲜花。不仅鲜艳，而且有或浓或淡的芳香。

可除了大量的鲜花，花店里还有一些难辨真伪的干花、绢花、塑料花，它们毫不羞涩地和鲜花们并列，以独有的方式展示自我。

没有卖掉、已然枯萎的花朵，低垂着头，被丢弃在屋的角落里。那些也曾芳香艳丽的花，成为没有人注目甚至遭人嫌弃的残花，难免令人唏嘘怜惜。

接下来，它们将会被扔进垃圾堆，伴随着肮脏、恶臭，慢慢腐烂……明年，后年，或许能在新的鲜花里，嗅到那些败花残留的芬芳。诗人说：昨天看到的美好，远没有今日的感受隽永。昨天潇洒地失去，远不如今天后悔的遗恨更多。因为赋予了放任思考的智慧，就连这自然衰败、被理所当然抛弃的残花，也似乎能让文人骚客浊泪横流，思想迟滞，由此——大发盐咸醋酸的感慨……

夏日里一场突如其来的暴雨，触动了我潜伏的思绪。在临江雅舍小住几日，对新场古镇这个茶马古道上最后的川西坝子朦胧幽静的环境，原汁原味的百年老建筑，有了极为深刻的印象。

夜来，于紧邻河边的小楼上，围坐在窗前小圆桌，和朋友就着几味特色小炒和老酱细品慢酌，安享丝丝凉爽的夜风，观天上高悬的明月，将是何等

的惬意啊。

也有人问:"小镇虽好,但真正长期居住在这远离都市,对当地风土人情几乎不了解,没有朋友、完全陌生的小镇,难道不会孤寂?"

我笑道:"晴看百花鲜艳,夜观明月悬天,隐听古寺钟声,香茗老酒随伴。空气清新,天空纯蓝,栖如此古朴小镇,伺花养鱼闻鸟鸣,吟诗作画度余生,何来孤寂之说?"

11

惊了秋梦　醉了流年

马一夫

在烟火红尘里生存,不惧流年沧桑,时光飞逝。在沧桑流年中寻梦,不畏山高水长,天涯海角。顽强的生命奇迹让人惊叹,生命的奇妙让人折服。人,年轻时,若曾有过很多美好的故事,待年老了,去到一个山清水秀的小镇,坐在夕阳下回忆走过的路、爱过的人。回忆逝去的一个个美好瞬间,将无限幸福。时光苍老了容颜,但铭记了我们往昔的足迹;岁月斑驳了流年,却留下了曾经的故事。年华似水,流不去一个个难忘的记忆。

记得,虎年疫情严峻时,美丽的成都因防控需要,全体市民居家静默。其时,呆坐家中阳台叹人生,青春早已散场。几十年生命如歌,悲欢离合,书不完写不尽。夜来,万籁俱寂。牵挂的亲人在心底,愿天荒地老,亲情不散。其时,坚信有党和政府的坚强领导和科学决策、精准布局,有抗击死神和病魔的人民子弟兵,白衣天使,基层街道、社区工作人员和物业、志愿者的艰辛付出,有你有我,有众志成城的坚定信心,来势汹汹的疫情,一定会被彻底击败!

或许,由于这个夏天太热的原因,很多人心情浮躁,关在空调房里胡思乱想,表示不喜欢深秋之菊。因为,秋天的阳光依然火辣。真正秋凉时,寒冬已经逼近,我却偏爱这份将到的枯萎。秋凉霜重之际,没有了春夏的骄人和霸气热烈,没有了邀宠及争芬斗艳,慢慢的心如止水,慢慢地不再缤纷,温和地进入初冬,走到岸边,走到寂寂的枯里。这样温润的枯竭也是一幅写实的水墨,会打动静寂的人。

四季交替入秋,岁染花香。流年缱绻,转眼间,令人窒息的酷热即将过去，天将更蓝，空气必然更清新，绚丽多彩的秋，即将到来。但市区中心依然酷热难挡，根本无法正常生活。而空调开得太久，对人体有太多的危害。

万般无奈之下，暂时逃离成都这座来了就不想走，但却热得生无可恋的美丽城市。到了大邑县的新场古镇，随着几场暴雨降下，感觉已然步入秋天，感受到了既朦胧又绚丽多彩的诗意。

在这里，每天清晨或傍晚，人们会发觉邮江河与二堰河之畔早秋的美，是那种既秋高云淡又简静安逸的美：现代化建筑和静静的流水与秋色斑驳如画相融，自然天成，光影交错，诗意浅出。无须浓墨重彩地描绘，就已经有了天成的多彩色调。几笔轻描淡写，绘就秋高气爽，书写秋意深浓。

九月悄悄来了，在民宿二楼的房间，沏一杯清茶，伫立窗口向外望去：天空明净，和风温柔，野花烂漫，枫红艳丽，天地万物经过岁月的打磨后，返璞归真，变得格外清透可爱，简单迷人。生活在这座古镇的人们，历经了春的播种，熬过了夏的炙热，直面大自然曾经的一次次灾难和疫情，心中更坚韧、勇敢，就像秋天的树，抖落往日疲惫，丢掉昨日沧桑，撒落一地馨香。

镇上一位领导说：我们不慕浮华，不畏孤独，内心坦然，满怀热爱，在新冠疫情猖狂那几年，顽强地和疫情抗争。期待在党和政府的正确决策下，积极配合医护人员落实防疫措施，很快战胜疫情和病毒，回归平静。

走进九月，让浪漫随心而行，为我们抵御世间寒凉和自然灾害，怀揣梦想，奔赴山河，如同秋天的片片白云，自由飘逸，浪漫舒展，在属于自己的天空，云卷云舒，描绘不一样的风景，抒写不一样的精彩。走进九月，新的起点，新的路口，让往事随风，爱恨随缘，给自己清爽的心情背上简单的行囊轻装上路，去遇见、发现生活中的无限美好。

经历了火热毒辣的考验，茶马古道上最后的川西坝子新场，依然美丽。伫立于廊桥遥望西岭雪山，看两岸金色的银杏和垂柳，立感心清气爽，心底清澈。

入秋，是沉淀心绪的时节，摒弃烦躁，删繁就简，生命不为尘世烦情杂事所扰。相信，渐凉的秋风，一定能够吹来更多的好消息。有酷暑消失后回归正常生活的惊喜，有蓝天白云下、河畔草坪自由漫步的开心，有相聚举杯畅饮的快乐，更有对坚守家乡、无私奉献者的感动和钦敬！

一场秋雨，惊了秋梦，醉了流年，天凉好个秋。生命旅途，很多的必然不以人的意志为转移，得失悲喜，平和看待。不以得为喜，不以失为忧，顺其自然，随缘自适。

12

和你一起去新场

※ 博 宇

题记：我们行走在各自的路上，看着不同的风景，心中却哼唱着同一首歌！

风来了，雨来了，这连绵不断的暴雨天气，在她心里留下了一丝悸痛，想起了远方的他，视线有些模糊。望着街上躲雨的人群奔忙的景象，撑着一把小巧的花伞，她信步走着，踢了一脚路边的易拉罐，咣啷啷的声响淹没在瓢泼大雨中。

认识他是在那个难得的有大雪飘飞的冬季，她和单位的同事们一起到新场团建，午饭后大家都在搓麻将或喝茶聊天，她独自走出居住的客栈，沿邮江河朝廊桥走去。

在她前面不远，有一个身材挺拔的人，不紧不慢、东张西望地走着。皮靴踩着厚厚的积雪，留下一串串的脚印。其时，寒冷弥漫于天地间。比成都气温低三至五度的新场，更显寒冷。走在老街上的他，禁不住莫名其妙打了个冷战，她俏皮地笑了，想起了童年打雪仗的乐趣，笑出了声。

这时走在前面的他，正为家庭矛盾而懊恼。一阵清脆的笑声，使他回头望了望后面这位独自享乐的女子，黄色的羽绒服在白雪的映衬下显得格外醒目。

有意思……他心里嘀咕着，只听"哎哟！"一声，后面那黄色的身影倒了下去，他赶紧跑上前去，"小姐，没事吧？"

"咯咯咯……"倩开心大笑出声，看着面前这个弄不清楚实际年龄的男人，头顶上一层白雪就像满头的白发，那关切的神态傻呵呵地让她忍俊不禁。"哈哈……"笑神经在作怪，她笑得眼泪都出来了，他就这么看着她，心中隐隐有些许悸动……

两个素昧平生的人，就这么走在了一起，沿着邮江河走了一圈。然后，把古镇几条街巷逛了个遍，再到碧山寺去烧了香、拜了大慈大悲的观音菩萨。

到吃晚饭时，她竟然同意了他共进晚餐的邀请，打了电话给单位同事说有事处理。心安理得地和他去到了一家火锅店。

她要了啤酒，他淡淡地笑道："我一直只能喝白酒，南方天气再热，也从不沾啤酒。"

吃着喝着，他开始讲述，他原本是新场出生的人，很小时随经商的父母到了南方。在沿海城市读到大学毕业后，进入政府机关工作，结婚、生子，日子过得还算有滋有味。

说到这里他沉默了，潮湿了双眼，大口喝着烈性白酒，却一口菜也没有吃。时而，抬头望着窗外发呆。

她没有问，但心里明白，他正处于感情最痛阶段。

那晚，他醉了，醉得一塌糊涂，她叫了三轮车送他到住的地方，却没想到和她是同一家客栈。当正在楼下大厅喝茶聊天的同事看她扶着他进入，原本的喧嚣立时静止，所有的眼光齐刷刷看了过来。

麻辣烫鲜的火锅和啤酒，本就使得她脸色艳如桃花，在同事们的注目礼下，那脸立时变得赤红。

春天，万物复苏，孕育着蓬勃生机的大地，送给她满心柔情。工作中，时不时望着电脑和桌上的文件发呆，心里暗想：这时的他在做什么呢？是不是也和我一样呆呆地想念？

呵，她摇了摇头，都说男人是理性的，女人是感性动物……理智的男人能很好地把握自己的感情，而感性的女人呢？会为了感情倾尽所有。

上帝创造了男人和女人，却很明智地给了不同的思维，呵，有意思……她笑了。"有意思"是他的口头禅，现在居然常挂在了自己的嘴边。

"铃……"电话铃声把她从远方拉回到现实，接通之后一首令人心跳的歌声传入耳际，直达心底"我听见邮江河、头堰和二堰河水湍急的流动声音。而此时，我却正站在南方城市的中央……"他爽朗的声音中气十足。

就这样，一首黄品源的《海浪》划过了心，漫过了灵魂，直到传来了收线的声音。她知道，是他，是远在天边的他，想也不用想，也只有他，这个让她心痛的男人才会这样做。

"等着吧，或许，某天清晨，你刚睁开朦胧的双眼，我已出现在你面前，小方桌上，已经备好了丰盛的早餐。"

几乎流下幸福泪水的她，哽咽着问："你所描绘的情景会是真的吗？"

"君子洞，毛发耸，一诺千金重！我既能说出，就一定能做到。"他的语气里没有一丝做作。

"那，我们早餐后呢？"

"早餐后，我开车带你一起去新场。"她听到他心底的呼唤，她柔柔地回应着，眼前开始有些朦胧，似有晶莹冰凉的泪水沁出……

她想起了新场冬日的宁静，风雪中盛开的腊梅和四季常青的竹林，想起了肥肠血旺、油淋鸭子、老腊肉炒花菜、竹笋青椒、咸鸭蛋、油豆腐以及回味无穷的碎肉炒地木耳，心里充满了期盼。

春天的新场，一定更比冬季更美吧？她走到窗前，望着那仍然不停下着的雨，在雨水中愈显娇艳的绿植和鲜花，喃喃自语着。

一个约定，也许永不能实现，但我的心已伴你走远，我看见新场就在我们身边。听，二堰河向前流动的声音，为爱而存在。永远，永远……

13

往昔感受雪山温泉，今日走进幽静新场

◆ 蔡 斌

10多年前，正是春暖花开的季节，大邑县政府、旅游局邀请省政府研究室、省作协前往大邑，为旅游发展支招。我受研究室领导委托，和省作协党组书记吕汝伦，副书记、省作协副主席、巴金文学院常务副院长傅恒，省作协副主席、《星星》诗刊主编梁平，秘书长曹纪祖，常务副秘书长殷世江，《当代文坛》主编罗勇，《星星》诗刊原副主编、鲁迅文学奖得主张新泉，《四川文学》杂志主编助理、诗人牛放等于3月走进了有着西蜀望县美名的大邑。

别样感受西岭雪山

在成温邛高速路大邑站，我们和大邑县旅游局副局长刘艳、县报社副总编何俊天及旅游执法大队魏大队长汇合，在他们陪同下，驱车前去此次行动的第一站——有着一山观四景美称的西岭雪山。

从大邑县城到西岭雪山，有50多公里的盘山路。由于路况不熟，近一个小时我们才到达雪山下。刚停好车，立时围上大群叫卖真正无"污染环保山野干货"的乡人。或背或提着的都是一些晒干了的野枣、山楂和烟熏老腊肉等。在刘艳副局长的引领下，我们登上了缆车，开始摇晃着往高高的雪山

攀升。

一个车厢里可以面对面乘坐8个人，我和吕书记、傅恒、梁平以及殷世江、牛放等乘坐一个车厢。因为同车者都是省内大师级别的人，言谈举止既幽雅且时尚，一心想要跟着沾点才气的我，自然随时附和，尽可能从他们那里学到一些知识，增长一些见解。

谈笑之中，很快就到了雪山。刚走下缆车，立时感到了阵阵寒气，只穿着单裤和休闲上装的我，不由自主打了个冷战。自语道："雪山就是雪山"。虽已初春，可地上随处可见还没全部融化的积雪，山坡上更是白雪覆盖着树木和山峦，从山下到山上，两个完全不同的世界。

刘局长招呼我们上了一辆大巴。可不知什么原因，坐在冰冷的车厢里等了10分钟，却没有司机来开动大巴车。我很是担心地望了一下同伴们，心里暗想：怎么搞的，居然让这些一般难以请动的人物，在这里坐了冷板凳，万一哪位先生不开心或生气了，可就不好玩了。

幸好，不论是吕书记还是傅主席、梁平等人，虽都有些无奈却并有生气的表现。只有负责联络的殷副秘书长，表情有些焦虑。回过头，我发现刘局长似乎更着急，一会儿探身出窗外喊叫，一会儿在手机里和什么人小声说着。继而，又跑到车下，向小卖部的人打听司机哪去了。

看着刘艳在寒风中一脸焦虑地跑来跑去和车上一行人无奈的表情，我不由自主地叹息着想：这司机也真的太不像话了。

又过了一阵，穿着厚厚滑雪衫的司机在魏大队长陪同下，慢吞吞地走来了。我心里想，这下终于可以开车了。可没想到，司机将车启动了，却并不开车，仰在座位上吞云吐雾。

刘局轻声对司机说："车上坐的都是省上的客人，能不能马上开车，那边宾馆在等着我们开饭。"

司机面无表情地眼望着窗外冷冷地说道："不行，我得等下一趟的游客上来了才能开车。不管是哪里的客人，都得坐满了才能走。"

眼看着满面通红的刘局急得跳脚，我们只能面面相觑。又过了好几分钟，大巴终于开动了。其实只转了几个大弯，不过几公里路，就到了午餐的宾馆，也就是滑雪场的大本营所在地。早知道这么近，不如走路，免得坐在车上干冷。

滑雪时，同伴们接连摔倒

大本营的几幢建筑都很别致，有些西方国家的格调，其中一幢大概是仿阿尔卑斯山下别墅的风格，在雪山上显得很是刺眼。

山上来往着很多外地的游客，甚至还有三三两两的外国朋友。看来，这西岭雪山确实享有一定盛名。中午就餐的枫叶宾馆，据说是大本营最高档的一家。从装修格调和内部设施看，和成都市内的一些中档小宾馆相差不大。

虽说没有什么特色菜，味道也很一般，可因有刘局和宾馆周总的热情周到，大家还是吃得非常开心。和吕书记、梁平等人虽相识已久，但还是第一次外出。我的兴致很高，一杯接一杯地向同桌人叫板，很快把自己喝得有点小醉。梁平先生也和我一样，进入了二麻状态。

饭后，稍事休息，刘局长带我们向滑雪场走去。西岭雪山不但一山观四季，是景色优美、鬼斧神雕的国家级风景名胜区，其景区的滑雪场，更是号称国内档次最高、规模最大、设备最好的高山滑雪场。陪着一帮半老头子，在南国冰雪节的主会场，感受北国风韵和北国运动项目，自感还很年轻的我，真的有些开心。

除了傅恒和梁平等，大部分人都换上了不透水的滑雪服，红黄相间的滑雪服穿在身上很轻，很暖和。

受刘局长的鼓动，我们体验了一把雪地摩托。我和吕书记首先跳了上车，各驾一辆噪声极大的雪地摩托，在运动场地奔驰起来。

这里的场地相对新疆乌市的滑雪场小得多，而且地面很不平整，摩托车开得很是吃力。不过，天生胆大的我，还是围着场子跑了3圈。继吕书记和我之后，傅恒和世江、罗勇等人都兴致勃勃地登上了雪地摩托。不过，每个人都开得很慢，犹如爬行一般。

感受了雪地摩托之后，我们进入滑雪场。滑雪场的大门上，写着几个不伦不类的大字——痛并快乐着。

在工作人员的指导下，我们开始换鞋。按照自己的鞋码，每人一双黑色的滑雪靴。那靴子硬邦邦的，犹如水泥铸成的一般。脚进去后，根本不能转动。

我们一个个极其僵硬地挪动步子，扛着滑雪的工具进入雪场中，在工作人员帮助下，踩上了长长窄窄的雪橇。

滑雪场的人气很旺，各种年龄段的男女都有，不过尤以男女青年和半大的少男少女居多。如我们这般年纪的半老头子，可谓屈指可数。

滑雪可不是那么容易。看着一些年轻人和小孩子从高高的山上，如鸟似鹰一般飞了下来，我的心也开始激动，想如他们一样在雪地自由飞行。

然而，小小的雪橇，真不如庞大的雪地摩托那么好驾驭。一抬腿，我就感到了无比吃力，稍有不慎就有可能摔倒在地，必须用手中的两只撑杠支撑着身体的重心。

正当我笨熊般费力地在雪地挪动时，只听一声惊叫传来。侧眼一看，吕书记已摔倒了。紧接着，殷世江摔倒了，梁平摔倒了，我的司机也摔倒了。除了我本人，所有的同伴都接二连三摔倒在雪地中。

随着我们不断摔倒在地，周围摔倒的人也不少，不过，摔倒者大多数是一些女同胞，以及如我们一般的中老年人。

在雪地里折腾了近半个小时。我终于能向前滑行了，不到十米，正想扩大战果时，梁平第三次摔倒了。可能是体力耗费太多，或者因为中午喝了几杯白酒，这次梁大诗人摔倒后竟爬不起来了，我赶紧叫司机前去帮忙。司机小曾虽是退役军人，可对滑雪也是一窍不通，刚才也摔了好几次。

正当小曾向梁平靠拢时，一位美女快速滑了过去，伸手和小曾一起把他拉扶起来。在美女帮助下，梁平脱掉了滑雪的靴子，嘴里说着："不滑了，不滑了！这东西我驾驭不了！"扛着雪具小心翼翼地往休息室走了。

梁平刚走，殷世江又摔倒了，仍然是摔得不能爬起来。依然是一位美女和紧跟在我身后的小曾帮忙，他才得以从雪地里站起来。和梁平一样，殷世江也脱下了靴子，嘴里嘟囔着扛着雪具回去了。

看着同伴们都走了，我也只好大为扫兴地回到更鞋室，脱下了笨重的硬靴子。刚换好鞋，坐在休息椅子上的梁平，突然脸色黑青，胸口发闷呼吸急促，不但难以承受大脑之重，两只眼睛似乎也无力睁开了。坐在梁平身边的吕书记一面摸索着他的额头，一面安慰道："不会有事的，一会儿就好了……马上就会好的。"

一行人都围了过来，尽管人们都相信梁平先生不会有大碍，可能是酒后加之运动过于剧烈所引起的不适。可不怕一万，只怕万一，真要有什么后果就麻烦了。大家心中都有了些焦虑，这高山上的救护条件，恐难胜救治大任，而要下山到县城医院，得好几十公里——须知，梁先生可是国内首屈一指的诗人，千万不能发生意外！

殷世江很是温柔地用手把着梁平的脉搏，一面仔细地数着，一面轻声说道："没什么，没什么，很快就会好了。"一面左右盼顾着，似在寻找着什么。

闻讯赶来的刘局长大惊失色，立刻叫来周总，吩咐用最快的速度开来一部救护车，先行将梁平拉到大本营卫生所打一针葡萄糖。

周总看了看梁平的情况，成竹在胸地说道："没什么大事，很快就会好的。我估计是中午喝了点酒，加之他平时不爱运动，身体可能不是很好，在高山上有些缺氧的缘故，要不了多久就会恢复的。"

救护车很快来了，殷世江搀扶着梁平走了，周总很是不放心地叮嘱道："不到万不得已，千万不能在这上面静脉注射葡萄糖，我对他们的技术不放心。"

救护车载着梁平和殷世江走了，我们跟着走出了滑雪场。在大门外的冰雕长城处，和没有参加滑雪活动的傅恒等人汇合了。一行人开始往一幢全新的木质茶楼走去，那里停着一部专门送我们到缆车道的崭新大巴。相对刚才上山时坐过的那辆车，这部大巴干净整洁多了。后来才知道，因为滑雪场的司机不听招呼，刘局长请示了县领导，专门调了这辆为我们服务的新车。

到了大本营，刘局长让我们在车上稍等，她到医务室去接梁平。我们在车上闲聊了不到10分钟，她和一位导游小姐及殷世江陪着梁平来了。一面走一面喝着水的梁平，看上去气色完全恢复到了正常。资深帅哥的形象重新展现，大家都放心地出了一口长气。

坐在下山的缆车上，梁平开始了幽默的谈笑风生。"你们知道刚才那一瞬我是什么感觉吗？"我反问他："你有什么感觉？"梁平笑道："那一瞬，我感到，灵魂似乎已脱离了躯体，万物不复存在了。模糊中，我似乎看到了你们焦虑的面孔，看到了你们焦急的眼神——我想，死神光临之际，也不过如此吧？"

大家开怀大笑中，梁平一本正经地说道："那时，我正想说一句话，可惜没有来得及说出来，已然苏醒过来了。遗憾呀，真正太遗憾了。"

"你当时想说什么话？"我好奇地问道。

"我想说，如果我有什么不幸，请将我所有积蓄全部交给敬爱的党，作为我的党费，或用以支援社会主义新农村的建设，还可以拿出一部分来帮助西岭雪山的开发和建设。"

"你真是那样想的吗？"一旁的牛放好奇地问道。

"当然，而且我还想说，一定得把我的遗体埋在这高高的西岭雪山上。"梁平一本正经地回答道。

我思忖着伸出手紧握着梁平双手道："不愧是党教育了多年的好干部呀。不过，你没有出什么大碍，不是更好吗？不是可以为党和人民做出更大的贡献吗？革命尚未成功，同志仍须努力。梁平先生，你不能走呀！"

一直沉默不语的刘局此时插话："梁主席呀，如果你真的发生了什么意外，我可如何向大邑人民，向县委、县政府交代？"

梁平"哦！"了一声，微微笑道："你放心刘局，如果我真的要走了，一定会在咽气前叫人弄来一小牌，挂在胸前，郑重地写上，'我的死与刘局无关'几个字。"

"如果真的发生了那样的事，你真的胸前再挂了那么一块小牌，我们可爱的刘局那才真正是说也说不清楚了。"吕书记看着我淡笑道。

说笑之中，缆车已到山下。我们钻进各自的汽车，跟着刘局的车向西岭雪山的前山驶去。

花水湾浸泡天然温泉

西岭前山，似乎没有什么游客，在刘局和何俊天副总编陪同下，欣赏着湍急的流水，看着两旁的青山绿树，似乎没有什么特色。沿着山路走了很长一段，在一座小桥上，吕书记招呼大家合影后，我们开始往山下走。

在山下，一家叫"千秋雪"宾馆的临河小茶馆木质吊脚楼上，西岭雪山管委会主任骆建勤等人招呼我们分两桌坐定，喝开了盖碗茶。

因适才停车时，有些农人提了风干的山货叫卖，自小嘴馋的我此时有些忍不住了，便悄声吩咐司机去买些来。一旁的刘局长听了，立时红了脸瞪我一眼，起身阻止住小曾，快步走到河对面。几分钟后，一盆干枣、一盆野山楂及瓜子、花生各一盘摆在了桌上。

喝了一通清淡的高山茶，吃了山枣、山楂和瓜子花生，我们开始前往宿营地——花水湾。汽车刚进入花水湾，立时感到了和西岭雪山大不相同的氛围。这里来往的车辆和游客，明显较山上多，公路上不时有人笨拙地骑着瘦马在散步。间或，有身着民族服饰的男女，满脸堆笑向行人叫卖工艺品。

花水湾的温泉，可谓天下闻名，花水湾的别墅似休闲宾馆，在好几年前就已经有一定知名度。刘局安排我们住进花水湾档次较高的"樱花宾馆"。

晚上，在餐厅吃饭时，大家就中午梁平先生的惊险遭遇说笑了一番，很是开心地结束了丰盛的晚餐，各自回到房间休息。

尽管说酒后不能泡温泉，可我却偏不相信。在宾馆外转了一圈后，回来大呼小叫地约了傅恒等到一个不是很大的池里泡了约一个小时才起身回屋休息。

125

那天晚上没能睡好，因为楼下餐厅前，有一大帮五音不全的人在唱歌，而且把音响调得太大，让人难以入眠。最让人感到气愤的是，唱到了最后，那群人居然放开了烟花，而且持续了近半小时才罢休。估计，那晚没有睡好的，绝对不止我一个人。至少，大诗人梁平先生会如我一样睡不好。

第二天上午，天下飘起了细雨。用了早餐后，我们一行跟随刘局长、何俊天到了因"收租院"而闻名天下的安仁，参观了地主庄园和建川博物馆。

参观地主庄园的人不少，讲解员的声音甜润，脸上始终带着可人的微笑。虽走得有些累，但大家都一直坚持到了最后。

建川博物馆里，最让人震撼的是战俘馆，看着那些在鬼子刺刀下的俘虏，我的心在悸动。在为那些阵亡或伤残了，或至今不知下落的战士们悲愤，为他们呼号、泣泪。虽然他们没有获得应有的奖章，没有得到应有的抚慰，甚至没有得到认同，但是在抗击日寇的战争中，他们却为民族奉献出鲜血、生命和一切，称得上是真正的军人。

中午，大邑县委副书记罗超、旅游局局长雷彦、县委宣传部周副部长，以及一直陪同的刘艳副局长和何副总编、魏大队长等，在建川集团下属的三星级酒店金桂公馆邀我们午餐。

席间，喝着山东威龙集团的葡萄白酒，我们就大邑旅游的发展谈了些看法，对大邑县盛情的接待表示了感谢。午饭后，天上下起了大雨，雷局长和周副部长邀大家到会议室座谈。在滂沱的大雨声中，雷局长很是客气地请大家为大邑旅游发展提些宝贵意见，并诚恳地邀请作协领导们随时光临指导。

梁平、张新泉、傅恒、曹纪祖、吕书记和我，都随意地谈了些看法，或许是因为中午喝了些酒的缘故，一向不懂诗、不会写诗的我，居然狂性大发，即兴写下了不知是诗还是顺口溜的几句字，交到了何俊天手中。"蜀之望县数邑镇，佳景云集天下闻。雾山高堂佛光灵，烟雾湖波堪幽静。三丰得道观鹤鸣，滑雪飞草登西岭。文博庄园数安仁，温泉浸润精气神。"

大家在发言中谈道：必须承认大邑是一片神奇的土地。昨天的大邑，是古蜀文明的摇篮，书写了古时川西文化的神话。相信，在县委、县政府的科学决策下，旅游资源极其丰富并有蜀之望县之称的大邑，一定会在已经取得的成就的基础上，强战略、树品牌，取得新的辉煌，再上新高！

狂风暴雨中，我们告别了县领导及雷、刘二位局长等人，坐上了回程的汽车。

被新场古镇厚重的文化底蕴、幽静的环境深深吸引

一晃，近20年过去。这期间，我曾约了不少的同事和朋友前往大邑，在那里消暑度假或小聚轻酌、吟诗论画。去年5月，一个偶然的机会，我和朋友应宋平之邀，前往大邑新场，得以较为深入地了解了这个被称为大邑第一镇的川西水乡。花外斜阳晚，云峰暗几层。人声三里市，春夜一街灯。竹屋容高枕，桃源梦武陵。床头三尺剑，气欲作龙腾。美哉，新场古镇亦"新"亦"古"，千年古镇收藏川西坝子最后的记忆，美轮美奂，今昔风华并存。

镇党委书记介绍道："新场始建于东汉时期，兴起于明朝嘉靖年间，是川西地区规模最大的水乡古镇，距今已有近2000年历史。新场镇在历史上曾名清源市、思安乡地、扇子场、半边街……明朝嘉靖年间，饱经战乱的四川经济得到恢复，囿于一隅的场镇也迅速发展，在沿邮江而下的三里许、水打庙附近开阔地带，以原有清源市零货摊、歇客店为基础兴置市场，逐步建成了街道店铺，外省客商和迁移的同乡户集资修建了湖广馆、广东馆、陕西馆、江西馆等会馆。基督教传教士也来此修建了天主堂和福音堂，由此形成'七街六巷'井字形格局的完整集镇，遂有'新场'之名，且沿用至今。"

朋友插话道："古时，人声三里市，春夜一街灯和一新二唐三灌口的说法，证明新场曾经很是繁华，也是四川目前规模最大、保护最完好的西蜀水乡古镇，被国家命名为'中国历史文化名镇'。"

镇党委书记说："早年，随着交通的日渐便捷，原始的茶马古道开始没落，驼铃声响逐渐消失，新场镇似乎也不可避免地进入了一段衰退期，其声名曾被其他古镇超越。但往昔曾经有过的繁华富足，给新场留下了数十万平方米原汁原味的古建筑。现在，镇上仍有保存完好的清朝川西民居建筑20万余平方米，7条老街、6条老巷子。之所以说新场古镇是成都的'第一镇'，是因为新场古镇目前是成都历史最久远，且规模最大、保存最完好的古镇，既是历史文化名镇，也被称为'最后的川西坝子'。"

一路走着，书记介绍道："西岭雪山下的邮江河经头堰河、二堰河、三堰河穿镇而过，将古镇团团环绕，与年代久远的古建筑相融，使得这里很有一些江南水乡的韵味。"我认真观察，发现古镇里大多是川西特色的民居，青砖青瓦、木楼木柱，皆一色"木构青瓦"的店铺，建筑为镇楼形式，街道布局呈二纵二横井字形结构，有保存完好的上正街、下正街、太平正街、太平横街、太平街、香市街、河坝街等清代古街古巷。那些建筑都是青砖青

瓦、木楼木柱,雕梁画栋、栩栩如生,封火墙群古韵古色,李氏旧宅、福临社、集股客栈、黄鹳楼、广东会馆、天主教堂、福音堂、刘成勋故居等古式大院楼阁默默讲述着久远的传说。昔日辉煌可见一斑。美丽的山水田园自然风光和悠久的川西民俗历史文化交相辉映,作为少有的西蜀水乡古镇,古镇的小桥、牌坊、民居,都给游客留下了难以抹去的深刻印象。

沿街两旁满是卖老腊肉、叶儿粑、粽子、窝子油糕、炸豆腐、凉拌萝卜干、黄牛肉干、野菌子、五香猪蹄等名小吃和竹制斗篷、蜻蜓、蝗虫、蝴蝶、篾巴扇和竹篮等的店铺。走在古镇上,看着那些有些年代的木屋,石板街沿上摆着的农产品,倚在门前吸叶子烟的老大爷,背着竹编背篼慢慢行走的原住民,随行的朋友感叹道:"这确实是一座原汁原味的古镇。"

正好,几年前曾在雾中山和新场短暂停留过的君羊集团董事长杨召群,响应市政府产业规划调整的号召,把集团总部迁至大邑,我极力推荐他在新场买地建房。

转完了整个新场,听镇长介绍新场的发展蓝图后,杨召群饶有兴致地说:"新场这地方真的不错,山清水秀,古朴宁静,把公司迁到这里来,买二三十亩地,把集团总部、集食宿于一体的培训中心建在这里,抢滩成都远郊和雅安、甘孜的业务,和主城区的老总部呼应协调配合,形成双总部格局,对于集团今后10年的发展,将有着承上启下的重要作用。"

镇长介绍道:"镇上古建筑属明清风格,又凸显西蜀建筑特色,结合茶马古道历史文化,儒佛道齐集,通达四方。沿古镇老街一路前行,许多建筑中西合璧,风格让人大开眼界。中式结构、风火墙装饰的房顶,西洋风格的窗格子、罗马柱……岁月沧桑,不知有多少悲欢离合的传奇故事在这古朴厚重的青砖灰瓦间演绎。李氏古宅、刘成勋故居、广东会馆等几处代表性古建筑,面积虽然不大,但处处透出传统文化的典雅与精致,能让人充分领略新场古镇民居的建筑格局。"

书记说:"古镇上的居民也没有因为古镇开发而被迁走,大都是原住民,不像其他已经被彻底商业化的古镇,映入眼帘的大多是卖劣质商品的店铺和大失所望的游客。"

杨董事长点头称道:"古镇就应该有自己独有的风格和韵味,如果全都大兴土木地搞房地产开发,或者满街都是服装、假古董、劣质工艺品商铺,叫卖声震耳欲聋,那还有古镇的味道吗?"

镇长说:"书记和我们一向不赞成大拆大建,只是结合当地实际,因地制宜引导发展旅游和精品民宿。直到现在，这里依然保存着赶集的习俗，每逢二、四、七、十，附近山民和周围百姓都会挑着箩筐、背着背篓来这里赶集，十分热闹。所以这里也被称为'南方丝绸之路上千年不散的集市'。再就是，传统饮食文化中，新场的肥肠血旺、胶质皮蛋、石磨豆腐等美食，也远近闻名。"

近年来，为使大邑成为天府重镇、休闲副中心，让生态文化大邑永久传承，中共大邑县委、县政府提出以创建国家生态县、建设"低碳大邑"为载体，为创建"闹市现代田园城市"先行先试，着力把大邑建成活力之城、生态之城、魅力之城、品质之城。

书记介绍道："原县委书记连华和新到任的侯书记共同的意愿是，让明天的大邑，不只因为古老的传承和天然景点闻名，而是现代文明与傍山亲水花城相生相伴，传统文化与现代文明交相辉映，不论县城或乡村都生机勃勃。

朋友诗兴大发："行走在流水环绕的石板街上，呼吸着清新的空气，听着鸟儿欢快地啼鸣，把自己融入古镇的现代生活，写一首抒情的小诗，拍一组石拱桥下风景区的照片，给亲人、朋友和自己送上并留存一份惊喜，非新场古镇莫属。"

镇长插话道："县领导在各种场合表示：山清水秀的大邑，以诚挚的热情，欢迎五湖四海的朋友前来，清心洗肺观奇景，感受厚重文化底蕴，感受雪山下的花园城市的独特魅力。"

厚重的历史文化底蕴，四通八达的公路交通和高铁，城乡一体的飞速发展，概括出今日大邑独特的活力及区位优势。"家住大邑县，人居山水边"，生动描绘了生活在今日大邑的惬意风景。新场镇依托"最后的川西坝子"文化特质和优良文旅资源，着力打造宜居宜游川西风情书香街区，积极推动天府风情水乡文化、茶马古道文化高度契合，大力推进文旅、农旅、康旅深度融合，全域构建雪山下的公园城市旅游新格局，已经取得了一定的成效。

我思忖着说："现在的大邑，确实已经旧貌换新颜。在大邑县城的清晨，走在斜江河畔，呼吸着清新、有丝丝甜味的空气，漫步诗画般的河堤，看着宽畅河面游走的野鸭、低空飞掠的白鹤，闻听枝头小鸟的啼鸣，欣赏绿树丛中盛开的桃红白李，新建的滨河一号建筑群，广场上玩耍的孩子，河对面的林立的高楼，构成了一幅和谐美丽的画卷。走进新场古镇，感受不一样的川西文化。青藤、老树、小桥流水、人家，春迎百花，秋赏满月。酷暑清爽，冬看瑞雪……这个历史悠久的老镇，真的很吸人眼球。"

和书记、镇长等握别时，我笑着说道："新场的自然环境确实非常不错，你们也很努力。我们有理由相信：明天，在县委、县政府的正确决策下，经书记和镇上一班人的精准布局、合理引导，开放的山清水秀的新场镇，必将成为来了还想再来、去了还想再去的特色魅力之网红水乡。以后，我会经常到这里来清心、洗肺、观景和学习。"

14

古镇韵事　诗意流年

◆ 杨玉杰

穿越千年的新场古镇始建于东汉时期，是茶马古道上历史文化名镇之一，也是四川现今规模最大、保存最完好的古镇。

在新场这个被岁月染得斑驳的古镇里，寻觅旧时光里的诗意与温柔，漫步古街，每一步都踏着历史的印记，能感受到那千年的韵味与风情。古镇二堰河畔有一条蜿蜒的小径，曲径通幽，仿佛是时光的细脉，悄然流淌着过往与现实的交融。小径旁坐落着一处别致的院落——临江雅舍，是庭院楼阁的古风民宿。

临江雅舍为南北向建造，南临古街，北临二堰河。临江雅舍的南门开在古镇的下正街上，与刘成勋将军故居相邻。清晨，未到营业时间，街上店铺都还关闭着，走进这条小街，两旁是历经风雨依然屹立不倒的古屋，古屋的木质结构裸露在外，林立的铺板门上那岁月留下的痕迹粗犷陈旧，如同斑驳的水墨画，诉说着一段段不为人知的旧事。临江雅舍的北门紧邻二堰河，二堰河河水来自发源于西岭雪山脚下的邛江河。没错！这雪山正是杜甫千年前不经意的回眸一瞥留下的千古名句"窗含西岭千秋雪"里的西岭雪山。临江雅舍北门前有一座古朴的拱桥横跨二堰河，桥下清澈的流水生生不息，吟唱着古老的谣曲，悠悠绕过古镇的每一处角落。晨曦初照，二堰河两岸便陆续出现了拿着扫帚和墩地抹布的古镇居民，他们或互致问候，或默默劳作，用最朴实的方式迎接着每一个新生的早晨。

日上竿头，新场古镇逐渐热闹起来，那些穿梭在街巷的人们的脸上挂着淳朴的笑容，彼此之间以和煦的方言问好，让人感受到一种血脉相连的亲切。古镇上的生活节奏保持在某个古老的频率上，缓慢而平和。单是踏在石板路上，听着耳边传来的絮絮叨叨，就能让人忘却世间的喧嚣和浮躁。沿街的小店铺散发着原生态有机果蔬与木头、竹篾等混合的香味，商贩们坐在门口或是娴静地抽着烟等待顾客，或是静静地做着手艺活，或雕刻，或编织，不紧不慢，从容不迫。

中午时分，古镇空气中飘散着辣椒、花椒、香草等香料及各种肉类诱人的香味，充满了人间烟火气。新场古镇的肥肠血旺以其特殊的烹制方式呈现出独特的风味，超预期地满足食客的味蕾，成为蜚声在外、脍炙人口的美食，吸引了众多外地游客，使他们专程来到古镇打卡。此外古镇还有烫油麻鸭、石磨豆花、萝卜干等诱人选择，令游客赞不绝口、难以忘怀。在这里不仅可以品尝到地道的美食，还能沉浸在古镇独有的历史文化氛围中，体验不一样的生活情趣。

古镇不仅有柴米油盐酱醋茶的人间烟火，也有琴棋书画诗酒花的闲情逸趣。临江雅舍庭院内草木葱茏，花气袭人，雅舍的主人雅好颇多，书画、著作等作品多有展出，让人不由得联想到扬州陈园的一副楹联"花木清香庭院翠，琴书雅趣画堂幽"。在这里与三五好友小聚，品茗畅聊，琴筝和鸣，挥毫泼墨，咏诗赋文，在宁静平淡、高雅脱俗的情趣中自得互得，自悦互悦，岂不快哉！

傍晚时分，当夕阳洒满古镇，将每一砖每一瓦都染成金黄色，古镇更添了几分温柔和诗意。临江雅舍邻家屋檐上挂有一串风铃，晚风拂过，那悦耳的风铃声带来一种心灵的触动，脑海中不禁浮现出古人有关风铃的诗句"石梁卧秋溟，风铃作簷语"（唐彦谦《游南明山》），"深院回廊昼日长，青帘朱幕风铃语"（陈师道《奉陪内翰二丈醴泉避暑》）。清脆悠长的风铃声，宛如爱人的轻言细语，为烦闷的暑日带来一丝清凉与宁静。

夜晚的新场古镇别有一番风味，门前挂着的灯笼，照亮了窄窄的街道，行人的影子在墙上拉长又缩短。古镇里的人们或坐或立，聚在一起聊天，分享一天中的琐碎与欢乐。声音温和且低沉，像夜风轻轻地拂过，抚慰着每一位世间过客的心灵。人生如逆旅，我亦是行人。在这里，时间似乎有了不同的定义，它不再匆匆流逝，而是像那二堰河的河水一样潺潺流淌。

走过许多地方，看过无数风景，但新场古镇给人的感觉却是唯一。它不张扬，不喧哗，却有着无法复制的厚重和韵味，或许正是这份从容和宁静，让新场古镇成了我心中永远的画卷，无论走到哪里，心中始终保留着那份对

古镇的向往和怀念。古镇的诗情画意,不仅在于那些可视的风景,更在于这里的生活方式和与世无争的恬淡态度,恰如诗人马致远的人生体悟"带野花,携村酒,烦恼如何到心头"。在古镇的怀抱中,生活变得简单而又丰富,每个人都能找到属于自己的节奏和空间。岁月在这里静好,诗情画意在每个细节中自然流露。新场古镇,这个被时光雕琢的地方,用它独有的方式,诠释着生活的深刻与美好。

15

朦胧幽静醉古镇
——新场见闻

✦ 秦 唤

清光绪年间,云南学政张锡荣前往大邑,拜谒名士、光绪皇帝蒙师伍崧生,夜宿头堰客栈,被新场古镇的风光人情所动,留诗曰:"花外斜阳晚,云峰暗几层。人声三里市,春夜一街灯。竹屋容高枕,桃源梦武陵。床头三尺剑,气欲作龙腾。"形象地概括了其时新场镇的繁华。

逝去的岁月里,会有一些刻骨铭心的人和事,成为此生不变的牵挂。内心深处,会有一些没有说出的语言深藏。生命中,有一种难用文字和语言描绘的情愫,在曾几何时填满了心海。曾经,工作之余的愿望是:在绚丽多彩的季节,与心灵相通之人对坐,在茶香里回味几十年岁月沉浮。于月圆之夜在大地洒满银光的河畔漫步,和天上的月儿默默对视,就算没只言片语亦感温馨、情深。

兔年,人们都祈祷能有新的开端,再无人力难以抗拒的特大自然灾害,在平和安宁中走过春秋冬夏。辞旧迎新的春节刚过完,一个风和日丽的周末,应朋友之邀,我和朋友同行,驱车一小时到了大邑新场古镇。经在大邑县委工作的朋友引荐,见到了镇党委书记和镇长。

县委的朋友介绍说:"镇党委书记是一个稳沉、干练的好同志,早年在家乡达州一所中学教书,公考到大邑进入公务员队伍,2007年任新场镇党委副书记、镇长,2021年担任新场镇党委书记,阅历较为丰富,思维也相当超前。其担任党委书记后,和镇长率人认真研讨,对古镇的发展制定了详尽的规划。走遍了属地的每一个角落后，他们对新场的发展有了独特的见解和思考。他们顶住压力，绝不跟风大拆大建，使得新场至今仍保持了古镇的原汁原味，保留了'最后的川西坝子'的美誉。"

书记介绍道："始建于东汉末年的新场，虽是继平乐、安仁等古镇之后川西平原新近崛起的旅游小镇，但自古即为兵家必争之关口要地和客商云集的商贸重镇，也是茶马古道上的历史文化名镇，有'一新（场）、二唐（场）、三灌口'之美誉。曾几何时，受资金、交通等因素制约，新场古镇闭塞多年，保存完好的20余万平方米明清川西民居、街巷、宅院，还有中西合璧式的教堂等优质旅游资源一直"养在深闺"，世人难窥全貌。随着中共大邑县委、县政府的精准科学决策和合理规划，镇党委、政府因地制宜稳步发展旅游，新场古镇已被破格命名为'中国历史文化名镇'。"

镇长插话补充道："现在的新场，古镇街巷虽然仍保留传统的'二纵、二横''七街六巷'的井字形格局，但新建的游客中心、餐馆、精品民宿、文化交流中心等基础设施一应俱全，古镇旅游已经初具雏形、渐成气候。"

我思忖着轻声问道："过去，提及新场，人们都会说起这里历史悠久的名特小吃肥肠血旺、油淋鸭子，手工皮蛋、咸鸭蛋和油豆腐。听说，近年，一些眼光敏锐的商家，开始引入了新的业态。特别是在文化产业方面，较之以前有相当大的提升。每到3月以后，全国各地的游客蜂拥而至，周末和节假日，几乎所有的民宿、客栈全部爆满，河边的茶摊更是一座难求。

镇长笑道："周末和节假日，条件好的民宿和客栈爆满确是事实，但说河边的茶摊一座难求，可能有点夸张。但这几年成都和周边区县到新场来休闲玩耍，逛古镇、住民宿的游客，特别是每年4月以后一直到11月，可以说是成倍增长。"

书记说："近年来，到新场观光旅游的外地人，确实比以前成倍增长，既因为这里古朴、幽静，不欺客，不强制消费的良好治安以及名特小食，还因为沿河那些大小不一、各具特色的民宿和客栈。"一位经常到新场居住的知名作家写道："大都市累了、烦了，来到新场，选一家靠河、环境幽雅的民宿，住上一周或半个月。晨起，为活动筋骨，参与洒扫庭除，用西岭雪山下的泉水煮茶，沁脾清香袅袅随风飘逸，深吸至肺，心底醇浓遍生。明媚的阳光下，看盛开的花儿细语轻言，听那些跳跃于枝头的小鸟唱歌。午后，于躺椅上仰望蓝天白云，或与远方久不联系的朋友交流，在儿时故事的追忆里拈一缕心韵，共诉光阴的故事。"书上说：心灵的契合从来不需要理由，是因为，灵魂深处有着共鸣。

同行的朋友问道："听说，辞旧迎新之际，新场镇党委、政府邀请了省市部分知名人士、文学艺术家走进古镇采风座谈。同时，四川文化网活动中心、成都市微型小说学分创作中心在新场镇二堰河东街的宇剑涛文化交流中心临江雅舍举行揭牌仪式。"

书记笑着点头："参加那次活动的有《中国新闻》杂志执行总编、原省经合局一级巡视、文旅厅二级巡视、文旅行业党委办副主任、党建四川中心主任、成都微型小说学会副会长和朝歌彩虹集团董事长、《读者报·品格少年》编辑部主任等。"

朋友点头再问道："听说，参会者纷纷在会上发言，对本届大邑县委、县政府认真落实省委、省政府和成都市委、市政府的统一部署，保持清醒头脑，提高政治站位、科学规划、精准施策，结合本地实际加大招商引资力度，对品牌确立、乡村振兴方面取得的成就，给予了高度评价，对新场镇优美的环境和原汁原味的川西古镇的风貌、传统美食表达了高度认可，对镇党委、政府近年来在县委、政府领导下奋力拼搏，在保持古镇原貌的前提下，加强基础设施建设，改善人民群众生活居住环境，大力发展高档民宿和乡村旅游方面做出的贡献点赞。"

书记说："大家还纷纷表示，一定会邀请更多名人和企业走进新场，感受这里古朴与现代结合的朦胧幽静之美。《中国新闻》杂志执行总编在发言中谈道："这里和西岭雪山直线距离不远，是一座鲜活灵动的古镇。既能拂过雪山的风，还可仰望远处若隐若现的松，新场，这座有'最后的川西坝子'美誉、有山有水和茂密树林的古镇，蕴藏于天地万物间。生存压力超强的现代人，累了乏了或高温季时来到这里小住，有意想不到的惊喜。清晨溪水中升腾的薄雾，古镇老街随意摆放着的新鲜蔬菜、皮蛋、盐蛋、豆腐干、纯手工制作的腊肉、粽子、油糕、油淋鸭以及那有人喜欢有人嫌弃的臭豆腐、血旺、老酒的店招，漫不经心散步手中拎着老式叶子烟杆的老者，时而缓慢，时而湍急的二堰河水，以及沿河那些古朴的民宿、茶坊，来自全国各地的游客，构成了一幅淡雅的水墨画卷。"

我看着小河中几只觅食的白鹤说："不得不承认，朦胧幽静新场镇似诗如画，都市生活久了，累了乏了，到这里小住几天，体味原汁原味的老川西平原休闲生活，真是无酒也会醉。"

在二堰河穿流而过的碧山寺里，几个女尼静坐诵经，旁边，一群虔诚的年轻居士双目微闭,嘴唇微动跟着默念。仰望着蓝天白云,看着两岸茂密的植物、枝头上跳跃着的小鸟、缓缓流动的清澈河水,眺望远处西岭雪山的轮廓,我的心里不禁有些感触:茶马古道川西平原古镇的村民,在山清水秀的新场镇静守日月,既固守传统又开拓进取,他们用智慧的甘露、辛勤的汗水浇灌了绚丽的花朵,使得这个历史文化名镇为越来越多的人所称道。

阳光、河堤、高大茂密的绿树、清新拂面的微风、麻辣鲜香的血旺、清醇的山茶……浓烈白酒的原味,飘散在潮湿的空气里,不仅有扑鼻的香,还有沁脾的醇。那些在清澈河水中游动的鱼儿和河岸小树枝头跳跃的小鸟,爬在老砖墙上和河堤边的藤蔓,既似一幅鲜活灵动的水墨画,更如一首抒情诗,在优美的民乐伴奏下,细细讲述着这里前世今生厚重的故事,让人们心醉神迷。

16

明月清风话新场

李达冶

大邑,不仅空气清新、自然景色优美,更有无穷发展空间。厚重的历史文化底蕴、四通八达的公路和高铁,概括了今日大邑独特的优势。

这里是古蜀文明的摇篮,早在新石器时代,县境内已有人类活动……这里,曾书写了古时川西文化的神话。

大邑,旅游景点很多,寺庙也不少。既有佛道同寺的高堂,又有道教发源地鹤鸣、白岩寺、东岳庙、罗汉寺、川王宫、花水湾的千佛山雾中山的开化寺、药师岩等太多的自然景点,不仅外地游客多,就连本地来游玩的人也多得数不清……

这是一片拥有众多自然景观的神奇土地,夏、周时即有古蜀,4000多年前的古蜀王国镂刻了先祖的足迹,今大邑县域属当时古蜀国地。若按古蜀部落群复原当时人们的生存状态,就会发现:其时,是多个部落群地散布在田野中。其实,那就是最古老的川西县城遗留下的令人遐想的远古无字田园诗情。

一杯美酒品华夏,问道大邑知天下。除了丰富的农产品和大自然恩赐的旅游景点、独具特色的川西林盘,大邑还和邛崃一样盛产白酒,其散装原酒畅销全国并占有一定市场份额，也会被调制成高档瓶装酒销往国内市场。

但山清水秀的大邑，不仅仅只有美酒，还有厚重的文化底蕴、众多的人文景观和丰厚的宝贵资源。

进入大邑，傍晚或清晨出门，漫步在滨江一号附近的斜江河边，呼吸着清新、有丝丝甜味的空气，漫步诗画般的河堤，看着宽畅河面游走的野鸭、低空飞掠的白鹤，闻听枝头小鸟的啼鸣，欣赏绿树丛中盛开的桃红李白。对"家住大邑县，人居山水边"描绘的生活在这里的惬意，有着深深的感受。

大邑县委、县政府提出以创建国家生态县、建设"低碳大邑"为载体，为创建"闹市现代田园城市"先行先试，着力把大邑建成活力之城、生态之城、魅力之城、品质之城的决策，已见显著成效。强战略、树品牌的今日大邑，不仅因为古老的传承和天然景点闻名，还是现代建筑与山水相生相伴的特色魅力城市，传统文化与现代文明交相辉映，到处生机勃勃、活力四射。

近年来，"雪山下的公园城市"这个名字叫得很响。而且，大邑除了原来的旅游和人文景点，又新增了花溪谷、锦绣安仁、斜源小镇等旅游休闲地。周末和节假日只要有空，很多在成都工作的人都会呼朋唤友到新场古镇小住。

新场离县城车程15分钟，被称为"最后的川西坝子"。住在这里独具特色的民宿，晚饭后，或独自漫步或三五人坐在河边聊天，沿围绕古镇二堰线走一圈，不论晴日或天上飘着细雨，走在清水静流的河边，心情都会很好。

古镇的大多数年轻人都到大都市或县城发展了，留下的原住民有利用自家房屋做生意的，也有守着老屋、依然保持日出而作、日落而歇农耕习俗的。他们既固守川西坝子生活节奏，在亲水田野的原生态环境中从容淡雅，又不忘进取和拓展，立足古镇展开新的思路，把人与蓝天白云自然的幽雅和谐灵肉融合，从而使得这里依然是那个河水环绕的古镇，老街还是那些陈年旧居的街，空气中仍然飘散着豆浆的微甜、血旺的鲜辣和老酒的醇、清茶的香。

二堰河沿岸那些一排排形状不一的客栈民宿，或在绿树浓荫中若隐若现，或悬于水面闪亮现身。春夏秋冬，在洁净纯蓝的天空下探究茶马古道厚重历史，观景赏花、嬉水纳凉的摄影作画采风的各地游客络绎不绝。往河面望去，烟雨蒙蒙中的那一家家各具特色的店铺，在细雨中的身影很是朦胧，让人有了古朴厚重的感觉，勾勒出一幅清雅唯美的国画。

有一次，我和朋友饭后在邮江河畔散步，一边观看两岸那些璀璨灯光下色彩变幻的植物，一边聊着新场古镇近年的变化和未来发展的前景。天上开始飘起蒙蒙细雨，天与地与水都是一个颜色。刚开始，细雨中河两岸人迹不多，慢慢地有了打着雨伞的行人。

撑着雨伞，漫步走在河边街道小巷和水边长廊里，看到白墙黑瓦的老房子以及石桥，还有想象中那些漂流在河上的乌篷船和秀气的船家女，竟有了一种似曾相识的朦胧感。

雨仍不大不小地下着，时紧时松，天色仍然是灰蒙蒙的。没有期待中一条条的船舶驶过，没有一波波的水浪涌到岸边"哗哗"作响，但河两边灯火辉煌的景色，很是有些江南水乡的韵味。而河边那座叫碧山寺的庙宇，给古镇平添了几分独特的景色。

夜来，广场上被琳琅满目的各种特色小吃摊占据。五彩缤纷的灯光下，游玩的孩童以及舒适的休闲椅上躺坐着喝夜啤、啃卤味、兴致勃勃交流的各色人等，河边漫步的行人、唱歌跳舞的中老年人以及缓缓流动的河水，构成了一幅和谐唯美的画面。

在新场古镇，不仅能听到川西有名的乡土老歌，品尝手磨豆花和肥肠血旺、油淋鸭、叶儿粑等传统美食，还能喝到鲜美的鸡汤。我也曾和县上工作的朋友相约，在紧邻二堰河的一家民宿楼上小酌……

记得，有一次和重庆来的朋友小聚后在老街上漫步。其时，天色渐渐暗了下来，古镇安静地望着我们。看细雨蒙蒙中的那些老建筑，像极了一位位含羞少女，蒙上了神秘的面纱。其时，沿街的大红灯笼亮了起来，使河两岸临水而建的烟雨长廊，在夜色里仿佛变成了一条红红的火龙。这宁静的夜，真是令人回味。

想起很久以前听到的几句坊间传说——人声三里市，春夜一街灯。看着街道上那些已经有了些年代的古树、老屋，忽闪着的百家灯火，聆听着飘逸而来那时有若无的民歌声……此时，天与地，远处的山和古朴的镇子，老街上的人，雨中的那移动着的灯和伞，是那样无可挑剔的融合，有如一幅浑然天成的水墨画卷，让人深情凝视后难以移开眼眸——这，才是真正的新场：古朴、幽静、自然、神秘。

镇政府的朋友告诉我，近年来新场的出名，不仅因为这里被评为AAAA级景区，还因为基础设施建设与有着浓郁川西特色的古建筑保护有机相融，各种文化氛围厚重的活动层出不穷，使得老镇焕发新颜的同时，既名气大增也吸引了大量的人气和流量。

短短几年时间，虽因疫情受到一定影响，但新场能够与安仁、平乐等早期成名的川西古镇齐名，与当地县委、县政府的科学决策和合理布局，镇上领导班子的强力推进息息相关。

这个被誉为"最后的川西坝子"的水乡古镇，依然淳朴，却不再封闭；依然闲适，却不再沉寂。如果说持续几年的疫情为新场的经济发展造成了巨大的危害，但地方政府和民众思维的更新、不懈建设，却为新场的发展收获了应得的回报，在大邑县城和新场古镇呈现出了最和谐的乐章。

古镇的民风淳朴、景色旖旎。细雨天气，走在二堰河景色宜人的河堤上，河两边那朦朦胧胧的神韵让人心静如水。这本身就是川西文化的特色，一旦被破坏，失去了和谐的脉络，无疑会成为昙花一现的过眼云烟。

县和镇上举办的各种文化活动，虽没有为古镇的经济带来前所未有的增长，却也没有给这里带来过多的商业气息和金钱味道，甚至没有扰乱古镇人代代相传的生活方式。人们依然一大早在老街上散步，静静地在街沿上卖自产的鸡蛋和蔬菜，安详地在河边喝盖碗茶，在小河岸边洗衣。清晨和日暮时依然炊烟缭绕，其乐融融。

疲了累了，到最后的川西坝子去住几天，呼吸清新空气，仰望天空的纯蓝，让心情放飞。夜来，明月清风净心灵。

追忆震撼的久远上古神韵，看古镇今日的惊人巨变，浮想万千。

17

去了还想再去的新场镇

✦ 闻 笔

"爬雪山、泡温泉、游古镇、拜道源。"形象生动地描述了大邑县的主要景点。但，大邑的亮点不仅只有雪山温泉和道源

提及离成都主城区仅40公里的大邑县，很多人都很熟悉。到旅游景点众多的大邑，不仅可以冬天在西岭雪山赏雪景，在花水湾泡温泉，还可到安仁、新场游古镇，到鹤鸣山拜道源。

早年，我曾有过一篇自娱自乐的短文：都市生活了几十年，对这里的喧嚣感到厌倦，想定居雪山下的蜀之望县。那里虽没有百年春熙商圈和见证爱情的斑马线，也没有熊猫爬墙和锦江的航船，但能呼吸清新的空气，可在新场直观西岭雪山。累了到花水湾泡泡温泉,在崇山峻岭看飞瀑、观一线天,听高堂寺的诵经轻吟,如同大慈寺的梵音一般。烟霞湖升腾的水雾与轻摇的小船,还有那造型奇特的小屋,建在湖的两岸。曾经出了三军九旅十八团的安仁,不仅有老公馆和收租院、闻名神州的博物馆,还有数不清的网红打卡点、颂扬时代的精彩表演。

近年,更有花溪谷、斜源小镇、锦绣安仁、滨江一号等新景观。这里山清水秀天碧蓝,活力四射展新颜。还有那数不清的特色美食,游人笑称肚子已滚圆,还想再来一点。既是凡尘烟火升腾的田园,也有远方的诗情画意和浪漫。

曾记得有这么一段文字:在恰好的时段,遇上难忘的景和人,即是最美的缘。到过大邑新场古镇数次,在清溪细流旁漫步时,感悟颇多。钟情的人也好,喜爱的地方也罢,今生能得相遇,我都愿用无悔去温柔地梳理那一段清音流年。

人到暮年,期待和人与景的相遇。让人铭心刻骨的缘,犹如一树繁花,浓香淡雅让人不能自拔。续延今生难得的缘,三生石上,用心刻下深藏于心的名字。不怕等待,哪怕等待没有日期。若能许我下一世还能在这幽静的古镇上相聚……哪怕,今生此后远离红尘,用孤独信念的期盼,换取下一世的生死与共,也无悔无怨……

最后的川西坝子、朦胧幽静的新场镇,近年来为各地游客所追捧,不只是因为这里天空的纯蓝和空气的清新

新场镇始建于东汉时期,兴起于明朝嘉靖年间,是川西地区规模最大的水乡古镇,距今已有近2000年历史,曾名清源市,古镇入口处墙上的"正本清源"4个大字,即是其原本的含义。

随着茶马古道的没落,新场古镇似乎进入了一段衰退期,其声名被其他古镇超越。但曾经的繁华富足,给新场留下了数十万平方米原汁原味的古建筑。古镇现有保存完好的清朝川西民居建筑20万余平方米,7条老街、6条老巷子。之所以说新场古镇是成都的"第一镇",是因为新场古镇目前是成都历史最久远,且规模最大、保存最完好的古镇,也是历史文化名镇,被称为"最后的川西坝子"。

镇上古建筑属明清风格又凸显西蜀建筑特色。结合其茶马古道历史文化,儒佛道齐集,古建筑保存完好,通达四方,沿古镇老街一路前行,许多建筑中西合璧,风格让人耳目一新。中式结构、风火墙装饰的房顶,西洋风

格的窗格子、罗马柱……千年更迭中，不知有多少才子佳人的传奇故事在这些青砖灰瓦间上演。

几处代表性古建筑，如李氏古宅、刘成勋故居、璧山寺、广东会馆等，面积虽然不大，但处处透出传统文化的典雅与精致，能让人充分领略新场古镇民居的建筑格局。古镇上的居民也没有因为古镇开发而被迁走，不似其他古镇上只有商人和游客。

新场古镇至今还保留着赶集习俗，每逢每月2、4、7、10号，附近山民和周围百姓都会挑着箩筐、背着背篓来这里赶集，十分热闹。所以这里也被称为"南方丝绸之路上千年不散的集市"。

古镇石板路上，穿行着如织的游客。老作坊石磨转动的声音，悠长绵绵，有如儿时妈妈轻哼的摇篮曲

青藤、老树、小桥流水、人家，春迎百花，秋赏满月。酷暑清爽，冬看瑞雪……大邑新场，一个历史悠久的老镇。古镇石板路上，穿行着如织的游客。老作坊石磨转动的声音，悠长绵绵，有如儿时妈妈轻哼的摇篮曲般悠长……

默默无声的古镇、老街、石拱桥下的清溪，讲述着厚重的传说，轻吟岁月的沧桑。阳光、清雾、群山环抱的新场，展现着自然美景，老式木房里香甜的豆浆味，伴随微风在天地间飘散，令人闻之陶醉、涎水长淌……

阳光穿透云雾，石拱桥下的清溪，折射伟岸山峦、湛蓝苍穹的倒影。起风了，森林里传来优美的旋律。古镇老街，木板房，光滑石板路两旁堆放着皮蛋、豆腐干、炒胡豆和当地特有的土产，把沧桑岁月无声讲述。脸上写满笑意的大娘，静坐木凳，捧着含有泥土芳香的特产，把过往的行人热情招呼。

犹如一幅清雅的水墨画，新场镇的山谷幽静、秀丽，桃林和茂密的田野、竹林……哦！西岭雪山故里的地平线上，竟然有如此美丽的奇巧胜景。

蓝天下，身着艳丽服装的人群，伴随着节奏感极强的乐曲舞动身姿。在青石桥头和有着黑色塑像的小广场上，俯身叩拜当年出川抗战的铁血壮士，追忆那史诗般的激情岁月。回望：群山环绕中的片片花海和雪山远景。追忆黄尘古道，悠悠岁月，出川战抗旌旗迎风招展，长矛、大刀、马匹，奶汁般的手磨豆浆。古老石桥下的清流，娓娓讲述华夏儿女不屈、拼搏的民族精神。

拂过雪山的风，浸过寒雪的土，仰望云天的松，最后的川西坝子的村民在这里静守日月，呼吸吐纳。阳光的暖，天空的蓝，青松的劲，化在传统的皮蛋和豆腐里，扑鼻的香、沁脾的鲜，细细讲解着那"人声三里市，春夜一街灯"的繁华和厚重历史，感受远古的传说。

一座有山有水和茂密树林的古镇，蕴藏于天地万物间。清晨溪水中升腾的薄雾，是诗如画。有人说：水是山的诗，雨是云的诗，波是湖的诗，鱼是水的诗，梅是雪的诗，月是夜的诗。在新场，平静悠闲的光阴，是凡尘烟火日子里的诗……

不久的将来，这个依山傍水的古镇，必将为各种年龄段的人们追捧、成为成都甚至整个川西地区的网红新景

作为目前四川规模最大、保护完好的西蜀水乡古镇新场，被国家命名为"中国历史文化名镇"。近年来，新场镇依托"最后的川西坝子"文化特质和优良文旅资源，着力打造宜居宜游川西风情书香街区，积极推动天府风情水乡文化、茶马古道文化高度契合，大力推进文旅、农旅、康旅深度融合，全域构建雪山下的公园城市旅游新格局。

这里，不仅有老式木板结构的房子、石板路、拱桥、吊脚楼和沿街的特色农作物，有涟漪、浪花，有清泪、欢歌，也有诗和远方，更有近年来的现代建筑和新兴产业……

红尘的每一次遇见都写满珍惜，或许是铭刻心里的擦肩，或许是一生一世的眷恋。命中的缘，没有早晚，遇见就是最美的时光，相安便是最好的心暖。当路过一个地方时，那似曾相识的感觉，让人忽然记起往日的馨香，只有这时才发现，过去的时光依然温暖着心间。

世间相遇有万千形式，今世的遇见，仿若曾在千年之前，那一见倾心的暖，惊艳了季节，渲染了时光。在这空气中有着丝丝甜香的古镇，漫步老街，看当地人叫卖的各种农作物和手工制品。晨闻鸡鸣狗叫，午时，找一家环境幽静、整洁的特色餐馆，来一份远近闻名的特色肥肠血旺、豆花和青椒炒老腊肉，吃一碗掺和有金黄碎玉米的干饭。到河边的茶坊品着本地产的清茶，半躺在柳树下的藤椅上，闭着双眼听风与流水的和弦伴奏，在麻将声和游人的闲聊、笑谈中蒙眬入睡。

走进茶马古道上的新场镇，感受不一样的川西文化。漫步在群山环绕的石板街上，呼吸着清新的空气，听着古老的怀旧歌曲，追忆当年川军战士的不朽丰功伟绩，把自己融入古镇的现代生活，写一首抒情的小诗，拍一组石拱桥下风景区的照片，给亲人、朋友和自己送上并留存一份惊喜……

茶马古道上的新场，一个去了还想再去的幽雅古镇。

18

二堰河边看雨

✦ 柳 燕

在朦胧幽静、不能称之为河的二堰河边看雨,看大滴的雨急急下降,别有一番韵味

午后,开始下雨,由最初的毛毛细雨逐渐变成中雨、大雨。持一杯汤色红亮的陈年老普,端坐于临江雅舍院子走廊上,我认真观看那急急降下的雨,看着沿屋檐直泻而下的雨水。池中那些灵动的游鱼,惊慌地躲藏在莲叶下面,睡莲的叶片和绽放的红花,在雨点的击打下,显得更加水灵娇艳。

花园中大片的绿植和鲜花,并没有被雨水击打得垂下头来,反而因雨水的洗涤、浇灌而更艳丽。只有那往日盛开的大片三角梅,在雨中跌落了一些花朵。

洁白可爱的小狗多多,原本趴在地上惬意地睡觉。雨下大了时,它竟兴奋地围着花园,在走廊里转圈。继而,跑到办公室外摇头摆尾,似在招呼我出门看雨。

门外,急急奔流的二堰河水,在大雨中更显清澈,两岸那些生长茂密的野生植物,被雨水洗净了一层轻薄的尘埃,枝叶绿得发亮。

悬在河上面铁笼里的两只小兔,在雨打声中惊慌失措,或紧抱成一团,或窜来窜去,呆萌可爱极了。

很快,雨渐渐小了,由瓢泼大雨变成牛毛细雨。外面的河水依然奔涌向前,园里的植物在细雨中更显生动,池中的鱼儿安详游走,3位女士对着手机当埋头族,小魏躺在长沙发上聊天,小狗多多一声不响在园子里散步。除了外面的河水声,临江雅舍一片宁静。

名为新场实为历史悠久、文化底蕴厚重的古镇,条件得天独厚,但需要用心规划建设

邮江、头堰和二堰河环绕的新场,其得天独厚的幽静自然环境和厚重的文化底蕴有目共睹,而且早就被评为AAAA级景区,但至今人气不如洛带、安仁甚至平乐古镇,前来的游客以退休老年人居多,人均消费明显偏低。

很多人认为这里缺少整体规划,监管不力,使得没有获批的占地乱建,因手续不齐或持续资金链断裂,导致镇上随处可见的烂尾建筑严重影响形象。老街满足游客需求的公共设施不足，使得很多游客硬闯商家甚至机关单位寻找厕所，和经营商户产生矛盾甚至争吵，引发部分游客的不满。

一些老字号的店主说：以往的新场，每到周末和节假日，老街上人流如织，生意好得数钱数到手软。大大小小的餐馆、茶坊人满为患，一座难求，所有民宿、客栈全部住满。就连新冠疫情3年，这里的旅游业和零售业也都不错。可现在生意秋得让人心里生寒发紧。

卖腊肉、香肠等腌腊制品的袁大姐说：头几年生意好时，一天可卖几万元的货，现在几个月都卖不到一万元，很多时候连张都不开。

以往的游客见什么买什么，很多人几乎不讲价。有时，半天就会把店里的商品买空。就连街头巷尾街沿上那些真假难辨的土鸡蛋、鸭蛋、鹅蛋、叫不出名的蔬菜都会被一抢而空。

现在，周末也好，节假日也罢，来的人不如以往的三分之一。而且，大多是穷游干逛，很少有人购物。餐馆饭店生意大不如前，民宿客栈的入住率怎是一个差字能形容的！古镇虽好，但得有空闲才能来逛，土特产让人动心，可得有钱才能买回，麻油鸭和肥肠血旺很香，但囊中空空，尽管涎水长淌，也只能冷水伴干粮。

最后的川西坝子、雪山下的水乡古镇，应该有更多人知道其独特的魅力和迷人的风采

此时，想起早年曾写过的一篇短文：有人问，世间之大，什么最美？我说：水最美！

浩渺宇宙，水以各种形式存在，清新自然、被称为生命源泉的水，在历史长河里，如血液般日夜流淌循环，让生命得以延续。

春暖花开时，我们感觉到花的芳香，更能嗅到芬芳的气息，水幻变成空气、蒸气、雾气，连同芳香一起奉献给人类。从而，使得文人们由衷感叹：自然之道，莫乎于水。

炎炎夏日，动万物者，莫大乎雷；润万物者，莫大乎水。秋高气爽之时，凉风习习，风中那雨做的云，于天外卷舒翻腾，带来秋的问候。银蛇狂舞时节，漫天雪花飘飞，是水美丽的过去、妙曼的回忆，构成了蔚蓝色的星球上最绚丽多彩的自然美景。

有哲人说：一滴水，可以折射太阳的光辉，从中可以看到水的伟大。上善若水，心静如水，滚滚长江东逝水，浪花淘尽英雄，沧海横流，方显英雄本色。水，是智慧的化身。

不要踏上一望无际的沙漠时，才想起它——最美的水；不要等口渴的时候，才想起它——最美的水；不要等心灵干涸需要浇灌的时候，才想起它——最美的水；不要望眼欲穿的时候，才想起它——最美的水。

大自然既是无情的，也是有情的。水能载舟，亦能覆舟。水更是柔情的，如果对水不予珍惜，失去的不仅仅是水，还有那美丽的雪花、滚滚的浪花以及朵朵白云，以至这颗蔚蓝色的星球和万物之灵的人类自己。

人类因水而美，水因人类而美。拥有美丽的水世界，我们才能拥有地球。兵无常势，水无常形。无论是过去、现在、未来，谁最美？水最美，上善若水。在这酷暑难当的季节，期待着，天上狂降驱散炎热的最美的雨水！水呀，你最美！

古镇新场，以其山清水秀的自然环境、气温低于成都的凉爽、围着镇子环绕那永远清澈的河水，美得令人心醉。

19

那水、那桥

◆ 罗 进

新场，我的最初记忆就是那哗啦啦昼夜不停的河水声。

20世纪60年代初，我还在上幼儿园，父亲在新场小学当教导主任。周末回家总跟我们说新场小学校的墙外有一条大河，河水干净清澈，一眼能看到底。春天到来时，河旁水草茂盛，岸边柳树荫荫，田野里成片黄色的油菜花随风摇曳。放学后沿河边走一走，抬眼一望，河堤上有好些学生娃娃在放风筝。仿佛再现了宋代诗人范成大诗歌里所说的那样"儿童散学归来早，忙趁东风放纸鸢"，一幅田园牧歌般的景象。

初春的一天，幺爸牵着我的小手，带我从他工作的王泗粮站徒步向新场走去。当时的交通很不方便，路是弯弯曲曲的机耕小道，再加之头天晚上下过一场春雨，行走更加的困难。我左边滑一下，右边滑两下，似乎站立不稳。我只感觉10多里的路程走了很久很久，终于在中午时分到达父亲工作的新场小学。

新场小学位于下正街尽头。学校不大，穿过破旧校门的通道和一个小天井，再往前，正面是学生集会的礼堂。礼堂右边有个很大的办公室，父亲的教务处就设在这间办公室内。我来到办公室，只见父亲高坐在靠墙的一个大条桌上的椅子里，聚精会神地面对墙上的大黑板，上边挂满了长条形的小木片，父亲正在为全校调整课排表。我想父亲肯定把课排表当成了手下的千军万马，从容指挥而又胜券在握。学校靠外边道路的地方有一道用石头砌成的围墙。围墙不高，大人探头就能看到墙外。墙外有一条大河，河水奔腾不息，流向远方。

那日，从王泗到新场走了两个多小时的路程，脚也痛，腰也酸。到了晚上，我一头倒下便睡熟了。不知过了多久，正在梦乡里，一阵阵哗啦啦的声音传入了我的耳朵。我朦朦胧胧地问道："这是什么声音？"还没来得及听父亲的回答，又一头呼呼大睡过去。

第二天早上起来，我仍好奇地问父亲："昨晚响了一夜的是什么声音？"

"哦，那是墙外邮河的流水声。"父亲回答道。吃了早饭，我便央求父亲带我到河边去看看是怎样的一条河，流水声竟如此的响。

于是，父亲带着我出校门左拐，穿过下正街，走了约200米，再左拐进入香市街，前行不到100米便到来铁索桥边。来到河边，只见宽阔的邮河水浩浩荡荡向前奔流，因为是白天的原因，流水声没有夜晚那么响亮。河边芦苇茂盛，河堤青草茵茵。河的对岸也是草长莺飞，依稀微红斑斑，或许是桃花初绽，也或许是海棠花红。踏着青草，我慢慢地向河堤下走去，河水清凉碧绿，近处河水真一眼能看到河底。我把手伸进河水里，河水从指缝中流过，冰凉刺骨，让人立刻打了个寒战。

"水咋这么寒冷？"我问道。父亲回答说："这条邮河的水来自双河雪山。此时正值初春，雪山上的雪刚好融化，顺流而下，河水自然很冷。"

我慢慢地往岸上走，抬头一看，突然发现，离我不远处的上游方向竟有座吊桥，父亲说那是铁索桥。铁索桥？这又引起了我的好奇心。我丢下父亲，一溜烟往铁索桥跑去。刚一上桥，就觉得桥晃得凶，不敢再往前走。父亲急忙过来拉着我说："别动，你越动，桥晃得越凶。"在父亲的牵引下，我下得桥来，恋恋不舍地离开铁索桥返回学校。

在新场小学待了一段时间后，也慢慢地习惯了夜晚一墙之隔的邮河哗啦啦的流水声了。

20世纪70年代初一个暑假的下午，我步行到新场接父亲回家。学校里没见到父亲，听其他老师说他到铁索桥上去乘凉了。很快，我来到小时候玩耍过的铁索桥。此时正值夏天，河水很大，也很干净，碧绿的河水翻滚着波

涛一刻不停地向远方奔流。河堤柳树成荫，微风拂面。我踏上铁索桥，感觉到桥面有些摇晃，我慢慢地向桥中央走去。越往前走，桥面晃荡得越凶。河风很大，呼呼作响，头发都吹乱了。铁索桥上，夏天很是凉爽，难怪父亲要到这里来乘凉。我向前一望，只见父亲和另外一个老师坐在一根粗大铁索上，正有说有笑地谈着什么话题，显得十分开心愉悦。父亲看见我，点头向我打招呼，手却牢牢地抓紧铁索，生怕一松手就会掉到大河里似的。我靠近桥上的铁索，弓着腰，双手抓着铁索，尽量减少桥面的晃动，小心翼翼地向父亲挥挥手。我们父子二人大声说着话，但是，相互都听得不是很清楚，断断续续。风大，话一出口像马上就被河风吹走似的，只留下半截在口中。

下了铁索桥后，父亲同我边走边谈。原来这里就有一座清末修建的铁索桥，后发大水被冲垮了。现在这座铁索桥是民国三十年，由原23军军长刘成勋倡议发起募捐，经过3年多的努力而修建成功的。邮河的对岸是茶园乡，归邛崃市管理。两岸的群众集市往来，采购生活用品就是通过连接两岸的铁索桥来完成的。

1976年7月，我高中毕业也要到广阔的天地去锻炼，接受贫下中农的再教育。于是，有水有铁索桥的新场就成了我下乡的首选地。小时候看到的水和桥深深地留在我的脑海里。吃过午饭后，在父亲的陪同下，我们走过铁索桥，沿邮河堤岸往上流而行。快要到邮河上游一段被称为虎跳河时，一阵又一阵的嬉笑声从河水中传来。我顺着声音往前方河面一看，原来是有好几个当地的男女年轻农民收工后在河里嬉戏。他们时而拍打水花，时而相互泼水欢笑，尽情释放劳作一天后的喜悦。此时，我突然想到毛泽东主席回韶山的诗句来：喜看稻菽千重浪，遍地英雄下夕烟。虽然时间和地点不相同，但是，劳动完后的场景和人们喜悦的心情确是完全一样的。

改革开放后，经济快速发展，人口增加，物资运输繁忙，铁索桥远远跟不上时代的发展。为保障群众安全，也为交通运输的需求，拆除了通行几十年的铁索桥，在原址上建起了一座钢筋混凝土大桥。

父亲听说建了新大桥，心情很激动。在新场教书10年，父亲无数次地往返经过那个铁索桥。视力不好戴着眼镜的父亲，每一次的往返，无不倍加小心，生怕有什么闪失。通车的那天，父亲一大早就叫我骑自行车把他从县城载往新场的新大桥边。他要亲眼看看新桥开通这一激动的时刻。当指挥长大声宣布大桥正式开通时，邮河两岸的人群立刻欢呼雀跃从桥的两端涌向桥中央。只见人们热烈握手相抱，欢呼声、欢笑声一浪高过一浪，其激动的心情溢于言表。人群退去后，我陪父亲漫步走在新建的桥上，父亲感慨万千。河还是那条河，景还是那样的景，但往日摇摇晃晃的铁索桥如今变成了稳如泰山的钢筋混凝土大桥。那些曾经背着装满茶叶的背篓在铁索桥行走的生意人，那些曾经身挑担子赶集的菜农，还有那些曾经在桥上乘凉看风景的人们，此时此刻的心情也是我们不难想象的。

2010年，随着社会的进步和追求美好生活愿景，出于对新场古镇的保护开发，拆除了钢筋混凝土大桥。在原址上新建了一座中式廊桥，取名为"永安廊桥"，其寓意不言而喻。新廊桥坚固雄伟，像一条巨龙飞跨邮河两岸，成为新场古镇一道亮丽的风景。可是非常遗憾，父亲不在了。他再也看不到这个既有两岸通行的便利，又有观赏价值的新廊桥了。我只得代替父亲在新廊桥上走走看看，我站立在廊桥中央，手扶赭色木质桥栏向上游眺望。几公里外，还有一座铁索桥。我想，父亲或许多年前曾走过那桥，可能是去闲走，可能是去村小指导教学工作，也可能是……此时，夕阳斜照，晚风徐来，积目远望，苍山如海，残阳如血。廊桥下河水浪花滚滚，滔滔不绝，肆意流淌。在河畔绿树花草掩映下，在游人欢歌笑语中，在太平盛世的脚步声里，通过多少年来桥的变迁，新场这个千年古镇再次展示了生机勃勃的活力生机。

20

大邑新场，别样年味

◆ 老马寅成

大年三十晚上，女儿和我商量明早8点前起床，前往高堂寺去敬香。高堂寺距大邑县城7公里，区域内山峦绵延，古柏参天，沟渠纵横，田畴阡陌，是集自然风光、田园景观和佛教文化于一体的风景名胜区。景区以山水、田园自然风光为基础，以千年古寺高堂寺为主体，辅以众多优美的传说和历史遗迹，形成了集自然风光、宗教、人文、历史文化于一体的独特的景区，为成都平原的第五大佛教禅院，并以此为特色，赢得了众多宗教朝圣者和旅游观光者的青睐。

上午9点，从大邑县城出发，以为很快就可以在高堂寺烧完香，再到鹤鸣或其他地方。可没想到，去烧香的人太多，交警在通往高堂寺的支路设了卡实行管制，排成长龙的汽车被堵着，只能等山上的车辆下来一批后，才能放行一批。

没有办法，我们只能把车停在附近一个好心人家门前，迈开双腿往山上走。山路难走，在其时得到了真实的体验，毕竟年纪大了，走了近半小时，已然腿软腰酸浑身出汗，差点就在半途找个能坐的地方歇息了。

近一个小时，终于到了高堂寺大殿，已累得不行。扛着高大的香柱、拎着香烛和钱纸的各色人等，几乎把偌大的寺院挤满。上了香，跪拜了菩萨，回到山下汽车里坐定时，已经12点过。加之，双脚有些隐隐发痛，没有了再到其他地方的兴趣。于是，驱车前往新场……

大年初一的新场，来来往往的人很多，清源牌坊一带的路面上停满了各种汽车，行走游客和叫卖气球、小玩具的人更是非常多。我们好不容易停好了车，从牌坊进入古镇，沿字库街往下正街慢悠悠地闲逛。老街两旁摆满了当地人的土产和鸡蛋、水果之类。

女儿看着那些不很新鲜的蔬菜和鸡蛋，疑惑道："这些所谓的自产蔬菜，怎么都好像营养不良，鸡蛋也不像真正的土鸡蛋。"我笑道："营养不良也好，以洋充土也罢，你愿买就买，不愿买就少管闲事。"

一路上，看到卖咸蛋、窝子油糕、油豆腐和叶儿粑、黄粑、冻糕、自制花生糖的小店生意都很好。廊桥上下，站满了各色人等。虽是天寒时节，河边依然有人喝茶搓麻将。卖煮花生、卤鸡蛋和水果的摊位前购买者更是不少。

大邑，省内有名的旅游景点很多，寺庙也不少。既有佛道同寺的高堂，还有道教发源地鹤鸣、白岩寺、东岳庙、罗汉寺、川王宫、花水湾的千佛山雾中山的开化寺、药师岩等太多的庙宇，不仅外地游客，就是很多本地人也数不清……

记得大年三十晚不想看电视，登上微信上聊天时，有位文友痛不欲生地提及失恋了，心里很是痛苦，几乎到了茶饭不思、夜不成寝的地步。成天，脑子里是那位帅哥的身影。明知他已经换了号，却每天仍然打无数电话，期待奇迹出现。整夜的不能入眠，好不容易进入朦胧中，却在梦中全是和他在一起。显然，这写过一些诗，也出过一些作品的女孩子，已陷入生无可恋的境地，任何劝说都是听不进的，充斥于她那原本聪明的大脑中的，只有往日相亲相爱的回味和那位背叛者的甜言蜜语……

当疯狂地爱上一个人时，认定了世上最好的是他。于是，信誓旦旦地表白：我不要不老的青春，只要永驻心中的爱人……是你，缠绵了我的一帘幽梦；是你，缱绻了我的缕缕相思；是你，芳菲了我平淡如水的日子；是你，让我在尘世中痴念永远。今生，非你不嫁……可，当恋情因为各种原因而中止，万般无奈也好，以泪洗面也罢，最终，也只能承认现实，在无助的思念中，慢慢淡忘了那段刻骨铭心的爱，直面生活。如火的青春时，两个初识风情的年轻人，不知深浅地牵着对方的手，无忧无虑走过了几个春秋。却最终，只落得个分手，各奔东西。

因为这位失恋文友的经历，使我想起了年轻时援藏的岁月。自然，想起了隐藏在心底的一段刻骨铭心的文字：想起你时，正逢百草枯凋的冬寒季节。傍晚，微醉后，独自走在因为冬雨而有些泥泞的河道上，踏着偶尔可见的黄中泛黑的枯叶，漫步走着，每一步，似都在热吻着逝去的岁月。

走在廊桥上，感到河风很大，吹得头脸发冷。抬手折一枝残存绿色的树叶闻着。眺望远处的西岭雪山，回味无数个雨夜失眠时，细细碎碎的念想在脑海浮现。很多次，端坐于窗前，捧一杯老酒独饮寂寞。年过半百，把经历了的传说和恩怨是非，于心灵深处难以忘记地或流泪或滴血。在流年似水的故事里，颠簸、蔓延。人生，难免会有一次次泪水打湿衣襟的时候。

中午，在一家很有名气，但卫生条件不敢恭维的餐馆，就着卤鸭子和血旺喝多了点，回家后没有了涂鸦的心思，打开电脑在微信上给那位失恋的姑娘写道：其实，他既然已然把你从好友中删去，你又何必苦苦哀求复合？他既已践踏了你的尊严，你为何不挺胸抬头大步前行？他不会是你的全部世界，离开，你或许会生活得更好！其实，真的不用抱怨。他的世界你不懂，你的故事里也早应该不再有他。你们都已经不再记得彼此最好……那跌落一地的斑斓，不再如花一样绚丽，不再如酒一样浓烈。

人生，一半写给窗外的风，一半写给岁月长河里的文字，总放不下年少时那些凄美的往事，也总是打不开那郁郁的心结。这个冬天，成都的郊区大邑曾下过一场小雪，不知，春节过后的成都是否会来一场漫天飞雪？

趁还能走动，到雪山下的大邑新场来旅游吧。这里的蓝天白云下，奔流不息的邮江河和茂密的山林里，有艳丽的鲜花和静美的景色，还有酸酸甜甜的野果。如果你来过，在这里吃过住过，哪怕很久以后，也会对这里清冷的河水、原生态的风土人情魂牵梦绕。会于朦胧中感觉，一直以来，仍然在这里生活着……

风卷落叶，逝水无痕，光影流年。人生数十年，或许谁都有一份曾经难以释怀的刻骨铭心。但，随时岁月的流逝，某个冬天或秋天留下的一份伤和痛，早已经慢慢愈合。曾几何时因情而痛的心，已然麻木……毕竟，人不能活在回忆中，过去的终将已然过去。

写完以上这几段文字后，我莫名其妙笑了起来，起身到楼下的卧室倒头就睡，一直到晚上10点方才起床。其后几天，静待在雪山下的县城书房里。鱼鳞图股份公司董事长李剑波到家里来小坐了一会儿。初三，《中国新闻杂志》的黄春波社长和《时代中国之声》闫学锋执行社长来拜年时，陪着在一家"厨子当家"的餐馆聚过，陪几个晚辈去新场镇的一家乡村餐馆吃过一次柴火鸡之后，每天上午10点多钟，都驾车到新场去，或在阳光能照射的地方喝茶，或到老街上闲逛，也有时到社区的书屋翻翻书。中午，选一家卫生条件好的街边店，叫上几个小炒吃一碗米饭，再到有阳光的河边露天茶坊泡一杯清茶，闭上双眼养神。

京城和外地来的朋友到过大邑后，都称赞因西岭雪山、花水湾、烟霞湖、鹤鸣、新场和雾中山等多处旅游景点闻名神州的蜀之望县，不仅空气清新、自然景色优美，而且有无穷发展空间。也同时提到：新场的人气和知名度不及其他古镇，显然是这里的外宣工作做得不太好，拥有那么多的旅游资源，很多人却并不知道，外省甚至本省外地专程而来的游客并不多。但必须承认这是一片神奇的土地，有着无穷的发展空间，只要抢抓机遇，未来必然可期。

近年，大邑县委、县政府提出以创建国家生态县、建设"低碳大邑"为载体，为创建"闹市现代田园城市"先行先试，着力把大邑这座雪山下的公园城市，建成活力之城、生态之城、魅力之城、品质之城。我们有理由相信：在中共大邑县委、县政府的正确决策下，开放的大邑必将成为特色魅力城市。明天的新场，不仅因为古老的传承和天然景点闻名，还会使现代文明与傍山亲水的幽雅相生相伴，传统文化与现代文明交相辉映，到处生机勃勃。

21

新场的生命之光

◆ 杨庆珍

从西岭雪山发源的河水，一路唱着欢歌奔流不息，流经新场古镇时，因为河道突然加宽，河水变缓了，激流欢歌变成了优美的抒情散文，同时也成就了一个宁静的西蜀水乡古镇——新场。新场古镇始建于东汉时期，始称清源市,宋代更名为思安寨。场镇兴旺于明朝嘉靖年间,千年来一直是个客商云集、商贸兴旺的场镇。

"花外斜阳晚,云峰暗几层。人声三里市,春夜一街灯。竹屋容高枕,桃源梦武陵。床头三尺剑,气欲作龙腾。"100多年前,清朝光绪年间,云南学政张锡荣前往邛江拜访好友伍崧生,夜宿清源市头堰客栈,被此地的自然风光及繁华景象深深打动,挥笔写下这首五言律诗。

关于清源的念想

水是古镇的灵魂。新场古镇,活水环绕,宁静而清明。西岭雪山之水经头堰、二堰、三堰穿镇而过。石板桥头,总会有三两个忙碌的身影,她们就着河水,或洗菜或涤衣。

新场古镇在历史上曾数易其名,清源市、思安寨、扇子场、半边街……明朝嘉靖年间,饱经战乱的四川经济得到恢复,囿于一隅的新场镇也迅速发展,在沿邛江而下的三里许、水打庙附近开阔地带,以原有清源市零货摊、歇客店为基础兴置市场,逐步建成了街道店铺,外省客商和迁移的同乡户集资修建了湖广馆、广东馆、陕西馆、江西馆等会馆,基督教传教士也来此修建了天主堂和福音堂,由此形成"七街六巷"井字形格局的完整集镇,遂有"新场"之名,且沿用至今。

"我还是喜欢清源这个老名字,两个三点水的字,让人生发各种想象,你可以理解为清澈的水源,也可以是固本清源,这也是我们做民宿的人的初心。"在古镇经营民宿的老郭并非本地人,但对新场有着很深的情结,他在民宿里组织音乐会、读书会,开设茶空间,为客人提供一个安放浮生之闲的所在。

春来河水涨,在哗哗的水声里,我们各喊了一杯素毛峰,在河边的藤椅上闲坐半天。头顶上是一棵正在发芽的麻柳树,翠绿的树影里,一枝树枝把倒影伸到素毛峰的茶汤里。不远处有几个老人围桌而坐,悠闲地喝着茶,抽着叶子烟,摆着龙门阵。

水声一直在耳边。水是新场古镇的灵气所在。横卧于历史与未来之间的河水,拥抱和滋养着古镇,在大浪淘沙的咏叹调中,成为古镇柔软的生命支点。古镇依水而建,因水赐福。因为水,1000多年来,这片土地上的人们世代安居乐业,过着平静如水的日子。

河岸一片翠绿和金黄,是小麦和油菜花。春色已有七八分。垂柳新芽已经由鹅黄变成嫩翠了，一条条绿丝绦在微风里荡过去荡过来，相当悠闲。田埂两边种了胡豆，黑白相间的花像眼睛眨呀眨呀。在太阳下有些晃眼。香气一缕一缕传送过来。有农民正在躬身挖地，垒成种土豆。我跟老郭说，其实我骨子里就是一个农妇，喜欢泥土、庄稼、草木，还有新翻过的泥土味道，甚至施过畜肥的腥味，都让我着迷。

入夜，河边上一盏盏的红灯笼点亮了，坐落于九洞桥畔的锦府驿，三进的老院落里摆起一长溜茶席。一场茶的夜宴即将启幕，赭红色的桌布、白瓷的盖碗和品茗杯，一盏老熟普香得醇厚沉静，红亮的茶汤里有丝丝缕缕的干枣香，那是时间的芬芳。春天的李花开了又谢了，纷纷扬扬飘洒在茶席上，长笛、琵琶、埙依次奏出如水的旋律。夜渐渐深了，一弯新月高挂苍穹，在月色笼罩下，古老的场镇沉沉地入睡了。

老建筑与旧时光

漫步古镇老街，古建筑一街连着一街，一巷接着一巷，虽饱经风霜，仍保存完好。走进一个木构青瓦的四合院，木雕门廊，方眼老井，卵石拼图的天井里，还站着一宗地道的家常物件——巨大的黑釉瓮缸。大红"囍"字，工整地贴在堂屋的正中央。四下搜寻，不见新人。木雕花窗内，却有一位神清气朗的老妇，正在细细梳理满头银发。远远的，一只猫趴在老房子屋顶上发呆。近处，老墙根下，一只小白狗静静地守着一窗绿。

与民居一起在古镇同生共长的，还有一些中西合璧、风格独特的小楼，它们曾经或为天主教堂，或为商会会馆，或为洋楼别墅。雕花木门窗饰古朴美观，封火山墙鳞次栉比，可以想象它们昔日的风光，以及雕梁画栋里隐藏的故事。在下正街，当我第一眼看到李氏古宅时，就被它深深吸引了。历经90多年的风风雨雨，砖木结构的欧式小楼看上去有些残旧破败，但犹如一位穿着破旧衣服的贵族，翘角粉墙、檐柱雕花，粗壮高耸的罗马柱、细密精致的花瓣浮雕、拱顶雕花的格子窗，骨子里流露出一种与众不同的优雅格调。李氏古宅是当地乡绅李怀芬于1921年动工兴建的，据说历时4年多才建成。令人惊讶的是，这样一处风格迥异的建筑，与周围纯粹的中式古宅和民居和谐共生，即便是第一次到访的人也不会感到丝毫生涩和突兀，仿佛它原本就属于这里，原本就生长在这里，是新场古镇的一体两面。

下正街49号是刘成勋的故居。这是一座并不惹眼的宅院，正门开间仅4米见方的样子，门楼也不甚高大堂皇。这样的排场，多少与它的主人曾先后担任川军第三军军长、川军总司令、四川省省长、原国民革命军23军军长的身份不大相称。唯一能让人察觉到它与其他民居有所区别的地方，应该是这扇厚重的铜门以及嵌在它上面的这一对鎏金狮子门环了。

1927年，上任省主席仅3年的刘成勋在仕途上遭受了巨大的挫折，就在他为世事无常而感叹纠结之际，不经意地想起了自己的故乡——新场，想起了自家屋后静静流淌的邮江河水，就在这一瞬间，刘成勋毅然决然地做出了一个令所有人都惊诧的决定：退隐山野。

据说，回归故里的刘成勋既不与旧友往来，也不与新场当地的乡绅结交，天晴时就独自顺着河堤漫步，或坐在临河的茶肆里吃着茶，看河里的水从远处流到眼前，从眼前奔向远方。若是遇到雨天，刘成勋会将家里的花草全都搬到天井里去，让它们尽情地享受雨露的滋润，自己则坐在屋檐下的竹椅里，安静地看花、听雨、怡然小酌……像是一下子豁然醒悟了，以前成天汲汲于名利，时刻在患得患失之中，是何等无聊啊。好在有新场古镇，它以最温柔的怀抱给了刘成勋最贴心的呵护。

赶场的日子

一场蒙蒙春雨过后，老街被冲刷得光洁、明净，青石板显露出本来的颜色，青幽幽的，质朴中透着一丝苍古。正逢赶场天，草鞋、竹编制品、手工挂面、豆豉、叶儿粑和粽子冻糕……老街上的手艺人依然固守着一份份传统。上正街83号门口，每逢赶场天，李伦正都会在那里卖木甑和甑箅。编甑箅是轻巧活路，他总是一边守摊一边编。他用一根篾条量好甑子的底部直径，便熟练地开始编织，金色的篾条在老李手中上下翻飞，就像京剧舞台上舞动的翎子，看得人眼花缭乱。

赶场的日子，新场古镇显得很热闹。街街巷巷人来人往，有不少卖衣服和日用品的，也有的卖熟食、蔬菜、禽、蛋、水果的，人们熙来攘往，讨价还价，采购着所需的物品。有表演腰鼓的老人，身着或绿或红的衣裳，兴高采烈地归来，一派活色生香的古镇生活场景。

"牛儿灯表演开始啦！"新场之所以被称为最后的川西坝子，是因为随处可见农耕文明的影子，保留至今的牛儿灯表演便是古镇一道农耕文化风景。"快看'牛吃草'好可爱，'打滚儿'好厉害……"只见表演者一人扮演放牛娃，两人扮演牛，戴上牛头、穿上牛衣，将牛吃草、打滚、刨虱子、洗澡、牛与牛打架、放牛娃骑牛、唱山歌等各种动作巧妙融入其中，亦庄亦谐，十分有趣。大家纷纷拍手叫好，不少游客还拿出手机拍照、录像。

时近正午，新场的热闹散布于各条街巷的餐馆中。鼎鼎有名的是石磨豆花、麻油鸭子和肥肠血旺这"新场三绝"。河里放养的四川土麻鸭，吃小鱼小虾和谷糠玉米长大，再经老卤精心卤制而成，淋上麻油，香气诱人，入口皮酥肉嫩，滋味无穷。石磨豆花做得好不好，水质至关重要。来自西岭雪山的活水邂逅本地黄豆，幻化成一锅白嫩嫩的豆花，细嫩香甜，配上蘸碟，巴适得很。猪血、猪大肠，这些属于烹饪下脚料的食材，在新场人巧手调制下，华丽转身，成为一道令人垂涎的特色美味，在香喷喷、火辣辣间描绘出新场古镇的热烈。

说起古镇小吃就更多了，循着一股熟悉的臭豆腐味望去，街边一个小摊位围满了游客。臭豆腐气味浓烈，虽登不得大雅之堂，但偏有很多拥趸，它闻起来臭，吃起来香，蘸着椒盐，酥脆可口，麻辣鲜香。现做现卖的玉米煎饼，色泽金黄，香气四溢，掰一小块，细嚼下咽，自有一股清甜香润在唇齿间流连。还有萝卜干。萝卜切成细条晒干，不过伴以辣椒面、花椒面而已，竟出乎意料的好吃，咬起来"嘎吱嘎吱"，脆爽。

这便是古镇新场，民居与洋楼，泡桐与槐花，潺潺的流水与斑驳的墙垣……在长久的凝视中，古韵悠悠的新场焕发着明亮的生命之光。

22

新场是一种流传

◆ 曹礼芹

见我最近足不出户，有一要好的朋友推荐说，抽个时间去大邑新场逛逛。由于我孤陋寡闻，于是想，那么多地方，我为什么要去新场呢？恰恰因为这个疑问，自己借了一个周末时间去解惑。

在去之前，我还是习惯性地问了度娘，简单做了一个新场旅游攻略。新场古镇，始建于东汉末年，是茶马古道上的历史文化名镇之一，也是目前四川规模最大、保护完好的西蜀水乡古镇。奔流不息的邮江河穿镇而过，"小桥流水人家"的美景处处可见，被誉为"天府水乡"和"最后的川西坝子"。这么大的名头，自己现在才知道，确实需要自我检讨。好比故乡的山水风物，因为一直在熟悉的意识里，所以懒得看它一眼，殊不知在自己眼皮子底下，它早已声名鹤立。

去一个地方，寻古访幽，探问乡风民俗，大致是一个惯性。自认为越是陈旧的，甚至散发着霉味的，越是能够体现一个地方的历史人文厚度。而对于现存的，尤其是与我们同在进行时当中的人和事物，不可"近视"，也不可下意识地自觉地过滤掉。

慕名来到新场，自然对"古"尤其上心。随人流拜刘成勋故居、李氏古宅、九洞桥、朝川王宫、璧山寺、药师岩，还不忘用手机拍照留下足迹证明，再发个朋友圈晒晒。从抽象的文字中去具象地触摸延续的文化载体，加持了再去一次的愿望。

累了，放慢脚步，丈量古镇的乡韵，见悠然自得的摊贩，他们或靠在躺椅假寐，或坐在板凳上闲聊，间或有游人前来问询，他们便笑着与之攀谈，在每一寸的时光中享受宁静致远，由此我想到大邑文友的热情。大邑文学学会成立，邀请简阳作协老师参加，我有幸参与，不仅有大桌的美食，还有周到细致的接待，更带我们去参观了当地的一个著名景点，让第一次去大邑的我倍感亲切。后来，大邑的文友还专程到简阳，去葫芦坝，拜谒周克芹，真情满怀的祭文，毕恭毕敬的鞠躬，其真诚至今令我动容。这让我对大邑人有了更多的尊重，因而大致确认新场的历史丰富与热情的大邑人是息息相关的，更明了大邑为何会有令人向往的西岭雪山盛景和鹤鸣山道家的缘起。

乏了，找家茶馆，坐在小溪边，泡杯花茶，吹着轻柔的风，潺潺流水间摆摆龙门阵，细品"从前的日色很慢，车马和书信都很慢，一辈子只够做一件事，一生只够爱一个人"歌词中描绘的情景，在每一帧画面中沉浸道法自然，平静下来，开始反思冒冒失失地去那么多点位像走流程，形式大于内容，忘记了带心，空洞的眼睛无法发现美。

走着走着，聊着聊着，饿了，找寻美食的激励与慰藉，切回正题，赶忙去校验"想对一座地方有较为深入的了解，品尝当地特色美食肯定是少不了的"的真理。

其实，我们四川人是爱吃、好吃、懂吃、会吃、善吃的，据传早在2000多年前，蜀郡太守李冰率众修建了都江堰之后，原本旱涝无常的成都平原成为"水旱从人，不知饥馑，食无荒年"的"天府之国"。当川人解决了"吃饱"的问题之后，才有充足的时间、多余的精力、美好的心情来探索"吃好"的问题。事实告诉我们，"食不厌精，脍不厌细"并非孔子的专利，在四川，每个人都有这样的美食追求。近年来，川菜席卷全国，影响波及海外。"吃在中国，味在四川"几乎已经成了当代四川美食的文化标识。说句大话：就算是最一般的四川馆子，开在外省，也会成为一道门庭若市、趋之若鹜的"追吃"奇观。

来到新场古镇，肥肠血旺是必尝的。找了一家人声鼎沸的餐馆，点上店里的招牌菜。只见厨师将血旺从微沸的大铁锅里舀出，再加上熟肥肠节，淋上几勺红油辣子，撒上花椒面，加上酥黄豆、熟芝麻和葱花，一碗色香味俱全的肥肠血旺就做好了。端上桌，猴急地嗦上几口，味蕾的满足已没有词语去准确地描绘，惊叹简单的食材被当地人妙手生绝美。新场的美食，在给四面八方的客人定"胃"。

匆匆忙忙地赶去新场，又匆匆忙忙地回到生活、工作的地方，内心的波澜却晃动着美好的回忆，情不自禁，大概也是新场流传的形式，1年，10年，或许更久，久久流传。

23

水乡新场

宋 娇

春天的第一缕风唤醒了沉睡的西岭雪山。阳光初透，冰雪消融，化作邮江河的涓涓细流，穿山越岭，一路疾驰。直至途经新场，它才放缓脚步，将雪山的清冽晕染在古镇的眉眼之间。

一

古镇因水而"生"。

水是一切的开始。这个群山环绕的坝区，以水为聚，始建于东汉时期，最初只是一个小小集市，它的名字叫：清源。

后虽几易其名，几扩其市，但人们依水而居、依水而耕、依水而乐却不曾改变。水是他们生活的一部分，也是他们文化的一部分。

邮江，这条母亲河，带着雪山的问候，从北向南，缓缓流淌，将古镇轻轻揽入怀中。她以支流为笔，勾勒出古镇的轮廓，又在田野间绘制出一幅幅绿色的画卷。

为了灌溉农田和生活所需，新场先民修筑了三道堰河：头道堰分流古镇上游做农田灌溉；二道堰穿镇而过，给予居民生活之便，成为古镇景观的一部分；三道堰灌溉下游的农田。"水到渠成"，古镇内外"水网"发达，构筑起独特的川西坝子水乡格局。

古镇内民居建筑通过石桥、水巷、石板路、封火墙等建筑小品和构筑物的连接，形成一套完整的水乡建筑环境。

新场共有7街6巷，呈二纵二横井字形布局，皆为清代至民国的产物。它们分别是：下正街、上正街、太平正街、太平街、太平横街、香市街、河坝街、水巷子、张翼庙巷、谢家巷、猫市巷、桶市巷、上字库巷，名字中直接与水相关的便有河坝街和水巷子。

清晨，阳光将鲜活的树影花枝拓印在墙上，影随风动，光影斑驳。古镇的居民们开始忙碌起来，妇女们提着篮子去河边洗衣服，男人们则扛着锄头去田间劳作。孩子们在河边嬉戏，老人们在树荫下喝茶聊天，日子简单却有趣。

近年来，新场镇依托其川西坝子水乡特色，着力打造宜居宜游的川西风情书香街区。通过举办各种节庆活动以及建设特色文化街区等方式，新场正努力成为一个集传统与现代于一体的综合性文化旅游目的地。

在这里，你可以看到保存完好的明清古宅，感受穿越时空的古典美，也可以体验到新兴业态带来的便捷服务，还有丰富多彩的文化活动，如汉服巡街、舞狮灯、牛儿灯表演、读书会和周末乐队等。

二

古镇因水而"新"。

水乡新场，碧波荡漾。其得天独厚的区位优势，使它成为南方丝绸之路和茶马古道上的重要驿站。这里自古以来就是交通要冲，既是兵家必争之地，又是客商云集重镇，便免不了受战火波及。

虽然曾因战乱凋敝，但过去的繁华富足，给新场留下了数十平方米原汁原味的古建筑，也留下了原汁原味的原住民。

邮江水奔流不息，"逝者如斯夫，不舍昼夜"。邮江养育的新场儿女从不伤春悲秋，他们只着眼于当下，用勤劳的双手和智慧的头脑创造属于自己的未来。

康熙年间，市场重建，几经扩张，最终构成一条正街和河坝场等7条街巷的完整集镇。商贾云集，摊贩林立，木材、煤炭、茶叶、大米和杂粮等五

大市场的吞吐量极为壮观，人们称这一新建的市场叫"新场"。这也是"新场"这个名字在历史舞台上第一次登场。

水运和码头的发达，吸引了越来越多的外省客商在此汇聚，他们集资修建湖广馆、广东馆、陕西馆、江西馆等会馆，传教士也来此修建天主堂和福音堂，加之川王宫、璧山寺、财神庙、张爷庙、玉皇庙、马王庙等建筑陆续建成，为新场的持久繁荣奠定了坚实的基础。

"人声三里市，春夜一街灯"。

奔腾千年的邮江，从远山的怀抱中轻轻滑落，沿着岁月的脉络，蜿蜒流淌。它穿越古今，将千年间的热闹集市绵延到了今天，将经商基因和川西风度递送到了今天。穿城而过的支流，是绵延漫布的人间烟火，是未曾断绝的商脉悠悠。

这里有两首著名的民谣，一是"石人对石虎，银子万万五"，二是"大水冲出三千贯"，其商业之繁荣，奠定了"一新（新场）二唐（唐场）三灌口（现悦来镇）"的江湖地位。

新场人的眼中藏着与生俱来的商业敏锐，在街上你能看到5岁孩童提篮卖花，也能看到80老妪临街卖菜，还能看到老裁缝店、理发店、弹棉花店、竹编篾货店等几乎绝迹的老手艺人店铺。

随着互联网深入影响人们的生活，新一代新场人也在运用创新的思维和新媒体的力量拓宽他们的商业之路。这里有一家叫"邑新旺"的店铺，是其中的典型代表。他们专注于速热小火锅形式的肥肠血旺速食研发和推广，店主是个返乡创业的大学生，希望将这一口鲜香麻辣的家乡"下饭菜"变为可以带得走的"乡愁"，让新场滋味走向全国。

三

新场因水而"活"。

人类学家项飙在访谈节目《十三邀》里提到"附近的消失"，年轻一代对外卖App上的餐馆比楼下的真实小店更为熟悉。

城市中生活的人们越来越怀念邻里亲近的乡村生活，越来越渴望一种实在的社区归属感，致使"飘"在县城从不得已地妥协成为一种主动的选择。

但，他们希望的是一种摒弃脏乱无序沉疴的，同时又带着的声色气味的，经过治理与重构的，具有烟火气的新式街区。

水乡新场，符合他们的一切想象。这里既没有"脏乱差"，又保留真实生活状态与熟邻关系，有深厚的文化底蕴，同时能满足休闲、旅游、商业以及居住的多元需求。

绿色出行、低碳生活，为这里的新老居民创造了一个既保留原始生态特色又满足现代生活需求的理想居所。

张养浩在《山坡羊·一个犁牛半块田》中写道："草舍茅屋有几间，行也安然，待也安然。雨过天青驾小船，鱼在一边，酒在一边。"这样桃花源般有烟火气的生活，在新场只是日常。

住在新场，感受最原汁原味的川西生活。这里现有保存完好的清朝川西民居建筑20万余平方米，7条老街6条老巷子，是成都历史最悠久，且规模最大、保存最完好的古镇，也是历史文化名镇，被称为"最后的川西坝子"。

住在新场，吃是很重要的一个单元。食物要趁热品尝，人生要过好当下。

这里的每一道菜都离不开水的滋养。

新场古镇的水系发达，水的恩赐，使得新场的农田生机勃勃。丰收的季节，稻谷摇曳，蔬菜翠绿，果实累累。这些新鲜的农产品，成为了古镇美食的基石。

古镇的特色美食，如周血旺、汪豆花、麻油鸭子、炸油糕等，其独特风味都与新场的水有关。

以血旺为例，它的制作需要新鲜猪血，而猪血的新鲜度很大程度上取决于水质的好坏，这里清澈的河水保证了血旺的新鲜和美味。在外地吃血旺，总会觉得差点意思，其实差的就是一口鲜甜的邛江水。

住在新场，赶集是决不能错过的。每月1、4、7、10日，附近山乡的百姓都会挑着箩筐、背着背篓来这里挑选所需，交换物品。这是茶马古道上"千年不散的集市"。

新场的水是"活"的，住在新场，还有许多新奇好玩与古朴纯真的碰撞。

随笔 SUIBI

01

爱是昨夜的星辰

◆ 秦 唤

　　初夏的一个傍晚,我独自驱车一个多小时,来到大邑境内的新场古镇。进入清源坊时,已近9点,除了绕镇流淌的河水声,古镇一片宁静。在进入清源坊的一个临时停车场停好车,到了在携程上订好的民宿临江雅舍。

　　临河的一个宽大房间里,我打开行李箱,取出两罐青岛原浆啤酒,牛饮般喝了起来。然后,伫立窗前良久,凝望着窗下熠熠闪烁的灯光,一缕柔和的风悠然飘来……

　　微风吹拂,月影轻摇,掇满我难以平静的心房。星光点点,映照着我略显苍沧的脸庞。心底莫名传出一丝惆怅,那已然逝去的深情为谁寄?

　　天边的星星眨眼,明亮不足,却流露着点点幽思,淡淡的月光泻落在窗台上,倒映出如水般的思念。

　　曾经当年,我俩在这二堰河边牵手漫步,于夜色朦胧中,我深情地吻了你。你在我怀中娇喘着,微闭双眼许下诺言。本以为,我们将携手走完今后的路。却未曾想,你仅给了我半生缘。未了情,犹在咫尺。你和我,两个人,一座城,如隔千里。

　　夏末初秋,长发飘逸的你,有如一缕清风,飘然袭来,为这收获的季节,增添了一丝景色,又在冬初收获了爱情,并消融了早春的残雪,让我沉睡的心灵复苏,为我生命平添一抹绿意。又好似一场春雨,悄然洒落,滋润了我干涸的心田,让我枯萎的情感重新燃烧,为我平凡的日子平添了无限的思绪:生死契阔,与子相悦。我知道,这个世界上有个人是永远等着我的,不论何时,不论何地,我知道,总有这样一个人。

　　曾经,你在我怀中呢喃细语:"你就是我寻觅的那个人吗?"爱恋在悄悄爬上夜的枝头,说来就来了,来得这么突然,有点难以应付。喜欢你什么呢?或许是喜欢你那耐读的文字;或许是喜欢你的朴实。"身无彩凤双飞翼,心有灵犀一点通",或许只是你的一行诗,触动我内心深处,成为我爱你的理由?

　　在渺茫的尘世中能与你相遇,是我今生最美的遇见。缘分的花会开,思念的果会结，你就是我的天涯和海角。我想此生与你共赴天涯海角，一起相伴到老！请让我用芊芊的素手携着你那温润诗句，风雨同舟，挚手生命的永恒。

那一刻，我的心被你震撼，灵魂被你俘虏。你就是我今生无悔的爱、永远的执着！曾经沧桑的心，对你已种下千丝万缕的牵挂和惦念。从此，两心相依不离开，也相信你的心也不会离开。

"愿我如月，君似星，瘦影自怜秋水照，卿须怜我我怜卿"。不再年轻的心，有了难以抑制的冲动——那扇门被打开了，沿着迂回曲折的长廊，一份久违的感动和心动，渴求沉溺于一场精神的艳遇，期望能牵着你的手，在灵魂的世界飞翔。

在新场，我们逛遍了古镇的每一条街每一个巷，吃遍了镇上的周血旺、汪血旺、庹血旺和各种名号的麻油鸭以及卤菜、皮蛋、咸蛋、豆花、地木耳、清炒竹笋、粑粑菜等特色小食，也喝了太多的本地纯粮酿酒。

曾经的你，清纯率真，犹如透明的晶体，也像清澈的流水一般。邮江河上的廊桥上及附近的河滩，二堰河畔的竹林里，你身披婚纱紧偎着我，留下了一张张满是诗情画意的靓照。

然而，你走了。义无反顾、决绝地走了。情灭了，爱熄了，留下孤独的我。但，我对你的思念，犹如二堰河的流水永不停歇。

虽然，你终于背离了誓言并背叛了情感，但我说不清楚对你的感觉，没有所谓刻骨铭心的恨，残留着一点点情不自禁的留恋顾眷。

站在如诗似画的流动风景里，望着窗外河对面民宿小桥上闪烁的灯光，感觉月亮离得很近很近。一缕清凉的风吹过，淡淡的夜色笼罩着我，似乎看到你款款朝我走来，清秀的脸庞、深情的目光，向我无声地微笑着。

曾几何时，在看了电视连续剧《我的前半生》后，网上有人说："贺涵只是天上有，人间处处是白光……"事实果真如此？渣男无处不在，但占的比例毕竟是极少数吧！绝大多数的男人顶天立地，为了事业和家庭，任劳任怨承担着儿子、丈夫、父亲的道义和责任。不管是军人、老板、公务员、国企私企员工。在这个喧嚣浮华年代，男人们并不轻松。如果人间处处是白光之类，社会早就乱套了！白光虽然有，贺涵却更多……当然，每个人心中期待的标准不一样。兼具马云的财富，史泰龙的体格，施瓦辛格的健壮，克林顿的风度，靳东的帅气、睿智，只能是电脑合成。现实生活中，踏实过日子、默默为自己家人撑起一片天的男人，营造了多少平和温馨的家？其时，你说:"我最讨厌朝秦暮楚之人,也绝对是一旦爱上就会情定终身!"

却没想到,你是在用一颗敏感的心和善变的行为方式,来感悟我的悲伤,我的忧郁,我的愁苦。我忧郁悲恸的眼神被你读懂,你踌躇、徘徊、孤独的背影让我怜惜,疼爱,还有很是说不出的感觉……

一种相思两地愁,此情无计可消除。一种雅致的情怀在夜里懵懂着、悄然弥散,漫天的星光在诉说着缱绻的情愫,一个永世不老的传说……

朦胧幽静的夜,暗香在清新的空气中涌动。记忆中,仍是这个季节的那天夜里,依然是在新场的二堰河畔,你轻舞长裙,焦灼而含羞地期待着。我们彼此清澈的双眸对视,我心神翩若惊鸿。在这亦梦亦真的幻觉里,让我想起:其时,你我眉目传情,目光交汇的地方……

我想把迷离的目光收回,可那受伤的心,再也难以收回。只要懂得,天涯也不过咫尺;只要懂得,心就是温暖的。

远处,传来似有若无的歌声:爱是昨夜的星辰,已坠落,消失在遥远的星河……

02

古镇新场和父亲的四合院

♦ 沫 汐

出生于大邑,从小学一直到高中毕业我才离开。记忆中县城街道狭窄、老而陈旧,但商铺林立、热闹非凡。喧嚣的促销音乐,堪比20世纪改革开放之初,成都青年路的夜市和乡镇的赶场天,小贩拿着大话筒声嘶力竭地叫卖,妥妥的环境噪声污染……更加之街道两边占道停放着缴费的汽车,使得整个画面极为压抑。

弹指间10年过去,老县城的街道面容依旧,来往的行人和车辆,经过时都显缓慢。幸好,有了新城区的景观大道,有了斜江河畔的花簇和浓绿,河两岸新建的楼盘,特别是紧邻赛尚庄园酒店的滨河一号、政府大楼对面的人民广场等,都使得来过的人赞不绝口。

早年,我和同学们也曾到过新场。大学毕业参加工作后,也曾于盛夏之际呼朋唤友到新场纳凉。坐在水流缓慢的二堰河边,泡一杯10元钱的清茶,再来两碟瓜子、花生,漫无边际的闲聊,丝丝自然凉风吹来,会把炎热赶走，有极其舒适的感觉。工作后定居成都，回大邑的时间不多，到新场就更少了。

后来，得知新场已经成为AAAA级景区，便在心里想，啥时再去走走看看，可由于各种原因，终究还是没能成行。去年9月一个周四上午，父亲打来电话，要我驾车陪他和朋友到新场。正好那天没有太多事情，也正想到新场看看，于是欣然同意担任司机。把工作安排好，我驾车接上父亲和他的朋友，沿成温邛高速到王泗、新场出站口下站，再行驶几分钟便到了新场古镇的清源坊牌楼。

因为父亲此行目的是为镇上引荐投资项目，在县城开会的镇党委任书记指派了农业服务中心张主任在牌坊处和我们汇合。性情活跃开朗、语言表达能力极强、白中透红的苹果脸上随时洋溢着笑容的张主任，带着我们在古镇上漫步，看了刘成勋故居、名特食品周血旺、汪血旺老店和二堰河边的天主教堂。

在廊桥上，张主任指着河两岸的一些建筑群，介绍了县委、县政府对新场改造的规划，自豪地说："自古以来，就有'一新二唐三灌口'的说法。很早以前，新场就是大邑最繁华的场镇。虽然，这里没有大的企业入驻，商业氛围不浓，但正因为古朴的镇容、老街和山清水秀，吸引了无数的游客。近几年，镇上的民宿发展势头较好，每到周末和节假日，大大小小的民宿房间都被提前预订完了。很多时候，都是一房，甚至一座难求。"

快到中午时，走到二堰河东街天主教堂隔壁，看到有工人正在清理一个占地好几百平米的四合院，父亲带我们走了进去，指着楼上楼下说："这个院子不错，装修好了作为文化交流场所相当巴适。"

我点着头说："前临古街后靠河的院子，而且上下两层，既可住宿还可会议、餐饮。确实相当不错，要是能买下就好了。"

天色阴了下来，接着开始飘雨。张主任抬头看了看天，笑着对我们说："好像要下雨了，我们找个地方休息，喝点茶。"

父亲的朋友左顾右盼着，极为满意地说："这个古镇和洛带、安仁相比，少了很多商业气息，居住在这里能让人静心，确实是一个很好的地方。以后，有机会必须经常来。"

在一家叫锦府驿的民宿喝了一阵茶，父亲的另一位朋友胡叔叔赶到了。正好午饭时分，我们叫了几个古镇特色菜和几瓶西岭梅子酒，兴高采烈地喝开了。

饭后坐在河边喝茶时已经2点过，细雨变成了瓢泼大雨。在哗哗的雨声中，我们品着清茶，观看二堰河的流水和河两边雨中的景色，感到别有一番味道。

下午4点，雨停了以后，意犹未尽地起身离开新场时，我暗自在心里想：改日天气好时，一定要邀约朋友们到这里住上几天。

谁也没想到，半年后，一次全家人都到齐的晚宴上，父亲突然郑重宣布："我和朋友们共同投资，在新场租了一个四合院，装修和设备安装已接近尾声，欢迎各位有机会前往参观指导。"

"什么？你瞒着我们悄无声息地装了个四合院！"我感到极为震惊，睁大双眼看着父亲："你啥时开始启动这个项目的？难道上次带我到新场，就已经开始行动了？"

母亲插话道："你老爸一辈子都在折腾，都退休了还成天说自己只有48岁，跑那么远去搞个什么活动中心，我看纯属瞎搞！"

父亲脸露得意的笑容："做人的最高境界就是生命不息，拼搏不止！"

妹妹皮笑肉不笑地调侃道："还应加上写作、涂鸦和折腾不止。"

半个月后，四川文化网刊登了一则图文并茂的报道："四川文化网活动中心在大邑新场揭牌。"

由《中国新闻》杂志执行总编、四川文化网执行总编主持，四川文化网活动中心于1月30日在宇剑涛文化传播公司新场临江雅舍举行揭牌仪式暨文学艺术家走进新场采风座谈，邀请省、市文化艺术界领导及创作者走进古镇采风座谈，为新场发展建设支招，以微小说、散文、诗歌和短视频等多种形式宣传新场的景、新场的建设成就和地方土特产，并引进投资。

第二天恰好周末，我和爱人、母亲及妹妹一起驱车来到新场，凭记忆找到了半年多前父亲带我去过的那位于二堰河边的院子，发现院子和走廊、临街和靠河的大铺面，两个大包间及前后楼上的12个房间，不仅装修得相当漂亮，而且空调、配饰、床上用品和各种摆设，都可和主城区的大酒店相比。就连全部是现代设备的厨房，也相当漂亮。

特别吸人眼球的是：那种满了各种绿色植物和鲜花的小花园，流水慢慢浸出的幕墙、有着鲜活灵动鱼儿的半圆形水池里升腾的雾气，使小院平添了几分灵气。

看来，这个文化氛围极浓、被父亲命名为文化交流中心的四合院，投资绝对不低于300万元。我悄声问母亲："老人家是否把所有积蓄都投到这里了?"

母亲轻哼一声:"他哪来的这么多钱哟,或许是一些朋友共同投资,让他出面管理而已。"

我问父亲,为何要选择在新场搞这么一个有点像民宿的活动中心?他说:"我对新场优美的环境、原汁原味的古镇风貌、传统美食极有好感。你看这朦胧幽静的川西古镇,正街上老作坊石磨悠悠转动的声音,豆腐干、血旺的原味,本地特产纯粮老酒的醇香,在天地之间飘逸……朴实厚重的古镇、老街、石拱桥下时急时缓的清澈河水,两岸爬满藤蔓的土屋,微风中招展的民宿店招,到处可见慕名而来的游客在摄影,不正是一幅唯美的水墨画卷吗?还有,你听,远处传来那似有若无的粗犷山歌,河面拂来的清风,犹如在讲述远久的故事,轻吟岁月交替的沧桑。

父亲说:"除了宁静幽雅的环境,我更欣赏这个镇领导班子的务实作风,对近年来在县委、政府领导下奋力拼搏,着力于基础设施建设和品牌确立、招商引资、乡村振兴方面取得的成就大为赞赏。而且在这有山有水、3条河流并存环绕、空气清新、风景优美的古镇生活,呼朋唤友交流书画和文学创作,于我来讲,确实再合适不过。"

仰望着天空纯洁的蓝、游走的白云,我在心里暗忖:群山环抱的新场,蓝天白云下展现的自然美景,没有被商业化的这原味水乡古镇,确实算得上来了就想长久居住的地方。父亲很多年前就说过,待老了时,能在空气清新、山清水秀的地方,有一个可种花草能养鱼的四合院,写书、画画、喂鱼、伺花,呼朋唤友细品新茶老酒、吟诗填词,也算是最佳归宿哟。新场二堰河边的文化交流中心,正是父亲理想中的四合院。

03

冬日新场

✦ 闻 笔

漫天飞舞的雪花,是严酷冬季最浪漫的使者。有人说:没有雪的冬天,犹如一幅缺少灵魂的画作。当如同有着生命的小精灵一样的雪花,在天上灵动地飘逸、跳着,和着清风吹奏的旋律,千姿百态降落时,伸出手,接住一片雪花,看它像腼腆害羞的花瓣,在掌心里惊艳、躲闪,慢慢地融化成晶莹一滴，完结短暂生命的轨迹。

兔年最冷的季节，我几乎每天都要到新场古镇，二堰河东街的一处废弃10多年的四合院正在进行装修。几个朋友合作，欲利用这古香古色的老院，改建成一个可食、能宿，适合团建的活动中心。

十来个工人正在抓紧施工，原本定于元旦开业的计划，因为项目经理的管理等原因，被迫延迟后，我少有地发了脾气，要求其必须确保春节前竣工验收，否则，将毫不客气地请他们退场，同时按合同追究其违约责任。成天香烟叼在嘴上，衣服上满是灰尘，一副吊儿郎当做派的项目经理，听我板着脸一顿训斥后，开始紧张，厉声喝叫工人："一个二个抓紧进度哈，一周内如果不能完工，拿不到过年钱不要怪我！"

装修后期的扬尘特别严重，偌大的空间有时连人影都看不清，根本无法待久。我只好出得正门，沿老街慢慢朝河边走，既散步，也散心。在廊桥上，感到那风很猛，也很冷，很快就会全身由外到内都冻得受不了，必须立即下桥才行。不过，桥上的风虽然很猛并透心凉，但却能令人清醒，不再混浊。

走在冷风刺骨的河边绿道上，想起了之前应某杂志约稿写的一段话：愿在银装素裹的天地间，品味生命的返璞归真。在千山暮雪里，勾勒出黄昏沧桑的风景。在雪花纷飞中，抒发对山河故人的情韵。寒意渐浓中，可清醒看透风轻云淡的真理。在优雅中寻找安度，在深情中获得幸福。我们给不起这严酷的冬天任何承诺，却也无须明白生命轮回的因果，唯愿化作一片飞雪，融于苍茫天地滋润良田，以不负今生。

河边转了一大圈来到九洞桥，想起有关这座桥颇有历史的故事。相传：此位于新场镇下正街场尾顺河而建的桥，被称为川西独有的江源第一桥。桥头前距两丈远，置三道红石碑，成排竖立，高一丈，居中刻有5个大字"江原第一桥"，字体工整，左下位刻小字明洪武四年，两侧碑为序及捐助人姓名。因桥有9洞，时人简称九洞桥，又因该桥顺河而建，有少数人称顺河桥。人行桥上马行桥下，桥下有两洞因地势高，长年无水患成了乞丐生火煮饭、睡觉的安乐窝。

常有游人登山远眺，赞新场镇东有二堰河、西有邮江，是永不沉没的尖嘴船，浮在水面，场头场尾有塔两座，就像篙杆插固，九洞桥是船的踏板供人上下。走下九洞桥便是二堰河的岸边，古树参天，枝叶繁茂覆盖着满河的水，漏过的阳光照耀，映衬着碧水金波，荡漾灿烂，行人至此莫不留恋。

横跨的龙板桥头，屏墙上留着比方桌大的三字斗书"清源市"白底墨迹，颜体楷书宏伟工整，远处就能触目欣赏赞绝。连接就是魁星楼，建筑横跨街面，下设木栅门，晨开夜闭上锁保障安全。楼下设横匾，两旁有抱柱木质楹联，刻成竹合底，黑漆面填金字，技巧细腻，触目耀眼，联曰：清气接雾山，霞蔚云蒸，人文焕发；源头来邮江，地灵人杰，明哲挺生。

站在这座古老的桥上四下望去，虽正是滴水成冰的季节，但桥下两岸却并无凋零之感，那些或大或小，或粗壮或细小的树，其枝条上的叶依然是绿的，只是相对于春和夏、秋，其绿色更深了一些。冬日的时光，相对春绽放的静美、夏的火热和秋的浓郁，少了许多喧嚣和浮华，显得厚重徐缓。这个本应更多时间待在电脑旁的季节，一些莫名其妙的思想，在朝起暮落的指缝里，跌落成一种平淡、寂静和留声。喜欢轻轻依着时光的门楣，静静地看窗外季节交替中色彩的变化。在最寒冷时，立于古镇的老桥，期待着无声的风，吹去寒冷，把气温慢慢吹暖。那些墨绿的树叶一点点变成嫩绿，花，渐然绽开。慢慢地，将那些可轻啜、可如烈酒猛饮的沧桑或婉转的过往，细细密密织于时光里，亦可在岁月里，深情怀念。

家人和朋友，对远离市区这个冷清的古镇，没有太多记忆，也说不上有太好的印象，更对在这里搞集吃住娱于一身的小综合体大为反对。不仅因为这里根本没有什么人气，更重要的是需要投资300余万元。对于靠微薄工资收入积攒点散碎银子的退休人员，已经是举全家之力并需借贷的极致了。万一生意不尽如人意发生亏损，那完全有可能是一场灾难。

但，过了几十年都市生活，一直以来的愿望就是有一座四合院，有养鱼的池，有种满花草的花园，更有不管晴天雨日都可散步健身的走廊、临河的坝子。现在这正在装修的院子，不正是我一直苦苦寻找的吗？由是，不顾家人和亲朋好友的反对和质疑，我毅然决然签下了20年租期，和朋友合伙开始装修。

管他人怎么说、如何议论，也实在难以预测今后能否赚钱，什么时候能收回投资，为了几十年的梦想，大胆往前走吧。做人，只要守住自己的底线，无愧于心即可。日子的好与坏，全凭心情的把控。生活，需要的是质量。人生几十年，原本活得就是充满酸甜苦辣。已然退休，就得在余生努力，把未能实现的愿望实现，以无愧今生，无愧于心！

有人问：辛苦工作几十年，就那么点可怜的积蓄全部投了，万一你的院子亏损咋办？我答：时间在走，人也在走，一切都在向前移动。曾经辉煌的昨天再好，都无法回去。今天再苦再难，也需咬紧牙关加使劲朝前走。哪怕，知道明天可能会更苦，但也必须继续朝前行进。没有人能更改时间，让自己一直停留在过去。

普通人的一生，既有惊有险，也有苦有甜。人生，有顺有逆。无论怎样，都不要时刻把烦恼背负于身上。做不到的，尽力就好，走不通的，变道就行。这世间，没有什么过不去的坎，也没有什么放不下的事。慢慢地，时间久了，恩爱情仇都会成为过去。心态好了，一切都没关系。只要把握好时间和心态即可。既然，这个小院子的租赁合同已签，装修都快结束，开业在即，还有多愁善感的必要？日子，过的是心情；生活，要的是质量。除了自己，没有人能困扰你。无事心不空，有事心不乱，就能远离忧愁。大事心不畏，小事心不烦，人生就永葆笑颜。所有的愉悦、不快和烦恼，皆系于心，所有的不快乐，皆因执迷。心大了，事就变小了，放下了，人就不累了。心态若乐观，处处有晴天，就没有过不去的坎。心态若消极，时时有怨言，就无法解开心中的结。

人生一世，如草木一秋，总有凋零的时候，也有衰败的一天。能健康开心地活着就最好。无论日子怎样，开心就好，不管生活如何，知足就行！经营好心情，调整好心态，就拥有了生活的全部，美好的一切就在眼前，幸福必能长伴！

每个人的一生，写出来都是浸透着柴米油盐、细微、温暖或辛酸的故事。也许，在别人看来不够新奇和唯美，甚至不会用心铭记。唯有自己心里清楚，这一生中所有的经历，都是那么纯粹、从容。光阴如羽，草木轮回，每一件都曾清晰地走过记忆。像极了隆冬时节，寒风猎猎中，即使没有雪花飘落，在这历史悠久的古老小镇，看万里无云的蓝天下，整洁的青石板街道，静静流淌的河水和天边的山峦轮廓，我突然有了张开双臂对着天地高歌一曲的意愿，人生，排除一切干扰，走自己选定的路，就可称为完美……

04

怀念清源

◆ 燕子

淅沥的雨飘了好多天，可是到今天才想到应该写点什么。天上的云时明时暗，层叠变幻的万千景象，让我想起了古时所称的清源，现在的新场古镇。

第一次去新场是个雨天，中午时分，老天开始变脸，仅只一瞬，铺天盖地的瓢泼大雨伴随着雷鸣闪电，急急下降。

那雨真的好大，风更大。河两旁的手臂粗的树被吹得弯下了腰，生长在岸边堤坝上的野生绿植，在风雨中被连根拔起，吹到了流水湍急的二堰河中。

店家摆放在河栏上的一些五颜六色的盆花，因来不及收走，有好几盆被吹到了河中，在流水中漂浮着很快被冲得不见了踪影。

其时，我和朋友正坐在一家民宿摆在河堤上遮阳伞下的藤椅上喝茶，原本很大的伞，在这时根本无法遮风，更不能挡雨。

民宿老板撑着大伞把我们接进了屋子里，坐在临窗的卡座继续品茶时，我认真看着外面哗啦啦倾盆而下的雨，看着河里的水位快速上涨。

本以为，大雨来得猛，去得快，如此惊天动地的暴雨，应该很快就会停了。没想到，那雨却一直不停歇不减弱地持续下着。

实话说，虽然下雨会带来诸多不便。但洗却尘埃、荡涤污垢，还城市乡镇洁净的雨，我一直很喜欢。

到下午6点左右，雨终于停了。被暴雨清洗过的古镇老建筑和野生、栽养的绿植，浑身披着雨露，显得格外青绿艳丽。那些鲜艳的盆栽花，因花瓣和叶片上将跌未跌的雨珠而分外绚丽。

晚饭时，就着几个小炒和青椒拌皮蛋，喝了一点当地人自产的粮食酒，我兴致勃勃地拉了朋友一起去逛街。

傍晚时候，镇上少有人走动，平时那些坐在老街上揽生意卖草药的附近农家老太，都一路步履匆匆向那炊烟归去。像我们这样在雨天还在镇上闲逛的人是绝少的。

廊桥上的风吹在脸上，有丝丝凉意，却也让人神清气爽。我们沿着邮江河往上流走着，看着大片荒芜的河滩那些茂密的野蒿和不知名的野草、大大小小形状各异的石头，暗自在心里叹道："这生态环境如此好的河滩，要是能引进投资开发成亲水娱乐场地多好！"

夜里，又开始下雨，感到很冷，毕竟是4月天，这个平均气温低于成都的古镇，还处于乍暖还寒之际。我拥着凉寒听着风声，一页页翻读新场悠久的历史。半夜醒来，临窗依稀见得河对面的灯光，隔着雨滴被放大成一个又

一个的片段。

遇到烦心事之时，曾幻想，或许有一天可以到那古朴的老镇清修。可毕竟尘缘未了，怎么也放不开事世的忧扰。我想，我注定是个无缘静心的人。

第二天，我们驾车前往雾中山，登上接王寺时，浮云就在脚下了。那一节节蜿蜒而上的窄梯颇似求法之道，望去四下里尽是矮山、丛林和幻想的神灵、众生。

人类的智慧，是任何生灵都无可比拟的，他们创造自己的信仰和神灵甚至自己的梦。山是神圣的，山里的一切都是神圣的。我不敢猜度关于前世的臆想，在圣山和神的面前，我们是没有资格论道的凡人！

烟雨迷蒙的新场，带给我巨大的空旷感，如同走在成都主城区深夜的街道上，但却觉得每一步都很踏实。山路傍水幽然而上，累得直想坐下歇息时，真想问：清源源自哪座山，遥远到底有多远？

下午回到新场入住在二堰河边的临江雅舍，晚餐时我们点了一道"松茸炖鸡"，那是地道的海拔5000米大山深处的松茸和山里的土鸡。

随同店里的服务员去选购活鸡时，看到鸡贩子在河边悬着的铁笼子上方开了扇门，从笼子里抓出来的鸡，或许因为难得看见完整的天空，它轻声啼叫并夹杂满足的叹息。

小鸡或许和人一样，因为懂得等待的含义，因为懂得代价的意义。如果来得及，它也可能想知道什么时候的菜价足够买下它的躯体，从而使得灵魂飘升。

那鸡汤很鲜，鸡肉的味道很特别，可我莫名其妙觉得心情有一丝沉重。

晚上雨小了些，感觉风在河边穿梭，不时发出哀怨的鸣叫，我的心跟着紧缩。下楼去喝茶听雨。

一位文学大师曾说："梦是好的，否则钱是要紧的。"西岭雪山山涧的泉水奔流着，由上而下进入二堰河，带来碎石泥沙，又带走泥沙碎石。我似乎看到河北保定的老家，奶奶的老屋灶上一壶水烧得正沸……

清晨，雨滴折射着山那边的故事，色彩斑斓的层叠不穷。我在湿湿的路上行走，衡量一场雨与另一场雨之间的距离。

离开时，汽车冒雨行驶在高速公路上。我闭眼沉思：新场，被称为最后的川西坝子的老镇，让我在雨天有了来自心底的怀念。

05

古镇的"美人靠"

◆ 雷位卫

放下电话，萧逸尘把自己掷入软软的沙发里。

嘴里嘟囔着：妈妈真是越来越糊涂了，又叫我去寻宝。说什么外公新中国成立前在新场古镇藏了不少银圆，这个古镇我去都没去过，时间也过去几十年了，就算有，怎么找？

严重失眠一直困扰着她。早上睡着一会儿，又被电话吵醒，心里多了一份烦躁。萧逸尘几年前是导游，跑遍了祖国的名山大川。后来和人在云南投资了几家民宿，过上了"跷脚老板"的生活。但从繁忙的生活一下闲下来，却犯了失眠症，困扰了好几年。

春日的阳光从窗户射进来，把屋子照得金色通明。萧逸尘拿着平板电脑，屏幕里是最近很火爆的电视剧《清平乐》。电视剧里的宋仁宗，英俊、儒雅，让萧逸尘有很强的代入感。心里不由得想，要是自己的男友也有这么好，那该多好啊。可是男友现在恐怕已经飞到广州，在某个公司的会议室里，神采飞扬地讲着方案吧。

恍惚间，萧逸尘好像来到了一个川西古镇，坐在一座老房子的二楼，倚着长长的美人靠，悠闲地看着街面上。奇怪了，这街上人来人往，竟全都是民国时期的装束。萧逸尘心里说，可能是在拍民国故事片吧？自己刚不是在成都吗，怎么突然就来这里了？但是心里有个声音在告诉她，这里就是新场，是你外公、外婆的老家。萧逸尘努力地想，自己是怎么过来的，是坐车还是走路……街上好像在举行一个什么活动，一队年轻人走在街中间，身上挂着大红花，旁边的人都挥动着小旗子。萧逸尘看到，一面小旗子上写着"抗日救国"。她想，原来在拍抗日剧呢。这时，一个戴着大红花的年轻男子，抬头向萧逸尘看过来，还冲她一笑。萧逸尘心里一惊，这人竟是电视剧里看到的宋仁宗的模样。萧逸尘刚想站起来打招呼，却一下子惊醒了。

下午，就像一只吃桑叶吃得发亮的蚕，萧逸尘把自己包裹在厚厚的丝茧里，然后又咬破了丝茧，变成蛾子钻了出来。她感觉浑身有劲，这也是她几年来严重失眠后的第一个好觉。脑子里那个声音又响起来：出发，到新场古镇。

开着自己的新能源车，在成温邛高速上飞驰，两旁的川西田园风光，让这只"蛾子"兴奋不已。她哼着歌，心里很是后悔没有早点跑出来。她想，还是暂时不告诉妈妈，自己来新场了，要不然，她会逼着自己去挖什么宝贝，这几十年都过去了，影儿都没有的事，怎么挖？

萧逸尘还在小时候见过外公年轻时的照片，外公很英俊，做过米商，就在新场卖米，还参加过抗日队伍，打过日本鬼子呢。然而，新中国成立没多久，就去世了。萧逸尘心想，自己梦中出现的那个年轻人，是不是外公呢？看来自己也穿越了一把。

从王泗出口下高速，再开几公里就到了新场。这里看上去和其他古镇不太一样，街道上还保留着很古老的建筑，还保留着原住民的生活，不是那种没有原住民，看着生硬的仿古街。街边的店铺卖着各种生活用品，竹编的篮子、筐子、木头椅凳、水桶、铁锄、菜刀、各种衣物、背孩子的背带、草帽、斗笠……真是应有尽有。不像很多古镇那样，进街就会闻到臭豆腐的味道。萧逸尘特别恶心这个味道。因此，走进新场古镇之后，她感觉特别亲切。

古镇里，一条小河潺潺流过，河水清澈，仿佛带着雪山的凉意。在一座小桥边，萧逸尘看到了一座有着长长美人靠的木楼，很像自己梦中所见。旁边店铺林立，店招上写着"肥肠血旺""油麻鸭""新场腊肉香肠""新场挂面"……萧逸尘想都没想，就到了二楼，要了一杯清淡的盖碗茶，倚着美人靠，看着街道出神。

旁边一位白胡子老人，手里拿着一把折扇，对着萧逸尘微笑。萧逸尘向他点点头。老人说："小姑娘，这些木头栏杆有些年头了，虽然修理过，也要注意安全啊。"萧逸尘笑着说："大爷，我明白。"这一老一小就聊了起来。了解到老人是本地人，萧逸尘自然问到自己外公外婆的事，老人说，新场几十年来变化太大了，他今年快80岁，很多人和事都模糊了。萧逸尘想，外公走得早，外婆后来带着妈妈和舅舅迁到成都，这位老人不知道这些事是在情理之中。当说到外公藏宝的事，老人哈哈大笑说："那个年代，谁敢私藏这些东西哦！几十年了，新场的很多房子都进行了培修、改造，但从没听说过哪里挖出过宝贝来。不过我们新场古镇，本身就是宝，川西坝子里的珍宝呢，这是你的家乡，你可以好好感受一下你外公外婆当年的味道。"说完，老人把扇子打开，轻轻摇着，走下楼去，很有点仙风道骨的样子。

萧逸尘倚着美人靠，看街上人来人往：一家人在街上闲逛，一个四五岁的小姑娘手里拿着一枝鲜花，还指着路边摊子上的玩具，她的妈妈忙牵着离开；两个背着旅行包的老人在买茶叶，微笑着讨价还价；一对情侣在调笑，一会儿，男生背着女生，往河边走去……心里想着昨晚的梦，萧逸尘心里对自己说，我要看看，有没有那位像扮演宋仁宗的人，要是男友在身边，会不会也背着自己在古镇这么放纵地玩耍呢？一时间，她想得出神了，仿佛自己和男友真的在古镇的街道上奔跑、嬉闹。

天色渐晚，街边的红灯笼和店铺的灯都亮起来。萧逸尘眼睛也花了，肚子也饿了，这才快快地走下楼去。

在楼下的肥肠血旺店，萧逸尘点了一个小份，慢慢品尝。肥肠的软糯和血旺的娇嫩，让她回味很久，一连吃了两大碗饭——这在平时是不可能的。

她漫步在新场古镇的街上，感觉两旁的建筑和人都那么亲切，就像自己曾经长时间在这里生活过。萧逸尘耳边响起那位老人的话，也许这座美丽宁静的古镇，才是心心念念的宝藏吧。夜色已深，她选择了二堰河边的一个四合院里的民宿住下。干净、清爽的房间，让她这个有点轻微洁癖的人也无可挑剔。这一夜，枕着二堰河潺潺的水声，一梦香甜，她沉沉地融进古镇的夜里，哪有一点失眠症的影子。一觉醒来，已是第二天早上10点。

在新场一住就是3天，萧逸尘每天都睡得非常香甜。第四天上午，她醒来之后，拿起手机，给妈妈和男友都打了电话：新场治好了她的失眠，她决定了，要在新场开一家民宿，长期住在这里。二楼上，要装一排长长的美人靠！

06

新场民宿

◆ 沫 汐

世界越大，足迹越远，有旅人的地方自然就有客栈。记忆里常常闪现大漠深处欧阳锋那间"专门替人解决麻烦"的小店，他总说有人的地方，就会有麻烦，有麻烦的地方就会有他欧阳锋。

客栈，供行旅之人休息住宿的处所。古时称"客舍"，近代俗称"客栈"，现在呢大多叫饭店、酒店、旅馆，近年来新的叫法是"民宿"。

古时，广义上的客栈是非营利的，如国家修建设置的馆、驿、亭、传和寺院道观所设的山房、知客寮以及郡县设京师的郡邸、商人行会的会馆、公所、公会等。营利为目的的，如民营的客舍、旅馆、车马大店、鸡毛小

店等。

其他服务项目兼停宿的，如商贸服务的邸店、行栈，观光疗养服务的旅行社、度假村、民俗村等。

客栈源起于何时？是个很难考证和回答的问题。因为有确切纪年的历史，只记到公元前841年，再往前的史实记述很少，即使有，也只能是"传说"或者"相传"。最早的逆旅，大概出现在尧。晋朝有个当过河阳令、著作郎、给事黄门侍郎等官的潘岳，在他的《上客舍议》中说，古文献上有记载尧时的隐士许由，在拒绝唐尧令他摄位治理天下时，留宿在民间客舍："谨案客舍逆旅之设，其所由来远矣……语曰，'许由辞帝尧之命，而舍于逆旅'。"这位曾做过编纂国史之官——著作郎的潘岳，肯定接触过大量古代典籍，其所言逆旅起于尧时，应是有些许历史依据的吧。

唐尧逆旅经历了候馆俨然、私馆悠然的夏商周，亭馆林林、客舍青青的汉魏六朝，邸店总总、私驿欣欣的唐宋元，公馆依然、会馆风行的明清的漫长的演变，直到20世纪80年代，才有了真正现代化饭店的崛起。1978年开始，中国实行改革开放的政策，有力促进了经济发展，旅游业发展，饭店供不应求的问题日益严重。中央和地方将一批接待国宾或国家领导人的宾馆和高级招待所改作接待外宾，比如北京的钓鱼台国宾馆、上海的西郊饭店、杭州的西湖宾馆、广州的南湖宾馆等。引进外资兴建旅游饭店，比如北京的长城饭店和建国饭店。同时，一大批老宾馆装修扩建，增加设施，加强管理，比如北京的北京饭店和广州的东方宾馆等。

进入20世纪90年代，饭店业仍处于逐年增长趋势。出现了国有饭店、股份制饭店、私营饭店、联营饭店等，服务功能上也在过去的餐饮、寓住、商务的基础上增加了娱乐、健身、购物、通信、交通等。

古时的客栈多建在道旁、码头边和城市中心。这一建置区位的形成，是与人类社会活动紧密相关，与交通工具发展状况相互联系的。随着社会生活的变化，机械的交通工具结束了"乘马服牛"的历史，也改变了客栈建置的区位。近世的客栈多建在城市和风景名胜区，交通干线旁已少有客栈。

古代的客栈建筑，北方多用土石，南方多用竹木。建筑样式则以平房为主，亭、台、堂、廊、阁、室、舍、厩建筑齐全，回廊环绕、小桥流水、竹树滴翠、台阶宽阔的庭院模式。西周时开始有楼式建筑，但在古代客栈馆舍中不是主流，并且只供观望之用，不可住人。现代的饭店旅馆，以楼房为主，材料多为钢筋水泥，建筑设计风格多样，有摩天大楼式、别墅式、花园式、仿古式等。辅助设施十分齐全，游泳池、高尔夫球场、豪华餐厅、观光电梯、商场、游艺厅、健身房、舞厅等。

如果要问旅宿客栈的都是哪些人？可以肯定地回答：工、农、商、学、兵。

这各色人等入住客栈，吃、住、娱乐，享受有形设备、空间和无形的服务。这样，便产生客栈这个小环境对客人的语言行为上的影响，加之社会公德的遵循、优良行旅生活经验的交流，长此以往，民众约定认同，便逐渐形成了旅宿的种种习俗。

中国民族众多，土地辽阔，历史悠久，历朝代的客栈可谓是林林总总、千姿百态。应该说，客栈习俗是中国文化的一部分，与中国文化一样有个历史发展过程，又具有较强的包容性与持续性，也与其他行业一样，由粗陋而渐为精细规范，到汲取别业、别国的优秀之风，螺旋上升，终至完美。

旅程漫漫，旅人匆匆，小小一方店铺，足可以为旅行者解决所有的"麻烦"。

新场古镇的客栈，源于什么年代，我无从考究。但，环绕整个镇子的二堰河两岸，有着太多的客栈或民宿。在这些林林总总的民宿或客栈中，有的规模大可容几十甚至上百人食宿，有的仅有几间简陋的房间。

有些民宿或客栈不仅装修得颇为现代新潮，还配有空调、机麻和电视，甚至有可以即兴演唱的卡拉OK设备。

不论规模大小的客栈或民宿，大都有一个共同点，就是在门外紧靠着河的空坝上，都支撑有遮风挡雨的大伞，摆放着供客人品茶聊天的藤椅和小方桌。住店的游客，也大多喜欢在河边品茶、读书或闲聊。

07

在新场，遇见木心

♣ 朱晓剑

艺术家、作家木心在成都得到很好的传播。1月14日，我来到大邑县新场古镇，意外地看到"塔中之塔：木心先生文化主题空间"在这里亮相。

走进这个空间，可看到与木心系统的展陈，有图片、书籍、艺术品，立体地呈现出木心的一生。走进来，仿佛置身于木心的世界。

这样的文化空间在新场出现,并不是偶然的,倒是由此可见,木心文化在成都的流布情况。此前,"塔中之塔"主理人鹤无粮,在水碾河的第三大街美术馆建了一个艺术空间,规模有些小,展陈的内容也不是特别丰富。

对于木心的认知,可能有这样那样的故事,但对于其作品的喜爱,早已有之。据说现在的粉丝超过10万之多。他们以各种方式传播着木心的精神。"塔中之塔"是其中的集大成者。鹤无粮也从事这一领域数年,说起木心的种种故事,如数家珍。这让人想起杭州徐志摩纪念馆馆长罗烈泓对徐志摩的热爱。

说起与木心有关的图书,我也曾撰写文字,被收录进夏春锦主编的《爱木心》当中。我在《木心的探索》里说,阅读木心及其作品"需要有一个缓慢的过程",只是近年来,阅读木心的次数少了,读与其相关的作品也少了,尽管如此,对木心的了解还算是有一些的。

然而,走进这个文化空间,却发现自己的了解只是其中的一部分。

一行人在这里走走看看,听一听介绍,也是极为雅致的事情。在"塔中之塔"的后面,有谢季筠书写的匾额,更有一副木心撰写的对联:羡君辛弃疾张之洞中熊十力,愧我霍去病齐如山外马一浮。对联中有6位历史人物:辛弃疾、张之洞、熊十力、霍去病、齐如山、马一浮,由此可看出木心的家国情怀和对传统文化的认知。

对一个历史文化名人的尊重,就是研究、阅读他的作品,"塔中之塔"对木心的研究、展陈,提供了一种方式。

因为时间关系,这次的走访,虽然匆忙,但收获蛮多。

新场古镇,是有意思的文化场镇。作家且志宇就出生在这个古镇。这里早在10年前,就有三加二读书会入驻,这也是我每年到访新场古镇的理由。因为木心,这以后,到新场就多了一条理由。

08

李家大院的前世今生

◆ 博 宇

在大邑县新场镇,有一个名气极大的老宅,被当地人称为李家大院或李氏古宅。此宅坐落新场古镇上正街十字口,建于1921年。两向正街铺面4

间，侧面香市街铺面7间，砖木结构，建筑华丽，翘角粉墙，檐柱雕花，院内屋檐有二十四孝图，铺面塑花鸟图案、码头风光等。据说古宅原主人为曾松廷，因连遭3次火灾后家业衰败，自感此地于他不利，遂卖出地段，由当地乡绅李怀芬购得。

大地主李怀芬购得此地段后，于1921年兴建此宅。此宅的兴建极尽铺张，聘名泥工张文山师父掌脉，到处延请名工巧匠，设计构图，如正街铺面吊脚楼是按当时成都锦华街样式设计的，选用上好材料（曾为两根柱头跑遍一座山），历时4年多时间，直至1925年方才竣工。据传，当时泥工中许多专事捏泥巴的学徒学了3年才出师，可想当时工匠对古建筑精雕细刻的要求之高。

该建筑北临上正街，东临香市街。西、南两面全用封火山墙与其他房屋隔断。因为当时的条件和技术手段等原因，导致建筑面积较大，当地人称其为李家大院。

李家大院的建筑设计，受广东建筑的影响，有明显的欧式风格。虽修建者是当地临时请的一些建筑工人，但设计者是谁，由于年代久远，已经无从考证。

据分析，该房屋的设计者，很有可能是从国外留学归来的人，或是在中国沿海接受了外国设计思想熏陶的设计师。由于欧式的设计在当时的内地很少见，当地地主采用这种独特的风格，也是为了显示自己的与众不同。

大院在北立面上有四开间，分为上下两层，采用券柱式的建筑法。下层是柱廊，上层是阳台。拱通过一些白菜样式的装饰落在圆形柱上。出于种种原因，在圆形柱外，用砖加砌了一层，使圆柱变成了现在的方柱。拱上的雕刻花纹十分精细美观，每个拱上的雕花都不相同。每个开间的阳台上有尖拱、圆拱的高窗5个，在出入阳台的门的两侧也有带拱的窗户。阳台上方有被隐藏在屋檐后的木制拱和造型独特的拱座，每个开间的阳台之间有木制的隔断，隔断上的装饰富丽堂皇，各不相同。

整体采用中国传统建筑的风格，在东立面上有七开间，每个开间都用木隔板将建筑与外部隔开。估计是位于东立面的香市街当时并不繁荣，来往的人也不多，所以房屋装饰比较简单，没有能很好地表现地主大爷的气势，但是其房屋的装饰，较之其他房屋要好得多。

李家大院建成后，李怀芬将其赠送给他的女婿周弟和，自己却回到李家牌坊附近的旧宅居住。自此，周弟和一家在此居住，一直到新中国成立。

新中国成立后，李家大院被政府没收交外贸公司使用。1953年到1956年间，公私合营后，李家大院由政府再次接管，分配给镇供销社使用至1957年底。

1958年的运动中，李家大院被改作公共食堂使用。1961年公共食堂解散后，李家大院再次分配给供销社使用。

2000年，镇供销社经请示上级同意，将李家大院分成几块，卖给当地人户。自此，这家院子成了几家人的私有财产。

后来，李家大院成为县文旅集团的资产，被改建成了大邑传统工艺新场展示馆，里面包含了茶饮、土特产、日用、工艺品销售等内容。再后来，因为年代久远，李家大院成了危房，被打围保护起来，因为各种原因至今没有修复开放。

09

寻香品茗闻茶香　佳肴美酒在临江

——走进临江雅舍

✦ 娟　子

这是一个有着悠久历史的老镇，进入古镇清源坊的大门，沿河边向上行走50米，在临河国内最袖珍的天主教堂隔壁，宇剑涛文化传播有限公司携四川文化网、成都市微微型小说学会，在西南重镇成都郊县大邑新场，竖起了"临江雅舍"的旗帜。走进临江雅舍，你会有意外的惊喜。

在这里，你可以听到似有若无的美妙音乐，可以品饮到来自神州大地的茶中极品，可以观赏到天府之国顶级茶艺表演，还可以零距离接触文学、书法书画界名流，在观景花园的走廊上从事书画、书法创作。

在这里，你还能品尝到一般餐馆难以见到的以茶入菜的一系列佳肴。

有关茶的来源和茶在人世演绎的故事，亘古以来就有着无数美不胜收、令人产生出无限遐想的描绘和传说，先古前人赞茶为："草木之仙骨""山川至灵之卉，天地始之气，尽此茶矣"。张载有诗："芳茶冠六清，溢味播九区；人生苟安乐，兹土聊可娱。"

甘露芳泽，蕴天地精气、得日月精华的茶，自神农于中毒之际发现后，历经数千年采摘制作，很早便成了令历代朝野上下、君王重臣、文人墨客，甚至普通人众沉溺其中、嗜爱成风的不可或缺之物。

曾有嗜茶成癖的一代君主赵佶，专门撰有茶论《大观茶论》，并在宫廷以茶宴请群臣，亲自动手烹茗，兴之所至还展露茶艺绝招，言及当朝饮风，谓之："采择之精，制作之工，品第之胜，烹点之妙，莫不咸造其极。"文人墨客，更是为爱清香，欣同知己。品啜之余，骋以清淡，出以棋画，意气风发。颜真卿有诗曰："泛花邀坐客，代饮引情言。"则是佐证。

《红楼梦》里说到妙玉集得梅兰时节的雪水，以雪水烹茶宴请宝钗、黛玉时，曾讥笑宝玉"岂不闻一杯为品，二杯即是解渴，三杯便是饮驴？"可见以茶汤为饮，目的在于品鉴，重意趣，而轻功用。而且所谓品饮过程有其定法，置器、择水、取火、烫壶、洗茶、辩汤、闻香等环节，都要做到至善至雅。唐人陆羽，曾为禅院煮茶，做杂务，后游历河南、四川等地，隐居后潜心读书，著《茶经》一书，不仅制定品赏烹饮的规则，还鉴载品格等次。宋人还以分茶、斗茶等趣味性的品鉴游戏代表了古代烹饮艺术的水准。茶艺之道流传迄今，已流派纷呈，硕果累累。

与源远流长的茶艺相比，茶膳的历史和发展相对细弱，由古传承至今的茶菜并不多。以茶入肴，显然不是饕餮主食，而是无比精美的工艺菜品。一般粗野之人，不会有那雅兴品尝茶菜，就因为茶中极品入肴之后，已使得让人胃口大开的菜品有了一个质的提升，吃茶菜，讲究的是一个品字。

茶菜的精髓在于：丰厚的中国饮食文化和茶文化融为一体，并以低度醇和的茶酒，取代麻醉神经的白酒、令人有肚皮长大之忧的啤酒。豪饮无度之酒能乱性，举茶抑酒，荡涤心智，可谓避"凶"趋"吉"。加之豪筵暴食，吃得杯盘狼藉，也是不雅。

而茶菜品性清淡，清和隽永，远腥膻，避荤腻，在有礼有节的举杯投箸中，能吃出健康和雅趣来。茶膳与茶饮有机结合，融会贯通，构成了中国茶文化中独特的靓景。邀三五至交，步入古朴典雅的临江雅舍，听着犹如天边飘来的古典音乐，品一杯入口生津的甘露，就着淡淡清香的茶酒，慢慢品尝茶肴与传统菜系的不同之处和相同之处。茶膳加茶饮，茶饮合茶膳，饮食人生，焉不美哉！

天府之国素以美食之都享誉全球，成都的传统名特美食具有源远流长的历史，随着改革开放的纵深推进，食在成都的口号越来越响。近年来，全国各地的名食，以及国外的各式各样精美食府纷纷抢滩蓉城，使得成都本地人和有幸到过成都的人，大大饱了一番口福。

在林林总总、足以使成都人引为骄傲的餐馆中，今年4月，以血旺和麻油鸭等传统美食闻名的大邑新场镇，新开张了一家兼具培训、创作、团建、小型会议和住宿、餐饮，特色独具的文化交流中心——临江雅舍。

这里不仅可以即兴作画，还有可能享用雅舍作家主人亲自下厨烹饪的秘制私房菜鱼系列。那绝无仅有的独特味道，是在大都市高档餐馆里也难以享用到的！

新场古镇二堰河东街61号至65号，异军突起的临江雅舍，已经被越来越多的人所关注，其别具一格的格调和经营模式，既让业界人士感到惊奇，还使更多的人知道了"碧潭飘雪鱼头豆腐汤"和其系列秘制茶和鱼融合所成的佳肴。

临江雅舍后门宽敞的堤坝上，从早到晚坐满了喝茶的游客，那清绿淡香的茶，伴陪着一个个悠闲的下午，直到日暮炊烟升腾时，他们方依依不舍起身步入院内，叫来颇有特色的私房菜，就着一壶老酒慢酌细品至微醉，回到二楼的民宿江景房，赏窗外明月，享晚风轻拂，泡一杯普洱茶，轻轻啜饮，岂是醉和爽能形容得了的。

随着川内一大群文学界知名人士的光临，随着在国内声名显赫的书法、书画界秦斗的一批批前来。位于偏僻古镇水乡的临江雅舍，一个人们不太熟悉的名字，开始引起文人学士和高层人士的注意。

10

在璧山寺喝一盏茶

王玉梅

春日午后，在璧山寺喝一盏茶。青花瓷盖碗轻轻一揭，茶香淡淡入鼻，茶水清清润口，一芽一叶，似浮似沉，栩栩如生。济辉住持说："这茶叶，昨天还在枝头呢。"原来是昨天清晨，居士上山采摘，送回寺庙后，师父们连夜精心制作的新茶。我们有口福了。庞总不住点头称赞：干净！济辉住持继续介绍道："这是雾中山的茶叶，没有任何的人工管理，天然野生。居士们采茶前，沐浴，不沾荤腥，不喝酒，不吸烟……"住持娓娓道来，茶师缓缓续水，茶汤深入浅出，如春的青绿。茶味不湿不燥，不苦不涩，入喉即有丝丝的甘甜，淡淡的茶气令你满口生起不浓不淡的豆香，且持久地在口中回旋。"用一颗干净的心做出来的茶自然干净。"我们同时发出感慨。做茶也是一种修行的方式，俗人喝茶时，也需有冬雪般清净的心，才能与茶对话，与自然对话，感受到它的奇妙，也更能感受璧山寺的奇妙。

璧山寺在县西24里新场古镇上正街，古镇原名清源。群山环绕，数江川流，古建鳞次，新貌丕焕，地连邛崃，自古以来就有"一新二唐三灌口"的说法，还被称为"小香港"。可以想象这里曾经的繁华，也可得见古镇曾在大邑商贸中的位置。它又是县中儒释道三教合一、三教同源文化传承的胜地。据资料记载，古镇内的璧山庙建于明朝末年，为新场商贾毕朋成等为了纪念李万春而修，庙内供奉清官李万春夫妇塑像。

既然是为某清官而修，为何不以清官之名为寺庙名呢？为何寺庙又以重庆的璧山县（今重庆市璧山区）为名呢？

相传，李万春，四川资中县人，生于明朝末年，高中"榜眼"，后任重庆市璧山县令。李县令在任期间，千方百计革除旧弊，减轻苛赋，发展经济，在他的治理下，县富民强，商业繁荣。其时，新场商贾在此经商的比较多，且也多受其惠，因以致富，心中自然对李县令感激不尽。后来，李县令为抓抢劫马帮的棒客，遭陷害，被诬告结党谋反。为了自证清白，他带着一家老小投江殒命。新场商贾闻讯后，既感恩于李县令，又敬仰其公正廉洁，回乡建庙——"璧山庙"以奉供，此庙又被当地人称为"感恩寺"。

"璧山寺"的来历，有它深远的意义。我们在这个故事里，看到的不只是新场商贾的"滴水之恩，当涌泉相报"的情怀，不只是百姓对清正廉明的敬仰，还看到了一种去"我执"的博大无私的爱。至今，新场人的知恩与仗义仍被传为佳话。

据资料记载，2008年元月，县宗教局应镇民之请，获上级主管部门批准任高堂寺释济辉为璧山寺住持，弘扬佛教文化。汶川大地震，璧山寺波及受损，合寺僧众团结一心，得到政府大力支持和信士乐心捐助，制定灾后重建规划，最后新建面阔五间800余平方米大雄宝殿。后又继建自成特色的山门，观音殿以及客堂、观堂僧寮等。全国著名高僧一诚、惟贤和尚分别撰联题额，为远近信士、游客营造一所寄托信仰、传承文化交流、促进经济繁荣的宗教场所。

新建的璧山寺屋檐翘角，金字题词，殿堂宏伟，自然不必多说。

最值得一提的是济辉住持的别具匠心的建筑设计——无门即法门的方便

众生管理理念，无论走到哪个角落，都可以感受到它的温暖。

寺庙没有院墙，游人可自由在寺中休憩、喝茶，居士在寺中修行参禅，完全没有阻隔。世俗与清修融为一体，又互不干扰。一条清澈的小渠穿寺而过，连接金钟、法鼓两座楼。楼下，准备了很多舒适的椅子提供给游人休息。

形似莲花的多肉给寺庙增添了许多自然的生趣和欢喜。我喜欢渠边那条小船，上面载着千姿百态的多肉：观音莲、子持莲华、千佛手、佛头玉、黑法师……还有许多叫不出名字的，说不出颜色的。海登师父说，每到6月，池中莲花盛开，虽未亲眼所见，忽然让我想起这么一段话："夫莲花者，花中君子之翘楚，清雅脱俗，出淤泥而不染，其香远溢，雅韵飘荡……莲花出淤泥，清香自开放。佛道无尘染，心性纯净光。"莲花"濯清涟而不妖"的纯净芳香。是呀，莲的美丽与纯洁，也象征着佛教中的一些重要概念，代表了佛的广爱博施，广结善缘，住持的用心可见。自古以来，似莲花的清官也数不胜数。比如："爱民似水丹心照，执法如山明镜悬"的海瑞，比如："些小吾曹州县吏，一枝一叶总关情"的郑板桥，比如："东坡处处筑苏堤"、重庆璧山县李万春……这满满一船的"莲"，不也是众生的企盼与祝福吗？登海师父之说，"见花草，让众生心生欢喜""心如莲花来，禅定无烦恼"是寺庙修行人对众生的感恩。

很多寺庙选址非常讲究，通常选于山脚、林深处、水源附近或风景秀丽的地方，这样既能创造出宁静祥和的氛围，又便于信徒进行宗教活动。同时，高高的院墙与红尘隔绝，更有利于修行者和香客的冥想与静修。而璧山寺却建在古镇上正街，没有参天古木的掩映，设计者的巧思妙想——寺庙中的每一尊佛像都是用名贵木材雕刻的，完美弥补了地处闹市所缺少的宁静之气。这种美，既有木的质朴，又有雕的精美；既有佛的庄严，又有人的温度。一尊尊佛像栩栩如生，双目低垂，俯视众生，神态安详，法相庄严。经雕刻家之手，赋予了他慈悲的灵魂，精湛的雕刻技艺令人叫绝。紫檀、沉香、金丝楠、红豆杉等木质发出的淡淡的清香，顿使人心生宁静。

我在璧山寺喝一盏茶，融天地、自然、众生之味。我不禁问：是水改变了茶，还是茶改变了水？

11

故俗依稀，画梦重回

——读戴树良新场镇老川西民俗画随感

◆ 曾策

犹如开启一段尘封的记忆，很久以前的川西坝子故俗风情就此回放展开，这酩醉似酒的陈酿感觉让笔者有些飘然，也有些怅然，还有一种时空轮回般的真实自然。

如果要再回到从前，看看戴树良先生创作的新场镇川西坝子民俗画卷，当不失为一条捷径，对那些有沧桑记忆的故人而言，这是思恋故土岁月的情感体验，谓之："故乡难离、故情难消、故人难忘、故俗难返"，大有时光意趣和时代意义！

为传达人们心中对如烟往事的真切眷念，画家描述了那即将逝去和已经逝去的新场镇老川西民俗故事，真实地再现那一幕幕至今令人回味的故旧场景记忆画面。

其笔下的川西坝民俗画风格鲜明，极具古镇情调与民间特色，时代背景为百年民俗，多以晚清民国到新中国成立初期的川西坝子老少爷们的祥和场景为切入画面，再配上方言土语落款点题，表现出"大雅入大俗"的古韵乡风。

其笔法精炼到精简，作品易懂易读且耐品耐看，这平实民俗的绘画语言直入观者心灵，行家一望便知其气象，可自然识别和随意立派，也可以让不同文化层次的观者接受并喜欢，此系列作品无论在哪里，观众仅凭印象就能说："这是戴老师的川西坝民俗画噻。"那朴素本真的笔墨构成了一个个生灵活现、惟妙惟肖的故事场景，以致情景交融下的笔者都有了梦回从前的童心体验。新场古镇的老人们感言：画的都是我们小时候的耍事，看了安逸；而年轻人则说：这是故乡的历史记录，看了一辈子都忘不了！

中国画笔墨为先，民俗题材更离不开画家对笔墨运用的辅呈，其深厚功底往往离不开岁月的修炼，从笔墨精纯到精彩难以玩玄弄巧，唯有硬功夫才能成就，画家凭书法底蕴直入文人画趣，为深入创作，大量查阅文献史料、研究残图旧照，并多次到新场古镇周边实地写生，就这样，构图饱满起来，墨彩也生动细腻起来，人物表现也尽显童心灿烂之美。

画家看似漫笔切入，实为匠心独运，感时墨饱韵厚，灵则意畅神清，大有一气呵成之势和画龙点睛之妙；品之点、线、面笔笔相随，细处神、彩、意息息相关，此功力火候非经久历年难为，同行一看便知其精髓，爱家一看就回到了从前。

在主题表述上，画家将自然的人文情怀铺呈画间，用民风古韵提升画面，用心灵描绘那些即将被淡忘的新场镇老民俗细节，誊写那个时期的乡绅茶客、堂馆艺人和稚趣童真，还有川西坝子街头宅落的日常生活，将逝去的历史片段和过往的记忆点滴串连复活，令人不禁感慨：时光如流水，故俗入梦来。

画幅慢慢深入到人们的情感领地，如歌在云："乡情最真，乡风最纯，乡谣最美。"充分诠释了人心向往的真、善、美图腾，故具有积极向上和返璞归真的跨时代的意义。

民族的就是世界的，川西民俗也是中华文明的传统，古之有云："俗生大雅、雅俗共赏"，由于此绘画题材内涵太丰富，令许多业界名家都在画，但画得如此专业、如此深入、如此系统的唯戴树良先生一人而已，这并不是说他超越了古今民俗绘画的大师们，而是他这份执着倾注的丰绘成果已立于当代中国民俗画坛之上，其新场古镇川西坝子民俗画系列就是这样。

12

大邑新场需要大力宣传

徐海涛

提起新场古镇，成都大多数人都会想起血旺，成都人说到吃，那是一个热爱啊，用一句成都的俗语土话来说，"屁儿上都是劲"。

其实新场除了美食，还有一个金字招牌，一般人都没有注意。

就连新场本地人都没有很好地利用这个金字招牌。这个金字招牌就是，新场是国家级的历史文化名镇。

这块金字招牌是由国家住房和城乡建设部与国家文物局联合颁发的。

第一批国家级的历史文化名镇是在2003年开始颁发的，只有10个，四川省居然一个都没有，更不用说成都市了。

重庆市有 3 个，占了 30%。从这个方面来说，重庆比成都搞得好。重庆比四川省搞得好。到目前为止，全国颁发了 7 批历史文化名镇，一共有 312 个。

成都市只有 7 个历史文化名镇，分别是：双流区黄龙溪古镇、龙泉驿区洛带古镇、崇州市元通镇、大邑安仁古镇、大邑新场古镇、金堂县五凤溪古镇、邛崃市平乐古镇。

重庆市的一个江津区就有 5 个历史文化名镇：中山古镇、白沙古镇、塘河古镇、石蟆古镇、吴滩古镇。

新场古镇是全国第四批中国历史文化名镇，颁证授牌仪式是 2008 年 12 月在北京举行的，它使大邑县新场镇跻身"中国历史文化名镇"之列。

不晓得是宣传力度不够，还是公关不到位，许多人都不晓得这个新场古镇是国家级的历史文化名镇。成都本地人把新场就想象成是一个美食小镇，没有想到新场还是历史文化名镇。外地人就更不用说了，知道的太少了。到大邑的新场古镇去看看，外地来客基本上都是成都的退休老太婆和退休老太爷以及成都的年轻人。停车场里面停的车基本上都是川 A 牌照。很少看见成都市以外的，基本上看不到四川省外的游客。上海也有一个新场古镇，但是人家宣传工作就做得好得多。加上上海这个新场古镇是电影《色戒》的拍摄地，让上海的新场古镇名声大噪。还专门出书来介绍上海的新场古镇。大邑的新场什么时候把电视剧、电影的导演协调好了，让大邑的新场成为哪个电影、电视剧的拍摄地，那大邑的新场也就名声大噪了。什么时候大邑的新场请一位著名的作家来写一部关于大邑新场的著名小说，大邑的新场就可以吸引到许多外地人来游览了。其他的历史文化名镇是整个街上都热闹，大邑的新场就只有中午吃饭的时候卖血旺和麻油鸭的饭馆热闹。很多人就是为了吃美食才到新场来的。

其实成都的这个新场古镇还是有好多故事的，可能是故事没有讲好，大家都不知道，没有吸引到外地人来新场古镇游览。

我这里有一本书，名字叫作《中国文物地图》，我查了一下，书中介绍新场附近的文物就有 3 处。分别是：127－D3 药师岩摩崖造像，造像开凿在飞凤山长 150 米、高 20 米的红砂岩崖壁上。坐西北向东南，共计 35 龛窟，大小造像 1032 尊，除 17—34 龛略剥蚀外，其余保存较好。药师岩以刻于唐开成二年的药师佛而得名。明嘉靖年间多进行了改刻。清代补刻 1 龛，道教造像 3 尊。龛形制有长方形、矩形，平顶和拱顶，龛的大小深浅不等。第 5

号窟矩形，高 4.52 米、宽 12.78 米、深仅 0.1—0.78 米。龛内造像分上下两部分，上为三世佛，下为地藏、观音、达摩。第 11 号窟长方形，高 6.54 米、宽 4.34 米、深 4.61 米，造像高 2.1 米。造像题材有千手观音、药师佛、三世佛、阿弥陀佛、观音、地藏、达摩、罗汉、飞天等，还有唐僧取经、打虎、捕鱼等图。岩壁上有北宋文同皇佑中摄大邑县令时所撰《题凤凰山后岩》五言诗 1 首。第 11 号窟壁上有唐光启四年题刻 1 则，记述当时住持僧种松树与百合花的情况。第 6 号龛壁上有明嘉靖十二年题记 1 则。岩壁上还有明弘治十年题记。此类明、清题刻多为游记。

148-F，川王宫始建于明代，后毁弃，1926 年重建。坐北向南，占地面积约 2530 平方米。建筑平面呈长方形，由山门、张飞殿、川王宫、关羽殿、刘备殿、三清殿和左右厢房等组成，共有房屋 87 间，建筑面积约 1464 平方米。其中主体建筑三清殿为四重檐歇山顶，穿斗式梁架，面阔七间 31 米，进深四间 13.5 米，高 18 米，筒瓦面屋。川王宫位于三清殿前，八角攒尖顶三重檐楼阁，穿斗式梁架，高 12 米，边宽 1.2 米。三清殿等楼阁的梁上均墨书"民国十五年孟秋谷旦"。

130-D 佛子岩摩崖造像。造像开凿在红色砂岩崖壁上。坐南向北，现存 5 龛，造像 16 尊。龛形制为矩形敞口平顶。1、2 号龛高 3 米、宽 4 米、深 0.2 米。龛内刻弥勒佛、西方三圣。弥勒佛高 2.2 米。4 号龛高 2 米、宽 4 米、深 0.2 米。内刻华严三圣像，高 1.9 米。另在长 1.8 米、宽 0.6 米的框内，楷书阴刻"阿弥陀佛"，字径 12 厘米。

这 3 处文物没有很好地利用起来，尤其是药师岩，很有看头，有人评价是成都的"莫高窟"，可惜路不太好走，去的人很少。藏在深山，未被人识，实在是可惜了。我专门去体验了一下，那个去药师岩的路确实是太窄了，错个车都非常困难，如果路修好了，肯定会吸引大量的游客前来打卡。那些摩崖造像还是很有看头的，如果新场古镇和这些文物单位联合起来，统筹规划，形成合力，一定会有收获和回报的。

新场镇内还有刘成勋的故居。刘成勋（1883—1944 年），民国时期四川军阀，曾长期割据雅安一带，在川军中享有"老滑头"的名号。毕业于四川陆军武备学堂。历任川军旅长、师长、军长。1923 年 6 月被推举为四川省省长兼川军总司令。1926 年 8 月被委任为国民革命军第 23 军军长。可惜的是我去的时候没有开门。可能是因为经常不开门，挡住了大家去新场的脚步。

如果新场古镇去找著名作家写一部关于刘成勋的小说，再拍成电视剧，一定会对新场起到意想不到的效果。大邑新场就可以在全国出名了。

新场其实是很有旅游潜力的,就是现在宣传还不到位,需要大力宣传。

13

清源·小巷·叫卖声

◆ 刘 源

因为出生于邮江源头的西岭,便与邮江有了化不开的缘分;因为毗邻邮江,便与新场也有了藕断丝连的情愫。20多年前,因为工作关系,便有了时常寓居新场的经历。

对于新场,我不太喜欢戏台锣鼓中的人声鼎沸和上下正街的灯火阑珊,我喜静;也不喜欢油烫鸭子的脆香和肥肠血旺的鲜嫩,我喜素;更不喜欢茶肆酒馆的喧嚣和寺庙殿宇的钟磬,我喜独处。于是,在西江索桥的邮江边,几株中国梧桐的浓荫下,就有了我时常的居所。夜阑人静时,邮江水轻轻拍打着岸边,发出微微的唰唰声,如摇篮曲一样安魂。梧桐丫杈于天空,风从树梢掠过,牵出嘶嘶的和鸣,如小家碧玉幽兰般的气息催眠。在这样的氛围中,或坐于桌前奋笔,或靠于枕上浏览,甚至躺在椅上发呆,尽可以自由,不一定刻意。这就是一份闲适,一份安宁。

所谓不喜欢,并不等于不参与,于新场,我也不排斥。茶余饭后,微撑的肚子在微醺的酒劲中慢慢消散,慵懒地行走在街头,看远近灯火映照,人影明暗,世态炎凉。"人声三里市,夜来一街灯",清源的妩媚在眼里楚楚动人起来。夜的清源,是一部大型交响,每个旋律和声部都是一个躁动的生命,活泼而灵动,令人遐想。

当一缕白色在东天泛起,层层轻纱一样的雾气弥漫在邮江河面的时候,挑水工不紧不慢的脚步敲出的是一份宁静,叮叮的马掌声如沙锤和碰铃,唤醒沉睡过久的人们。接着次第而来的,便是一波接一波的叫卖声,最令我神往的叫卖声。

风韵独具的叫卖,无论在何时何地都是一种艺术,一种美的享受,而小巷深处的叫卖声更如天音来自上苍,洗净人的肺腑,使人超然世外。

我暂住的地方,邻窗楼下,有一条窄而长的小巷。远处临河是几株中国梧桐,近处是两排弓腰驼背的水杨柳伸出柔弱的枝条,小心地护卫着脚下的巷道。路面由清一色的青石板铺成，每块一尺见方，整整齐齐，比肩接踵，连成一个平坦而团结的整体。由于长期的脚踏鞋磨，挑水工的铁钉鞋掌磕碰，木排工麻窝草鞋摩擦，胶皮车轮的挤压，再加上雨水冲刷和风轻吻，石面光滑如镜，现出天然的石纹。两旁全是木板门铺的住户，街沿也是一色青石板砌成。青石板上，排列着豌豆粒大的小孔，那是雨水从房檐上滴下来的杰作。无论秋雨绵绵还是夏日炎炎，人行巷中，纤尘不染，静静的，只听见自己啪嗒啪嗒的脚步声在小巷中回荡。于是，在你的心里，便有一种超然和空灵之感，纵使风尘满面，到巷中走上两个来回，这里的宁静和恬然也会洗透你的胸腔，染纯你的柔肠。恰在这时，小巷尽头，杨花飘然柳絮纷飞的深处，悠然传来一声叫卖："凉糕——米——豆腐——"你一定会心尖一颤，一种难以言表的愉悦的情绪会在你的心头慢慢升起，涌上喉头，又在喉头几经吞咽，进而弥漫你心灵的每一个角落……

新场在古代叫作清源市，似乎比县城还大，但这里的"市"乃集镇之意，非现今眼目下的行政单位。新场地处川西风景秀丽的丘陵边沿，镇外有清得令人叫绝的邨江终年流淌，树上有美得让人羡慕的鸟儿四季高歌，远处山冈上的阵阵松涛会随着微风断断续续地叩击你的耳鼓，春夏之交沁人心脾的柑橘花不由让人来个极度的深呼吸。小巷的叫卖声也如清泉鸣禽一样清脆淳朴，无须修饰，一眼可看见底，一下就听出韵，更如山林松涛，充满大自然的原始纯真之美。黄糕、花生、冰糕、米豆腐，这些精美的小食附着单纯的含义，没有过多的限制修饰，缺少雕琢的定语状语。春天的多彩野花，夏日的鲜果，秋天的干果，冬来的山货，这些大自然的恩赐同样在小贩嘴里以原始的名称走进你的耳鼓，唤醒你对山野、田间、河水、树梢最原始的记忆。正是这天然之美吸引着人们，使人想到混沌初开的日子和鸿蒙氤氲的森林。叫卖的多是些十三四岁的小姑娘，朴素的衣服，清亮的大眼，甜美的双唇，长长的辫子，以及间或点缀发辫上的野花，无不透出山野的气息和平畴的韵味。她们头上的野花常常变换，迎春、棠棣、野菊、腊梅……往往在她们变换野花的时候，推开小窗的我便会惊奇地发现，她们换一束野花竟会换一个季节。

小巷最美的季节是夏天。一声叫卖如清亮的羽毛把你从梦中拂醒，翻身下床，趿拉着拖鞋，推开门，站在小巷，便会身处一个超脱的境界。夜来稀疏的雨点润湿了青石街道，因而也就凝固了扫帚留下的极有规律的图案，细细的，柔软起伏。雨点的痕迹点缀其上，如梅花谱成的一段乐曲，舒缓流畅，在小巷四处游走演奏。远远的，柳浪柔波中款款走来一个山村女孩，沐浴着玫瑰色的晨曦，一件嫩黄衬衫裹着正发育的身体，甜甜地笑着，甜甜地叫着："豆浆嗷——豆浆！""散子嗷——散子！"清醇的嗓音中，你的某一根神经会牵着你发出这样的感叹：尘世之间，造物主竟会给小巷臣民以这样惬意的享受。你一定会不由自主地拿出茶缸走上前去，在小姑娘甜甜的笑意和温馨中买上一杯、一盒豆浆，在小姑娘甜甜的谢意中，在玫瑰色的晨曦中回到家里，然后坐到桌前，细细品味生活的滋味。当落日把余晖铺满小巷的时候，你又会从小巷带回另外一丝纯真，伴随家庭的底蕴慢慢咀嚼……

岁月在山村小妹的叫卖声里流走，在她们的头上换了一轮又一轮。我也早已不在新场借居，只会在一些特殊的日子，偶然随人们去逛逛以新貌呈现于世的古镇新场，但怎么也找不到当年那种回归的感觉，即使身临当年借居的木楼，却再也听不到邮江的拍岸，更听不到小姑娘的叫卖。而今，打造过的古镇新场，街道平整，铺面划一，游客比肩接踵，电子喇叭撕心裂肺，再不见方正的青石板，再不见蜂巢似的丁丁小孔，再不闻清亮淳朴的小姑娘的叫卖，只有皱纹满面、鼻涕拖地的老太公、老太婆，扯着沙哑如破锣炸裂的声音在大街上绕来转去，令你躲避不及。于是，我常常怀念过去的岁月，向往那个丢失在远处邮江边的小巷，以及推开窗户搜寻小姑娘声音的如痴如醉的境界，还有坐在桌前窗下，品味生活的甜梦……

向往而生苦思，苦思而形诸梦，于是在一个闷热而喧嚣的夜晚，我从惊悸中醒来，又看见了小巷：从远远的、静静的青石板的尽头，在初染的晨曦中，在杨花柳絮的掩映中，传来小姑娘柔柔的、甜甜的、使人心尖颤动的叫卖声：

"豆浆嗷——豆浆！"

"凉糕——米豆腐——"

14

在新场，探寻"万顺号"茶楼

罗 进

被称为"最后的川西坝子"的新场古镇，曾是茶马古道上历史文化名镇之一，也是南方丝绸之路的重要文化节点。既然是茶马古道名镇，总该有与

茶叶茶楼相关相连的轶事和遗迹吧。带着这一疑惑，趁着清明假期，我独自一人来到的新场古镇，就这一疑惑探根寻源。或许是节日的缘故，新场古镇游人如织，我由太平街进入古镇，跨过长济桥，再往前走几步，便来到下正街。下正街是新场的主街，刘成勋公馆、黄鹤楼茶楼、广东会馆和镇内街上最好的民宿"临江雅舍"，都位于下正街。

我也随着人流来到下正街，人们去廊桥或去河边游览、喝茶、打牌也要经过下正街，难怪这里的游客川流不息。下正街的小商店鳞次栉比，主要以卖当地手工制作的小吃和竹编器具为主。小吃好吃，地方味浓。竹编适用，颇具生活气息。

这不，前方几米处一个店招幌子出现在我的眼前，黄底红边的幌子上写着"传统小吃"的字样，左上角还有"老字号"3个字。走近细看，店上有一招牌"李油糕——小时候的味道"。

"来个尝尝。"我上前说道。

我接过老板递来油糕，趁热一咬，那个酥、脆、香、甜，还真有些小时候的味道。

"老板，你的油糕很不错，你干这行肯定有些时间了吧？"我向老板打听道。

旁边的邻居抢着对我说："李油糕才10多年的历史，他之前是开茶楼生意的。"

开茶楼？这个话题极大地引起了我的兴致。这不正是我来新场的目的吗？于是，我穷追不舍地央求李油糕："老板，你能给我讲讲你开茶楼的经历吗？"

"老兄，我现在正忙，你到隔壁裁缝店找我大哥，他才能把我家开茶馆历史给你讲得清楚。"

正值中午时分，正是上生意的时候，李油糕无暇再跟我继续交谈，便把我推给了他隔壁的大哥。

我一脚来到隔壁的裁缝店。店里一个老人正踏着一台老式缝纫机制作着什么。我向前一打听，老人正是油糕老板的大哥。李家大哥叫李成文，年近七十，个头不高，微胖，非常健谈。

"李大爷，您能给我讲讲你们家开茶楼的来龙去脉吗？"我迫不及待地问道。

于是李大爷停下手中的活路，打开了话匣子，娓娓向我说起了李家茶楼的历史掌故。

真是踏破铁鞋无觅处，得来全不费工夫啊！

清光绪元年，李登扬、李月亨叔侄二人从邮河对面的邛州西江来到新场。新场当时是茶马古道的茶叶生意集散地，来自成都、乐山、中江等地的茶商每年的清明前后都要到此做茶叶生意。李家家道殷实，有良田100多亩。所以，他们瞅准机会，在新场修建了一栋民居楼房，楼房3间临街铺面，向内进深近80米，3个天井，房屋数十间，占地面积约1200平方米，再加楼房，建筑面积超过1400平方米。临街3间铺面开设为茶馆，楼上则做茶叶生意买卖，同时还有住宿和吃食生意。李登扬亲自为茶楼取名为"万顺号"。当地人为了顺口，则叫它为李家茶楼。

当时李家茶楼的选址也是动了一番心思的。茶楼的旁边有个财神庙，庙前有拴马桩。那些南来北往的茶商到了新场，都要先到财神庙，拴好马匹，再到庙里拜拜财神爷，以求财运亨通。

"万顺号"茶楼主要做川西坝子人爱喝的素茶和花茶生意。"万顺号"因为是新开张的茶楼，桌子、凳子都是新打的，上了漆，光鲜，很是招徕茶客。装茶叶的是瓷细白茶罐，喝茶的器具则是川西人常用的盖碗茶具。就是上茶续水的店员都系着干净的白围裙。所以，"万顺号"茶楼一开张，每天都有许多人来坐茶馆。

随着名号的传播，"万顺号"的茶叶和茶楼生意也越做越好。一二十年后，茶楼传到李月亨手中。李月亨把茶生意越做越好，不仅吸引了附近邻县茶商，而且还把成都、乐山等地的茶商也吸引了过来。

到了20世纪30—40年代，"万顺楼"的茶叶和茶楼生意在李月亨后人李玉泉手中达到了鼎盛。茶楼有方桌30多张，条凳100多个，每天卖茶几百碗。每逢茶叶上市期间，李家"万顺号"茶叶生意爆满。谈完了茶叶生意的茶商们，也会来茶楼喝喝盖碗茶，天南海北瞎吹一通。此时茶楼茶客满座，人声鼎沸。这边刚听得"快点续些水"，那边又喊"老板，加把椅子"，把老板和店小二忙得不亦乐乎。成都来的茶商喜欢喝茉莉花茶。茉莉花茶初泡时的清澈透明，如同莲浮池中，在视觉上又增添了几分情趣，令人赏心悦目。成都人在此喝茶，就像在少城公园里的鹤鸣茶社喝茶一般，舒心有趣。中江来的茶商则爱喝素茶，他们豪爽大方，说话声音洪亮，不屑去喝嫩香的花茶。素茶味道的微苦和浓郁或许才符合他们的性格。乐山来的茶商，或许是离成都较近受了些影响，也或许有大山大川，对他们而言，是来者不拒，素茶、花茶皆是他们的口中佳饮。

当然，茶楼的茶客还是以本地人居多。镇上的茶客早上天一亮就来"万顺号"坐茶馆，泡上盖碗茶，随便来些早点小吃，继续与他人海阔天空地摆起龙门阵。中午回家吃饭后，再次来到茶馆，依旧是盖碗茶，或让人掏掏耳朵，或听听小曲，或与其他茶客胡侃一通。直到掌灯时分，才带着满意的神情离开茶楼回家而去。本地人喝茶也没有那么多的讲究，不管素茶、花茶，哪个便宜就喝哪个。茶楼人不多时，坐下来慢慢地喝。人多时，他们则端着盖碗茶站着喝，照样与这桌或那桌的茶客聊天摆龙门阵。遇到赶集时，还可看见背着背篼的茶客还来不及放下背篼，前脚进来就喊，老板来碗素茶，还有挑着担子的菜贩，在茶楼外刚放下菜担子，就急忙往茶楼里窜。由于茶楼生意异常地好，吃食住宿生意也随之兴隆，茶楼里唱小曲的、掏耳朵的、挖鸡眼、卖香烟火柴的，甚至看相的术士等生意也红红火火。"万顺号"茶楼茶客多，茶楼便成为各路消息的集散地。什么打仗吵架、张家长李家短的小道消息漫天飞。

李文成大爷满脸庄重，完全沉浸在祖辈和爷爷辈的成年往事里。

我不忍心打断李大爷的思绪，但又不得不这般如此。

"李大爷，新中国成立后'万顺号'的生意如何呢？"

我的提问又唤起了李大爷脑海里满满的回忆。

新中国成立后，随着社会的进步，交通的发达，再加之全省乃至全国茶叶事业的发展，各地的茶业都迅速发展起来，供给渠道多，茶商的选择也大有余地。新场"万顺号"的生意也远不如从前。"万顺号"主业也从卖茶叶变成了以住宿为主，兼顾茶楼生意。20世纪50年代中期，开展合作化，集体租用了茶楼，自然也就没有了"万顺号"。1960年到1978年近20年间，茶楼生意更加萧条，没有人来住宿，更没有人来喝茶摆龙门阵。

改革开放后，茶楼交到李家茶叶生意第四代曾孙李文成大爷手中。时代变迁，新场早就无人来做茶叶生意，李家茶楼此刻变成了李家麻将馆。最初几年打麻将的人还算多，茶楼生意也还将就。后来镇上的好些居民搬到县城里去住，更多的人则外出打工做生意，打麻将、喝茶的人愈来愈少，茶楼的生意渐渐地就垮了。

到了20世纪90年代，没有茶馆生意，李大爷在第一间铺面做起了服装裁剪生意，在另一间铺面，他弟弟开了一家糖果店，第三间铺面则租给别人做成品服装买卖。

进入 21 世纪，李大爷弟弟为适应新场旅游业的开发，做起了炸油糕的小吃店。他炸的油糕初尝起来，的确有点小时候的味道。所以，生意还不错，竟把我这个本地人都吸引过来尝尝他的油糕了。

我禁不住好奇，只好打断老李大爷深深的回忆。

"李大爷，'万顺号'从建号起到完全没有茶馆生意，其间经历了多少年？"

"从光绪元年，即 1875 年算起，到 20 世纪 90 年代茶楼关张，万顺号整整有 120 年的风雨历程。这对于在一个小地方的茶叶商号来讲，已经是很不容易了。"

我非常认同李大爷的看法，但我还是继续追问道：

"李大爷，你们这一辈作为'万顺号'茶楼的第六代传承人，没有了'万顺号'，没有了茶楼生意，您觉得遗憾吗？"

"遗憾，非常遗憾。但是，这也是历史发展的必然。'万顺号'经历了晚清、民国时期、新中国成立时期和改革开放的盛世，见证了历史的风雨阳光，见证了社会的进步发展。'万顺号'虽没有了，但祖上的房屋还保存完好，建筑格局没有任何变化，我们老百姓的日子也越过越好。从这个意义上来讲，我还是完全满意了！"

是啊，我也满意了，一个油糕，一个小时候的味道，竟被我"吃"出一个"万顺号"的历史来，真的是料想不到啊！

所以请大家记住自清光绪元年建立的新场"万顺号"茶楼：下正街 42 号—46 号。记住了"万顺号"，就记住了新场茶叶茶楼生意的演变，同时也记住了新场一段历史的变迁。

15

文物里的故乡

> 肖泉清

春暖花开，几文友相邀来到家乡的新场古镇头堰村何营游览。沐浴着明媚的春光，一路走来，金灿灿的油菜花散发出沁人肺腑的香气，桃红李白，星罗棋布地点缀其间。这般景色犹如丹青妙笔的油画，简直美到极致。大家说说笑笑，前面不远处的一座碉楼随即映入眼帘。走近碉楼一睹尊容，给人

以雄浑气派之感。文友们纷纷掏出相机或手机"咔嚓、咔嚓"照个不停，我也举起手机拍个全方位的视频。

这座碉楼10米见方，近20米高，碉楼分为3层，外形别具一格，既有欧式教堂的建筑风格，又有清末民初中式建筑格调，堪称"中西合璧"。大家细细地观赏，碉楼墙面灰白相间，颇富层次感。外墙体每层楼间，雕刻的花草飞禽走兽栩栩如生、清晰可辨。绘制的腰线十分流畅，这些雕塑的图案采用浮雕手法，并融入了仿真和彩绘元素，让人叹为观止。

碉楼的3楼四墙角处还各雕塑着一个十分精致玲珑的多层式小楼塔，塔壁上同样雕刻着各种图案，据说这4个相同的塔子叫通天宝塔。

文友们啧啧赞叹碉楼的建筑艺术风格，同行的王老师颇有见地发表评论说，这座碉楼无论从它的设计理念、建筑风格还是修建年代、观赏价值，都足以超出县级文物保护的级别，申报为省级都不为过。他的话语显得对文物具有一定鉴赏水平。

再看碉楼底层紧闭的双扇木质大门上铆有五六十颗近拳头大的铁钉，就像城门一样坚不可摧，大门较为完好，只是部分漆已脱落。大门右侧有头石狮，但头部有些残缺，而左侧那头狮子只剩下四条腿。那头石雄狮虽有点残缺，但活灵活现，其张牙舞爪的形态，显得非常凶猛，给人以畏惧之感。我想，当年主人旨在让这两只石头雄狮镇守碉楼吧。

这时，陆陆续续不少外地游客来到碉楼前观赏。有位在路上散步的大爷来到我们跟前，我们问及碉楼的情况，大爷说他是这里的村民，姓何，有80多岁。见他满脸沧桑，但身体硬朗，精神状态也不错。说起碉楼的前世今生，大爷便滔滔不绝地向我们讲述，他说碉楼已有140余年的历史。他听爷爷说，碉楼修建于清末民初年间，主人为富甲一方的大地主，名叫何光吉，他的儿子叫何玖成。新场与邛崃接壤，一直处于兵荒马乱时期，土匪、棒客猖獗，"拉肥猪"的情况经常发生。身为家产万贯的何氏父子寝食难安。为了保护自家财产，预防劫匪抢夺，父子俩商量决定修建一座防御工事，高薪雇请了一位建筑大师为他设计建造碉楼，这位大师也乐意接受。一个月后大师便拿出设计方案（包括费用支出），绘制了一张草图。其规模、规格尺寸、选材、整体架构和所有数据全在他心中。何光吉按照此方案征集了40多名能工巧匠，并请阴阳先生择个黄道吉日破土动工。耗时半年建成这座碉楼，外墙装饰也耗时近4个月。

他爷爷曾参与了碉楼的修建。爷爷说，建材为砖石和木结构，砌砖和墙面的粉糊材料采用石灰、棉花、麻筋、糯米黏合，对墙体具有较强的稳固性。楼顶的大梁、椽子、桷子和挑枋等采用纯柏木，盖瓦为小青瓦。他爷爷还告诉他，建筑大师很有学问，曾到过欧洲，所以对碉楼的外墙装饰采用中欧结合的风格。

碉楼完工后，爷爷带他到碉楼里参观过，底楼是客厅，二楼是卧室兼金库，三楼是瞭望台，极目眺望，整个新场镇和弯弯的邮江河流以及交界的邛崃茶园乡一带尽收眼底。

这座气势雄浑、极富艺术风格的碉楼，无不彰显这位建筑大师非凡的建筑艺术水平和能工巧匠的智慧，游客们赞不绝口。同行的文友张老师说："从某种意义讲，何氏父子意在炫富，显得非常高调。"

大爷继续讲述，听爷爷说，碉楼竣工后，何氏父子非常满意，除修建期间按时支付工匠们的工钱外，还论功行赏，并对建筑大师给予10亩良田的奖赏。何光吉还大办宴席100多桌，邀请了新场镇的军政要员及一些乡绅，当然何营的父老乡亲更是通请，以示庆贺。来者一律不收礼，彰显何氏父子的仁义与豪爽。爷爷也自然应邀赴宴。

碉楼建成后，何氏父子组建了一支武装团丁，昼夜轮流值守何家大院和碉楼。何光吉一大家人从此可以高枕无忧地睡安稳觉了。

大爷还说，碉楼未修缮过，一直保持原貌。经历100多年的风吹雨打，整个碉楼墙体至今完好。大爷的故事把游客们的思绪带到了那个年代和场景中，大家望着碉楼久久不肯离去，仿佛在欣赏一件艺术珍品。

碉楼正面墙体显现一些不同程度的孔状，我数了一下共有11处，大爷告诉我们，这是当年土匪武装枪击留下的弹孔，由于墙体坚实，就是近距离，子弹都难以穿透。

此刻的我，感慨油然而生：碉楼的主人早已离它而去，曾经与何家大院风雨相伴、相依为命。历经沧海桑田，碉楼虽不再有昔日的光彩和风华，却以它浑宏的雄姿，傲然矗立在这片希望的田野上，好像在向世人诉说它见证了清代、民国、新中国3个时代的风云变幻，如今依旧默默守护着何营的美丽家园。然而，它的主人在世时，压根儿不会想到他的碉楼与何家大院会成为被保护的文物。他若九泉有知，定会感到欣慰与自豪。

大爷带着我们来到何家大院。只见龙门呈牌坊式的形状，墙壁上都雕塑有花草之类的图案，我见到了上方一边是牡丹花，另一边是菊花。我想主人懂得牡丹寓意富贵，菊花寓意长寿吧。龙门的整体造型、雕塑的图案与碉楼同样体现"中西合璧"的风格。

跟随大爷跨入大门一看,这是典型的川西坝四合院。大爷向我们讲述,何家大院建造于晚清年间,比碉楼早建几年,是何光吉一家的豪宅。我仔细观赏一番,房屋显得"高大上",正堂屋就像殿堂一样,气势不凡。跨入堂屋仰望,整个屋架的木料粗大,雕梁画栋的图案以及大梁上"吉星高照、光宗耀祖"的楷书字迹依稀可辨。

大院占地面积约1000平方米,偌大一个天井,面积近200平方米。阶沿四周的房屋有20余间。每个房间的门窗都雕刻有造型美观的花鸟及线条几何图案,给人以古色古香之感。大爷指着那间较大的屋子对游客们说,这是主人的粮仓。粮仓四周和地板全是木板,存放稻谷、麦子之类的粮食不易受潮。

大爷告诉游客,何家大院房产后来几经变卖易主,如今显得破旧。走进屋内,空空如也,没有人住。

看着饱经沧桑的何家大院,我陷入沉思,良久,仿佛听到大院在对世人诉说它已老了,该寿终正寝了。作为后人,对文物、古迹的保护,不只是文管部门的事,而是人人有责,如何挖掘其价值,使之活起来,让它成为后人宝贵精神财富,这实在是值得深思的问题。

大爷还自豪地告诉我们,何营不仅有文物,而且还是新场当年车算盘珠子的发源地呢!大爷说他家里有一台60年前用过的车算盘珠子的木制车床。

文友们大都知晓,作为非遗的算盘自汉代以来是人们必不可少的计算用具,我小时看到过有人用脚踩转动,用手握着刀具制作算盘珠子,至今我家墙壁还挂了一把我读小学时用过的算盘。

文友们环顾四周金灿灿的油菜花,一行的李老师赞不绝口地说:"简直堪称众香国里最壮观的美景,让人心旷神怡!"眺望着金色原野的尽头是延绵起伏的山峦,其形状犹如一头卧狮,气势威武雄壮,被山上一片片苍茫的林木半掩半遮,给人一种藏龙卧虎的神秘感觉,当地人称为"狮子山"。

来到山下,顺着山边走进一座被葱葱林木掩隐的"绎鹿寺"。寺庙不大,殿内供奉有观音菩萨等10余尊神像。殿外香烟袅袅,寺内有口古井,井水清澈见底,据说井水从未干枯过,古井旁边一口红砂石水缸里喂养着一只脸盆大的乌龟,我估计这只乌龟年龄有百年以上吧。寺庙的住持告诉我们,这只乌龟是"镇庙之宝"。住持说,寺庙早年损坏,后来几经修缮,该寺庙还是唐代时期就有的呢!据民间传说,三国时期蜀汉名将赵云驻防大邑时,曾在这里设立一个观察羌人动向的瞭望哨所。绎鹿寺已被列为大邑县级文物保护单位。我正要探问绛鹿寺寺名的来历,住持的电话铃声响起,接听后做事去了,我不便打扰。

离开绛鹿寺,来到邮江河边上的一处古迹,这就是当年的扇子场,其因地势呈扇形而得名。扇子场的由来可追溯到明朝,据说,扇子场还是从双河(今西岭雪山)、邮江、三坝通往新场的茶马古道上的一条必经之路。

遇见一位老大爷正在给游客讲述,他家祖祖辈辈住在扇子场。过去,从山上到坝上来往赶场的人都要路过这里。一边临河,一边是店铺,扇子场也称半边街,老大爷越说越起劲,他说以前扇子场很热闹,并如数家珍地说街上有面馆、酒馆、茶馆、客栈,有铁匠铺、钉马掌的,有集市,还有一座王爷庙,每逢赶场,尽看到人头攒动,街上叫卖声不断。

大爷还说,小时候每逢过年最喜欢看耍狮子灯,只要听到锣鼓声,就跑出家门,挤到众人前面,特别是孙猴子和笑头和尚的滑稽表演,逗得他和小伙伴们哈哈大笑。后来,集市和店铺迁到新场,扇子场从此就不闹热了。

时代的变迁,落尽繁华的扇子场早已被新场取代,而留给老人的是满满的回忆。如今,扇子场已被头堰村打造为一条1000多米长通往新场镇的观光栈道,供游客们临河游览。栈道两旁鲜花盛开,形成一道亮丽的风景线。栈道一旁还有供游客喝茶休闲、餐饮之类的茶馆和农家乐。头堰渠中的潺潺流水从游客身边欢快而过。

文友们游兴未尽,漫步栈道,踏着这条昔日的扇子场遗址观山望景,游山玩水,尽览最后的川西坝子,此时此刻,整个身心浸润在悠然惬意和深深的故乡情怀中。

16

携手江村　处处销魂

——行走千年茶马古道新场

♦ 何定铺

清晨5时许,窗外不知名的小鸟叽叽喳喳地欢叫,东方尚未发白,老叟亦兮自然苏醒,在床上按摩、打坐。店主尚未起床做早餐,亦兮和老伴晗生轻手轻脚地打开后门,沿九洞桥二堰河分流的小渠水下行,走上南河河堤,在高大的榕树下，在空气清新、宁静环境中，与数只翱翔的白鹤共舞，面对缓缓东流的江水，开始坚持数十年的晨练，站桩、禅舞、太极拳、峨眉武术，轻舒猿臂，吐故纳新，开启了一天新的旅居生活。

作为读书人，有闲时，喜行走川西古镇，行走得最多的是源自西岭雪山脚下千年茶马古道新场古镇。新场古称清源市，始建于东汉时期，兴起于明朝嘉靖年间，南方丝绸之路的重要文化节点，是四川现存规模最大、保存最为完好的水乡古镇之一，被誉为"最后的川西坝子"。

夏初，行走新场，老叟亦兮喜在九洞桥畔民宿"行香居"小住，张姓夫妇经营，诚实质朴，饭菜可口，经济实惠，在幽静生态环境中，聆听窗外潺潺流水声，银杏树高大，三角梅斑斓，黄桷兰幽香，捧一杯茶、一本书，享受夕阳的平和。

"行香居"因苏东坡《行香子·冬思》词牌得名：

携手江村，梅雪飘裙。情何限，处处消魂。

新场历史上盛产香蜡，至今尚有香市街名，民间有"行香"习俗。老叟亦兮尤喜诗神苏东坡《行香子·述怀》片段：

几时归去，作个闲人。对一张琴，一壶酒，一溪云。

其诗文风格旷达，感悟人生，颇有哲理。

走进中国历史文化名镇新场古镇思安广场，观赏一组雕塑，见证千年茶马古道的民风、民俗、民情，感慨不已。

广场有一颇具规模的"百年历史影像馆"，100多年前，以启尔德为首的加拿大志愿者不远万里来到川西坝，在成都四圣祠创办了成都最早的西医诊所，尔后行医办学，创办著名的华西协合大学，也来新场行医，撒播文明奉献。影像馆内1400多幅老照片，记录了100多年来，川西坝人的日常生活、建筑文化、民风民俗和中加人民友谊的感人故事，让人肃然起敬。

过思安广场川西坝少见的碉楼，即是青砖屏风照壁，著名书法家尚德林先生着墨浮雕"正本清源"4个大字映入眼中，气势磅礴。照壁后雕刻着"新场古镇赋"，文友、辞赋大家张昌余教授撰书，引老叟亦兮流连赏鉴：

"古镇名称新场,新场实是古镇。"

"天地悠悠,喜新不应忘古,春秋代代,怀古更须求新,古镇古市,每见创新之佳境;新场新街,长引思古之幽情。"

寻幽情,乘兴上九洞桥(亦名顺河桥),九洞桥历史上称"江源第一桥",大明洪武四年春建,距今600多年。举目观望,四周全是川西特色,青瓦白墙,砖混结构的传统古建筑,让人赏心悦目。

下桥即是下正街口,右拐过二堰河,又见说圣谕的说书人和喝茶雕塑,让游人感受到新场人的文化休闲,不亦乐乎。

老叟亦兮喜诗文,仔细评品传统古建筑门楼对联:

"闲情品味人生酒,得意挥毫字画诗。"
"春风明月本无价,近水远山皆多情。"

有韵,让人玩味。

顺二堰河上行过拱桥,即是精品高端民宿"锦府驿"。典型四合院风格,雅致宁静,小桥流水,实为品茗休闲好去处,适合经济宽裕人士选择。

再上行即牌坊街口,两侧有感恩文化长廊,亦兮、晗生常在文化长廊小憩,逢场天,聆听新场本土老人讲述历史故事和当地民风、民俗、民情,"我们老汉,三几年的,全把式,犁田、插秧、打谷子……"有点意思。

顺二堰河再上行,过天主教堂即长济桥,桥头有黄鹤楼可喝茶聊天,附近太平正街有网红饮食店周血旺,土灶煮血旺配肥肠,麻辣鲜香。周血旺对门的王油糕,有小时候的味道,每次来新场都要买几个,与家人分享、解馋。

继续沿二堰河上行,即到颇具规模的璧山寺。

璧山寺庄严大气精致,观音菩萨塑像均用上等木材雕刻,有一女尼住持,住有不少居士香客。与一般川西坝寺庙不同,这璧山寺是为纪念一明末县令李万春治理有方,商业繁荣,民富安康,公正廉洁,商家感恩所建,无关菩萨神仙。这位可敬的父母官因惩治腐败被朝廷革职,愤怒之下率一家老小投河自尽,让人起敬。亦兮是无神论者,尊重信仰,合十,阿弥陀佛!

从璧山寺正门出即新场上正街,保存完好的上、下正街,房屋大都是清朝、民国时期传统的穿斗式川西民居,没有浓厚的商业化,有清源里、广东会馆、福音堂、李氏旧宅,依稀几间店铺经营着豆花饭、服装店、缝纫铺、竹木店、小百货、特色挂面，小本买卖，其中几家腌菜铺的腌菜色香味俱佳，颇得游人喜欢，亦兮、晗生是回头客，常买回家佐餐或寄远方亲友分享。作为国家AAAA级风景区，新场没有喧嚣人流，略显冷清的街巷，却随处可见木板门外，老大爷坐竹椅喝盖碗茶、抽叶子烟，老奶奶搓麻绳、纳鞋底、笑弄乖孙的情景，老人围坐玩桥牌、麻将，悠闲的民风情景。新场七街六巷的质朴乡民慢生活节奏，正合亦兮、晗生追寻的清幽。

下正街有一院落值得驻足浏览——刘成勋故居。故居免费参观，三进老式木质瓦房四合院，古朴干净，极为清静。刘成勋（字禹九）民国初期，四川军阀中的大人物，辛亥革命后，随四川总督尹昌衡平叛西藏叛乱，立下战功，曾任川军总司令、23军军长、成都卫戍区总司令，1922年任四川省省长。刘成勋拥护孙中山，支持熊克武，因四川军阀混战，被刘文辉打败，失去军权后，不再过问军政要事，闲居新场，作为新场人，想为家乡做贡献，在新场搞农业综合试验，他还是四川军阀首创办学的第一人。

新场南河永安廊桥，气势宏大，游人在桥上歇歇脚、晒着暖洋洋的太阳，欣赏奔流东去的江水美景，远眺山外有山、青山如黛的西岭雪山雄姿，似一幅美轮美奂的水墨山水画，让人不约而同地咏叹出诗圣杜甫千古绝句：

窗含西岭千秋雪，门泊东吴万里船。

光绪年间，学政张锡荣拜谒新场人伍嵩生（光绪皇帝蒙师）曰：

花外斜阳晚，云峰暗几层。人声三里市，春夜一街灯。

从上正街向西出新场数公里，有一川王宫。明代先民为缅怀李冰治水千古功德，沿南河而建。亦兮、晗生驾车朝拜，刚好遇见一北京佛教学院的女研究生在庙宇挂单修行，晗生母亲系江苏大运河畔人，正好该研究生也是大运河畔人，于是在她引导下朝拜川王宫，随着历史的演绎，川王宫已变为儒、释、道三教合一的庙宇，庙宇小而全，香客极少，十分宁静，其殿堂细节极具巴蜀特色，是典型的川派青瓦木质穿斗式建筑。

新场古镇，尚有一读书好去处，升华新场人和游人的精神文明。

从九洞桥二堰河"行香居"民宿分流，沿清澈的小渠水下行，过文昌社区服务中心，即到九洞桥南街41号"三加二读书荟"。

"三加二读书荟"6个瘦金体大字，为已故文友、文字学者、著名诗人流沙河先生撰书。"读书荟"创建已12年了，亦兮、晗生作为读书人、首届全国"书香之家"，每到新场，"读书荟"是去得最多、停留时间最长的好去处，陶冶情操，净化心灵，补充精神食粮。这个乡镇图书馆藏书丰富，可读到各类经典中外名著，文学大师蜀人巴金、李劼人作品，品味文友流沙河、叶永烈、周克芹、杨红缨、曾颖等佳作，读忘年之交、首届全国"书香之家"朱晓剑的新作《铸魂百年乡村阅读》，有好书读，巴适。

一个崭新的公益阅读模式"三加二读书荟"，开卷有益，润物无声，温暖着新场，创意着新场，是新场人的文化福分，也是旅居新场游人的精神食粮。

正是：

须将古镇事，
常对新人谈。
凭借读书荟，
要开新纪元。
携手江村，处处销魂。

17

新场茶香

鲁昌和

阳春三月，我和爱人兴致勃勃地登上了去成都的大巴车，两个小时后就到了四川的心脏——成都。

下地铁转高铁，几经周转就到了"中国历史文化名镇"——新场镇。

新场镇位于成都市大邑县西南约10公里处邮江边，距成都约60公里，是目前四川规模最大、保护完好的西属水乡古镇，也是一座原汁原味的古镇。

新场镇建于东汉时期，是川西地区规模最大的水乡古镇，距今已有2000多年的历史，它的曾用名是"清源市"，城门口标有"正本清源"，只要你看到这4个大字时，就可以认定这里就是水乡古镇——新场。

那里的山美、水美、人更美，每逢每月2、4、7、10日，远道而来的大小商贩、附近的乡民和周围的百姓都会挑着箩筐，背着背篓，提篮来这里赶集，人山人海，穿梭来往，真是热闹非凡。

特别是节假日的到来，老头扶着老太、年轻夫妇带着孩子，三朋四友，三三两两，邀约着朋友的朋友到新场镇来消遣。那时候，新场镇的街两旁，摊点鳞次栉比，商品琳琅满目，川西的特色小吃，延续千年不变的饮食文化，茗茶、凉粉、凉面、酸辣粉、臭豆腐、菜籽油烙的菜馅饼、肉馅饼、肥肠血旺、胶质皮蛋、石磨豆腐……色香味样样俱全，直接诱惑着我和游客的胃口，撩拨着人们的味蕾。

我们瞻仰了李氏古宅、刘成勋故居、璧山寺、广东会馆，它们处处透露出传统文化的厚重、雅致的气息，让我们领略了新场古镇民居的风貌。

我们穿过大街小巷，走进南方丝绸之路上千年不散的集市，浓茶飘香扑鼻而来。我们辗转了一整天，已经疲惫不堪了，总想找个地方坐坐。不觉走进了"第一镇"，里面有品茗的、玩棋牌的、拉家常的、讲评书的，三三两两，有说有笑，真像神仙参加蟠桃盛会一样的热闹。

我们选择了一个空调得力的地方坐下，一个服务小姐迎上来笑盈盈地问道："大爷，你们好！我们这里有普洱茶、毛峰茶、银针茶、贡品茶和咖啡等，你们喜欢喝哪样？"

她一口气报出这么多茶名，使我应接不暇，不知所措。

"随便来两碗。"

一瞬间，她就端上两碗茶说："大爷，这是千年普洱茶，请你品尝。"

这种茶我是第一次品尝，醇香爽口，舒服极了。

时到黄昏，夜幕渐渐向我们扑来。我们坐上专车，恋恋不舍地与新场镇道别。

18

新场味道：风凛腊味香

杨庆珍

接下来的事情，就交给风和时间。这句话很动人，像一句诗，有留白，有想象。此刻，我站在新场古镇的老街上，风吹过街巷，吹过人家门前横七竖八的竹竿，那些腊肉、腊排、腊猪头、香肠、风鸡、风鸭、风鹅，甚至还有一串串绳子捆绑的鸡爪，构成不折不扣的腊味森林。它们被盐仔细腌过，被手用力揉搓过，被多种香料灌注过，还有的被柏枝和柴草熏过，接下来，它们会被时间加持，被风的舌头反复舔舐，被阳光的手指一次次温柔抚摸。

汉字极美，而且每个字都是意义的宫殿。且说这个"腊"字，作为一个多音字，当它读作 là 时，繁体字写法为臘，指的是阴历十二月，本义是岁终时合祭众神的祭祀，后来被简化成了"腊"。其实古代早有"腊"（读音 xī）字，是指干肉，柳宗元在《捕蛇者说》里提到，"然得而腊之以为饵"。因此，腊（là）肉（腊月腌制的肉）与腊（xī）肉（一般意义的干肉），并不是同一种事物。不过，普通老百姓是不管这些的，反正都是指向好吃和美味，至于它们的能指与所指，就留给学者去研究吧。

腊味的隽永，需要风的成全。冬天总是干冷干冷的，凛冽的风一日日吹刮，吹透肉食的纹路肌理，吹去它们的腥膻气，去伪存真，去芜杂存菁华，渐入佳境，从而萃取出精华之香。就像经历发酵的老茶和长年储存的老酒，滋味更醇和、端正，余味悠长。

小时候，每年冬至过后，照例是农村宰杀年猪的时候，我记得父母总是卖掉半头，换些钱贴补家用，剩余的猪肉、猪下水抬回家，父母要忙活好几天，熏腊肉、装香肠、抹酱肉。熏腊肉是件大事，猪肉先切成一条条，抹上盐，使劲揉，吹两三天后，用砖搭起一个简易熏炉，再用甘蔗皮、花生壳、玉米芯、柏枝慢慢熏烤，直烤得红澄澄、黄酥酥的。装香肠全靠人工，削下竹筒便是灌装器，洗肠衣、剁肉、拌馅儿、灌装，父母合力也要忙上大半天。拌香肠馅时，整个院子里都飘荡着白酒的香气，父亲说加些酒才好吃，并且香肠不坏。香肠做好，还要经过漫长的晾晒，干透了才取下，移入厨房。有一年腊月底，寒风刺骨，晚上全家人早早就歇息了。不知为什么，那晚全家人都睡得特别沉，连老黄狗也没有吠叫一声，不承想，天亮起来傻眼了，厨房灶台顶上悬挂的腊肉香肠被偷走了！面对空荡荡的厨房，我们差点号啕大哭。所幸没被偷完，烟熏猪脑壳还在，还有两小条细绺的腊肉。也许，撬杆儿（小偷）最终良心发现，至少给我家留下一个年三十祭祀祖先的猪头。

那年春节，我们就只好省着吃。父亲变换着花样炒俏荤菜，切几片腊肉，用花菜炒，或用青蒜苗炒，他还无师自通，用折耳根、青红椒一起炒，还真是人间美味。话说回来，有时候食材的匮乏，反而会激发出厨艺的创新。年三十，一堆洗净的囫囵的胡萝卜、切成大块的白萝卜、带帮的青菜叶

和烟熏猪脑壳一起煮好，捞出，盛在脸盆里，端到堂屋，点燃香烛纸钱，开始祭祀。我也跟在父母后面，跪在红字写的神位前，作揖磕头。次日初一，父亲从地里拔几根新鲜大葱，洗净，斜切成片，加红油辣椒、花椒面、白砂糖，再撒几滴醋，与切成薄片的烟熏猪脸一起拌匀，滋味香醇，独特美妙。

凉拌烟熏猪脸的美味，我永远记得。与此相勾连的，是曾经的匮乏、困窘，以及纯粹的快乐，比如，村头核桃树下爆米花时"砰"的一声巨响，集市上买回的一捆甘蔗竖立在墙旮旯，年二十九我妈炒塌锅胡豆、炕南瓜子的香气，灶房间煮粽子时蒸腾的水汽，还有那只用于粘贴春联、门神的糨糊碗……彼时的年味那么浓厚，大家都把过年当作郑重的事情，因为有仪式感，并且年复一年，成为人世无常里的一种有常，带给人稳妥，仿佛人生之舟的压舱石。

腊味，年复一年的返场美食。现而今，虽然很多人对肉食的兴趣未必真的那么大，但是储备些腊味仍是家家户户必不可少的。有腊味，才有过年的氛围感。腊肉煮熟，切成薄片，油亮诱人，趁热食用，享受它的肥腴丰美。腊排煮好之后，劈成一根根，直接抓在手里啃，满嘴满手的油，真叫过瘾。至于风鸡、风鸭、风鹅，蒸好之后斩成块，端上桌来，浓醇之香直钻肺腑肝肠，咸甜适口，紧实弹牙，柔韧浓香，于下酒最相宜。撕扯着，咀嚼着，品味着它们被锁在肉里、骨头里的风的味道和阳光的气息，那一刻，潜藏在记忆里的年味又回来了。那也许是潜藏在遗传基因里的分子，穿越几千年的尘烟，从遥远的古代丝丝缕缕飘来。感谢聪明的华夏先民，发明了这种保存肉食的最佳方法，不仅不变质，还让肉味得以涅槃，更上层楼。换句话说，腊味较之新鲜食材，二者之间的距离，隔着一整个冬天的风和阳光。

当下，物资的极大丰盛，城里乡下，应该再没有偷腊肉、香肠的撬杆儿了吧？生活忽然换了模样。大伙儿议论着腌制食品不能多吃，亚硝酸盐超标，钠也超标，可是，谁又能拒绝香肠、酱肝、风鸡、烟熏猪舌飘荡的醇厚香气呢？如此勾魂摄魄！

深冬的新场，桂花树依然举着满身葱翠树叶，闪着绿油油的光芒。老街一隅，长短竹竿林立，大大小小，各色腊味在山风里列阵。旁边作坊里，有人忙着抽真空、发快递，有人在紧赶慢赶地制作新一批腊味，揉盐，晾干，烟熏火烤。风中飘荡着白酒、醪糟、八角、桂皮、花椒的香味和甜面酱味，还有刚砍下的柏树枝丫味。一只皮色光亮的黑狗趴在地上，懒洋洋地不想走开，它大概缱绻于这样的气味吧。忽然想起汪曾祺的一句，"人间送小温"。

19

幽幽古道情
——集股客栈篇

◆ 远 山

　　新场镇出发，途经邛崃茶园乡，进雅安经打箭炉（今康定）到昌都进入西藏的这川藏线路也是旧时的茶马古道之一。关于茶马古道的解释是指：自唐代以来，为满足当地人们的需求，在中国西南和西北地区，以茶叶和马匹为主要交易内容，以马作为主要运输工具的商品贸易通道，人们将它称为中国西南民族经济与文化交流的走廊。

　　据资料记载：大邑县的晋原镇、观口镇（今悦来镇）、金星乡、敦义乡（今属王泗镇）、鹤鸣乡、雾山乡，以及崇州、新津等地的茶马商贾汇聚新场镇之后，会在新场古镇稍作休整，清点货物，养精蓄锐，整装待发。

　　所以在新场古镇会有很多的客栈，这也是马帮文化在历史形成之中的一个必然现象。其中有一家集股客栈，它跨过了时光的烟尘，至今屹立在这里，记载着马帮、背夫，以及与茶马古道相关的故事！

　　我一头扎进干巴枯黄的历史资料里，恨不得一目十行，然后好将看到的知识全部融化成思想，让我的文字在键盘上绽放，我想换一种语气描述出那段过往，让它变得有温度！手边的资料是生涩的，但我感谢它的佐证，它让我的文字不至于浅薄轻浮。在历史中游走，难免被人世的坎坷刺伤，这篇文章注定了要以史绎情，那些时光的悲凉像一朵血红的玫瑰，而我的伤感就像一根玫瑰花的刺扎在心头，让我写下去，不写下去都很难。

　　但作为一个写作的人，要打起十二分的自信，在这条道路上要有明确的信念，如人舞蹈，不是只给自己看的，不可因情绪而分心，此时情绪或者真不是我该关注的焦点。

　　我要在文字里辗转，带你们一起回到历史中去，共同观望那时的岁月流转。在写作过程中，我一直在听一首歌——《古老的旅店》。

　　　　古老的旅店停留在路边　停留在路人的乡愁间　暗淡的星光昏睡了岁月　昏睡了路人的脸　古道西风吹歌谣　风尘弥漫阳关道

你可看见了店中人倚着门儿瞧　呼噜噜噜噜噜的岁月　呼噜噜噜噜噜的风　呼噜噜噜噜噜的路人　呼噜噜噜噜噜地走　古老的旅店留不住黄昏　留不住路人的脚步声　人来和人往有谁会久留　有谁会想起你的脸　新人已成旧风景　岁月变幻似飞刀　你可听见了店中人唱起了歌谣

我总感觉这首歌，是写给马帮、写给背二哥的，它是那样的悲怆、苍凉，又无可奈何。我的情绪被它感染、润泽，又有了新的力量。

我从前在贵州山里见过一次马帮，这个行业在当代已经接近消亡，但大山深处，山路崎岖狭窄的地方，车辆与人工是无法将生活物资运送到目的地的，住在大山里的人只能用马儿来当作运输工具，远远的驼铃响起，哒哒作响的马蹄声渐渐靠近，走近看那些马的马蹄上都钉着铁马掌，这是为了走长路怕磨伤马脚起保护作用的。马背上驮着很多货物，排成一条长龙，头马很漂亮，高大健壮，非常神气，马鬃扎成了好多小辫子，头上戴着一朵大红花，脖子上挂着一对大铃铛，铃铛随着赶路的马儿不停晃动发出悦耳的叮咚声，这是我对马帮第一次最正面、最直观的认识。

走在新场古镇的青石板路上，我总仿佛遥遥听见马帮的摇铃声由远及近，活生生将百年岁月从痕迹斑驳里带出，疯狂地向我奔袭而来。到底，那个时代的马帮是一个怎样的人群呢？民间有句老话这样形容马帮："行船走马三分命"，此言让人一身冷汗。试想，古道山高路陡，道路崎岖，山中有猛兽，河里有毒蛇，沿途有土匪，还有山中随时变幻莫测的气候与恶劣的自然环境，若不是为了生计，谁愿意"穷走夷方"？说到底，都是些可怜人，只有穷人，才肯为了生计而卖命！有极少数人因为马帮贸易而兴家发财，更多的人一直穷困潦倒，一无所有，甚至丢掉生命，一切全靠运气与天意。

马帮兄弟常年与马打交道，与马共同经历风雨，他们爱马如命，也敬马为出生入死的难兄难弟，于是他们吃饭有个规矩，马帮歇梢后，先是为马添料加草，让马先食，然后他们才能给自己做吃的，以示对马的尊重与重视。不难理解，马帮的每一次赶路，都是生与死之间的一场征程，他们涉历大山大川，经历风霜雨雪、冰冻严寒，常年离家背景，经久不归。陪伴他们出生入死的始终是他们视如兄弟一般的骏马。

我在想，从前从新场古镇走出去的马帮兄弟们，从前在这集股客栈整装待发的马帮兄弟们，有多少人最后回到了这个地方？有人告诉我，他们大多数人是没有家的。也是,干马帮这行,等于拎着脑袋端饭碗。只要走上了马帮路,是死是活,能否发财,全靠运气,孤注一掷的人,须了无牵挂。

这家集股客栈,由于年代久远,主人姓甚名谁已经记载不详。至于名称,也许当初是它的主人与人合伙开设,不过一切已经随着时光消逝,它的主人也随着岁月化作一缕烟尘,一切无迹可寻,只留下这间集股客栈经历着岁月变迁,静默陪伴着新场镇。我们只知道它始建于清代末年,坐南朝北,是个两进两天井的四合院,建筑主体为砖木混合结构,是川西坝子的传统建筑风格,它整体由门厅、一进东西厢房、过厅、二进东西厢房、正房等7部分组成,占地面积320平方米。各部分建筑结构形态皆为硬山屋顶,覆小青瓦,穿斗式梁架结构,墙体为灰砖墙,圆形柱础。整个建筑中大量使用有吊花、窗花等建筑元素,砖砌大门上有灰雕装饰,十分精美。

说起灰雕,不得不说这是川西的骄傲,也是一道靓丽的风景线。它原本也不是什么高深莫测的手艺,早先起源于岭南,于明清两代传入四川,在聪明的川西匠人们代代传承改良下有了创新,也具备了地域性的特色,在民国时期在四川民居中被广泛使用。灰塑工艺精细,立体感强,色彩丰富。其题材广泛,通俗易懂,多为人们钟情之物,例如花鸟、虫鱼、瑞兽、山水及书法等。栩栩如生,灵动鲜活,在配色上古朴典雅,极具观赏性。

这些离乡背井讨生活的人,从集股客栈出发,离开新场古镇后,人行途中,一样少不了面临住宿与吃饭的问题,因此在茶马古道沿途设置了大小不一的客栈,大的叫作客栈,小的客栈称为幺店子。四川话幺就是一,而一是最小的数字。幺店子就是小店,也可以理解为小客栈。还有人认为幺就是腰,中间的意思,这些店往往建在两个比较大的场镇之间,所以称为幺店子。幺店子,就是马帮与背夫们歇脚住宿的地方。

幺店子的条件非常简陋,一般是用树条绑成的连通铺,或者是地上面铺了谷草的地铺,盖的是棕毯,睡的是棕垫。背二哥与马帮歇脚、住宿,可以在店里提供的锅灶里烧水做饭。很多背二哥带的是玉米馍馍,在灶头火塘里烤热后,就将就吃了。至于菜,基本是自己从家里带的红豆腐或者没有。有的幺店子也向住客卖些豆花、盐菜之类的小菜。如果没有现钱,他们也可以用米和物资来抵住店费用的。幺店子因为便宜,穷苦的马帮兄弟与背二哥们一般都住这种幺店子。身背重担翻山越岭的背二哥们,到了幺店子,好像回到了自己的家一样,可以暂时卸下身上沉重的负担让身体得到短暂的休息。

其实在那时的新场古镇,还有一种人和马帮一样,他们也要前往茶马古

道运送货物，可是他们比马帮更辛苦，那就是背夫，在四川被称为背二哥。关于背二哥的形象在新场古镇广场雕塑中就有完整的展示。茶马古道上的背二哥，被沉重的背子压弯了腰，全靠人力，一步一步长途跋涉，将物品运输到目的地，他们行走在充满危险的崎岖的小道上，用双脚丈量着大地！

我从前认为这样的背二哥只有男人。后来，在一次走访记录中发现不是这样，背夫也有女人。那个百岁背夫老人给我讲过一个故事，他少年时第一次跋涉运货的过程中，还是初次体会到茶马古道行程的艰险，在经历时不时就能看见尸横路边的惊吓后，他心理快要破防，可这时偏偏又在冰天雪地的山路上遇见了他的婶娘，他开口叫她，只这一声，眼泪便夺眶而出，他第一次知道女人为了讨生活，竟然也可以做背夫！然而下一秒他的婶娘就从狭小料峭的山径落入悬崖，悲伤与恐惧几乎伴随了老人一生。在那样的社会环境里讨生活，连生命都可以放手一搏，为了生存是男是女又有什么不一样？只是这茶马古道的凶险非同寻常，有很多背夫客死在这条古道上，最后只能抛尸荒野。

背二哥们运输的货物，进藏的主要是内地产的茶叶、绸缎等，背出的主要是康藏地区产的药材、皮毛等。到了民国时期，鸦片也成了重要的贸易物资。

背二哥都是穷人，那是一个又苦又累又有可能随时丢命的职业。背夫以男的为主，但因为生活所迫，在那个年代也有些妇女和儿童加入背二哥的行列。他们从来都是把命交给天，一是路途险峻，二是经常遭土匪抢劫，还要面对恶劣的自然环境，稍不注意就会遭遇不测。

说到茶马古道，经济价值、文化价值，人尽皆知，我不想赘言，但可有谁记得？这从前繁荣昌盛的贸易经济通道，是这些马帮兄弟、背夫们用双脚开垦出来的。这些兴盛之态，犹如枯骨开出的繁花！用了多少人的鲜血去灌溉？关于他们，关于那个时代，都不该轻易被忘记，就如同人们不能轻易忘记苦难。

虽说历史从来不单指建筑，但集股客栈就像一个符号，为我们留住了茶马古道的记忆。岁月如苍狗，那些人和时代随时光的车轮隐入烟尘！就像这首我循环播放的古老的旅店的歌词"古道西风吹歌谣，风尘弥漫阳关道"一样！

这世上的人来了又去，故事周而复始，人的欢乐大抵相同，悲伤却各有不同，历史的本质就是已经作古的回忆，回忆里的人和事，兴衰皆是苍凉。

但愿有人记得他们！我希望也有人，能正确理解茶马古道！其实，我特别希望听见有人告诉我一个故事，就是那些从集股客栈走出去的大部分马帮兄弟与背二哥们当年都很幸运地回到了新场，回到之前的出发点——集股客栈，暂作休息后，都平安回到了自己的家乡。

虽说好文章与做人一样，最忌圆满，要保持花未开全月未圆的留白，可我不愿意，就偏执地想要给这篇文章一个圆满。许是我天性喜聚不喜散，只想为早已消失的他们把故事画一个稍微圆满的句号！

20

从新场到乌镇

◆ 阿 曼

一、塔塔之家

听说新场有个塔塔之家。

"'塔塔之家'是民宿吗？""不太清楚。'塔塔之家'的主理人鹤无粮先生正好在这里，你可以问问。"

"'塔塔之家'是木心文化空间。""木心是谁？""你听说过一首诗吗？从前的日色变得慢，车马、邮件也都慢，一生只够爱一个人……"

"听说过。很喜欢！木心是一个诗人吧？"

"不仅仅是诗人。你可以去网上了解一下。再过一周，'塔塔之家'有个新年音乐会，欢迎参加。"

"太好了，希望能抽出时间来。"

2024年1月14日，大邑散文学会年会后，我陪同嘉宾老师们去游览大邑新场古镇，因为找停车的地方和老师们错过了。老师们去了新场新开的一家"塔塔之家"，虽然我没有去"塔塔之家"，却有幸遇见了"塔塔之家"的主理人鹤无粮先生。

二、走近木心

回家后，上网搜索木心。一搜便停不下来了。一条接一条视频让我慢慢走近了木心。第二天，我便把假期在家休息的儿子送去"塔塔之家"做志愿

者，为"塔塔之家"筹备新年音乐会出一些力，更希望他能跟随鹤无粮老师更多地去了解木心。

此后数天，我和家人不停地聊起木心，而最让我感叹的是木心受冤屈先后被关押20多年，被打断3根手指头，依然用白纸画钢琴琴键，在狱中弹无声的莫扎特和肖邦，用写检查材料的纸偷偷创作了60多万字的文学作品，无一字抱怨。木心说："你要我毁灭，我不！我不能辜负艺术对我的教养。"1982年，木心自费留学纽约，旅居海外多年，游历欧洲，创作了大量文学作品和画作，东西方美学水乳交融的木心画作被大英博物馆收藏。2006年，木心作品陆续在中国大陆出版。

在了解了木心的故事、读了木心的一些俳句后，我毫不犹豫地购买了木心画册和木心作品全集。在我看来，木心本人就是他最伟大的作品，随性、自然、真实、睿智、幽默，他的一切对我充满了无穷的吸引力。

新场的木心文化空间"塔塔之家"的命名来源于木心的一次画展"塔中之塔"。木心先生说，前一个塔是指伦敦塔，处境的类比，后一个塔是指象牙塔，性质的反讽，那么全句就是"伦敦塔中的象牙塔"。木心以关押囚徒的"伦敦塔"典故暗喻自己的经历，以"象牙塔"明示艺术创作。身陷绝望岁月，木心用艺术赎救自己。

卢梭说，"人生而自由，又无所不在枷锁之中"。木心对卢梭的话进行了一次逆向解读，在无所不往的枷锁中凭借艺术获得了生命的自由。而文王被拘禁时推演了《周易》；孔子在困穷的境遇中编写了《春秋》……正如木心所说，"如欲相见，我在各种悲喜交集处"。亲近木心，源于生命本生的强烈渴求，在各种悲喜交集处固守着生命的尊严。

三、到乌镇

从新场到乌镇，有2000多公里的路程，对于一颗亲近的心，却是同一个时空。

2024年9月14日，带着家人风雨兼程赶往乌镇，为木心而去。东栅访木心故居，西栅参观木心美术馆，遇到很多年轻人。

"世上有多少墙壁啊，我曾到处碰壁。可是至今也还没能画出我的伟大的壁画。"一个年轻人在我旁边诵读着墙上木心的文字。另一个说："木心的文字太美了，好像歌词。"

"白色是绝望之色，也是超极之色。黑色是吞噬一切之色，是同归于尽之色。"我站在木心的画作前想着木心的文字,想着父亲看了木心的画册后说木心是悲观主义者,而身处木心美术馆,看到在周遭黑暗的衬托下,被一束束光照亮的一页页工整的手稿以及画作前那些专注和兴奋的、年轻的面孔,我觉得用罗曼·罗兰的那段话来描述木心也许会更准确:"世界上只有一种英雄主义,那就是在认清生活的真相后,依然热爱生活。"生命的悲剧被英雄主义创造出惊心动魄的美。

四、回归新场

新场古镇有了"塔塔之家",似乎有了归属感。青石板长街上多了外乡人的脚步,从一个古镇到另一个古镇,人们寻找的始终是从前记忆中的温暖。人们是否还诚诚恳恳、说一句是一句?豆浆是否还是从前那样香浓?那锁还是不锁的默契是否仅仅一个眼神就被懂得?一分一秒不停流逝的时光里,哪些是可以真正滋养生命的愉悦?还有该如何去建造那一生只爱一个人的悠远和漫长?那个躲在老家大院里读古今中外名著的小小身影,那些在古镇跑来爬去的小孩,从远古时代哗哗而来的河流带来稚气朗朗的读书声,那是最长久最迷人的风景。外乡人会欣慰地驻足,想象这后生可畏,故乡人会回来,带着期待明天的希望辛勤劳作。时光正好慢下来,拨弄吉他唱一些歌谣,箫声古琴不知道从哪一个院落升起,沏一壶新茶,呼朋唤友随便聊聊吧。

21

悠然地守望

🟐 苗云辉

在时光的长河中,有些地方宛如一颗璀璨的明珠,历经岁月的磨砺,依然散发着独特的魅力。新场古镇,便是这样一处让人沉醉的所在。

踏上这片土地,仿佛步入了一个悠然的梦境。古老的街道蜿蜒伸展,那一块块被岁月打磨得光滑的石板,承载着无数的故事与回忆。下正街、上正街、太平正街……每一条街道都有着自己的韵味,仿佛在轻声诉说着往昔的繁华。

漫步其间,感受着那份宁静与悠然。青砖青瓦的建筑错落有致,木楼木柱散发着古朴的气息。那些雕梁画栋栩栩如生，让人惊叹于古人的精湛技艺。大院落与楼阁相互映衬，宛如一幅绝美的画卷。李氏旧宅、福临社、集股客栈……每一处建筑都是历史的见证者，它们默默地守望着时光的流转。

新场古镇，犹如一位历尽沧桑的老者，用它那饱经风霜的面容，向世人讲述着过去的故事。它曾见证过茶马古道上的喧嚣与繁华，曾目睹过南来北往的客商在这里云集。那繁忙的景象仿佛还在眼前，那此起彼伏的叫卖声仿佛还在耳畔回荡。而如今，一切都已归于平静，但那份历史的厚重感却愈发浓郁。

镇中的封火墙群，如同一道道古老的防线，守护着这片土地的安宁。它们古韵古色，仿佛在诉说着曾经的烽火岁月。站在墙边，触摸着那粗糙的墙面，能感受到岁月的沉淀与力量。岁月的风雨虽然在它们身上留下了痕迹，但它们依然屹立不倒，坚定地守望着这片古镇。

邮江河依镇而伴，河水潺潺流淌，仿佛在弹奏着一曲古老的乐章。二堰河贯穿整个古镇，为其增添了一份灵动与生机。河水倒映着古老的建筑，构成了一幅美丽的水乡画卷。沿着河边漫步，微风拂面，带来丝丝清凉，让人的心情也变得格外舒畅。

在新场古镇，时间仿佛变得很慢很慢。这里没有都市的喧嚣与浮躁，只有那份悠然与宁静。人们可以在这里放慢脚步，用心去感受每一个细节，每一处风景。在这里，你可以在一个安静的角落，静静地相守，相守那份从未有过的安然。

22

在新场翠几，遇见诗和远方

◆ 张文凤

说到大邑县的新场古镇，不由会想到它"人声三里市，春夜一街灯"的繁华，想到至今仍保存完好的老街、古桥、璧山寺的古韵意味，想到在河边听水流潺潺、享清风徐来的清凉，想到肥肠血旺、麻油鸭的美味。而更让我心心念念的，是新场新晋的网红"村咖"——翠几。

邂逅翠几，是在一个偶然的机会。那是一个夏日的午后，刚吃完午饭，我便收到朋友的信息：我在翠几等你来。

朋友是一个细心的人，总能在生活中找到美和快乐。

"翠几在哪里？"我微笑回复。

"在我家前面不远处。"

朋友的家在新场的龙桥社区，离大邑县城不到3公里。龙桥社区里面都是2层或者3层楼的别墅，每家都带有花园、菜地和车库。社区里餐馆、超市等一应俱全，因环境优美、交通便利，吸引了不少城里人在此购房居住。

雨后初晴，天气凉爽。我将车停在龙桥社区的村委会后，便跟着导航前行。空气清新，花香四溢，我一边走一边欣赏道路两旁住户养的绿植和蔬菜，还有一大片李子园和柑子园，如果不是友人在等候，我真会采摘几斤天然蔬菜和水果带回家。

十几分钟后，在道路尽头左转弯后，一座古色古香的庭院出现在我眼前，大门右侧墙上挂有"翠几"的招牌，"翠几"下面还有一串数字"1857"。就是这儿了，我见左侧墙上也有一挂牌，便仔细观看："成都市历史建筑""新场镇尚家院子"以及关于尚家院子的简要介绍。原来这里不仅仅是咖啡厅，还是一处文物。跨进门，一个美丽的花园映入眼帘，灌木月季开得正艳，让人眼前一亮。来到朋友所在的包间"象有"，精致的下午茶与简约古典的装修相映成趣。随着研磨机轻轻转动，咖啡豆被缓缓研磨成细腻的粉末，空气中顿时弥漫开一股更加浓郁、更加诱人的咖啡豆香气，本不懂咖啡的我，也深深沉醉其中。我与朋友侃侃而谈，无拘无束，彻底放空了自我。

当我好奇"翠几"为什么要加上数字"1857"时，朋友给我做了简单的知识普及。尚家院子由尚仕志在清咸丰七年（公元1857年）开始修建，（另有一种说法是咸丰四年），历时15年由其子尚瑞谦建成。古宅坐北朝南，以中轴线划分，四合院外再出庭院。各小院功能不一，包括读书、练武、药房等，形成以主庭院为中心的坝区庭院。占地面积约2600平方米，现存2个天井，25间房。我们所在的咖啡馆"翠几"，正是尚家老宅保存完好的东院，占地800平方米，它也是国民革命军20军政治部主任尚玉麟的住宅。

朋友的介绍，瞬间激发了我的好奇心。在店员小王的带领下，我们一一欣赏"翠几"的各个空间。"境中境""象有""月山"等，单看名字都充满诗情和意境。在后面的天井里，各种绿植混搭在一起，看似不经意地栽种，却透露出浓厚的自然气息。旁边墙壁上有稍显模糊的"家规家训"与"我的爱国公约"，据说是尚玉麟在抗战时期写下的，他的人文情怀和爱国精神可见一斑。旁边照壁上，尚玉麟画的鹤鸣山迎仙阁水墨画以及一些书法字迹隐约可见。古宅内,花卉、麒麟、祥云、蝴蝶等镂空灰塑、青石的屋顶和雕砌的砖瓦,都将古人的建筑智慧展露无遗。这里没有深宅大院的幽深,整体空间回环通透,通风通光效果良好。

古老的建筑,搭配清代的老物件和古韵意味的家具,让翠几的古味变得绵远悠长;简约不失精致的软装搭配、西式的摆盘,又让翠几呈现出了野奢感;院子里大大小小的花园,不同种类的植物花草层次分明,让翠几充满野趣又浪漫。

我想,翠几的老板该是怎样一个懂得美、欣赏美的人呢?店员小王告诉我:翠是珠宝,几是家具。"翠几"是龚总公司的品牌,最初是以珠宝设计为主营,后面相继加入中古家具和餐饮类别。这个宅子就是龚总的第一个以餐饮为主营的线下实体空间。小王还说,龚总一直都想要做一个远离市区的下午茶空间,有了想法后就开始在四处寻找合适的场地,直到偶然间在抖音上看到新场管委会发的这个宅子,实地看过好几次之后,觉得很符合他的预期,经过改造,就有了今天的咖啡馆。

在咖啡馆改造以前,这里是新场镇龙桥社区的"村史馆",主要展出田契、地契、票据等文物。村支部初衷是让老宅厚重的文化、建筑的美学价值、尚家的人文情怀等得以为世人学习和借鉴。

我想不到翠几有这样跌宕起伏的故事,有这样丰富的前世今生。醇厚的口感、泥土的芬芳、艺术的魅力、乡村的无限可能——这些独特的元素,已经让翠几将城市与乡村、传统与现代融合连接。而翠几独有的历史文化,独特的审美空间,更让它显得厚重而不呆板,神秘而又朦胧,难怪会成为下午茶种草和摄影爱好者打卡的理想之选。

不论是在晴天雨天、春夏秋冬四季,来新场的翠几,都会有独属于你的那一份不一样的感受。传统的乡村画卷添上现代都市的时尚元素和历史的独有魅力,让咖啡不再只是一杯咖啡,而是一种对生活的热爱,对美的追求和向往。当闲暇来临,何不在翠几坐坐,感受微风拂过脸颊的温柔、田园风光的宁静?

23

新场的声音

韩高洁

人每天是活在不同的声音里的，父母的唠叨声，爱人的呢喃声，孩子的哭闹声，朋友的嬉笑声，视频的嘈杂声，邻居的行住坐卧之声，同事的窃窃私语之声，等等。所有的声音围绕在身边，密密匝匝，如面对嘈切之急雨，如生活在声音的瀑布之下，只听得到密不透风的声浪飞流直下，却听不清自己内心的声音。从高铁站开往新场古镇的公交车上下来，耳边盈满陌生的大邑方言，在人烟阜盛中，湮灭自己的声音，又寻找自己的声音，踏上了一场"神隐"之旅，将身体隐入充满烟火气息的南方小镇，将灵魂隐入雪山脚下汩汩不息的清冽河流，如果不知道去向哪里，脚下的路会一步一步告诉你。

踏入璧山寺的大门之前自己都愣住了，不知不觉，脚下之路已经将我引至这座古刹前。脑海中突然闪过一些画面，向父母坦诚想法的那年冬天，母亲喋喋不休哭了整夜，父亲的情绪隐匿在无名的角落，也进入过寺庙祈祷，可还是跌进了灰色的尽头里。一闪而过的回忆不算美好，甩甩头，踏入璧山寺，在成都的地界上，这座寺庙却以重庆市的璧山县（今重庆市璧山区）命名，其中隐藏着一个不为人知的人物——明末璧山县令李万春。他为官清廉，肃整贪腐之风，为新场古镇到璧山县做生意的商人开创了清明一时的贸易环境，后为奸人谗害，携一家老小投江自杀，后新场商人为感万春县令之恩，造此寺庙供奉其牌位，不知在沉吟泽畔之时，他是否也曾遇到过那位沧浪渔夫，为他指点过些许迷津。乘长风破万里浪，生命如沧海一粟般漂流于时间长河，那位"小舟从此逝，江海寄余生"的豪放先生，面对开阔江面，是否也曾想过一了百了；那位"斯是陋室，惟吾德馨"的刘郎，难受至极时可曾想做江底沉舟。活得越久，越质疑世间是否真有嵇康口中所说的"并介之人"，如何做到兼济天下的同时又耿介自守，面对不公，面对黑暗，面对强力压迫，耿介之人往往容易走入孤绝，婉转自保者似乎又易陷入油滑小人的境地，世间并无万全法门，净土庄严，又能否听得清世人无声的祈愿。

璧山寺与其称之为寺，不如称为精舍更能凸显它的小巧别致，小小山门背后别有洞天，未来佛弥勒挺着肚子笑纳四方，韦驮天尊将降魔杵立于地上，隐喻寺庙体量小，不招待云游僧众常住。进入正殿主院时那种隔窗造景的熟悉感，让我仿佛置身于多年前的扬州瘦西湖园林中，柳暗花明，次第推进，穿越两边抄手游廊，在树影浓荫之后，大雄宝殿突现于眼前，让一切豁然开朗，使我来不及收回的目光，被彻底吸引。殿前树影摇晃，红色祈福带随风飘扬，清樾轻岚，如在秋水。大殿左侧是法鼓楼，右侧是金钟楼，两楼相对，骑乘在奔腾的绿色河流之上，带着寒意的清冽雪水，一路积沫翻涌，拂花穿柳，轰隆着向镇外驶去。身着褐色僧袍的法师依次接引着香客太太们点香供灯，每一个叩拜中都隐含着一声佛号，每一炷燃香里都明灭着一场祈求，每一盏供灯后都藏匿着一段心愿，信仰的延伸在这一刻得到了具象化。

　　寺院的每条路都可通往外部小镇，有门又似无门，修行法门本就通达四方，修持内心更是通往无相，寺院路径的通达也深深契合佛法无边的本真。当"塔中之塔"4个大字赫然映入眼帘时，才发现原来这座寺院连通着一座充满近现代人文气息的木心艺术空间，"在被囚于伦敦塔中时，我雕了座象牙塔"木心回首人生至暗时刻时轻飘飘地总结，藏着云淡风轻的厚重，以关押囚徒的"伦敦塔"暗喻自己的经历，以"象牙塔"明示于社会喧嚣中自我构建的精神殿堂。囚禁岁月中，文学与艺术是他的内心最干净的声音，是他生命的自我救赎。

　　"那时，那浮余的盌，随之而去的是我的童年。"

　　"不知原谅什么，诚觉世事尽可原谅。"

　　……

　　一步一步，穿过茶香中的娓娓交谈，穿过墙面大片的文字，穿过时代的留声，从璧山寺进入，却从"塔中之塔"的正门出来，仿佛走路时突然岔出了一条小路，试着走上去，却发现蹚出了一条意外之喜的新路，一个人走路，又何必执着于计较从哪里出发，到哪里结束呢，出发后的那些痕迹才是真正的答案，人生到处知何似，应似飞鸿踏雪泥。

　　走至寺院背后一条人迹罕至的街上，只有零星几个太婆在街边摆着无人问津的摊子，一位胖而蹒跚的太婆在卖一种本地的酸枣籽打磨而成的手串和项串，15元很大一串。太婆一边唠叨着生活的艰辛，一边给我宣传着酸枣籽助眠辟邪的好处，我很好奇，也很欣赏这种质朴的小玩意儿，买下一只挽了几圈戴到手上到处晃荡。街巷旁卖花生的老太太斜觑了我好几眼，她指着我手上的小玩意说："这酸枣籽，我们都不要的！"我低头看了眼自己的饰品，问她为什么，她没再说话，转身走入了店中。低头再看时心情有点难过，但好像也没大的所谓，世界的声音很多，喧嚣又嘈杂，自己心里的声音呢，好像要更大声一点才行，更重要一点才行。

穿街过巷，心里的声音还未浮现，肚子里咕咕的饥叫声早已震彻耳膜。街市中写着各种姓氏的汪血旺、周血旺、郑血旺旌旗招展，海棠油炸糕混合糖油的香味溢满长街。买下一份油炸糕，寻得一处血旺店，让孤寂的肚子与灵魂暂时有了安放之地。咬开油炸糕金黄脆糯的外壳，鲜红的豆沙甜入舌尖，端上来的肥肠血旺，红油滚烫，蒜泥雪白，葱花碧绿，舀一勺入口，鲜嫩热辣的血旺直接滑入喉中，烫得一个激灵，泪水都烫出来了，麻辣鲜香的触感让人欲罢不能，脑子里告诫自己凉一下再吃，手已经忍不住舀起第二勺、第三勺。暖烫的美食熨帖着空寂的胃，也暂时抚平了眉宇间萦绕的愁思。

品尝美味之际，门外暴雨如约而至，将人群赶入饭店门口的廊檐之下，一时间除了雨声，就是嘈杂的人声。我很喜欢雨，从前在北方就喜欢，也因为雨水的丰盈，在南方滞留至今，每当心情不好的时候，如果一场大雨来袭，仿佛可以涤除心头尘埃，心境也会澄明许多。"孰能浊以止，静之徐清"，尘浊与俗事形成的壁垒，密不透风地围在周遭，无形的手从四面八方伸来，试图搅扰内心的平和，声音发出时，会在空间里回响，场域越小，回响的声音越大，就像心事，如果心灵的空间足够大，会不会就没有那么多声音此起彼伏喊喊喳喳。

阵雨初歇，重新走入人群，漫步至永安廊桥，横架于宽阔的邮江之上，历经风雨飘摇，勘破行人几番新老。与风雨廊桥相对的是一公里之外的现代网红新桥，中间经过了漫长的菜地，粉蝶如织的游人脚步踏碎在沙石中，时光空吟在微风里，从古朴漫步至现代，无数声音被抛在身后，向前走的声音从未停息。身着粉色西服，头戴白色棒球帽的老人，抱着音箱，放着他的时代的情歌，独自行走在现代网红桥上，边走边回头，边走边左顾右盼，他似乎很期待周边人与他眼神上的交流，可是没有，他那样的特立独行，行走在人群中，现代人没有几个敢与他产生正面交集。人群在身边流逝，正如他青春里的时光与爱人在身边消散，他正穿过新桥走向旧桥，就像穿着新衣服固守着旧时光。桥下是三五成群的少年在河边滩地野餐垂钓，年轻人的食欲就像蓬勃的江水，聚集到一起能吞掉一头大象。江边支起简陋的桌椅，锅里煮着红油沸腾的火锅，各种半成品的丸子一股脑儿地入锅，筷子起起伏伏，七手八脚，食物的味道更多和年龄有关，年纪越小，吃得越香，新桥之下青春洋溢的脸上，幸福掷地有声。

从新场古镇回来，身心轻盈了许多。从嘈杂的人群归至寂静的生活，心灵在雪山湍流中得到熨帖，灵魂在游走碰撞间得到喘息，内心的声音变得如此清晰，才发现原来坚持也是另一种破局。不同声音从四面八方涌来，窥探的目光从四下漏进来，指点生活的手不断伸过来，手中拿着生命不知牵往何方的引线，想要炸开一片未来，炸出内心的潜能，炸出野心勃勃的欲望，炸出不一样的自己，让生活天翻地覆，让未来拨云见雾。炸是保留内心声音的无所畏惧，炸是莫问前程的生命投掷，炸是忠于自我的海纳百川，炸是一条道走到黑的一往无前。生命要有裂缝，不只是在等待阳光照射进来，而是要炸开裂缝冲出去拥抱极致的阳光，让灵魂穿越天地，重逢自己。

24

老宅与咖啡的旷世之缘

——记"翠几"的前世今生

徐东梅

一座掩映在乡村林间的清代老宅，一间古朴典雅的咖啡馆，它们之间有着什么样的旷世之缘？请跟着我的脚步，一起去探寻咖啡馆"翠几"的前世今生吧！

去"翠几"时，是盛夏。蝉噪林愈静，玉米自成垄。碎瓦片铺就林间小路，篱笆围墙蚕豆绕藤。在蓝色指示牌的指引下，我们来到"翠几"大门前。

大门左侧用红砖砌墙，低调简约，挂牌上书写"成都市历史建筑""新场镇尚家院子"等字样。大门右侧用水泥抹面，镶嵌红砂石"泰山石敢当"，有着镇宅慑邪的特殊寓意。这是成都市历史建筑。有啥特别之处？我的好奇心瞬间被激发，不由得打破砂锅问到底。

尚家院子位于大邑县新场镇龙桥村，在清咸丰四年开始修建，历时15年，到同治八年建成。后来，对称的八字大门，在新中国成立后被拆掉一边。现有建筑上残留的"孝悌力田"守西京对联，是由尚瑞谦的同族兄弟、晚清武举人尚殿候所写。据龙桥村支部张卢副书记介绍，道光皇帝为表彰尚家祖先"守西京"的功绩，赐给尚家一匾，上书"捍卫疆土"4字，可惜后来匾被隔断作粮仓群板，仅剩下"捍卫"两字。

在明清时期，房屋建筑的高度与梁柱的根数，关系到房屋主人有无功名。而尚家老宅是七柱三式样，正是进士的建房规格。可惜代表身份的桅杆已经被毁，所出进士究竟是谁，未能考证清楚。真没有想到，现在我们看到的咖啡馆"翠几"正是尚家老宅保存完好的东院，它也是国民革命军20军政治部主任尚玉麟的住宅。

为啥"翠几"选址在这里呢？请带着悬念，和我一起再看看房屋的内部结构吧！房屋建筑采用川西民居常见的四合院形式，由相互连接的正房、厢房、耳房和过厅等部分组成。同时，房屋巧妙采用大天井套中天井，中天井再套小天井的形式，使庭院布局整体层次分明，错落有致，真是匠心独具。这些房屋的设计都非常注重风水学的原则，力求达到居住环境的和谐与舒适。

除了建筑结构外，尚家老宅的装饰也是别具一格。建筑材料为青砖、灰瓦、青石板、木裙板等，并用灰塑进行装饰。连房屋的每一处屋脊上，都有镂空的灰塑，雕塑造型精美，让人叹为观止。

尚家老宅前院的照壁更是精品中的精品。壁顶是长方形，有花卉、麒麟、祥云等镂空灰塑。壁身是菱形，四周用砖雕装饰。这些水磨青砖，用方砖斜嵌成八角、小方等图形，显得光洁古雅。中间的是精美的镂空花卉牡丹插瓶图案，寓意富贵吉祥。这些镂空雕花工艺讲究，使整个住宅更加富丽堂皇。

在相邻的照壁上，一处倒着的蝴蝶灰塑造型非常特别。一般来说，在古建筑的动物装饰中，以蝙蝠造型居多，因为"蝠"谐音"福"。而在大邑话中，"蝙蝠"又叫"岩老鼠"，而"蝴蝶"大邑话谐音"福叠"，倒着的"蝴蝶"又有"福到"的意思。听了张卢副书记的介绍，我豁然开朗，笑称"这是大邑话的活化石了"！

房屋主人尚玉麟画的鹤鸣山迎仙阁水墨画，在另一处照壁上，还隐约可见。房屋墙面上存留着尚玉麟在抗战时期写下的"节约建国"和新中国成立初期写下的"我的爱国公约"等训诫。这些斑驳的文字，让尚玉麟的人文情怀和爱国精神，在今天依然熠熠生辉。

尚家老宅古建筑保存良好，凸显川西建筑特色，又具有丰富的人文景观。在当地政府和社区的共同努力下，花费近20万元，将废弃多年的尚家老宅重新修整，建成本社区的"村史馆"，主要展出田契、地契、票据等文物。初衷是让它对外展出，以成为地方文化的重要组成部分。随着抖音风靡全

国,它不啻成了对外宣传的重要平台,张卢副书记在抖音上发布村史馆的相关视频和图片,无心插柳柳成荫,竟然引来金凤凰小龚。小龚谈道:"我一直都想要做一个远离市区的下午茶空间,就在四处寻找合适的场地。偶然间,我在抖音上看到这个宅子。实地看过好几次之后,觉得很符合我的预期。所以就决定改造。"谈到咖啡馆的命名,他说道:"翠几是我们公司的一个品牌,最初我们是以珠宝设计为主营,后面相继加入中古家具和餐饮类别。这个宅子就是我们的第一个以餐饮为主营的线下实体空间。"于是,"翠几"咖啡馆应运而生。

"翠几"不仅营造出下午茶闲适的休闲空间,更重要的是将乡村文化的保存与创新的责任勇挑在肩。"翠几"在《入店须知》中明确提出:"院落主体为历史保护建筑,严禁破坏。"充分强调保护文物的重要责任,对于每一个进"翠几"的游人来说,也是潜移默化的正面引导,意义非凡。在小龚的主持下,尚家老宅修旧如旧,对现有文物进行保护,采用布幔遮挡的方式,营造神秘而朦胧的效果。

从"翠几"背后公司的渊源来看,它有着中式古董家具的专业审美眼光。咖啡馆内的摆件都是清代的老物件,且旧家具古色古香,与周围的雕花窗棂、椅子、沙发等搭配和谐,营造出静谧而不失优雅的氛围。再加上每个房间的命名"境中境""象有""月山"等颇有禅意,与周围花草树木的造型相得益彰。从开馆至今,不仅迎来无数的咖啡爱好者前来消费,更吸引了无数摄影爱好者前来拍摄,这是乡村文化旅游宣传的重要组成部分,也是"翠几"竞争实力的显性表现。

在"翠几"泡一杯咖啡,享受一份属于自己的宁静时光。喝下这杯醇厚而柔和的咖啡,仿佛所有的困扰都被带走。留给我的,只有那份深深的宁静与满足。

25

新场古镇,古镇新场

◆ 宋 扬

1

明明是古镇,却取名"新场",新场古镇就是如此奇特。

新场古镇是我国历史文化名镇，被誉为"最后的川西坝子"。古镇始建于东汉时期，兴起于明朝嘉靖年间，是川西地区规模最大的"船"型水乡古镇，有浓郁的民俗文化、农耕文化、美食文化、水文化及古建筑文化气息。

新场古镇旧时是守卫边疆的"思安寨"，自古以来处于交通枢纽的位置，商贾往来频繁，物资、信息、文化都在这里广泛交流，这些，对古镇的建筑、生活都产生了巨大影响。"思安广场"在古镇入口处，广场上按比例复建了两栋碉楼。碉楼既有川西民居的显著特点，又兼具西方建筑的部分特征，彰显着古镇文化的包容性与多元化。碉楼背后立着一个巨大屏风，上面题刻着"正本清源"4个大字。

刚步入古镇，一群头发花白的退休老人活泼的歌声便从我前方的桥上传来——"走在乡间的小路上，牧童的歌声在荡漾……"老人们虽容颜已老，但心态却是年轻的，他们都仿佛还是当初的少年，没有一丝丝改变。他们走的那座桥，便是古镇历史上最悠久的"九洞桥"。

九洞桥因顺河而建，故又名"顺河桥"，历史上被称为"江源第一桥"。据载：以前，桥头前两丈远的地方，立着一道青石碑，碑高约一丈。碑居中刻有"江源第一桥"5个黑色大字，字体为柳体楷书，清秀刚正，颇见功力。碑右上刻"募资建桥功德无量"，左下刻"大明洪武四年春"，碑背面刻有募资建桥缘由、过程及捐资建桥人姓名等。

在桥侧面观桥，只见"九洞桥"横卧溪水上，中间洞大，两头洞小。9个洞，洞洞大小不一。桥身微拱，轻波般起伏，若潜龙初动，在绿林掩映中古意十足。

不止九洞桥，在新场古镇有水的地方，间隔不远即有桥。新场古镇历史上有很多桥——石桥、廊桥、铁索桥，不一而足。这些桥或独拱，或连拱，或为平桥，或为坡桥，形态多样。桥下的溪水时而平缓若镜，水里树木的倒影静止得像岸上景物的复制品；时而跌流成瀑，小瀑潺潺之声不绝于耳，那些树木的倒影遂摇曳起来，又变得如抽象画一样朦胧迷离。

古镇之所以又被称为"最美的天府水乡之一"，皆因郫江河傍镇而过。郫江河于西岭雪山发端，奔流至新场古镇而阔大。从郫江河引水入镇，相传始建于东汉。引水口称头堰，以后依次分出二堰、三堰以至六堰和长流堰。历经数代人改造，建成引水枢纽拦河溢流坝及进水闸、冲沙间，并对渠系加以整理，现有效灌溉土地57500余亩。千百年来，这一引水工程一直运行良好，从某种意义上说，堪称缩微版的"都江堰水利工程"。难怪有当地诗人

写诗赞它——"西岭峰头雪,化作邮江流。出山涛喷碧,入堰溉田畴。膏腴五万亩,华年七百秋。环境长珍重,明珠莫漫投"。

2

新场古镇现有文保单位20多处,景区内现存清代和民国的川西民居建筑达20余万平方米。其中,古镇核心区上、下正街被中华人民共和国文化和旅游部、文物局评为"中国历史文化名街"。上、下正街始建于东汉时期,街道布局二纵二横,呈"井"字形,极具川西民居风情。我一路走过去,只见临街建筑都是2层青砖木构,下层为商铺,上层作贮物之用,商铺后,还有院落、天井、居室。

古镇既是旅游景区,也是古镇原住民的家园。这里有他们最真实、最朴实的生活。古巷悠悠,石板路被岁月和经年累月于其上行走的人、牛、马磨出了深深的坑洼。路过一民居,屋檐下,柴火一根根规整码着堆,金黄的玉米棒子挂在长竹竿上,等待主人空闲后一颗一颗剥下玉米粒儿;门板上新春时贴下的年画已经泛黄脱胶;晒干的丝瓜瓤挂在门板两边,那是准备售卖给游客的纯天然洗碗用品;"修自行车、配钥匙"的布制店招在秋风中轻轻飘动。在古镇,这样亦农亦商的人家占比颇高——古镇外就是肥沃的西蜀大地。珍惜土地,不忘农耕,古镇人的生活糅杂了古老与现代、传统与创新,既留得住乡愁,又看得见未来。

古镇文化底蕴深厚,是茶马古道上的历史文化名镇和南方丝绸之路的重要节点,也是南来北往的主要驿站,自古以来就是客商云集、经济繁荣的商贸重镇。古镇的茶叶、木材、煤炭、大米和杂粮等五大市场的吞吐量极为壮观。

"五大市场"首推茶叶市场。古镇是周边乃至巴蜀重要的茶叶集散地,清朝康熙年间茶业商号达数十家,茶文化源远流长,博大精深。曾经的古镇,大街小巷随处可见茶铺和挑着木桶叫卖的茶贩,茶香弥漫了整个新场。吃茶的同时,会佐以茶食、糕点、糖果、菜肴等,这就又诞生了独属古镇的美食——肥肠血旺、麻香鸭等。"美味招来云外客,清香引出洞中仙",引得古镇周边成都、邛崃、新津的老饕们慕名而至。

3

如今的古镇茶铺,更贴近自然。竹林下,古树边,茶椅就那么随意地摆着。闲情品味人生茶。我要了一杯清茶，茶椅上一躺，听溪声，听竹叶滴水声，听林中秋蝉浅唱。远方的邛崃山若隐若现，悠悠然，陶陶然，顿觉秋风小雨本无价，近水远山皆有情，真乃人生一大享受。在漫长的岁月之中，勤劳的新场人向往宁静淡泊的简朴生活，学会了品茶的清香，体味生活的苦涩甘甜。我在古巷慢慢走着，马帮的铃声、茶贩的吆喝声仿佛还在那青瓦、那门板、那窗棂、那青石板上声声回荡……

不知不觉间，我已走出古镇街巷，我的眼前便是宽阔的邮江河了。邮江河对岸的山霞蔚云蒸，河上架起一座廊桥，名"永安廊桥"。"永安廊桥"横跨邮江河，过河就是邛崃市茶园乡。"永安廊桥"曾是大邑、邛崃两地人民来往的必经要道，也是两地山、丘、坝物资交流的通衢。早在清嘉庆年间（公元1796—1820年），史志就已有"永安廊桥"建桥的记载。1921年，新场、西江（今茶园）两乡士绅发起募捐翻修永安桥。这座桥工程浩大，桥身全长27丈、宽1丈，桥下石砌6个大型桥墩，支撑着巨木桥梁。"永安廊桥"先后历经多次翻修、重建，如今，它已成为古镇的另一标志性古迹，也是本土群众和外来游客休闲、赏景的绝佳去处。我走上桥去，桥两侧有长木椅可坐。静坐桥上，凉风从远方习习吹来，神气清爽感油然而生。桥头，当地老婆婆在售卖竹笋、野菌、野菜等山货，这些山珍吸引了不少游人好奇的目光。

古镇人重生活的享受，也重家风、礼仪、文化的传承。在一些人家的大门处，我看到"天地万物和至贵，古今百善孝为先""行善积德乃治家要义，读书明理是为人根本"的对联；在"家风"宣传栏上，我看见"子弟好学、父慈子孝、兄友弟恭、邻里皆亲、妯娌和睦"的家训……不论生活格局发生多大变化，古镇人都重视家庭建设，注重家教、家风。古镇人大力弘扬社会主义核心价值观，发扬光大中华民族传统家庭美德，促进家庭和睦，促进亲人相亲相爱，让老有所终、幼有所养，使古镇的每个家庭都成为国家发展、民族进步、社会和谐的重要基点。

聚古神州古风古韵，积新中华新气新运。好一个新场古镇，好一个古镇新场！

26

新场古镇一游

李建强

闻得新场古镇之盛名是前几年偶然在百度百科上：新场古镇始建于东汉时期，兴起于明朝嘉靖年间，西与邛崃接壤，南连王泗镇，北通邺江镇、花水湾和西岭雪山，是茶马古道上历史文化名镇之一，是四川现存规模最大、保存最为完好的古镇，被誉为"最后的川西坝子"……看完此简单介绍，新场古镇之名就铭刻于心，不仅如此，更想快马加鞭，一睹为快！

终于时机成熟，就在今日。步入古镇，便有"四川古镇多，新场独一朵"的感觉。与附近的安仁古镇相比较而言，新场古镇历史更古老，建筑更加原汁原味，少了商业气息，多了民风民俗，置身其中，时光恍如倒流。古镇民风民俗可在古街中一目了然，原住民你来我往，在老街上真实展现古镇人民的曾经和现在。历史与现实交织在一起，别有一番风味和情趣。这里没有安仁古镇的政治氛围和气息，也没有太多游客，清净简约，无论游玩或居住皆为佳处！

新场古镇之精妙之处在古屋老街，更在于水。古镇位于西河之畔，更有小溪贯穿流淌，在水的滋润作用之下，整个古镇生机盎然，更兼竹绿、花香、人旺、鸟鸣、水潺，成就一幅天然画卷！水是新场古镇的魂魄，也是古镇的灵气。漫步于新场古镇，身轻、体爽、灵喜、魂乐！

另外，我曾经对网络追捧之特色小吃"周血旺"半信半疑，今特地品尝之，以验其实。一言以蔽之：汤煎、味香、量大、血嫩，入口即化，咽之肚爽，若再配店里之凉菜一小碟、米饭两碗，赛似活神仙！

若有缘，定会再游新场，再品周血旺！

27

新场镇"陈家大院"的那些事儿

◆ 何其敏

当闻悉大邑陈家大院被评为省级文物保护单位的消息，笔者在新场镇老人协、老体协主席何宗银等人的陪同下，造访了这座已被新场镇桐林社区林盘景观包围的古老大院。

从社区党群服务中心了解基本情况后，我们一行驱车来到陈家大院外墙边，只见高耸的围墙既有梅花朵的墙窗，又有镶嵌于青砖墙面的飞禽走兽的图案，还有花鸟虫鱼、梅兰竹菊等造型各异的几处浮雕。经了解，清光绪年间，陈家高祖父陈炳勋乡试考取武举人，清末民初，陈家5兄弟共建了5个院落，规模最大的当数陈宗典一手创建的陈家大院，其余4个院落在新中国成立初期土地改革时，被分给贫下中农成分的村民居住。现在只有陈家大院保存得较为完整，那些构件上的吉祥花卉、地方传说、神话故事等图案尚依稀可见。

当地徐姓老人靠近笔者，右手指着一段围墙的下端说，那是已封闭多年的陈氏家族水碾漕口。当年陈家有5个漕口水碾坊，除满足本家族人碾谷磨面外，还为当地村民碾磨加工米面等粮食，从中获得了一笔可观的收入。清朝末年至民国年间，陈家5个兄弟有的做生意，有的种庄稼，有的操练武功，更有甚者参加哥老会，分别成了袍哥、舵爷、总舵把子和王泗、新场一带最大的恶霸地主。最为奸诈阴毒的陈宗典，仗着陈氏家族的势力，以巧取豪夺等方式，累积土地达数百亩之多，并通过盘剥佃农、霸占良田，在分水河边建造了这座两重两天井的四合大院。

接受采访的陈家后人说，从前陈氏祖先封建意识极浓，信奉"媒妁之言"的婚姻缔结制度。传说那个时候，陈家有个姑娘自由恋爱被人发现，族长按照家族家规做出将其沉河的决定，族人们觉得族长惩处过于严苛，遂纷纷下跪于家族祠堂竭力劝谏，才及时制止了这桩惨烈悲剧的发生。这位陈家后人还向笔者透露，当年他的高祖父肉食吃腻了，便常以吃泡菜来解荤解油腻。可是家里自酿泡菜总是生白霜，仅几天时间就完全霉烂了，急得全家人不知如何才好。于是分别派管家、丫鬟、奶妈、家丁到新场打听，看市面上有无卖不霉变泡菜的店铺。经走街串巷，多方寻觅，终于找到一家不生白霜

且保存期长的王氏王泡菜,并热情邀请王氏到陈家做座上宾,请她传授酿制泡菜保质期悠长的方法。打这以后,陈家人依照王氏提供的方法,果然酿成的泡菜不再生白霜了。

  为何王泡菜这般神奇?相传有天晚上,天庭仙姑托梦给王氏,请她品尝天王享用的"十年泡菜",并悄声向其传授酿造秘诀。梦醒天色未明,她生怕忘了仙姑秘传真谛,立马起床找来一个坛子,倒进井水和盐巴,将萝卜、红椒、大蒜等生菜放进去,且倒进少许白酒和红糖等佐料,并在坛子口罩上垫有纱布的盖盖。第二天,满屋子泡菜味芬香扑鼻,她指着桌上自酿的白中透红的泡菜,神秘兮兮地对丈夫讲述着仙姑托梦之事。家人得知,争着品尝,果然酸甜适度、细嫩纯正,味道极佳。之后,全家一日三餐,都由泡菜唱"主角",酿制泡菜成了王氏的嗜好。起初,她做来自家吃,若街邻找上门要点的话,她从来不收取一分半文。后来,慕名前来要泡菜的人多了,才不得不收菜品、佐料的成本钱。为此,街上和周边的百姓就给王氏泡菜冠以"王泡菜"的雅号。至今,清代陈家主人和王氏王泡菜的故事一直在新场民间广为流传。

  我们边走边说边看,不知不觉到了陈家大院,其门庭高大古朴而庄重。走进宽大的宅院,我们逐一端详陈家大院的各间房舍,其中一间保存着原来的纯柏木地板,室内有些木地板子已经变黑发霉,还散发出潮湿腐朽的浓郁气味。据社区干部介绍,此大院始建于清朝末年,民国时期又有修葺和扩建,占地面积700平方米,整个建筑坐南朝北,由门厅、过厅、东厢房、正房等5部分组成,其建筑结构皆为悬山屋顶,上盖小青瓦,穿斗式梁架结构,部分墙体为传统裙板墙,有的墙体为现代砌筑的青砖墙。其柱础皆为浑圆的形状。整个建筑,使用了吊花、驼峰、檐口角花、撑弓等建筑构件,而这些构件上面都雕刻有花纹等美饰图案。

  驻足观看中,笔者为贴于廊房两壁泛黄的学生作文感到好奇,新场镇退休党支部书记连忙解释道:"新中国成立后,人民政府没收了陈家大院,且作为公产在院内办起了分水小学,那墙上张贴的学生优秀作文是学校向全校学生展示语文教学成果。20世纪90年代,村办企业阀门厂建成桐林小学,分水小学被取而代之,陈家大院数十间房舍成为阀门厂员工宿舍。随着阀门厂(现蓉新公司)发展壮大,厂里修建了员工住宿楼,员工们才从陈家大院搬到员工宿舍去了。"

  2012年,陈家大院被四川省人民政府列为"省级文物保护单位"。而这个大院仅距新场1.5公里，面积5.3平方公里，是古镇新场旅游环线的延伸。近年来，县上基于对何陈家大院现有建筑的维护，及早划出的保护范围为以围墙外延5米为界，并把建设控制地带的保护范围向外延了20米。这一决策，极大地增强了桐林社区干部群众保护历史文物的意识。这不，为了配合镇党委政府打造新场古镇，桐林社区两委会（党委会、居委会）为突出现代新农村建设，把保护陈家大院等历史文物古迹提上了议事日程。他们依托古典雅致的陈家大院，认真梳理挖掘文物资源，精心策划乡村产业群体，坚持以"文创新场，铸梦桐林"为目标定位，依照AAAA级景区标准规划设计，不断优化桐林社区农户林盘景观，力求社区林盘与古镇古建交相辉映，进而形成"古迹＋绿道＋林盘"新格局。

与此相适应，桐林社区两委会既对陈家大院、百年老水碾等历史建筑做保护性修缮，又利用陈氏家族古建筑遗留的砖、瓦、木、石进行巧妙布局，向前来参观的旅客推出小桥流水、花果纷呈的景观小品11处，还在维护陈家大院特色建筑的基础上，建设完成了船歌、牧歌、荷塘微景等更新项目，并将引进壹和书院、黑子视角文化发展艺术工作室、钟刚教授文创工作室等文创团队入驻，从而搭建体验式消费新场景，丰富村民群众的精神文明生活，让社区林盘成为新场古镇另一个值得游人观看的"园林新景观"。

离开陈家大院返城，那桐林社区民居林盘周边溪水发出的声音仍在笔者耳际回响，那架构于陈家大院房舍上的美饰构件仍浮现在笔者眼前。

史实 SHISHI

01

新场第一镇略考

+ 杨刚祥

在川西大邑，新场历来就有"一新（场）二唐（场）三灌口"之说，意思是在全县所有的场镇中，新场排名第一，唐场第二，灌口第三。排名第一，表明新场镇在大邑历史上的重要性和作用。

认真查阅、研究史料，发现被称誉为"最后的川西坝子""川西水乡"的新场，果真历史悠久，文化厚重，来历不凡。

上篇：汉代设市　历史悠久

新场镇位于大邑县城西南，距离县城仅11公里，靠水依水，山、丘、坝兼有，坝区与山丘区各占半数。有山有水有平坝，想象中应该是一个"一水护田将绿绕，两山排闼送青来"的好地方。

沿古镇老街一路前行，众多建筑中西合璧、中式结构、封火墙装饰的房顶，西洋风格的窗格子、罗马柱、花瓣形的透气孔……风格各异的小楼，有的曾是过去的天主堂，有的是商会会馆，有的是有钱人家的洋楼别墅……历史的变迁，那些优雅与富足，被深深地记在当地民众的备注中……

大邑素有"蜀之望县"的美誉，新场同样历史悠久、山川秀美、文物璀璨，为望县大邑增添了光彩。清乾隆版《大邑县志》为大邑最早的一部史料书，大凡引用史料皆以此为准。该志《卷一·沿革》载："大邑为禹贡梁州之域，秦汉为蜀郡江原县地，后晋以后为晋原县地，后周仍为晋原。唐咸亨二年，析置大邑……"《太平寰宇记》载："县在鹤鸣山东，其邑广大，遂以为名。"这段文字说明在唐高宗李治二年（公元671年），大邑建县，距今已有1352年。查阅新场史料，新场的历史比大邑建县的历史还要久远。

新场古镇始建于东汉时期，兴起于明朝嘉靖年间，旧称"清源市""清源场"，清澈的邮江河穿境而过。据了解，新场古镇原址在邮江河出山口左侧、现在的头埝村附近，依山畔水而建，因地势受限只是顺河建了半边街坊，如扇子，称"扇子场"或"半边街"，此后逐步迁移到二三里下游泳河边地势开阔、平畴绿野的平坝，才称清源市。为什么叫清源市，传说是新场头埝附近有一清源宫，主要祭祀的是历代治水功臣，历史上的成都平原和邮江河流域就曾多次遭遇洪灾，百姓无不祈祷平安，故那宫观规模宏大、香火旺盛，因固守着一条邮江河，故场镇以"正本清源"之意取名。清光绪年间，文人陈凤鸣为清源场楼题写楹联，上联"清气接雾山霞蔚云落人文焕发"，下联"源头来邮水人杰地灵明哲挺生"，"清源"两字藏于联中，描绘出古镇的地理位置、自然风光、厚重人文，故取"清气接雾山、源头来邮水"而得名。清源场后被洪水冲毁，乡人另择新址建场，名曰"新场"。《成都水旱灾害志》载：清道光二十年（公元1840年），成都平原大雨倾盆，"大邑大雨，邮江大水，虎跳河段洪痕推算洪峰流量3200立方米每秒，为近300年来历史，调查及实测邮江最大洪水。"清源市因洪水作用，形成了今天的清源半岛。

因邮江河穿境而过，清清的源头之水从雪山来、润泽一方。新场古场镇形如一只大船，乡民在场头、场尾各塑一塔，状若桅杆，稳稳地锚定这只船，以保一方平安。邮江河与大堰河、二堰河、三堰河并列，街道布局二纵二横、七街六巷，呈"井"字形。河水穿古街、入小巷形成小桥流水人家，街道规整、民居古朴、民风纯正，与成都周边临江穿河而建的平落、街子、元通、黄龙溪以及眉山的柳江、阿坝的水磨等古镇，毫不逊色。古镇面积达40万平方米，榫卯穿斗结构的街房鳞次栉比，人字形小青瓦与流线型封火墙相融自然，一色清末民初的川西民居建筑风格，是目前四川规模最大、保护完好的西蜀水乡古镇，被称誉为"最后的川西坝子"。

据宋代《元丰九域志》载，大邑当时有10乡、1镇、1寨。这"一寨"即思安寨，就是今天的新场镇。当时为何要单独设置寨呢？"寨"包含有关口要塞、军队驻防、兵家必争之地的意思，从新场所在的地理位置一看，就找到了答案。新场镇东达县城晋原，直至"通都大邑，十里之城，万户之郭"的成都，西经茶园、石坡沿临邛古蜀道、茶马古道，可通康藏、云南，南由水路直达新津、眉州、嘉洲，北连三坝、邮江、天宫庙和双河场，可达天全，颇有交通枢纽之气势。邮江河在新场穿境而过，过河百十米就是邛崃茶园乡，清源半岛外就是大邑与邛崃的界河，新场镇其实就是大邑的南大门，起着关隘和通商口岸的作用。

在大邑历史上，东汉顺帝汉安元年，道教在大邑鹤鸣山创立，成为道教发源地；东汉永平十六年，大邑雾中山创建普照禅寺，亦名"开化寺"，成为佛教最早的南传圣地。相比较，始建于东汉的清源市，与道教创立、佛教南传的时间前后相差不远，全县场镇历史都没有新场的久远，新场称第一，名副其实。

清乾隆版《大邑县志·市镇》记载，除大邑县城晋原作为城池没有统计在内，全县场镇共20个，其中有青霞镇、安仁镇、沙渠镇等6个镇，清源市和唐家场、蔡家场、悦来场等共14个场。此外，比场镇还小的行政区称乡的有4个。这些镇、场、市、乡，形成了大邑今天的场镇基本格局。

1930年版《大邑县志·场镇》载：清末民初，"大邑向分五乡。以南乡幅员辽阔，分为上南、下南，合东、西、北，计之，故曰五乡……西三区，清源市（距城三十里）"。说明这个时期官方仍称新场为"清源市"。1943年，清源市改名为新场乡，1953年，更名为新场，1968年设立新场公社，1985年设新场镇，将邻近的敦义乡整个划归新场镇管辖。

2019年12月23日，随着国家工业化、城市化进程的加快和四川新一轮"合乡并镇、合村并组"，使新场镇千百年来的行政区域变化较大，相邻的王泗镇7个村社区和䢺江镇宝珠村、高坝村、盘石村划归新场管辖。至此，新场镇域面积83.7平方公里，户籍人口4.63万，辖4个行政村和8个涉农社区。

千百年来，大邑的场镇、乡村、设置变更无数次，仅从20世纪80年代起，全县从30个乡镇压缩为20个乡镇，再从20个乡镇缩减为11个街道、社区，在淘汰率高达60%的情况下，新场镇仅是名称有所变化，属于县域的重要场镇始终没有变，而且新的版图更加凸显新场在大邑的特殊位置和重要作用。

新的世纪、新的面貌。投入巨资打造后的新场古镇，除整个古街核心区得到完整保护外，增设了古镇广场、游客接待中心，重建了九洞桥，恢复了永安廊桥等配套设施。在宽阔的广场古镇入口处，伫立着两座大小形状一样的古朴碉楼，成为古镇的标志性建筑。碉楼为新场古镇1公里外头埝村"何营碉楼"的复制品，为四方青砖墙体、青瓦房面3层楼建筑，为民国初年所建，拥有百年历史，兼具欧洲与川西两种建筑风格，中西合璧，雕花装饰精美，极尽繁华之事。碉楼见证了成都的平原由清代传统土碉楼向民国砖木碉楼建筑发展的历程。

恢复重建的九洞桥位于新场镇下正街场尾，顺大堰河而建，为川西独有，江源第一桥。历史上的桥长10余丈、宽2丈余、高1丈余，共建有卷拱溢水洞9个，控制水量助添并行的三堰河用水的不足。该桥全用大块窑砖砌成工字形，承受压力设计有方，桥上正中铺三尺宽八寸厚的石条供独轮车铁圈行道，为方便乡下人推车载大米入场销售，换回山区生产的杂粮。多少年来，轨道摩擦之深，可知车辆之多。两侧为人行道。桥的下方系骡马驮米涉水到场销售的通道。因桥有9洞，时人简称其为九洞桥，又因该桥顺河而建，有少数人称其顺河桥，人行桥上，马行桥下。九洞桥见证了古镇历史的辉煌。

永安桥位于新场镇香市巷口，横跨邮江河，与邛崃西禅乡（今茶园乡）紧密相接，是两县人民来往的必经要道，也是两县山、丘、坝物资交流通衢和茶马古道成都平原起点。早在清嘉庆年间（公元1796—1820年），史志就已有永安廊桥建桥的记载。1921年，新场、西江（今茶园）两乡士绅发起募捐翻修永安桥，1924年建成。该桥工程浩大，桥身全长27丈、宽1丈。桥下石砌6个大型桥墩，支撑着巨木桥梁。1934年夏，邮江遭遇洪涝，水淹没过桥面，木结构的桥楼被洪水冲毁殆尽，这期间民众仅能靠渡船往来。民国三十年（公元1941年），已经下野的新场人、原川军23军军长刘成勋倡议再次发起募捐，欲改建成大型铁杆桥。经过3年多的努力，新桥终于建成，此后又经多次修建。如今的永安廊桥，已经成为新场标志古迹，成为本土群众和外来游客休闲、赏景的绝佳去处。

中国历史文化名镇，是指历史悠久、文化丰富、保存有大量历史建筑和文化遗产的小镇，具有独特的地域文化特色。新场古镇具有完整的古建筑群和独特的山水人文资源，具备历史文化名古保护开发的基础条件，2008年10月14日，新场镇被中华人民共和国住房和城乡建设部、国家文物局命名为第四批"中国历史文化名镇"。

不仅如此，古镇近两里长的上正街、下正街被评为"中国历史文化名街"，新场镇还先后被评国家AAAA级旅游景区、四川省乡村旅游示范镇、四川首届十大古镇，是四川省小城镇建设试点镇，成为大邑县"三山一泉两古镇"旅游核心组成部分。

2010年五一大假，精心打造后的新场古镇更显古香、庄重，沉浸在一派节日的喜庆中。5月1日上午9时，新场镇在九洞桥广场举行隆重的开街仪式，气球高悬，彩旗招展，锣鼓喧天，鞭炮齐鸣，省市领导、旅游专家以及社会各界嘉宾莅临现场，与当地群众万人共同庆祝历史文化名镇打造成果。3天的活动内容丰富、精彩纷呈，新建成的新场印象馆举行开馆仪式暨《岁月留——来自加拿大的成都旧影》主题图片展，新场古镇旅游项目推介会，韩国国家艺术团表演，巴蜀笑星闹新场节目，以及川剧座唱、耍狮灯表演……不仅可以欣赏传统的民间工艺如竹器竹编、编草帽、土陶烧制，还可以品尝古镇久负盛名的民间小吃周血旺、汪豆花、麻油鸭子……

雪山含笑、邮江欢歌，古镇翻开了新的一页！

中篇：交通枢纽　商贸繁荣

巍峨壮美、峰峦叠翠的邛崃山脉，面向东南一路走来与川西坝子相遇便没了踪影，把气势和运势全部汇聚在这偌大的聚宝盆里，新场古镇就是聚宝盆里的一块风水宝地。邮江河的存在和大邑通往西岭雪山"西大门"的交通要道，"南大门"至邛崃及去名山、雅安通康藏的茶马古道，在新场镇形成十字交叉交通枢纽，奠定了清源成为大邑商贸第一重镇的基础条件。

天时、地利、人和。"天时"与"人和"都是随着"地利"的有机载体时来运转、应运而生，"地利"是大自然馈赠的，可遇不可求。正如道教何以在鹤鸣山成教，那是鹤鸣山隐藏的玄机和自身的气势、运势所决定，新场同样如此。秦汉时的"市"指交易场所，起源很早，《周易·系辞》有"日中为市"。复旦大学博士谢开键的权威解释："市"从先秦开始，是以商业的性质、市场的概念出现，"镇"最早带有军事性质。后来，"人烟凑集之处谓之市镇"，市与镇已无区别……清源市为什么不是"镇"或"场"，而是全县唯一的"市"建置，说明这地方早就商业氛围浓厚。明朝嘉靖年间，饱经战乱的四川经济得到恢复，囿于一隅的清源市迎来"天时、地利、人和"，商贸得到迅速发展，外省客商和迁移的同乡户集资修建了湖广馆、广东馆、陕西馆、江西馆等会馆，基督教传教士也来此修建了天主堂和福音堂。那时，古镇沿街商店摊贩林立，茶业商号上百家，木材、煤炭、茶叶、大米和杂粮等五大市场销售蔚为壮观，可谓热闹繁华。

清乾隆版《大邑县志·疆域》提及大邑"西至雅州府天全州界、北至天全州"。民国版《大邑县志卷三·建置志·道路》载：以县城为中心的主要道路，分"东路、南路、西路、北路，东南东北"。新场镇属于西路，该县志记载："西路，为通天全及懋功、金川之小道。由邑西，行三十里，到清源市。又四十里，至隆兴场（即邮坝）。又三十里，至双河场。又六十里，即达天全，与县交界之大川。"这些文字说明，过去大邑西面通往西岭雪山的主要通道，就是平原到新场再从邮江河逆水而上直到西岭镇。

西岭镇是成都、雅安、阿坝3地5县交界的县域西大门，横山岗西侧就是雅安市的芦山县大川镇。历史上，这里成为通商往来的重要关隘和战略要地，平原的粮食、盐巴、燃油、布匹等生活必需品从这里进藏区，以物易物换回裘皮、山珍、名贵药材等，从初春到深秋的大半年时间，一批批马帮穿梭往来于大通道……特别是清末民初以来的数十年间，川西大地军阀割据，人少地多、地域广阔的山区及藏区广泛用于种植罂粟，当地人称"大烟"，川西坝子那些以日用品去藏区换取大烟的马帮商队日益增多，新场至横山岗就成了大烟贩运大通道。从这里输出的大量烟土，通过长江航运直达上海滩。

邮江河以上的西岭山区林业资源丰富，山里大量的木材需要长途水运至清源市销售。每到秋冬两季，在两河口下场口布满白色鹅卵石的河滩改成的木材码头，漂来的圆木或"老杉墩子"在合河处被马槎拦截后，密密麻麻地堆挤在水面，被河水浸泡后的木头干净溜光，呈现出浅黄色，散发出一种特有的清香，这些木材被捆扎成长长的木排，远行到山外清源市出售。特别是那些漂木人每漂过一个急流险滩，放松了心情便扯起嗓子唱开了那悠扬动听的漂木歌，歌声伴随着欢唱的河水声在山间河谷久久回荡……

历史上的清源市一直是大邑最大的竹木市场，除了本县还覆盖邛崃、新津、蒲江、名山等成都平原的西南地区。因而，近半数的木排易主后继续顺江漂流至五津要地的新津，甚至到达彭山才算结束行程，那些深山原本不值钱的木材经这么长途水运、几易其主后，应承了那句"豆腐盘成肉价钱"的老话，这是平原地区村庄众多、人口稠密、木材需求量大所致。民国版《大邑县志·食货志·商业》载："西北山中，向多木材，历年发卖，均以清源市、悦来场为中枢。每年所售值银十余万元。"

大邑、邛崃历来为川西酒乡，每年数以万吨计的白酒酿造需要大量的煤炭，平原不产煤，主要来源西岭山区，因而清源市的煤炭市场与竹木市场一样红火。

邮江河流域的邮江法华寺、天宫庙杨沟、川帮沟以及双河场都产煤，以至于新中国成立后的成都市矿务局邮江煤矿辉煌50年才因国家政策调控停办。过去天宫庙一带的煤炭，除一部分走苦竹岗、郑家山翻越黄泥岗靠马帮运送至光明乡炭市，再由邛崃水口、油榨一带的马帮贩运外，法华寺众多煤窑源源不断的煤炭全靠人力和马帮经黑虎岗、干堆山下河谷，再沿邮江河下行至清源市炭市销售。清源炭市覆盖大邑西南片以及邛崃、新津、蒲江一带，使这一区域酒业、铸造业、造纸业等红红火火。

四川古称"天府之国",是中国茶的原产地,早在西汉时期已将茶作为商品进行贸易,而且是茶马古道的重要组成部分。清源市便是茶马古道的重要驿站,新场经邛崃茶园、石坡、夹关至名山去雅安,是茶马古道的另一通道。

大邑山丘区历来盛产红茶、绿茶、白茶和特有的枇杷茶,历史上曾有出名的"鹤鸣贡茶"和"龙凤饼茶",体现"茶、棕、竹、木"四大主要特色。清乾隆版《大邑县志·赋役·茶政》载:"大邑原额边引壹千捌百张,每张榷课银壹钱贰分伍厘,征税银肆钱柒分贰厘,共征税银捌百肆拾玖两陆钱。每张运茶壹百斤,随带副茶壹拾肆斤,共榷课银贰百贰拾伍两,于本县采买至松潘发卖……"说明官府重视茶叶生产、税收等情况,特别提到的"边引"是指运至川康藏区出售的茶叶数量。民国版《大邑县志·食货志·商业》载:"输出商品茶邑中鹤鸣山茶品最佳。附近各山,均产茶。每岁雨水节后,各路茶商,麇集悦来场、清源市,雨水前后之春尖,则销成都、双流、郫县、崇宁、温江及川东。其余为原枝,为白茶,制法较为粗陋,用竹包裹运。往运松潘川边,全年输出约一千余石。"这里,"其余为原枝,为白茶,制法较为粗陋,用竹包裹运",其实就是茶马古道的砖茶,主要用于藏区熬制奶茶。

这些史料,为大邑茶是从清源市进入茶马古道找到了答案。

下篇:文物众多　文化厚重

发源于西岭雪山的邮江河,一江碧水,一路欢歌,一身清气,带来了新场的灵性与活力。

西岭雪山是邮江河发源地,有"古邮源头"之说。史料记载,邮江河流域在春秋战国时期属于羌人领地,在如今的邮江古镇形成当年邮国部落中心,影响着整个西岭雪山,大约300年后,大秦帝国统一全国,邮国部落融入华夏民族的大家庭中,当年的邮人成了汉族,包括邮江河下游的清源市,至今还存留着与汉族所不同的地方文化与民俗风情。

新场对河的邛崃茶园乡有一个"邛人部落",讲述着邮江河畔曾经有个古老的母系部落和邮国"夜女国都"的美丽传说。相传很久以前,西王母有一个美丽的瑶池仙女,名唤"夜女",一天在天宫周游的羽扇公子误闯瑶池,彼此凝视对方一见钟情,从此坠入爱河,羽扇公子将一片羽毛赠予夜女,在邮江河畔结下以此为爱的盟约……

儒、释、道文化是中国文化的根基，历代重视并且把寺庙与寺观分为两类。清乾隆版《大邑县志·词庙》载："清源市的寺观有璧山庙，在县南二十里，病者持鸡酒禳之，辄应；夫（夫）子庙，在县南四十五里；广德（福）寺，在县南三十五里；川王宫……"众多宗教场所，印证了大邑道教发源地、佛教南传圣地、仙佛同源的文化底蕴。

在青瓦木铺比邻青灰石板的新场上正街132号，有一座朱砂墙体、金黄碧瓦的寺庙璧山寺，那双重叠檐、临街雄踞的高大庙门门楣下，"璧山寺"3个雄浑有力的大字十分显眼。"璧山寺"为新场当地人毕朋成筹资创建，供奉的是名贤李万春塑像。相传，李万春原籍资中，明代举人，为重庆璧山县令，为官清廉，泽惠群黎。当年，毕朋成远到璧山经商，多受其惠，因以致富。后李万春为民请命，受谗遇害，投江殒命。毕朋成既感其惠，复敬其德，乃建庙奉祀，每年六月六日庙会期间，远近人士，相率祭拜，共舒景仰之诚。庙宇不幸遇"5·12"汶川大地震波及受损，合寺僧众团结一心重建璧山寺，得到政府大力支持和信士乐心捐助，全国著名高僧一诚、惟贤和尚分别撰联题额。

在山峦叠嶂、森林茂密的县级风景名胜区飞凤山上，深藏着一座省级文物保护单位、唐代摩崖石刻药师岩。这里原是邮江镇的地盘，虎跳河与成都第四水厂形成"高峡出平湖"景观，因与新场古镇旅游连片开发才划归新场镇。镶嵌在半山岩壁上的"飞凤山"3个大字，浑厚遒劲、工整苍古，为大邑邮江镇钱沟人、18岁考中进士的清代翰林院编修伍翰嵩生题写，名人为名胜古迹题字，为景区增添光彩。药师岩有15窟、35龛，大小摩崖造像1032尊。据考证，整个石窟以主龛造像药师佛而得名，始建于晚唐开成二年，距今1000多年，比建于公元892年的大足石窟还早60多年，是难得的唐代造像精品。药师岩摩崖造像承载着博大精深的华夏中医药文化，这与大邑中医药历史悠久、盛产中药材、为中国"中药材之乡"，有着密切的联系。

到药师岩不去虎刨泉将是一种遗憾。在峰峦叠嶂、苍翠欲滴的凤凰山背面是飞凤山，因连绵山峦中间高两边低，形似展翅飞翔的凤凰而得名，从药师岩另一侧山门再沿飞凤山前行四五里便是虎刨泉，2013年被评为市级文物保护单位。虎刨泉景点由巨大的岩石和上米百高岩石飞流直下的山泉水以及摩崖石刻造像和古寺组成，山泉四季不断，清澈可口，而且还有美丽的传说。仅10余里的青山秀水间，竟然有虎刨泉、药师岩、佛子岩、川王宫以及"虎跳邮河"等文物和景观串珠成线，实属罕见。

邛江河上游10余里的新场镇川王宫社区，不仅有大邑古八景"虎跳邛河"景观、佛子岩摩崖石刻，还有国家级重点文物保护单位川王宫。川王宫始建于明万历四十八年（公元1620年），大殿高18米、面阔32米、进深16米，为四重檐歇山顶穿木结构建筑，清末曾毁于大火，1926年仿古重建。该建筑气势宏伟，布局紧密，富于变化，打破了一般庙宇建筑的对称结构，为成都地区罕见的仿古重建建筑。最初是为纪念先秦李冰修建都江堰而建，以后演变为儒、释、道三教合一的庙宇，前殿供奉川王李冰雕像，配殿供奉文殊、普贤、吕纯阳、张三丰塑像。整座庙宇殿、楼、阁、榭、廊、厢房等建筑虽显陈旧，但雕梁画栋的精湛工艺、飞翠流丹的明代建筑风格依然非常鲜明。这里是邛江河通往阿坝藏区的重要通道和平原进入山区的必由之路，川王宫就成为往来行人、马帮商队进出山时祈祷平安的场所，因而川王宫常年香客盈门、香火不断。

距川王宫百米远便是佛子岩摩崖石刻，为市文物保护单位。佛子岩又称"夫子岩"，为邛江河一侧的连山岩石整体结构，石窟长50余米，共有13窟、40余尊佛像，由石刻、石穴两部分组成，石刻工艺精湛、布局紧凑，人物栩栩如生、美不胜收。佛子岩摩崖石刻凿于唐代，与药师岩、石笋山等摩崖石刻属同时代，雕像主要体现佛经故事。佛子岩半山处是依山而建的佛子庙，一年四季梵音云绕、香火不绝，与佛子岩下由虎跳河电站大坝形成的湖泊相融，呈现碧波粼粼、绿水盘曲，古迹依岩、山重水复的雄奇险峻气势，乃不可多得的游览胜地。

清乾隆《大邑县志·艺文》载："跳波谁把迹空留，邛水闲寻虎渡头。薄宦恰随吟兴远，因风直到暮烟秋。"这是清代大邑县令宋载所题写的《虎跳邛河》诗，"虎跳邛河"为大邑"晋原八景"之一。虎跳河为邛江河下游的一段，七八里长，河道蜿蜒曲折，穿流于峡谷间，两岸悬崖峭壁，陡坡激流，远望如山水画卷，尽显奇秀之美。民间传说，唐宋时期的邛江河流域森林密布、人迹罕至，常有虎豹出没，偷吃百姓耕牛。一日，一只老虎从森林下山涉水过河，大摇大摆地偷吃农家正在放牧的耕牛，主人发现，大声喊叫，众乡邻闻讯举锄头、铡刀、木棒追赶围攻，吼声震天……那老虎见势不妙，丢牛逃窜，慌不择路，奔跑到河谷峡口处，无路可去，再回头见众人追至，情急之下，急匆匆后退3步，急跑腾空，飞越峡口，直达对岸，那4个碗口粗的脚掌就深深地烙印在岩石上……天长日久，人人相传，"虎跳邛河"景观便名声在外。

玉龙雪山下，金沙江上有个虎跳峡；西岭雪山下，邮江河畔有个虎跳河，两者都与雪山、老虎有关。虎跳河峡谷虽没有虎跳峡水流湍急、山轰谷鸣那般惊心动魄，但也是河槽深切、乱石林立、雪浪翻飞、飞瀑轰鸣，乃天府之国"虎跳峡谷天下奇"之景观。遐想虎跳河第四水厂建成之日呈现"高峡出平湖"景观，与新场古镇及川王宫、佛子岩、佛子庙和飞凤山上的药师岩、虎刨泉等名胜古迹连成一线，必将成为"天府旅游名县"大邑的网红打卡地。

新场人杰地灵、人文荟萃、雅士众多、英才辈出，最为新场人引以为豪的，当属民国时期的川军总司令兼四川省省长刘成勋。新场镇下正街49号，是当年川军第三军军长、川军总司令兼四川省省长、原国民革命军23军军长刘成勋的故居。随着古镇开发旅游，当地政府把将军故居进行全面整理和修复，作为人文旅游景点对游客开放。将军故居门脸不大，仅有一个铺面的宽度，门匾上题写着"长乐永康"4个字，铜门上的一对鎏金狮子门环平添了几分威武和肃穆。沿着狭长的过道进入前院，随处可见富有川西特色的木雕和泥雕，图案内容丰富，工艺精湛，具有浓厚的传统审美韵味和川西民间特色。天井阴凉静谧，屋外虽然骄阳似火，宅院里却不带一丝暑气。后花园直接与二堰河相连。整个故居面积虽不大，但处处透出传统文化的典雅与精致。

顺着上正街往前走，又一栋西洋风格的华丽建筑出现在眼前，那就是李氏古宅，共两层楼高，正面拥有4间铺面，侧面约有7间铺面长度，整个建筑为砖木结构，檐柱雕花，翘角粉墙，西洋风格的柱子和立面装饰无不极尽精雕之美，华丽之极。

新场文化厚重还体现在非物质文化遗产方面，拥有省级非遗新场牛耳灯、县级非遗新场庙会、踩莲花舞蹈、周血旺美食、新场油豆腐、传统川茶制作技艺等，非遗保护项目在全县镇街中最多。

以耕牛为载体，追溯农耕文明。成都牛儿灯原名"新场牛儿灯"，是当地农民在秋冬农闲时节和春节、春分节气，以塑造耕牛形象为娱乐的一种活动，通过舞耍牛灯赞颂农民与牛的劳动生活乐趣，这是成都平原千百年来农耕文化的一种表现形式。据1818年清仁宗嘉庆年间的《新场乡志》记载：新场镇的潘茂山老艺人因被冤枉坐牢，在牢狱中想念家中的妻儿。睡梦中，一位白胡子老者带着一头牛儿在翩翩起舞，他也跟着一招一式比画、舞蹈起来，醒来后赶忙用笔把整套动作画在衣服上。第二年腊月间，潘茂山出狱返家，约友人周平山创办牛儿灯，之后周平山将牛儿灯传教于子周泽云，由此每年春节，牛儿灯就在新场镇和附近十里八乡耍开了，广泛活跃于乡村田野。经过200多年历史演变，新场牛儿灯已逐步集造型艺术、乐器伴唱、基本舞步与丰富的舞蹈套路于一体，具有独特的民间艺术价值。新场颇具地方文化特色的踩莲花舞蹈，源于东晋时期，距今已有1600多年历史，逐渐演变成一种形式多样、百姓喜闻乐见的民间舞蹈，每当新场古镇有重大节庆活动时，游客便能一睹踩莲花舞蹈的风采。

新场是仙佛同源、人神共处、地域文化浓厚的地方，民间由来已久的玩友、圣谕、行会戏、闹元宵、请神平台会和阴差会等娱乐活动，往往都与庙会有直接关系。因而，百姓参与度高、社会影响力大的新场庙会，突出民族风情、民间习俗，结合传统庙会与时代特征，营造欢乐、祥和、热闹和别开生面的隆重氛围，千百年来一直活跃在这块土地上。

尾声

花外斜阳晚，云峰暗几层。
人声三里市，春夜一街灯。
竹屋容高枕，桃源梦武陵。
床头三尺剑，气欲作龙腾。

这是100多年前清光绪年间，云南学政张锡荣前往邛江拜访好友伍崧生，夜宿清源市的头堰客栈，被这里的自然风光、街景人文及华灯初放、欣欣向荣的景象深深打动，油然而生写下的五言律诗，再现了当年清源的繁华、辉煌。

茶马古道虽然没有了铜铃声声的马帮，但那烙印在古街青石板上的马蹄依然清晰，奔腾不息的邛江河，流走的是无情岁月，留下的是辉煌历史，跨越江河、连接南北的永安廊桥虽然为仿古重建，但同样承载着思安寨居安思危的人文情怀……

雪山、森林与田园、古镇，融入一江碧水的倒影中，呈现出"雪山下的公园城市"立体画卷。随着"文旅兴县"战略的深入实施和文化旅游产业的蓬勃发展，新场更加展现魅力、充满希望！

02

虎跳邮河

> 映月河

跳波谁把迹空留，邮水闲寻虎渡头。
薄宦恰随吟兴远，因风直到暮烟秋。

这首诗叫《虎跳邮河》，为清代中期大邑县令宋载所题。诗意大概：是什么神物能够从波涛汹涌的邮河彼岸跳到此岸，并在巨大的岩石上清晰地留下脚迹呢？我趁着空闲的时光来到河岸，寻找神虎来去的遗迹。我虽然官卑职小，但游兴和诗兴却不减当年，在秋风萧瑟中边走边构思，不知不觉中田野已弥漫着晚烟了。

《虎跳邮河》为大邑"晋原八景"组诗之一。清乾隆《大邑县志》记载：大邑古八景所描述的大邑景观，为当时县令宋载诗记。经后人归纳提炼，诗云："凤凰鲸柏世间稀，虎跳邮河两岸低。好看雾中池畔月，鹤鸣双涧透龙池。斜江晚渡无人问，洞口烟霞石马嘶。筇竹甘泉历岁久，高堂落日圣灯飞。"一诗八景，一句一景，此为大邑古八景。《虎跳邮河》一诗位列八景之二，是借传说有神虎跳越邮河，在左岸巨大的岩石上留下神虎的足迹，而现场查看确有虎迹而感后所成。清代中期的宋载是位博学多才的县令，融做官、撰文、修志为一体，在大邑主政多年，治理有方，还主持编修县志，留下众多歌颂大邑的诗文，《虎跳邮河》便是其中之一。

虎跳河为邮江河中下游的一段，七八里长。据《大邑水利志》载：邮江河发源于西岭镇境内的西岭雪山白沙岗，合大飞水、小飞水、大河于两河口，向东蜿蜒而去百里，合于川西平原的邛崃南河。邮江河之名，随着流经地域的不同而有所变化，在邮江、三坝境内河谷宽阔、地势平坦、水流缓慢，分别称邮坝河、三坝河。三坝以下，河道蜿蜒曲折，穿流于峡谷间，两岸悬崖峭壁，陡坡激流，远望如山河画卷，尽显奇秀之美。虎跳河就是邮江河的"山河画卷、奇秀之美"之处，"虎跳邮河"的故事在民间广为流传，家喻户晓。

民间传说，唐宋时期的邮江河流域森林密布、人迹罕至。连绵的群山是遮天蔽日的原始林区，山间河谷是日夜奔腾的河水，虎豹熊猴在林间出没，山鸡野禽在河边戏水。一日，一只老虎从森林里下山，涉水过河，大摇大摆地偷吃农家正在放牧的耕牛，主人发现，大声喊叫，众乡邻闻讯举锄头、铡刀，追赶围攻，吼声震天……那老虎见势不妙，丢牛逃窜，慌不择路，奔跑到河谷峡口处，无路可去，再回头见众人追至，情急之下，急匆匆后退3步，急跑腾空，飞越峡口，直达对岸，那4个碗口粗的脚掌就深深地印在岩石上……人人相传，前来猎奇、观赏，天长日久，更是名声在外。

与虎跳河山山相连、相距10多里的黑虎岗（今称虎岗村），原是法华寺产煤的一条煤炭北运大通道，经孙家坡、黑虎岗、土岗至新场（旧称清源市），沿途山峦起伏、森林覆盖、人烟稀少，因途中曾有黑色花纹的老虎吃人之事，那地方就取名为"黑虎岗"。另外，距此10余里的药师岩（又名飞凤山），相传有一天，半山悬崖的寺庙里的小和尚下山挑水，忽被一只斑额大虎叼起顺山势往上跑去。听到呼救声，老和尚急追上猛虎，提起铁禅杖劈头打去，正中老虎后背。老虎痛极，丢下小和尚，跃河而去，腾跃之处，刨出4个深坑，顿时坑内"咕嘟、咕嘟"冒起泉水来。老和尚捧来泉水喂进气若游丝的小和尚口中，小和尚立刻清醒过来，不一会儿伤口消失得无影无踪。此后，四方人士慕名而来，观胜迹、尝泉水、顽疾尽扫、白发转青。老虎刨出来的泉水，后来就叫"虎刨泉"。两处的传说，似乎表明那个时代在这一区域确有老虎的存在，而县令宋载以虎写诗成七绝，或许是对那个时代虎患现象的艺术再现呢？

"虎跳邮河"景观深藏山谷间，路人不易发现。从川王宫处顺密林陡坡直达河谷，突然眼前一亮，不知不觉已置身于景观中。但见，河谷幽深、阴气沉沉，两岸连山整体的红砂巨石，被千百年来的河水冲刷成一个仅丈余宽、两人高的河床水槽。人工开凿似的河槽里水流湍急、惊涛拍岸，犹如拥挤着、嘶叫着的千军万马抢过独木桥一般，横冲直撞而来……二三丈长的河床峡谷，与上、下两端形成天然的宝瓶口。上游谷坡陡峭、乱石林立，雪浪翻飞，旋涡漫卷，飞瀑轰鸣，雾气空蒙，构成世上罕见的山水奇观。与上游截然不同的下游，则河床突然变得宽阔平坦，激情奔放的河水释放了能量后，开始温柔缓慢起来，轻波逐浪，欢快而去。

河床峡谷的两岸是巨石平台，被树木竹林半幅掩隐。左岸绝壁下的平台，就是"虎跳邮河"时留下的脚印，虽经风霜雪雨、洪水冲刷若干年，仍然依稀可见。如果要近观此景，则需小半天的转山过河、绕路而去，常人只是隔河观景、望景兴叹。

由虎跳河联想起金沙江上的虎跳峡，一个在西岭雪山下，一个在千里之外的玉龙雪山下，都与雪山、与虎有关。虎跳河虽然没有虎跳峡水流湍急、山轰谷鸣那种惊心动魄的壮美，却也是天府之国"虎跳峡谷天下奇"之景观。

时光流逝到20世纪80年代，因虎跳河水电站的兴建，"虎跳邮河"上游修筑起高高的拦河大坝，高峡出平湖与"虎跳邮河"辉映成景。只不过，平日里不能见到峡谷河水湍急、惊涛拍岸的雄伟壮观，而要等待洪水季节或大坝放水之时，才能重现昔日风采。

车在山中行、人在画中游。从新场古镇出发去西岭雪山、花水湾温泉旅游，沿邮江河上行10余里便进入虎跳河景区。虎跳河两岸青山环抱，林木葱茏，修竹成林，满目翠绿。下游河水欢快流淌，曲曲弯弯，时有"白毛浮绿水、红掌拨清波"的鹅和成群的鸭在这里戏水。上游树木葱郁、竹林掩映中的佛子岩、川王宫两座寺庙，犹如镶嵌在翠绿画屏上的两颗宝石。狭长的水库宁静如镜，蓝天白云倒映水中，山水相融；轻烟袅袅里，时而传来悠悠的古刹钟声，给人以仙山福地、人间仙境的感觉。这正是：

神虎跳跃已遥远，空留脚印在世间。
青山秀水伴古寺，蜀之望县景色添。

03

新场古镇踩莲花舞蹈

✦ 映月河

踩莲花是一种来源于民间的舞蹈形式，经过千百年来的演变一直传承了下来，类似于莲花闹、打莲箫之类的民间舞蹈，为人们所喜爱。新场古镇历史悠久，踩莲花在2008年入选大邑县非物质文化遗产名录。

新场历史上有一新（场）二唐（场）三灌口之说，表明了水陆交通便捷、商贸繁荣的新场曾经的辉煌。商贸繁荣必然带来文化的兴盛，新场颇具地方文化特色的舞蹈踩莲花，给人们留下了美好的记忆。这里的踩莲花舞蹈源于东晋时期，距今已有1600多年历史，主要活动地点在今天的古镇核心区域的文昌社区一带。后来被集镇的大多数居民所接受传承了下来，并且逐渐演变成一种文化多样的民间舞蹈，在于逢年过节增添喜庆热闹氛围。

踩莲花的人数一般以12人为一组或24人为一组，男女分组，也可以男女混合编组表演，组合形式因人而异，灵活多样。第一个环节由两人牵手摇摆动作，以十字步进退走反时针一圈为开头，也有12人站立成圆圈……不断变换舞蹈形式，与藏族的锅庄有些类似。

接下来的环节为12月花名问答，做莲花盛开的动作前，可加4节舞蹈，即刨土、栽花、挑水、浇花动作，是为第一节，即12人面向里圈互相牵手，扭十字步走至圆心，由领头人示意，全体作握锄头挖土动作。身躯前曲成三四十度，左手在右手之前，相距一尺二三作握锄状……第二节，由全体舞蹈者蹲下，左脚全蹲，右脚于左脚之后伸向左侧，脚跟落地，同时双手接近地面，手心相对，向队形圆心开合，双手相合的同时向上举至胸前，后又开合多次，表示栽上莲花。第三节，全体起身互相牵手，扭十字步将圆圈队形推开，由领头人示意，一至将左手向上左侧曲90度，作握扁担状，右手微曲斜伸右大腿侧，双脚走小碎步至圆心，行如挑水状。第四节，左脚原地大踏一步，右脚落地一步同时弯曲向右后侧，手随着脚步动作协调柔和。如此，随着踏步的起落而伸曲双手，表示浇花。第五节为"莲花打坐"，可分小组进行律动。如2人为一组牵头鄱麻花，或穿天桥，3人或4人一组勾脚跳花。甲乙丙3人背对背站成三角形，同时右脚后曲跳踏，走反时针数圈。右脚在跳踏行进时，随着右脚跳步的起落而上下律动，左手伸左腿侧，随右脚的跳步而前后摇摆，表示跳花。

踩莲花虽然代代相传下来，但一直没有详细的文字记载。作为非物质文化遗产，当地政府着手对此进行了走访调查并做了资料记录整理，"十二花姐踩莲花"和"十二花姐报花名"这些有名的传统踩莲花舞蹈很好地传承了下来。

每当新场古镇有重大节庆活动时，游客便能一睹踩莲花舞蹈的风采。

04

牛儿灯：再现农耕文明

🞧 杨刚祥

一直是走街串户表演的民间艺术牛儿灯能够走进新场学校，而且全部由五年级学生表演，表明这一非物质文化遗产已经得到很好传承并有所创新。

地处成都平原的大邑新场镇，为南丝绸之路之驿站、茶马古道上的历史文化名镇。依山傍水的新场古镇，始建于东汉时期，古称清源市，历史文化丰富，民俗文化种类繁多，属明清风格凸显西蜀建筑特色的古街古巷保存完整，"小桥、流水、人家"美景处处可见。这里历来客商云集，商贸兴旺，素有"一新、二唐、三灌口"之美誉，并有"川西水乡"和"最后的川西坝子"之称。2008年，新场被评为中国历史文化名镇，颇有地方文化元素的成都牛儿灯就源自这里。

以耕牛为载体，追溯农耕文明。成都牛儿灯原名"新场牛儿灯"，是当地农民秋冬农闲时节和春节、春分节气，以塑造耕牛形象为娱乐的一种活动，通过舞耍牛灯赞颂农民与牛的劳动生活乐趣，这也是成都平原千百年来的农耕文化的一种表现形式。

据1818年清仁宗嘉庆年间的《新场乡志》记载：新场镇的潘茂山老艺人因被冤枉坐牢，在牢狱中想念家中的妻儿，睡梦中，一位白胡子老者带着一头牛儿在翩翩起舞，他也跟着一招一式比画、舞蹈起来，醒来后赶忙用笔把整套动作画在衣服上。第二年腊月间，潘茂山出狱返家，家贫如洗的潘茂山生活路狭，于是约友人周平山创办牛儿灯，之后周平山将牛儿灯传教于子周泽云，由此每年春节，牛儿灯就在新场镇和附近十里八乡耍开了。七八十年后，上安乡也办起了牛儿灯，新中国成立初的元兴乡艺人陈志远及农村文艺活跃分子陈子茂、陈柏常等，在周家牛儿灯的影响下开耍牛儿灯，每逢过年他们都活动于元兴及邻近的乡村，后来牛儿灯不知何故就停办了。直到1980年，农村实行包产到户联产责任制后，新场镇周家牛儿灯又率先恢复起来。近10年来，不仅在新场和王泗，而且在唐场春分会、苏家鸭子会、三岔高竿会等节会期间，都会现场进行牛儿灯表演。

牛儿灯的主要道具为"牛"，用竹篾编成牛头形状，大小与真牛一般，画上牛的眼睛、鼻子、嘴巴，插上真牛角，打上英雄结，做成活灵活现的牛头，再用七尺左右黄色或黑色布料做成牛身，一端连接牛头，另一端缝上牛尾。牛儿灯采用铜锣、锣鼓、马郎子等打击乐器，演奏多为单梅花、梅花、上天梯等欢庆调式，牛儿灯边走边舞、边舞边唱，唱腔唱词为新场民间山歌一类调式。

牛儿灯由3男1女4人表演，一人饰使牛匠，两人舞牛（一人舞牛头，一人舞牛尾），一人饰赶牛儿的幺妹。使牛匠在前引导，忽而引导前进，忽而与牛逗乐，灵活多变，变换节奏，表演精彩。在多年的传承积累中，牛儿灯形成了多种基本舞步，一般在打击乐前奏中出场，使牛匠左手叉腰，右手持使牛鞭，手弯曲向上举过头，以碎步走圆场。使牛匠牵牛出场，走"大花脸步"，即前进三五步，后退一步使牛匠蹲下、半蹲下，走"排排脚"和"丁丁脚"。"排排脚"即双脚跟向内，脚尖向外，相隔一尺左右行进；"丁丁脚"即双脚尖触地，小跳进退。又或，使牛匠手心向后，双手弯曲下垂，前后小摆，走小碎步，左手抱左脚膝盖，右手举在耳边，手心向左前方，手腕前后扇动，走单跳步双手反于背，身子全蹲或半蹲走双跳步。舞步还能表现一定的情绪和情境，如人不弯腰，走碎步，表示欢乐；一字步，表示过桥或耕田劳作。赶牛的幺妹也跟随着有舞步动作，如碎步乌龟挣滩，即双脚交叉进退；背手走花脸步，即左脚尖从右脚侧划30度斜伸出去，右脚反之，交换进行。牛儿走交叉步、踢踏步、快碎步。

使牛匠、赶牛幺妹、牛儿运用基本舞步，4人脚踩音乐节奏，配合默契，相互呼应，形成多姿多彩的舞法。如3步左右摇头行进或后退，即耍牛头的人身直立，双手从额前直伸，交替向内小弯伸，牛头左右摇摆，起左脚向前行3小步，右脚后退一大步，与左脚成弓箭形，身体向前弯90度，双手抖动牛头，反时针转一圈，然后起身，同时右脚向前一大步，继续行进，后退时，双手的动作与前进一样，只是步伐相反。又如上下左右转头行进，即先出左脚与右脚成弓箭步，同时双手抖动牛头反时针转一圈，然后，直身同时右脚上前一大步，手抖牛头顺时针转一圈，如此交替行进。还有牛儿滚翻的舞法，即半蹲快走后，突然全蹲，牛儿右前脚原地重踏一下，随时反时针翻滚一转，以及牛儿舔脚的舞法，即全身蹲下，牛头右脚直伸出，牛嘴从腿舔至脚尖，然后换舔尾，蹲步向右或左移一大步，牛头向左右弯曲，牛儿后腿可变换弯曲。

除了常见的舞法，牛儿灯还模仿牛的日常活动，或者结合神话故事，借助其他常用的道具，形成许多具有情境性和故事性的舞蹈阵势，包括耕田、过桥吃草、敬牛王、老君牵牛过玄关、过五台山等。"耕田"取材于耕地劳作，使牛匠一手执牵牛索、牛鞭，一手扶犁，生动地表现耕地场面。"过桥吃草"阵势中，使牛匠骑牛走圆场之后下牛背，牵牛走一字步过桥，然后作割草喂牛状，边割边唱。表演敬牛王时，使牛匠牵牛在院坝中走圆场后，至堂房前，牛卧下点头、舔脚，使牛匠演唱恭贺之类的灯调，演唱过程中牵牛转圆场、穿线耙，演唱完毕在音乐声中出场。"老君牵牛过玄关"取材于道教传说，两个木梯架在方桌上，形成玄关，使牛匠口中唱莲花词和着伴唱，手牵牛儿翻过玄关，表现太上老君弘道的坎坷之路。"过五台山"取材于西游记传说，5条长板凳重叠，搭成五台山，使牛匠模仿孙悟空，前滚翻出场见五台山，即从底层第一条板凳脚下钻过，并依次接连从下至上翻完5条长凳，在5条凳上倒立，接着幺妹逗牛儿跑圆场，跑至这5条长凳下，使牛匠趁机跌落牛背，幺妹逗引牛儿走圆场后，至主人家面前三磕头为破阵。

牛儿灯的舞蹈动作模拟牛的生活形态，表现粗犷，表演动作有：用嘴搔全身有关部位；低头吃草；用牛尾驱赶身上的蚊虫；或卧或滚，从牛匠背箩里抢草吃；或用角顶撞使牛匠及观众，嬉戏取闹等，表演中以各种滚、卧姿势为高技。使牛匠、幺妹的动作灵活机动，与牛相互配合，随机应变，表演逼真，活泼滑稽，其乐无穷，深受劳动群众的欢迎。牛儿灯灵活自如，风格大方朴实，诙谐活泼，在民间舞蹈中显示出了旺盛的生命力，是民间舞蹈中一颗闪光的明珠。

过去，新场流传着这样的谚语："新年来耍牛儿灯，六畜兴旺满园春。"新场牛儿灯集造型、伴奏、伴唱、舞蹈于一体，地方特色浓郁，是当地群众喜闻乐见的民间艺术形式。牛儿灯以耕牛为载体，以传统文化为主，形式喜悦吉祥，是农耕文明的生动表现形式。

随着社会的飞速发展，现代人对牛儿灯了解越来越少，舞耍牛儿灯的艺人年事日高，能表演牛儿灯的人也越来越少……为了保护牛儿灯这种当地独特的民间艺术形式，新场古镇制订了一系列保护措施，成立了牛儿灯文化保护组织，收集整理新场牛儿灯资料并进行录音录像，建立资料数据库，增设牛儿灯保护培训专项基金，做好艺人传承工作，并招收人员进行培训，使牛儿灯能够得到保护和传承。

2013年2月，由新场镇政府及新场古镇管委会主办，以"川西民俗文化年"为主题的"新年赶新场"活动，在新场古镇举行，牛儿灯作为新场独特的民俗文化活动，为当地群众及游客带来浓浓的传统年味。目前，当地人王同林成为牛儿灯的省级代表性传承人。出生于1943年的王同林，师从牛儿灯表演名家周善之、周绍成及师兄汤朋寿，承继牛儿灯表演，并擅长高架牛抱柱、老君牵牛过险关、过桥吃草、牛耕田、敬牛王等技艺。他的表演造型生动，诙谐活泼，转换巧妙，动作间的衔接和递进十分紧凑。曾多次参加县、乡比赛荣获一等奖，教授徒弟30多人。如今，牛儿灯传承能够走进学校在少年中传习，就是王同林与师兄汤朋寿的杰作。

新场牛儿灯已成为古镇文化景观，并以其独特的地方情趣吸引众多游客，对促进古镇旅游产业发挥了积极的作用。

掌故

ZHANGGU

01

新场镇：一河一宫"石狮飞"

✦ 何其敏

古镇新场以"虎跳河""川王宫""洪州狮"而久负盛名。昔日，它地处奔腾咆哮的大邑邮水河畔，镇西场头有一座长达上百米的铁索桥把大邑与邛崃紧密相连。由于它是通往大邑邮江、三坝、天宫庙、双河等山区的主要通道，这些山区的木材、煤炭、茶叶等特产山货均在这儿汇集出售，所以自古以来新场就是蜀中大邑倚重的农副产品集散地。

大邑人"一新（新场）、二唐（唐场）、三灌口（灌口场）"的传统说法，表明新场曾是蜀西大邑历史上第一个最繁华的场镇。清末，云南提督学政使张锡荣以"人声三里市，春夜一街灯……"一诗褒誉新场街市。据清代《大邑县志》记载，新场早在明朝嘉靖元年（公元1522年）伊始兴场，老场址在新场一公里外的观音岩下方，与头埝河口的北岸接壤相拥。由于它依山傍水，地形犹如一把狭长的大蒲扇，所以当地人一度将它叫作"扇子场"。

清代雍正时期，扇子场迁至清源池附近重建，兹因这儿旷野浩渺、河水清澈、碧波荡漾、源远流长，故而更名为清源场。民国时期，基于新街增多，又易名新新场，后来再改称"新场"至今。同时，新场镇亦得名于"新场"二字。这方神奇的土地，绿树成林，道路崎岖，山丘坝兼而有之，其独特的疆域地理环境，缄默地诉说着"一河一宫石狮飞"的奇特故事。

相传明朝年间，在大邑扇子场背后的山上，有一小庙名曰"西佛庵"，庙里住着一个老和尚和一个小和尚，师徒二人相依为命，朝夕诵经修行。老和尚法术高超，然而年迈体弱，全靠小和尚到山下担水煮饭洗衣。

有一日晌午，小和尚下山挑水，在返回寺庙的路上，突然一只老虎向他猛扑过来，把他压在地下不停地撕咬，不一会儿就咬遍了整个躯体，遍体鳞伤的小和尚很快丧失了反击能力。

待在庙里的老和尚，觉得小徒儿这天担水时间比往日长，遂焦急地出庙门踏山路四处找寻，忽然看见山谷中有只老虎正在啃食小徒弟残肢。于是，义愤填膺的老和尚对老虎大声吼道："你这孽障，胆敢咽食我徒儿，今天你休想活命！"话音刚落，提起禅杖朝老虎掷去，正好击中老虎的背脊骨，这只老虎连叫3声，趴在那里喘气呻吟，舌舔身上带血的伤口。

老和尚乘势走近老虎，骑在老虎背上，挥起雨点般的拳头暴打老虎，痛得老虎用脚爪拼命在地上抓刨。冷不防，这受伤的老虎挣脱向山林逃遁。老和尚亦不罢休，举着禅杖紧紧追赶，一直追到一条大河边，狡猾的老虎急得纵身一跳，从河这边一下子就跳进河那边的树林里。老和尚见老虎久躲不出，只好就地掩埋徒儿残留的尸骨，长叹数声回庙为徒儿升天超度去了。

翌日一大早，老和尚又来到这个地方，意欲找老虎报徒儿被食之仇，久窥未见老虎身影再现，却意外地发现老虎刨抓的一个坑竟冒出了一股绿幽幽的清泉。事后，这件奇事传遍山村各个角落，人们把老虎刨出来的泉水叫"虎刨泉"，把老虎跳过的那条河叫"虎跳河"。而正是这个虎跳河，后来渐渐成了大邑"古八景"之一。

与虎跳河相伴的川王宫，背向雾山，濒临邮江，山峦锦绣，苍松翠柏，植被葱茏，自然风水极佳，系儒、释、道"三教合一"的古老庙宇。此庙始建于明嘉靖三年（公元1524年），是为纪念先秦蜀郡太守李冰兴修水利的功绩所建造。此庙殿宇建筑均为木质牌坊式结构，重檐顶、庑殿顶、卷棚顶、攒头顶等华构彰显富丽特色，完全集华夏中式古典建筑之大成于一庙之中。

然而，堪称一绝的这座川王宫，虽经历近500年的风尘岁月，迄今仍保持规模宏大、殿宇森严的流韵古风。庙门斗大的"川王宫"铂金大字苍劲醒目，庙内共分为前、中、后3个大殿，前殿有笑容可掬、手拿佛珠、袒胸露腹的弥勒塑像；中殿有道家"三清"通天教主、元始天尊、太上老君和粉面英俊、银盔铁甲、手持降魔杵的佛教护法神韦驮塑像；后殿则有峨冠博带、雍容肃穆地坐于神台上的"治水之王"李冰和赤脚坐莲台、怀抱宝净瓶的观音大士及惟妙惟肖、形象逼真的文殊、普贤等若干菩萨的彩塑。

那些卷挂于庙堂神龛两侧的一幅幅清素淡雅的帏幔，衬托出一尊尊塑像的栩栩如生和古态神仪。川王宫后殿及后院，除亭阁、廊坊、池榭等古建外，飞金流丹的藏经楼不仅雕梁画栋、飞檐翘角，还涂金描银、古朴典雅，且楼厢高于川王宫众殿之上。倘若沿着这个雄伟壮观的楼层登顶，去俯瞰瞭望美丽富饶的古镇新场，那么虎跳河、"飞石狮"等入诗入画的胜迹古景定会尽收眼底。

在一衣带水的川王宫旁边，一尊矗立于山丘顶端的雄性石狮，让大邑新场古镇颇有几分传奇色彩。传说明嘉靖三十四年（公元1555年），外夷日寇曾从我国沿海登陆强攻至历史名城洪州（今河南省辉县）城外，一度把明军将士围困在偌大的城池内。当时，城门的两尊石狮见日本倭寇入侵，气愤得陡然复活蹦跳起来，张牙舞爪地猛力扑向敌方，致使日军官兵伤亡惨重、士气低落，还惊慌失措地向后撤退10余里。

须臾，不服输的日本倭寇，又调来大批火炮手，欲置两只狮子于死地。面对敌方枪击炮轰，两狮子勇猛向前撕咬，因敌不过日寇上千人马，只得展蹄高飞逃之夭夭。当它们飞到大邑新场上空时，一只雌狮定睛转头往故乡洪州的方向急速飞去，而受伤严重的另一只雄狮茫然地飞呀飞，竟飞落在新场川王宫旁的山丘上。由于这对狮子英勇抗敌的壮举震撼了朝野，浙江都统、抗倭名将戚继光受皇命赴河南率兵作战，一举将盘踞洪州的东洋日本鬼子消灭殆尽。

数年后，有一河南洪州商人途经此地，一眼就认出这山丘上的石狮子是洪州城门的雄石狮。于是他筹划花大钱把这尊雄石狮弄回去，以便与早已飞回洪州城门的雌石狮配对成双。可是，新场人知晓雄石狮的来历后，觉得这尊狮子虽然保卫洪州有功，但更与新场的山山水水有缘，便婉言谢绝了河南洪州商人，执意把它一直保留下来。从此，当地流行这么一句歇后语，那就是"大邑新场的石狮子，是从河南洪州的天上飞过来的"。

02

璧山寺的香火

✦ 甄 隐

去过大邑新场镇的人，都会对镇上那座优雅的璧山寺印象深刻，有的人甚至会奇怪——新场与璧山相隔好几百公里，怎么会有一座以璧山命名的寺庙呢？这与一段荡气回肠的故事有关。

明末，大邑新场镇已是个热闹的地方。虽说世道不太平，可这里的人们依旧为了生活忙碌着，集市上的吆喝声、讨价还价声，整日不绝于耳，商业氛围很足。

毕朋成便是新场镇众多商人中的一位。他年纪不大，却有着一股子机灵劲儿，为人厚道，生意做得也算红火。

有朋友听说璧山那边茶生意好做，就约他去，他就带着货物去了璧山。璧山虽地处偏远，但集市也是热闹非凡，于是他在那儿摆开了摊子。

就在他忙着招呼客人的时候，听到不远处传来一阵吵闹声。原来是几个地痞在欺负卖菜老农，把人家的菜篮子踢翻了不说，还恶言相向。

这时候，人群中走出一位身着官服的人，此人正是璧山县令李万春。李县令面容清瘦，但目光炯炯，透着一股子正气。他一声呵斥，那几个地痞便不敢再造次，灰溜溜地跑了。

毕朋成看着李县令为老农主持公道，心里对这位县令生出几分敬意。过了几日，毕朋成寻到机会，带着些礼品去拜访李县令。到了县衙，毕朋成发现这县衙竟十分简陋，与他想象中的大不相同。

毕朋成恭敬道："县令大人，那日您为老农主持公道，实在令人敬佩。如今这世道，兵荒马乱，百姓生活艰难，能有您这样的青天大老爷，实乃璧山之福。"

李万春微微一笑，说道："身为一方父母官，自当为百姓做主，这是本分。如今时局动荡，吾等更应守护一方安宁。"

毕朋成又道："大人有此心，乃璧山百姓之福也，让我这个外地人，也深感暖心，今后还请多多照顾。"

李万春认真说道："只要你诚信经营，造福百姓，本官定会支持。如今赋税繁重，民生多艰，商人若能秉持良心，也算为百姓谋福。"

后来，毕朋成在璧山的日子里，时常能听到关于李县令的事儿。李县令为官清廉，平日吃穿用度极为俭朴，从不接受富商的贿赂，哪怕是逢年过节，也绝不收受一份额外之礼。他家中妻儿老小，也都衣着朴素，与寻常百姓无异。他为百姓做了不少实事，修桥补路，整顿治安，璧山在他的治理下，渐渐有了新的气象。

毕朋成的生意越做越好，这其中少不了李县令的照应。有一回，毕朋成的一批货物在运输途中遇到当地恶霸，强说毕的货物偷逃关税，将它的车轮砸毁，眼看就要血本无归。李县令得知后，赶忙跑去解围，并协调各方，让人肩挑背扛，帮忙让货物顺利抵达。

毕朋成感激不已，再次拜访李县令时说道："大人，此次若不是您出手相助，我这生意可就垮了。如今这路上匪盗横行，做个生意真是不易。"

李县令摆摆手："不必挂怀，你做生意本分踏实，本官自然要帮衬。匪盗之事，本官定会设法治理。"

毕朋成接着说："大人，我听闻您正筹划着为璧山修一座学堂，这可是造福子孙的大好事。"李县令眼神坚定："教育乃根本，只有孩子们有了学

识,璧山才有更好的未来。如今科举艰难,若能多培养些人才,也是为社稷尽力。"

两人闲暇时,会坐在一起喝茶聊天。李县令跟毕朋成讲他治理璧山的想法和抱负,毕朋成则跟李县令分享他走南闯北做生意的见闻。

日子就这样不紧不慢地过着,毕朋成在璧山的生意风生水起。然而,天有不测风云。李县令因为得罪了当地的权贵,被人诬陷贪污受贿。那些权贵们沆瀣一气,非要把李县令置于死地。

李县令一身清白,怎肯受此污蔑。他据理力争,可无奈权贵们权势滔天,根本不容他申辩。

他可以为毕朋成和乡村的百姓解围,但在更大的范围内,却没有人能为他这个七品芝麻官解围。最终,李县令为了证明自己的清白,竟投身江中。

消息传到新场镇,毕朋成如遭雷击,怎么也不敢相信这是真的。他匆匆赶到璧山,可李县令已经不在了。毕朋成心痛不已,他决定为李县令做点什么。回到新场镇后,他召集了镇上的商人们,讲述了李县令的遭遇,大家都为李县令的冤屈感到愤愤不平,一些曾经受过李县令恩惠的商人,更是痛惜不已。

于是,毕朋成带头集资,要为李县令修建一座寺庙,以纪念他的清正廉洁和为民之心。新场镇的人们纷纷响应,有钱的出钱,有力的出力。毕朋成亲自监工,对每一个细节都严格要求。

经过数月的努力,寺庙终于建成,取名为璧山寺。寺里供奉着李县令的牌位。

从那以后,每逢初一、十五,新场镇的人们都会来到璧山寺,点上一炷香,祈祷风调雨顺,也缅怀那位冤死的好县令。

岁月流转,璧山寺的香火一直延续着,它见证了新场镇的兴衰变迁,也承载着人们对正义和善良的向往,更寄托着新场人知恩感恩的情怀。在绵延的香火的映照下,毕朋成和他的乡邻、子孙们,继续着他对人间正道的崇敬,秉持着诚信和善良,将这份精神光芒传递给更多的人。

03

李海波请八仙

◆ 田向文

"麻雀虽小，五脏俱全"，说的虽是麻雀，但移置于新场古镇也是很确切的。只是这五脏不仅是硬件，同时也是软件。这软件之中又有硬件与软件之分，硬件可以触摸，可以感知，软件则只能感知，不能触摸。文物古迹既可以触摸又可以感知，就是软件之中的硬件，而历史上的社会贤达人士则只能感知不能触摸，就是软件之中的软件了。

新场古镇至今流传着一个李海波请八仙的故事，这李海波就是古镇的五脏之一，属于软件之中的软件，那时的新场古镇称为清源市。

清光绪年间，云南学政张锡荣做了一个重大的决定：他要去大邑䢺江拜谒他的恩师伍崧生。或许对于一般人来说，拜谒自己的恩师是小事一桩，然而对于张锡荣来说却是大事一桩。这"大事"要从3个方面来做解释：一是张锡荣作为一省之学政，头上自带光环，拜谒恩师就会产生名人效应；二是张锡荣拜谒的恩师是光绪皇帝的蒙师，也就是说，张锡荣与光绪皇帝是同门师兄弟的关系，这就不仅仅是名人效应了；三是为清源市后来的发展，注入了满满的活力。

张锡荣学政一行车马劳顿，翻山越岭，昼行夜宿，终于抵达了四川成都，在成都做了短暂的休整后，就出成都西门往大邑而来。那时的大邑还没有经悦来镇到䢺江的旅游公路，只能绕道清源市。到达清源市时，适逢天近黄昏，就只好住在了清源市的头堰客栈。晚饭后，张学政信步走出客栈闲逛，才发现这清源市背靠邛崃山脉，紧临䢺江河畔，青山绿水的景色美不胜收，回到客栈后他就写下了"花外斜阳晚，云峰暗几层。人声三里市，春夜一街灯。竹屋容高枕，桃源梦武陵。床头三尺剑，气欲作龙腾"一诗，为清源市点赞。

机会总是留给有准备的人。张锡荣的这首诗一出，清源市借名人效应而迅速走红，一些有头脑的商家蜂拥而至，来清源市经商，其繁华景象呈几何级增长。外地人能抓住商机，本地人自然也不例外。

面对着清源市繁华热闹的商业氛围，社会贤达人士李海波从中嗅到了商机，为了尽好地主之谊，李海波决定修建铺面3间，开设茶馆，迎接八方的来客。

　　有了想法，李海波就开始了行动。他在清源市的街市上来来回回地走了3天，最后在下正街的北侧相中了一块地皮，出高价与原主人进行了置换，然后就雇请当地有名的风水先生王福祥来给测个黄道吉日，准备开始修建。

　　这王福祥是当地数一的风水先生，他说是第二，就没有人敢说是第一，古镇有钱有势的大户人家的房屋修建、婚丧嫁娶、搬家远行等事宜，需要看风水的事，都是要请王福祥的。俗话说"拿人钱财，替人消灾"。这次李海波出重金请他来看风水，他自然是十分卖力，他不能做砸自己的招牌生意。

　　那日，早起，李海波亲自把王福祥接到家里，吃过早饭，又喝了一泡上等的素茶后，就带着王福祥来到了下正街的宅基地。点烛、敬香、焚纸、叩首之后，王福祥就手拿罗盘开始了工作。只见王福祥在宅基地上是左三圈、右三圈地走，边走边摆弄手中的罗盘，也不知走了多少圈，也不知摆弄了多少次罗盘，脑门上的汗珠是滴答、滴答地往下掉。

　　临近晌午时，王福祥对李海波说："李先生好眼光啊，这个地方处于闹市，来往之人自然很多，将来茶馆修建好后，生意一定是兴隆得很啊！只是还有点美中不足之处。"

　　李海波见王福祥先说赞美后道不足，就笑着说："有哪些不足之处，先生但讲无妨，不必吞吞吐吐，破解得好，李某自当加倍地酬谢。"

　　"那王某就直言了。"

　　于是，王福祥就在地上用竹片子画了个清源市的草图，标注了李海波宅基地的位置，说道："李先生，您看，我们这清源市的地形就风水而言，就像一只航行在海上的大船，上正街那边是船首，下正街这边是船尾。船在海上行，遇有风浪，船尾的摇晃是最厉害的，这就需要一个好的船长来掌舵。谁是好的船长？能掌得好船的只能是神仙，王某算了一下，神仙里面也只有八仙才能担此重任。"

　　说到这里，李海波说道："烦请先生明示，李某一定照嘱。"

　　"临邛南河坝有个余占先，李先生可否知道？"

　　"余占先，先生是说雕塑名师余占先，人称余雕塑的大师？"

　　"正是，余占先余雕塑的手艺远近闻名，方圆的大户人家、庙宇建筑等的雕塑皆出自余雕塑之手，想请得他，要提前3个月预约，费用也高，还需先交一半的订金。不过，有时就是预约成功并交了订金，也不一定能成，余雕塑还要考察对方的人品，也是一个怪人。"

"这个但请先生放心，这些李某全都符合余雕塑的要求。"

"先生，王某还没有把话说完。这请八仙之外，还要引得狮王入住，八仙与狮王分为两组，分别雕刻于门面左右的4根柱子之上，既独立又相互映衬。其中这八仙一寓带来滚滚财源之意，二寓八仙撑得清源市这只船万年平安。只是这要一大笔银子。"

听王福祥说完后，李海波哈哈地笑了起来："银子不在话下，李某全按先生之意办，但烦请先生能否给余雕塑带话，多多美言，茶馆修建完成之后，必有重谢。"

"一定，一定。"

接下来，李海波就按王福祥给测定的黄道吉日，开始破土动工修建茶楼。

为了保证茶馆的工程质量，李海波出了最高的工钱请了清源市最有名的泥水匠，只包工不包料，料由他本人亲自选择，很快就完成了基建，到了主体的修建。主体的修建就要选择上好的木料。如何选择木料是工程的关键，不仅要经久耐用，还要便于雕刻。采购木料之前，李海波就备了丰厚的礼品亲自前往临邛南河坝拜访余占先余雕塑，请教木料的选材之法。由于李海波的人品特别好，再加上王福祥的美言，余占先也很卖力，从怎样选材，怎样识别是哪种木料，怎样看木料的年份，等等，每个细节都讲了很多遍，还告诉李海波要到哪里去买，才能买到满意的木料。当然还介绍了卖木料的老板，买木料时可以报上余占先的名字，很多木料老板就会给个面子的。

有了熟人的介绍，茶馆的修建很顺利，一个月的时间后，主体完工，4根楠木柱子分立正门前的廊檐两侧，雕塑也就提上了日程。那日，李海波起个大早，洗漱、早饭后，就带上预备好的礼品，骑了马，带着提前雇好的一顶轿子，亲往临邛南河坝接余占先。

那时不像现在，开车一个多小时就到了，骑马又带着轿子"甩火腿"的节奏，从早上走到天黑，要在临邛南河坝歇一夜才行。李海波一行自然是第二天才把余占先请到了清源市。

4根柱子的雕塑，也算是一个大工程，余占先到了清源市的第二天就投入了施工。施工前也是一番点烛焚香，叩拜木匠的祖师爷鲁班先生，然后才是正式的施工。从这天起，这4根柱子的雕塑，断断续续地用了3个多月，其间余占先回过几次临邛南河坝，李海波都是亲接亲送。完工那日，举行了热热闹闹的竣工仪式，4根柱子的红布揭开的瞬间，众人大声叫好，只见八仙与狮王栩栩如生，仿佛要从柱子上走下来。

李海波茶馆自清末开办以来，每日都是宾朋满座，跑堂的茶博士就请了十几个，不仅为过往客商提供了方便，也为清源市的经济发展添砖加瓦，这种景象一直延续到了民国末年，茶馆自李海波的继承人病故后方才停业。

04

新场：邛江之珠，古道重镇

◆ 吴志维

西岭雪山的千秋冰雪，化作涓流，汇成邛江。邛江，最早作"㭨"（读音：jī，当地读音同"出"）江，是远古㭨人部落留下的历史痕迹。邛江从崇山峻岭间奔流而来，穿越深谷，行至平坝，江水挣脱了山谷的束缚，河道豁然开朗，水流变缓，水深变浅。这势必形成一处丽质天成的自流灌区、水路与陆路古道的枢纽、山区与平坝物产的市场以及南方丝绸之路和茶马古道上重要的驿站。这一切在农耕时代，简直就是造物的恩宠。最终，这里成了百里之内最为骄傲的商贸中心——大邑县的新场古镇，在大邑这座因"其邑广大"而得名的"蜀之望县"中，享有了"一新（新场）二唐（唐场）三灌口（现悦来镇）"的江湖地位。

新场古镇，始建于东汉时期，兴起于明朝嘉靖年间，是四川现存规模最大、保存最为完好的古镇之一。历史上曾几经更名，从扇子场到半边街，再到新场、清源市，每一个名字，都是一段历史的记忆。

唐宋时期，这里名为"思安寨"，难道是富甲一方的城寨，徘徊在安与不安的边缘？明末兵燹，荡平川西，当新的移民来到这片神奇的山川，他们再次巧夺天工地重现昔日的繁荣，那时候的新场古镇叫"清源市"。清光绪年间，云南学政张锡荣拜谒当地名士伍崧生，夜宿头堰客栈，用一首诗为后人记录下古镇的高光时刻："花外斜阳晚，云峰暗几层。人声三里市，春夜一街灯。竹屋容高枕，桃源梦武陵。床头三尺剑，气欲作龙腾。"

仿佛穿越时空的隧道，漫步在古镇的石板路上，你会像张学政一样被深深打动，被这些古街风貌震撼。上正街、下正街、太平正街、太平街、太平横街、香市街、河坝街……其中，始建于东汉时期的上、下正街被评为"中国历史文化名街"，街道布局二纵二横，呈"井"字形，临街建筑极具明清川西民居风情，皆为一色"木构青瓦"店铺，建筑多为木镇楼形式，下商铺，上居贮，后有天井居室。雕梁画栋，雕花窗棂，古朴美观，栩栩如生，鳞次栉比的封火墙保存完好。

李氏古宅、集股茶园、李海波茶馆、刘成勋故居等典型建筑案例，展现了古镇建筑的多元魅力。尤其是李海波茶馆，当年邀请了邛崃南河坝的著名雕塑家余占先大师，为茶楼的4根木柱精心雕刻了2组图案，一组图案为"绣球引狮王镇守"，只见威武的狮王在绣球的引诱下，展现出守护者的姿态，寓意着它将永远守护清源市之船，使其稳如磐石，永不倾覆；另一组图案则是"八仙过海神通广大"，你看八仙各显神通，乘风破浪，为茶馆带来滚滚财源和昌盛繁荣。

新场依水而建，因水而兴，邮江这条生命线穿越其中，为古镇带来了无尽的生机与活力。有水的地方就有桥，新场古镇历史上有很多桥，九洞桥最为悠久，桥头的土地庙里，保存的桥头碑、香炉等物件，默默地诉说着那个时代的信仰与风俗，承载着人们的记忆与情感。

仓廪充实，不仅让此间的先民知晓礼节，也让他们明理感恩。新场远赴重庆的商贾，受恩于璧山县的清官，于是在新场建立了璧山寺，至今香火不断；膜拜文化的当地人，笃信新场是一艘邮江上不沉的商船，于是在古镇老街上树起两座字库塔，视作船之桅杆；古道悠悠，客通九州，各地会馆在新场悄然兴起，听惯了南腔北调的新场人，也变得更加包容；敬畏自然、取法自然的山民，深得李冰父子治水的要领，灌溉沃野的同时，不忘在虎跳岩旁建造了川王宫，现在是国家级文物保护单位。

新场背靠的群山盛产药材，冥冥之中育成了药王崇拜，虔诚信徒在飞凤山上留下了药师岩摩崖石刻，堪称佛教艺术的瑰宝。药师岩因唐开成二年所刻的药师大佛而得名，其上的摩崖造像历经数个朝代的雕琢，形成了今天我们所见的宏大规模，形态各异，气象万千。千手观音、三世佛、阿弥陀佛等栩栩如生，唐僧取经、打虎捕鱼等世俗生活场景的刻画，让人们感受到了佛教与世俗生活的相互影响。

还有充满了神秘与传奇色彩的扇子场、思安寨遗址、石老猫遗址……如同时间的印记，记录着这片土地先民的智慧和创造力。

如今，展馆、读书会和周末乐队在古镇悄然兴起，更多的年轻人了解、热爱并参与到古镇文化的传承中来。在这片历史与文化的交汇之地，记得住乡愁，又看得见未来。

新场古镇的市井气息也是其独特的魅力所在。

正街两旁前店后坊的商家，都是世代的原住居民。每天，他们伴着旭日一扇一扇地取开木板门，用当地方言迎接来客。城里罕见的竹编和木器，再次摆满你的视野，耳边不时传来木制车床的吱呀声。老街檐下铺子里，泡菜、豆豉、香辣酱琳琅满目，年少时熟悉的味道，瞬间触发你敏感的味蕾。后街人群的尽头，是柴火灶上热气腾腾的肥肠血旺和必须排队自取的麻油鸭子，它们是新场古镇美食传奇中的绝代双骄。

古街古巷古民居，千载沧桑，古韵依旧。古镇上的春台、财神庙戏台、张爷庙戏台和璧山庙戏台，日常也是生猪、茶叶、大米、煤炭、杂粮和竹木的市场。据《大邑县志》记载，新场鼎盛时期的市场，多达47个，真是客商云集，好不热闹！无不彰显着自古以来，新场这个商贸重镇的经济繁荣和文化融合。

千年来，南方丝绸之路、茶马古道等几条古道在此交会，作为古道驿站，新场古镇在古道网络中的角色举足轻重。

置身于雄浑的大山之间，新场至邛江的古道宛如一条时间的纽带，静静地通往大川、邛江等深邃之地。这条由石板铺就的道路，蜿蜒长达25公里。石板上拳头大的凹坑，可能是当年来往的骡马的蹄印，也可能是当地"背二哥"打起拐子休憩留下的印记。这些深深的印记，正是他们努力生活、开拓创新的永恒见证。如今，走在这条古道上，那份古老的商贸气息扑面而来。

当代的新场人，和他们的先辈一样，擅长以独到的眼光，发现匮乏中隐藏的商机，习惯用坚韧的意志，改写命运的安排，开辟着新的天地，在铸造、运输等领域不断创新和发展。近几十年来，新场古镇上经商创业的传奇故事，犹如一部时代的交响乐。

回望新场，古镇如船，伴着滚滚邛江，在历史的浪涛中起伏。在邛江廊桥边的桐树下，泡上一碗山中自产的清茶，你和耳边的人间故事，都正在成为历史。新场古镇依旧保持着那份古朴的韵味，人间烟火升腾，生生不息，心心念念。

05

夜遇璧山寺

十七（罗玉建）

陕南过来的茶砖，在成都府分包后，就该走上陕康茶马古道了。蒙征头领的计划是，到打箭炉（今康定）装上东家的药材，一脚踏上高原，6月末到拉萨，交办完货物，稍事休息，装上藏地酥油茶、皮货、宝石，返回成都府正好是金秋10月。今年走货告一段落后，回家伺候双亲，守着家园等待过年，等待来年开春。

东方天空混沌刚开，驮队已走过九眼桥。初春的早上有点冷，骡马打着响鼻，脚踏青石板，发出踢嗒踢嗒的声响，声音回荡在寂静的田野上。蒙征走在队伍最后，侧耳聆听骡马走路的声音，判断货物绑扎是否牢实。货物松散，骡马受力不匀，脚步声会有轻重。整个驮队十几个人，也就头领蒙征能够听得出来。

西岭雪山下的新场镇，邮江穿镇而过，是陕康茶马古道必经之地。驮队有四五个伙计是新场镇人。此去拉萨，一去一回大半年，一到新场镇，他们就告假回家话离别。蒙征头领吆喝伙计，天擦黑前把骡马圈在一起，货物搬进璧山寺过夜。

璧山寺在当地也叫感恩寺。蒙征头领每到必去大殿添些香火钱。走过茶马古道，难得有处遮风挡雨的地方。璧山寺管事仁义，不但提供方便，还有茶饭伺候，伙计们都很留恋，到了高原，就没这么好的"待遇"了。

睡觉虽是地铺，比荒郊野外仍然要强上百倍。蒙征头领把铺位放在门口，解下贴身包袱，塞在枕头下。包袱里有一个东家蜡封的包裹，要他带到拉萨交给哲蚌寺扎多康喇嘛。蒙征头领不知道包裹里是什么，他也不问，这是规矩，只是不明白东家为何一定要他贴身带着。他想一定是很珍贵的东西，保证包裹安全是自己的责任。想到此，把包裹拿出来又绑在身上，这才侧身躺下。月光透过窗棂静静地洒在地上，伙计的鼾声在屋角响起。

后半夜，蒙征头领被一阵激烈的呼喊声惊醒。惊慌失措的呼喊，是管带财物的伙计发出来的，蒙征头领第一感觉就是财物被盗了，这种事常常遇到。他翻身起来，一把拉开房门，脚尖一点青石地面，人已跃到房檐口，双手一搭身子一躬上了房顶，定睛四下查看。一会儿，一个隐隐约约的影子越墙而去，两个人影在其身后紧追不舍。

蒙征头领眼见追不上那飘忽的身影，回到房间了解详情。伙计哭丧着脸，害怕得说不出话来。好在财物不是他一人保管，丢失的仅是一部分。蒙征安慰了伙计几句，出去查看骡马的情况。骡马一夜要添两次草料，这得给管理的伙计时时提醒着。

查看完了骡马往回走，在房子拐角处碰到璧山寺管事。管事身后跟着两个黑衣人，两个黑衣人押着一个低头耷脑的家伙，蒙征头领赶紧迎上去。

管事见到蒙征头领，拱手一揖打过招呼，拽过低头耷脑那家伙，喝道："把东西拿出来！"把那家伙往蒙征头领面前一推，踢了那人屁股一脚，"干啥不好？做强盗。我叫你偷！"那人一个趔趄就跪下了，抖抖索索从怀中取出一包财物递给蒙征。

蒙征头领令伙计收好失而复得的财物，转身去璧山寺管事那边致谢。管事拉着蒙征的手说："你应该感谢这二位青城山道长。"

坐着的二位黑衣人起身与蒙征见礼。见蒙征疑惑的眼神，管事说了个中原委。

后半夜，管事在璧山寺内例行巡视，防火防盗，时时留心。转到蒙征住的房间这边，突然听到呼喊声，便赶过来，眼前晃过几道人影，转瞬即逝。管事预感是招惹了盗贼，便赶往璧山寺出口守候，不曾想贼人越墙逃走了。

管事在出口等候多时不见动静，却看到有人从外面走来，是二位道长擒住了贼人，一路推推搡搡押回璧山寺来。管事松了一口气。

蒙征听完管事的讲述，疑惑二位道长怎么那么巧就在现场，难不成是仙人跳？正要发问，二位青城山道长瞧见了蒙征头领的疑惑模样，对蒙征头领行过礼，唱一声"无量天尊"，说："居士休要疑惑，修行人不做鸡鸣狗盗之事。我们是青城山同一天宫的护法，正在追寻一本失盗的《茶经》，因而深夜到此。打扰各位，见谅，见谅。"

"什么样的《茶经》？"蒙征和管事几乎同时问道。

道长沉吟了一下，说："茶圣陆羽撰写的《茶经》。我们追寻的这本失盗《茶经》乃茶圣的真迹。"

"啊！太珍贵了！"蒙征和管事几乎同时惊呼。

二位道长互看一眼，一齐转向蒙征头领："无量天尊！居士能否借一步说话？"

蒙征一怔："二位道长，有何事不能当着璧山寺管事说的？"

二位道长互看一眼，分站在蒙征的两侧，唱一声"无量天尊"，说："请居士把身上的包袱拿出来看看。"

此时，蒙征已明白了八九分。包袱里的东西是东家托付的，他有保证其安全的责任，何况二位道长所言是否属实，也是未知。蒙征看看身边两位道长的钳形之势，便暗中蓄力，以应不测。

管事在一旁看得明白，对蒙征头领说："蒙头领请少安毋躁。敝人跟青城山同一天宫有些交情，待我明辨一二再说。"说完便邀二位道长去到院子里。此时，圆月已经偏西，清辉却仍是不减，小院明如白昼。

过了一会儿，管事回到厅内，对蒙征抱拳施礼道："蒙头领，我与在陕康茶马古道上行走的弟兄认识多年，与你相知也有20余年，听我一句话吧。"

蒙征头领还礼说："管事兄台请讲！"

"请把贴身包袱拿出来看看。茶圣的真迹是瑰宝，不能流落在外，何况它还是被人盗窃走的。"

"怎么就肯定茶圣的真迹就在我这里？我又如何向东家交代？"

"二位道长没有十足把握，不会叨扰蒙头领。道长说，如若错了，他们的师尊天一道长会亲自向你的东家谢罪。我在此做一个保人，你看如何？"

话已至此，蒙头领只好拿出包袱，当着二位道长和璧山寺管事的面，打开蜡封的包裹。令在场4人倍感意外的是，包裹里确实有一本《茶经》，却不是茶圣的真迹。不过，这本《茶经》的书法却甚是了得。

结束语

宇 剑

三条河流环绕的新场，古朴厚重并因为水而充满灵气。春暖花开时，在新场可感觉到花的芳香，更能嗅到芬芳的气息，西岭雪山流下的水，幻变成空气、蒸气、雾气，连同芳香一起奉献给古镇新场，让人由衷感叹：自然之道，莫乎于水。

炎炎夏日，动万物者，莫大乎雷；润万物者，莫大乎水；秋高气爽之时，凉风习习，风中那雨做的云，于天外卷舒翻腾，带来秋的问候。银蛇狂舞时节，漫天雪花飘飞，是水美丽的过去，妙曼的回忆构成了蔚蓝色的星球上最绚丽多彩的自然美景。

近年来，新场镇依托"最后的川西坝子"文化特质和优良文旅资源，着力打造宜居宜游川西风情书香街区，积极推动天府风情水乡文化、茶马古道文化高度契合，大力推进文旅、农旅、康旅深度融合，全域构建雪山下的公园城市旅游新格局。

为更好地展示茶马古道上"最后的川西坝子"——西岭雪山下的新场古镇的风土人情，让世人从文脉笔端中感受新场古镇在日月星辰吐故纳新中的千重魅力，得益于中共大邑县委、县人民政府，大邑县委宣传部的关心支持，经报成都市文联同意，并由成都市文联党组书记、主席杨晓阳同志作序，在成都市文联、作协指导下，成都市微型小说学会和新场镇党委、政府，大邑县文联、作协共同努力，《最后的川西坝子——新场》终于结集完成。

诚如晓阳同志所言：新场之美，就美在古韵悠悠，古街古巷古迹，清源青山青瓦，茂林修竹鲜花，小桥流水人家，古意诗情中，根与魂穿透时空，绵绵不绝。新场正新，不断焕发出新的魅力和光彩。新场之美，同样美在文韵悠悠，得益于历史上各种文化的深度交融……以文学创作为新场注入绵延的生机与活力，这才是让新场恒新的妙手真谛，因为文学所汇聚、激发、张扬、传递的力量，光明、温情而恒久，照耀和滋养着人心与土地，让我们的世界和未来更加美好。

我们有理由相信，在中共大邑县委、县人民政府的正确决策下，身体力行的新场镇党委、政府，定会坚定不移地按照县委统一部署，营造良好的营商环境，充分利用得天独厚的自然环境，力推古镇换新颜，齐心共绘新画卷。